Dom dzienny, dom nocny

낯의 집, 밤의 집

Dom dzienny, dom nocny

Olga Tokarczuk

올가 토카르추크

낮의 집, 밤의 집

이옥진 옮김

민음사

그대의 집은 그대의 더 커다란 몸이다.
햇빛 속에서 자라고 밤의 고요 속에서 잠들며 꿈을 꾼다.
그대의 집은 꿈꾸지 않는가?
작은 숲이나 언덕 위에 머물기 위해 도시를 떠나지 않는가?

칼릴 지브란

차례

꿈

첫날 밤에 나는 움직이지 않는 꿈을 꾸었다. 꿈속에서 나는 몸도 이름도 없는 순수한 시선이다. 나는 모든 것 또는 거의 모든 것이 보이는 애매한 지점의 계곡 위 높은 곳에 매달려 있다. 나는 그 시선 안에서 움직일 수 있지만, 여전히 그 자리에 머물러 있다. 내가 세상을 바라보고 있는 동안 그것은 마치 멀어졌다가 다가오는 것처럼 보였고, 그래서 처음엔 모든 것을 다 볼 수 있었고, 그다음엔 아주 세세한 것들만 볼 수 있었다.

나는 그 한가운데에 집이 서 있는 계곡을 본다. 그러나 그것은 나의 집도 나의 계곡도 아니다. 왜냐하면 나에게 속한 것은 아무것도 없으며, 나 자신도 스스로에게 속해 있지 않으며, 심지어 나 같은 것은 없기 때문이다. 나는 사방을 둘러싼 둥근 지평선에서 계곡을 보고 있다. 언덕 사이로 흐르는 거친 진흙을 보고 있다. 나는 한쪽 다리가 움직이지 않는 동물들처럼 거대한 다리를 가진 나무들이 땅속 깊숙이 뿌리를 박은 것을 보고 있다. 내가 보고 있는 것의 고요함은 표면적인 것이다. 내가 원할 때, 나는 표면을 통해서 그 안을 들여다볼 수 있다. 이때 나는 나무껍질 아래에서 물줄기와 수액이 위아래로 순환하며 움직이는 것을 볼 수 있다. 나는 지붕 아래에서 잠든 사람들의 몸을 볼 수 있는데, 그들의 고요함 역시 표면적이다. 그 고요함 속에서 심장은 부드럽게 뛰고, 피는 속살거리며, 심지어 그들이 꾸는 꿈조차 현실이 아니다. 난 그것들이 뛰고 있는 이미지의 조각들임을 볼 수 있기 때문이다. 그 꿈꾸는 몸들 중 어느 것도 나와 더 가까워지지 않고, 더 멀어지지도 않는다. 그저 나는 그들을 바라볼 뿐이며 그들의 뒤엉킨 꿈의 생각 속에서 나 자신을 본다. 그리고 나는 그 어떤 모습도, 그 어떤 가치도, 그 어떤 감정도 없는 순수한 시선이라는 이상한 사실을 발견한다. 그리고 이제 나는 또 다른 것을 발견한다. 나는 시간을 통해서도 볼 수 있다. 나는 공간 속에서 시점을 바꿀 수 있는 것처럼 시간 속에서도 그것을 바꿀 수 있다. 그것은 마치 컴퓨터 화면의 커서처럼 스스로 움직이거나 또는 그저 그것 자신을 움직이고 있는 손의 존재에 대해서 알지 못한다.

나는 이렇게 꿈을 꾼다. 이것은 나로서는 영원히 끝나지 않을 긴 시간이다. 나는 앞에도 없고 뒤에도 없으며, 새로운 것도 기대하지 못한다. 나는 얻을 것도 잃을 것도 없기 때문이다. 밤은 결코 끝나지 않는다. 아무런 일도 일어나지 않는다. 시간조차 내가 보고 있는 것을 바꿔 놓지 않는다. 나는 보고 있고, 새로운 것을 인식하지도, 내가 본 것을 잊지도 않는다.

마르타

우리는 첫째 날 하루 종일 우리 땅 주변을 돌아다녔다. 고무장화가 진흙 속으로 푹푹 빠졌다. 땅은 붉었고, 손은 붉게 물들었으며, 우리가 손을 씻자 붉은 물이 흘렀다. R은 계속해서 과수원의 나무들을 살펴보았다. 나무들은 나이가 많았고, 우거졌으며, 사방팔방 아무렇게나 가지를 뻗고 있었다. 이런 나무들은 아무런 열매도 맺지 못한다. 과수원은 숲까지 뻗어 있었고 가문비나무의 어두운 벽에서 멈추었다. 그것은 마치 군대처럼 거기에 서 있었다. 오후에 다시 진눈깨비가 내리기 시작했다. 진흙 더미로 모여든 물은 시내와 개울을 만들며 위에서 아래로 곧장 흘러내렸고, 벽 속으로 스며들어 가서는 그 아래 어딘가로 사라졌다.

끊임없이 계속되는 소리에 불안해진 우리는 촛불을 들고 지하실로 내려갔다. 돌계단을 따라 쏟아져 내린 물이 돌바닥을 씻어 내렸고, 연못 쪽에서부터 바닥으로 흘러 나가고 있었다. 우리는 이 집이 강 위에 서 있음을, 흐르는 지하수 위에 부주의하게 지어

졌음을, 그리고 이제 할 수 있는 게 아무것도 없음을 깨달았다. 유일하게 우리가 할 수 있는 것이라고는 이 우울하고 끊임없는 물소리에, 그리고 불안한 잠에 익숙해지는 것뿐이었다.

두 번째 강은 창문 밖에 있었다. 진흙투성이 붉은 물줄기가 나무뿌리를 무력하게 망가뜨리고는 숲에서 사라지고 있었다.

긴 방 창문에서 마르타의 집이 보인다. 삼 년째 나는 마르타가 누구인지 궁금해 하고 있다. 그녀는 항상 자기 자신에 대해 뭔가 다르게 말했다. 심지어 자기 생일조차 매번 다르게 얘기하곤 했다. 나와 R에게 마르타는 여름에만 존재했고, 겨울에는 이 주변의 다른 모든 것들과 마찬가지로 사라졌다. 그녀는 작고, 머리는 거의 하얗게 세었으며, 이도 좀 빠져 있었다. 그녀의 피부는 주름졌고 건조하며 따뜻하다. 내가 이걸 아는 이유는 우리가 때때로 키스나 심지어 어색한 포옹으로 인사를 나누었기 때문이다. 그리고 나는 그녀의 몸에서 눅눅한 냄새를 맡았다. 이 냄새는 영원히 남아 제거할 수가 없다. 비에 젖은 옷은 빨아야 한다고 우리 엄마는 말하곤 했다. 하지만 그녀는 항상 불필요한 빨래를 많이 했다. 옷장을 열고는 풀 먹인 깨끗한 시트들을 꺼내, 마치 그것들을 사용하지 않아 사용했을 때만큼이나 더러워졌다는 듯이 세탁기에 던져 넣었다. 습한 냄새는 그 자체로는 불쾌했지만, 마르타의 옷과 피부에서 나는 냄새는 친숙하고 좋았다. 마르타가 여기 있었다면, 모든 것이 제자리에서 완벽하게 정리되었을 것이다.

마르타는 두 번째 날 저녁에 왔다. 먼저 우리는 차를 마셨고, 그다음에는 야생 장미로 만든 작년산 와인을 마셨다. 이것은 짙고 진하고 달아서 한 모금만 마셔도 머리가 어지러울 정도였다. 나는 상자에서 책을 풀고 있었다. 마르타는 양손에 와인 잔을 들고 는 무심하게 바라보고 있었다. 나는 마르타가 읽을 줄 모를 거라고 생각했다. 내 생각엔 그랬다. 공교육을 받지 못했을 만큼 나이가 많았기에 그건 있을 수 있는 일이었다. 글자는 그녀의 눈길을 끌지 못했지만, 나는 한 번도 그것에 대해 그녀에게 묻지 않았다.

개들은 흥분해서 집 안을 들락날락하며 털에 겨울과 바람의 향기를 묻혀 왔다. 개들이 부엌에서 몸을 녹이자, 이번에는 다시 정원이 그들을 끌어당겼다. 마르타는 길고 뼈만 앙상한 손가락으로 개들의 등을 쓰다듬으며, 그들이 얼마나 아름다운지 반복해서 말했다. 그렇게 저녁 내내 마르타는 개들하고만 이야기했다. 나는 나무 선반에 책을 정리하면서 그녀를 곁눈질했다. 가늘고 흰 머리카락이 깃털처럼 삐져나온 그녀의 정수리를 벽에 걸린 등불이 비쳤다. 그녀는 뒷목 쪽으로 땋은 머리를 하고 있었다.

나는 이렇게 많은 것들을 기억하고 있는데, 마르타를 언제 처음 보았는지는 기억나지 않는다. 난 이후 나에게 중요해진 사람들과의 모든 첫 만남을 기억한다. 해가 비치고 있었는지, 어떤 옷을 입고 있었는지를 기억한다.(예를 들자면 R의 우스꽝스러운 동독 부츠 같은.) 그리고 나는 거칠거나 딱딱했는지, 버터처럼 부드럽고 차가웠는지 등으로 공기의 냄새와 맛, 질감 같은 것들을 기억한다. 첫인상은 이런 것들에 달려 있다. 이런 것들은 뇌의 동물적인 부분처럼 어딘가에 분리되어 기록되고 절대로 잊히지 않는다. 그런데 마르타와의 첫 만남은 기억이 나지 않는다.

틀림없이 이른 봄이었을 것이다. 이곳에서 모든 것이 시작되는 때. 마르타는 결코 혼자서는 멀리 나가지 않기 때문에, 분명 험한 골짜기 어딘가에 있었을 것이다. 분명히 눈 녹은 물 냄새가 났을 것이다. 그리고 단춧구멍이 늘어난 그 회색 스웨터를 입고 있었음이 틀림없다.

나는 마르타에 대해 아는 것이 별로 없다. 그저 그녀 스스로 내게 드러낸 사실만을 알았을 뿐이다. 나는 모든 것을 추측해야만 했고, 그녀에 대한 환상을 품었다. 나는 그녀의 모든 과거와 현재를 가지고 마르타를 창조한다. 어린 시절은 어땠는지, 지금 당연하다고 생각되는 것들이 그때는 어땠는지 등 내가 그녀 자신에 대해 뭔가를 말해 달라고 요청할 때마다 그녀는 주제를 바꾸거나 고개를 창문으로 돌리거나 단순히 침묵을 지켰고, 양배추를 썰거나 가발을 만지작거리기도 했다. 그저 마르타는 자신에 대해 아무 할 말이 없는 것 같았다. 마치 아무런 역사도 없는 것 같았다. 그녀는 내가 우연히 몇 번 보았거나 전혀 보지 못한 다른 사람들에 대해 말하는 것만 좋아했을 뿐이다. 왜냐하면 그들은 너무 오래전에 살았던지라 나는 그들을 더 이상 볼 수 없었기 때문이다. 그녀는 실제로 존재하지 않았던 사람들에 대해 얘기하는 것도 좋아했다. 후에 나는 마르타가 이야기를 만들어 내는 것을 좋아하고, 사람들을 식물처럼 어떤 장소에 심어두는 것을 좋아한다는 증거를 발견했다. 내가 그녀의 이야기를 끊고 충분한 시간을 두고 예의 바른 변명거리를 찾아 풀밭을 가로질러 집으로 돌아갈 때까지 그녀는 몇 시간이고 말할 수 있었다. 때때로 그녀는 갑자기 아무 이유 없이 이야기를 멈추고는 몇 주 동안 그 주제로 돌아오지 않았다. 그러다 느닷없이 "내가 너한테 한 말을 넌 기억해⋯⋯.", "난 기억하고 있어.", "그래서 그다음에 어떻게 됐냐면……." 하고 이야기를 시작하며, 마른 실을 뽑아냈다. 그리고 나는 그녀가 누구에 대해 이야기하다가 어디에서 그만뒀는지를 기억하기 위해 머리를 쥐어짰다. 이상하게도 나는 이야기 자체가 아니라, 마르타의 이야기와 그녀의 작은 몸집, 단춧구멍이 늘어난 스웨터를 입은 그녀의 둥근 등, 뼈만 남은 그녀의 손가락이 떠올랐다. 우리가 판자를 주문하러 밤비에지체로 가는 동안, 그녀가 자동차 앞 유리를 똑바로 바라보며 했던 이야기일까? 아니면 우리가 보볼의 밭에서 카모마일을 따던 때였을까? 나는 결코 그 이야기 자체를 재구성할 수는 없었지만, 같은 장면과 주변 환경 그리고 그것이 내 안에서 뿌리내린 세상을 기억한다. 이 이야기들은 마치 비현실적으로 조작되고, 그녀와 내 머릿속에 여러 흔적을 남기고 여러 가지 말들로 뒤죽박죽된 것 같았다. 때로 그녀는 시작했을 때처럼 갑자기 이야기를 중단하기도 했다. 금속성 소리를 내며 포크가 바닥으로 떨어지면 그것은 마지막 문장을 박살 냈고, 다음 단어를 입술에 머금은 채 그녀는 말을 삼켜야 했다. 또는 아무개 씨가 늘 그랬듯이 부츠로 문지방을 짓이기면서 물이든 이슬이든 진흙이든 밖에서 묻힌 것을 뒤로 뚝뚝 떨어뜨리며 노크도 없이 들어오면, 너무 소란스러워서 보통 그 주변에서는 더는 아무 말도 할 수 없을 정도였다.

　마르타가 해 준 많은 이야기들을 나는 기억하지 못했다. 그녀의 이야기들은 다 먹고 난 메인 요리 접시 가장자리에 남겨진 겨자 소스처럼 어딘가 막연한 인상으로 내게 남았다. 끔찍하거나 재미있는 장면들은 남아 있다. 맨손으로 개울에서 송어를 잡고 있는 아이들처럼 맥락에서 벗어난 일부 내용들은 기억하면서 무언가

의미가 있었을 전체 이야기는 어째서 잊었는지 모르겠다. 어쨌든 시작과 끝이 있는 이야기였을 텐데. 나는 후에 내 기억이 뱉어 내야만 했던 것들만을 기억했다.

내가 듣기만 한 것은 아니었다. 나 또한 그녀에게 이야기했다. 언젠가 처음에 나는 죽는 것이 두렵다고 말한 적이 있다. 그것은 일반적인 죽음이 아니라 더는 아무것도 뒤로 미룰 수 없는 바로 그 순간에 대한 두려움이었다. 그리고 이 공포는 결코 낮에는 오지 않으며, 언제나 어두울 때, 간질 발작 같은 몇 번의 끔찍한 순간들이 계속되는 동안 찾아온다고 말했다. 나는 다소 갑작스러운 이 고백이 부끄러웠다. 그때 화제를 바꾸려고 했던 사람은 나였다.

마르타는 영혼의 치료사가 아니다. 그녀는 계속 질문하지도, 내 옆에 앉아 내 등을 어루만지려고 갑자기 설거짓거리를 내던지지도 않았다. 그녀는 다른 사람들처럼 중요한 사건들을 시간순으로 알아내려고 느닷없이 "그건 언제 시작되었지?" 하고 애써 물으려 노력하지 않았다. 심지어 예수님도 이 무의미한 유혹을 피하지 못하고, 자신이 치료하려는 광인(狂人)에게 "이것은 언제 시작되었습니까?" 하고 물었다. 하지만 가장 중요한 것은 지금, 바로 눈앞에서 실제로 일어나고 있는 일이다. 시작과 끝에 관한 질문은 그 어떤 가치 있는 지식도 주지 못한다.

때때로 나는 마르타가 베인 죽은 나무처럼 듣지도 못하고 느끼지도 못하는 건 아닐까 생각했다. 내가 기대했던 대로 접시가 쩽그랑 소리를 내지도 않았고, 기계처럼 흐르는 그녀의 움직임이 멈추지도 않았기 때문이다. 나는 그녀가 잔인해 보였다. 한두 차례가 아니었다. 자기가 기르던 닭들을 살찌운 후, 매해 가을 이틀 동안 그것들을 잡아서 단번에 모두 먹어 치우기도 했다.

과거에 나는 마르타를 이해하지 못했고, 그녀를 생각해 보면 지금도 이해하지 못한다. 그런데 왜 내가 마르타를 이해해야 하지? 그녀의 행동 동기와 그녀의 모든 이야기의 출처를 명확히 밝혀냄으로써 나는 무엇을 얻을 수 있을까? 만약 그녀가 정말로 삶의 이야기를 가지고 있다면, 나는 그녀의 이야기를 통해 무엇을 얻을 수 있을까? 어쩌면 삶의 이야기도 없이, 과거도 미래도 없이, 다른 사람들에게 영원히 현재만을 보여 주는 사람들이 있을까?

아무개 씨

다음 며칠 동안은 저녁에 텔레비전 뉴스가 끝나면 우리 이웃인 아무개 씨가 왔다. R은 와인을 데워 계피를 뿌리고 정향을 넣었다. 아무개 씨는 매일 저녁 겨울에 대해 말했다. 여름이 오기 전에 겨울에 대해 말해야 했기 때문이다. 마렉 마렉이 어떻게 스스로 목을 매었는지와 같은 늘 똑같은 이야기였다.

우리는 이 이야기를 다른 사람들에게도 들었지만, 어제와 그 전날은 아무개 씨로부터 들었다. 그는 이미 말한 걸 잊고 모든 것을 처음부터 다시 시작했다. 첫 번째 질문은 우리가 장례식에 참석하지 않은 이유에 대해서였다. 장례식은 1월이었기 때문에 우리는 갈 수가 없었다. 장례식에 갈 여건이 되지 않았다. 눈이 내렸고, 차들은 시동이 걸리지 않았으며, 배터리는 방전됐다. 예들리나로 넘어가는 길에는 눈이 쌓여 버스들이 꼼짝없이 갇혀 있었다.

마렉 마렉은 양철 지붕이 있는 작은 집에서 살았다. 지난가을 그의 암말이 떨어진 사과를 먹으려고 우리 과수원에 찾아오곤 했다. 썩어 가는 나뭇잎 아래에서 말은 사과를 파헤쳐 냈고, 우리를 무심하게 쳐다보았다. 심지어 R은 '아이러니하게'라고 말했다.

어느 날 오후 어둠이 내리기 시작할 무렵 아무개 씨는 루다에서 돌아오는 길이었다. 마렉 마렉의 집 문이 아침과 똑같이 약간 열려 있는 것을 보았고, 자전거를 벽에 기대어 두고는 창문으로 안을 들여다보았다. 그는 즉시 그것을 보았다. 매달린 것도 아니었고, 문가에 누워 있는 것도 아니었으며, 몸이 뒤틀린 채 의심할 여지 없이 죽어 있었다. 아무개 씨는 더 잘 보려고 손으로 눈가를 가려 시야를 좁혔다. 마렉 마렉은 얼굴이 어두운 납빛으로 변해 있었고, 혀를 길게 빼고 있었다. 그의 눈은 허공을 응시하고 있었다. "이런 멍청한 새끼. 목도 제대로 못 매달고 죽다니." 아무개 씨는 혼잣말을 했다.

아무개 씨는 자전거를 타고 집으로 갔다.

밤중에 그는 약간 불안했다. 영혼이 어딘가로 간다면, 마렉 마렉의 영혼도 천국으로든 지옥으로든 갔을지 궁금했다.

날이 어슴푸레 밝아 올 무렵, 그는 갑자기 잠에서 깼다. 마렉 마렉이 난롯가에 서서 그를 바라보고 있었다. 아무개 씨는 겁이 났다. "제발 부탁인데, 여기서 사라져. 이건 내 집이야. 넌 네 집이 있잖아." 유령은 꼼짝도 하지 않았다. 그것은 그를 똑바로 쳐다보고 있었지만 시선은 마치 그를 통과하기라도 하는 듯 이상했다.

"마렉, 제발 여기서 가 버려."라고 아무개 씨가 반복했지만, 그게 마렉이었든 그 누구였든 그는 아무런 반응도 보이지 않았다. 그러다 아무개 씨는 어떤 움직임이 되었든지 간에 그것을 통해 그에 대한 갑작스러운 혐오감을 극복하려는 듯 침대에서 빠져나와 고무장화를 집어 들었다. 그렇게 무장하고서 그는 난로 쪽으로 걸어갔다. 유령은 그의 눈앞에서 사라졌다. 그는 눈을 몇 번 깜빡이고는 따뜻하게 덥혀진 이불 속으로 돌아갔다.

아침에 나무를 가져오는 길에 그는 마렉의 집을 창문으로 다시 한번 들여다보았다. 아무것도 변한 것 없이 시체는 여전히 같은 자세로 누워 있었지만, 오늘은 얼굴이 더 어두워 보였다. 아무개 씨는 하루 종일 산에서 지난여름에 만든 썰매로 나무를 실어 날랐다. 그는 자신이 잘라 낸 작은 자작나무와 뒤틀린 가문비나무와 너도밤나무의 두꺼운 줄기를 집으로 가져왔다. 그는 그것들을 창고에 보관해 놓고 더 작은 조각으로 잘라 낼 준비를 했다. 그러고는 뚜껑이 빨갛게 달아오를 때까지 난로에 불을 땠다. 빠르게 자신과 개들을 위한 감자 수프를 만들고 흑백텔레비전을 켜고는 수프를 먹으며 깜빡거리는 화면을 보았다. 단 한마디도 들리지 않았다. 그는 침대로 들어가서 수십 년 만에 처음으로, 어쩌면 혼인 서약 이후 처음으로 성호를 그었다. 오랫동안 잊고 있던 이 몸짓을 하면서 그는 신부님을 찾아가 이 일에 대해 물어봐야겠다고 생각했다.

다음 날 그는 사제관 주변을 소심하게 맴돌았다. 그러던 중 눈이 녹아내리고 있는 곳을 피해 잰 발걸음으로 성당으로 향하던 신부님과 마주쳤다. 아무개 씨는 바보가 아니었고, 자기 얘기를 대놓고 하지 않았다. "만일에요, 어떤 유령이 신부님을 괴롭힌다면 말입니다, 신부님은 어떻게 하실 겁니까?" 신부는 깜짝 놀란 표정으로 그를 보았고, 그의 시선은 이내 영원히 끝나지 않을 듯한 보수 작업이 진행 중인 성당 지붕을 향해 떠돌았다. "그에게 떠나라고 명령하겠습니다." "유령이 고집을 부리며 떠나지 않는다면요? 그때는 어떻게 하실 건가요?" "모든 일에 단호해야 합니다."라고 신부는 반사적으로 뻔한 대답을 하고는 아무개 씨를 지나쳐 갔다.

그리고 그날 밤 모든 일이 전날 밤과 똑같이 일어났다. 아무개 씨는 마치 누가 자신을 부르기라도 한 것처럼 갑자기 잠에서 깨어났고, 난로 옆에 서 있는 마렉 마렉을 보았다. "여기서 나가!" 그가 소리쳤다. 유령은 움직이지 않았고, 아무개 씨는 심지어 퉁퉁 붓고 어두운 그 얼굴에서 아이러니한 미소까지 봤다고 생각했다. "젠장, 왜 잠을 못 자게 하는 거야? 꺼져!" 아무개 씨가 말했다. 그는 고무장화를 무기 삼아 집어 들고 난로 쪽으로 움직였다. "제발 여기서 나가 주세요!" 그는 비명을 질렀고, 유령은 사라졌다.

사흘째 되던 밤에는 유령이 나타나지 않았고, 나흘째에 마렉 마렉의 누이가 시체를 발견하고 소리치며 울부짖었다. 곧 경찰이 도착하여 마렉을 검은 비닐로 싸서 옮겨 갔다. 그들은 아무개 씨에게 어디에 있었고 무엇을 하고 있었는지 물었다. 그는 그들에게 평소와 다른 점을 눈치채지 못했다고 말했다. 그는 또한 그들에게 누군가 마렉 마렉처럼 술을 마신다면 조만간 저렇게 끝나고 말 것이라고 말했다. 그들은 그의 의견에 동의하고 떠났다.

아무개 씨는 자전거를 타고 루다로 갔다. 리도 식당에서 그는 맥주 한 잔을 앞에 두고 앉아 천천히 홀짝거렸다. 그 모든 감정 중에서 그가 가장 강하게 느낀 것은 안도감이었다.

라디오 노바루다

지역 라디오 방송국 노바루다는 매일 열두 시간 동안 주로 음악을 방송했다. 매시 정각에는 국내 뉴스를, 30분에는 지역 뉴스를 내보냈다. 그 외에 매일 퀴즈 경연 대회가 있었다. 거의 매일 바데라라는 성을 가진 사람이 우승을 차지했다. 그는 아무도 짐작할 수 없는 엄청난 양의 지식을 갖고 있었음에 틀림없다. 나는 바데라 씨가 누구인지, 어디에 사는지, 그리고 어떻게 그렇게 아는 게 많은지 기어이 알아내겠다고 스스로에게 약속했다. 나는 그에게 나 혼자서는 알 수 없는 중요한 것을 묻기 위해 산을 넘어 노바루다로 갈 것이다.

　나는 그가 매일 우연히 전화를 집어 들고 이렇게 말하는 것을 상상했다. "네, 답을 알았습니다. 그건 카니스 루푸스(canis lupus, 회색 늑대)에 관한 것으로 카니스 루푸스는 갯과에 속하는 가장 큰 종입니다.", "세라믹 타일을 굽기 전에 바르는 유약을 엥고베*라고 하죠.", "피타고라스의 선생님은 페레키데스, 헤르모다마스, 아르케마네스**라고 생각합니다." 등등. 그리고 매일 그랬다. 상품은 현지 도매업자가 제공하는 책이었다. 바데라 씨에게는 꽤 괜찮은 서재가 있음이 분명하다.

어느 날, 문제를 내기에 앞서 아나운서가 주저하는 목소리로 "바데라 씨, 오늘은 전화하지 말아 주세요."라고 말하는 것을 들었다.

12시와 1시 사이에는 유쾌한 목소리의 여성이 연재소설을 읽었는데, 그것을 듣지 않기란 불가능했다. 그때는 저녁 식사를 준비하는 시간이라 보통 감자 껍질을 벗기거나 만두를 빚고 있었기 때문에 우리 모두는 모든 회를 다 들었던 것이다. 이렇게 해서 난 4월 내내 안나 카레니나를 만났다.

"'그는 다른 여자를 사랑하고 있고, 그건 의심의 여지가 없어.' 그녀가 자신의 방으로 들어서며 말했다. '난 사랑을 간절히 원하는데, 그 사랑이 부족해. 그래서 다 끝났어. 끝내 버려야 해.'

'그런데 어떻게?' 그녀는 자신에게 물으며 거울 앞 안락의자에 주저앉았다."

때때로 마르타가 정오에 와서 자동적으로 도움을 받기도 했다. 예를 들자면 당근을 잘게 깍둑썰기 했다.

마르타는 조용하고 엄숙하게 들었지만, 안나 카레니나 또는 라디오에서 낭독한 다른 소설을 주제로 단 한마디도 하지 않았다. 나는 심지어 그녀가 이렇게 대화로 이루어진, 그리고 하나의 목소

---

* 화장토(化粧土).
** 아르케마네스는 작가가 만들어 낸 가상의 인물이다.

리가 읽는 이런 이야기들을 전혀 이해하지 못하는 게 아닌가 하는 의심마저 들었다. 나는 그녀가 개별 단어들과 언어의 똑같은 음률만을 듣고 있다고 여겼다.

마르타 나이의 사람들은 노망과 알츠하이머로 고생한다. 한번은 내가 정원에서 풀을 뽑고 있을 때 R이 집 건너편에서 나를 불렀다. 나는 대답할 시간이 없었다.

"그녀가 거기 있어요?" 그가 우리 둘을 모두 볼 수 있는 곳에서 있는 마르타에게 물었다. 그녀는 나를 힐끗 보며 그에게 소리쳤다.

"아니, 여기 없어."

그리고 그녀는 침착하게 몸을 돌려 집으로 돌아갔다.

"어째서 아무개 씨는 유령을 보는데 난 못 볼까요?" 언젠가 내가 마르타에게 물었다. 마르타는 속이 텅 비어 있기 때문이라고 말했다. 당시 나는 그것을 경솔하고 단순하다는 뜻으로 이해했다. 속이 꽉 찬 사람이 비어 있는 사람보다 더 귀하다고 여겼다.

그러고 나서 부엌 바닥을 닦고 있었는데, 마르타가 나에게 말하고 싶었던 것이 무엇인지 갑자기 깨달았다. 아무개 씨는 하느님은 저기에, 그리고 그들은 여기에 서 있다는 듯이 하느님을 상상하는 사람들 중 한 명이었다. 아무개 씨는 자신의 외면에 있는 모든 것을 보고, 심지어 마치 사진을 보듯이 자신의 외면을 본다. 그는 오직 거울 속 자신하고만 교감한다. 예를 들어 세공된 썰매들을 조립하느라 바쁠 때면, 그는 전혀 자신을 위해 일하지 않는다. 본인이 아니라 썰매를 생각하고 있기 때문이다. 자기 자신에 대해 생각하는 것은 흥미로운 일이 아니다. 담배 한 갑과 십자가 모양의 알약을 얻으려고 매일 노바루다로 떠나는 순례의 길을 위해 옷을 입을 때, 거울 속에 비친 완전히 준비된 상태의 자신을 볼 때에야 비로소 그는 자신을 '그'라고 생각한다. 단 한 번도 자신을 '나'라고 생각하지 않는다. 아무개 씨는 타인의 눈으로만 자신을 본다. 자신의 외모, 방적사로 만든 새 재킷, 날씨에 지친 자신의 얼굴과는 대조되는 밝은색 옷깃이 달린 크림색 셔츠가 그에게 그만큼 중요하기 때문이다. 그것이 자기 자신을 위해서 아무개 씨가 바깥에 있는 이유다. 아무개 씨 안에는 그 안에서 바라볼 만한 것이 아무것도 없고, 그래서 반성이 없다. 그러면 유령이 보인다.

마렉 마렉

이 아이에게는 아름다운 무엇인가가 있다. 모두가 그렇게 말했다. 마렉 마렉은 아주 밝은 금발에 얼굴은 천사 같았다. 그의 누나들은 그를 매우 사랑했다. 누나들은 이 아이를 독일식 마차에 태우고 산길을 따라 끌고 다니며 마치 인형처럼 데리고 놀았다. 그의 어머니는 모유 수유를 그만두고 싶지 않았다. 아이가 젖꼭지를 빨면, 그녀는 자기가 그를 위해 순수한 젖으로 변해서 자신의 젖꼭지를 통해 그녀 자신으로부터 흘러나오는 꿈을 꾸었다. 마렉 부인으로서는 이것이 그녀의 그 어떤 미래보다 나았을 것이다. 그러나마렉 마렉은 자라서 더는 그녀의 가슴을 찾지 않았다. 대신 늙은 마렉이 그걸 발견했고, 그녀로 하여금 몇 명의 아이를 더 낳도록 만들었다.

어린 마렉 마렉은 무척이나 사랑스러웠지만 잘 먹지 못했고, 밤에는 울었다. 어쩌면 그래서였는지 그의 아버지는 그를 좋아하지 않았다. 그는 술에 취해서 들어올 때마다 마렉 마렉을 때리기 시작했다. 어머니가 막아서면 아버지는 그녀를 쓰러뜨리고 때렸고, 결국 집에 아버지만 남겨 두고 모두 산으로 도망쳤다. 그리고 아버지는 온 집 안을 자신의 코 고는 소리로 가득 채웠다. 마렉의 누이들은 그를 불쌍하게 여겼고, 그래서 약속된 신호에 따라 숨도록 가르쳤으며, 마렉은 다섯 살 때부터 저녁의 대부분을 지하실에서 숨어 지냈다. 그곳에서 그는 눈물 없이 소리 죽여 울곤 했다.

그곳에서 그는 고통이 외부가 아니라 내부에서 오며, 술 취한 아버지나 어머니의 가슴과는 아무 상관이 없다는 것을 깨달았다. 누군가는 아침에 해가 뜨고 밤에 별이 뜨는 것과 같은 그런 이유 때문에 아프다. 그냥 아프다. 그는 아직 그것이 무엇인지 알지 못했지만, 때로는 온 세상을 녹이고 물에 빠뜨리는 어떤 따뜻하고 뜨거운 빛에 대한 모호한 기억을 가진 것처럼 보였다. 그것이 어디서 왔는지 그는 몰랐다. 어린 시절부터 그는 어둠, 영원한 황혼을 기억했다. 어둠이 깔린 하늘, 흐릿한 어둠 속에 잠긴 세상, 끝도 시작도 없는 매일 저녁의 슬픔과 냉기를 기억했다. 그는 또한 마을에 전기가 들어오던 날을 기억했다. 그는 이웃 마을에서부터 산을 따라 행진하는 철탑들이 마치 거대한 성당의 기둥 같다고 생각했다.

마렉 마렉은 노바루다 지역 도서관에 가입한 첫 번째이자 유일한 사람이었다. 그는 책을 가지고 아버지로부터 숨어 많은 시간을 책을 읽으며 보냈다.

옛 양조장 건물에 들어선 노바루다의 도서관에서는 여전히 홉과 맥주 냄새가 났다. 벽과 바닥, 천장이 모두 시큼한 냄새에 젖어 있었다. 심지어 책 속에서도 맥주가 거기에 쏟아진 것 같은 냄새가 났다. 마렉 마렉은 이 냄새가 좋았다. 그가 처음으로 술에 취했던 것은 열다섯 살 때였다. 기분이 좋았다. 그는 어둠을 완전히 잊었고, 더 이상 빛과 어둠의 차이를 볼 수 없었다. 그의 몸은 느슨해져서 말을 듣지 않았다. 그는 그것도 마음에 들었다. 마치 자신의 몸 밖으로 나와서 아무런 생각이나 느낌도 없이 자신과 함께 살 수 있을 것 같았다.

누나들은 모두 결혼해서 집에서 사라졌다. 남동생 하나는 불발탄 사고로 목숨을 잃었다. 다른 하나는 크워츠코의 특수 학교에 있었기 때문에, 늙은 마렉은 암탉을 잡지 못했다거나, 잔디를 충분히 짧게 자르지 않았다거나, 탈곡기의 축이 부러졌다거나 하는 이유로 계속 때리기 위해 마렉 마렉을 남겨 두었다. 그러나 마렉 마렉은 스무 살쯤 되었을 때 처음으로 아버지에게 앙갚음을 했고, 그때부터 그들은 정기적으로 서로 치고받았다. 한편 약간의 시간 여유가 있고 술 마실 돈이 없을 때면 마렉 마렉은 스타후라*의 시를 읽었다. 도서관에서 일하는 여자들은 데님처럼 보이는 파란색 표지에 쌓인 선집을 특별히 그를 위해 구입했다.

그는 여전히 아름다웠다. 밝은 머리카락은 어깨까지 내려왔고 얼굴은 부드러운 아이 같았다. 아주 밝은 그의 두 눈은 어두운 다락방에서 불빛을 찾느라 색깔을 잃어버린 것처럼, 하도 많이 읽어

---

* 에드바르트 스타후라(Edward Stachura, 1937~1979). 프랑스 이민 가정 출신의 폴란드 시인, 산문가, 가수, 번역가. 현대 사회에서 개인이 느끼는 소외감, 실존적 두려움 그리고 삶의 본질과 자연, 인간의 윤리적 가치에 대한 갈등이 작품의 주 내용을 이룬다. 정신 질환으로 고통받다가 자살로 생을 마감했다.

서 닳아 버린 푸른색 책 표지처럼 색이 바랬다. 그러나 여자들은 그를 두려워했다. 한번은 디스코가 진행되는 동안 한 여자와 창고 밖으로 나가더니 갑자기 딱총나무 덩굴로 그녀를 끌고 가서 그녀의 블라우스를 찢었다. 다른 사람들이 뛰어나와 그를 두들겨 팼으니 그 여자가 소리를 지른 건 잘한 일이었다. 그녀는 그가 마음에 들었지만, 아마도 그는 여자와 대화하는 법을 잘 몰랐을 것이다. 또 언젠가 그는 만취해서 자기가 아는 여자의 지인을 칼로 찔렀다. 마치 자기가 그녀에 대한 독점권을 가지고 있으며, 칼을 들고 자신을 보호할 권리라도 있다는 듯이. 그런 다음 그는 집에서 울었다.

그는 계속해서 술을 마셨고, 다리가 저 혼자 산을 가로지르며 움직이는 그 상태가 좋았다. 속에 있는 모든 것이, 그러니까 스위치가 나가고 갑자기 어둠이 찾아드는 것처럼 속 안의 모든 고통이 사그라졌다. 그는 잡담과 담배 연기로 가득 찬 선술집 리도에 앉아 있는 것을 좋아했고, 영문은 알 수 없지만 아마 꽃이 핀 들판에서 아침까지 누워 있다가 발견되는 것을 좋아했다. 죽어 가는 것을 좋아했다. 아니면 유빌라트카에서 술을 마시고 난 뒤 갑자기 얼굴은 피투성이가 되고 이는 부러진 채로 마을 쪽으로 난 구불구불한 길을 걷는 것이 좋았다. 반은 죽은 듯 의식이 완전하지 못한 것이 좋았다. 아침에 일어나 적어도 어디가 아픈지 정도는 알 만한 두통을 좋아했다. 갈증을 느끼고 그것을 해소할 수 있음이 좋았다.

결국 마렉 마렉은 자기 아버지를 따라잡았다. 그는 아버지를 돌 벤치에 대고 갈비뼈가 부러지고 기절하도록 두들겨 팼다. 경찰이 도착했고, 그들은 마렉 마렉을 알코올중독 치료 감호소로 데려가 술을 마실 수 없는 곳에 구금했다.

그때 두통의 물결 사이로 나른하게 졸린 상태에서 마렉 마렉은 맨 먼저 떨어졌다고 생각했다. 이전에는 높은 곳에 있었지만, 지금은 낮은 곳에 있다는 것을 떠올렸다. 아래로의 움직임과 공포를 떠올렸다. 심지어 공포보다 더 나빴다. 그것을 표현한 단어는 아무것도 없었다. 마렉 마렉의 바보 같은 몸은 이 두려움을 아무 생각 없이 받아들여 지금은 심장이 터질 듯이 두근거렸다. 그러나 마렉 마렉의 몸은 스스로 무엇을 하고 있는지 알지 못했다. 오직 불멸의 영혼만이 그러한 두려움을 견딜 수 있었다. 그의 몸은 그것에 의해 질식되어, 그 안에서 움츠러들고, 작은 세포벽에 부딪혀 거품을 일으켰다. "빌어먹을, 마렉!" 경비원들이 소리쳤다. 그들은 그를 땅바닥에 고정해 묶고 주사를 놓았다.

그는 재활 병동에 머물렀다. 빛바랜 파자마를 입은 다른 사람들과 함께 병원의 넓은 복도와 구불구불한 계단을 따라 그는 떠돌듯 걸었다. 그는 약물 치료 줄에 대기했다. 안티콜을 성찬을 먹듯 삼켰다. 창밖을 내다보았을 때 그는 처음으로 깨달았다. 자신의 목표는 가능한 한 빨리 죽어서 이 나태한 나라와 황폐한 붉은 땅으로부터, 이 과열된 병원으로부터, 빛바랜 파자마로부터 그리고 약에 취한 몸으로부터 자유로워지는 것임을. 그리고 그때부터 그는 어떻게 해야 죽을 수 있는지 그것만 생각했다.

어느 날 밤 그는 샤워를 하다가 동맥을 잘랐다. 팔뚝의 하얀 피부가 갈라지고 마렉 마렉의 속살이 드러났다. 그것은 신선한 쇠고기처럼 붉은 고깃덩어리였다. 의식을 잃기 전에 그는 놀란 것 같앉다. 왜 거기서 불빛을 볼 것이라고 생각했는지 몰랐기 때문이었다.

당연히 그들은 그를 독방에 가두었고, 소동이 벌어졌으며, 그의 입원 기간이 연장되었다. 그는 겨우내 그곳에 있었고, 집에 돌아왔을 때, 부모님이 도시에 있는 누이 집으로 이사를 갔으며 지금 자기가 혼자라는 사실을 깨달았다. 그들은 그에게 말을 남겨 두었고, 그는 이 말을 이용해 숲에서 나무를 베어다가 끌고 다니며 팔았다. 그는 돈이 있었고 다시 술을 마실 수 있었다.

마렉 마렉은 자기 안에 새를 품고 있었다. 그는 그렇게 느꼈다. 그러나 그의 이 작은 새는 이상하고, 물질적이지 않으며, 이름을 알 수 없고, 그 자신보다 새답지도 않았다. 그는 이해하지 못하고 두려워하는 것, 즉 대답 없는 질문, 자기가 항상 불편함을 느끼는 사람들에게 끌렸다. 그는 무릎을 꿇고 갑자기 절박하게 기도하고 싶은 충동을 느꼈다. 기도 중에는 아무것도 구하지 않으며, 누군가가 그 말을 듣고 있을지도 모른다는 희망을 품고 그저 말하고, 말하고, 또 말하고 싶은 충동을 느꼈다. 그는 자신에게 고통만을 안겨 주는 이 창조물을 싫어했다. 만일 그 존재가 아니었더라면 집 앞에 앉아 자기 집 앞에 솟아오른 산을 바라보며 조용히 술에 취해 갔을 것이다. 그러고 나서 해장술로 정신을 차린 다음 그어떤 생각이나 죄책감이나 결심 없이 다시 술에 취했을 것이다. 이 작은 새는 날개가 있어야 했다. 때때로 그것은 날개로 그의 몸 안을 맹목적으로 때렸고, 철창에 부딪혀 퍼덕이기도 했지만, 그는 그것의 다리가 묶여 있다는 것을, 어쩌면 무거운 것에 묶여 있을지도 모른다는 것을 알았다. 그것은 결코 날아갈 수 없었기 때문이다. 하느님 맙소사, 비록 그는 신을 전혀 믿지 않았지만, 어째서 자기가 자기 안에 있는 이것 때문에 괴로워해야 하는지 생각했다. 이 짐승은 알코올에 면역이 되어 있었고, 언제나 고통스럽게 의식이 남아 있었으며, 마렉 마렉이 한 모든 일과 그가 잃어버린 것, 낭비한 것, 지나간 것, 눈치채지 못한 것 그리고 그를 지나쳐 간 모든 것을 기억했다. "씨발. 왜 이건 이렇게 날 괴롭히는 거지? 어쩌자고 이 속에 들어앉았냐고." 그는 술에 취해서 아무개 씨에게 중얼거렸다. 그러나 아무개 씨는 귀머거리였고 아무것도 이해하지 못했다. 그가 말했다. "당신은 내 새 양말을 훔쳤어. 빨랫줄에 널려 있었잖아."

마렉 마렉 안의 새는 쉴 새 없이 날갯짓을 했고, 다리는 묶여 있었으며, 눈은 공포로 가득 차 있었다. 마렉 마렉은 그것이 자기 안에 갇혀 있다고 생각했다. 그게 어떻게 가능한 일인지 전혀 이해할 수 없지만, 누군가가 그것을 그 안에 가두었다. 때로 생각에 잠겨 있을 때면, 그는 자기 마음 안에서 이 끔찍한 시선을 만나기도 했고 짐승의 처절한 한탄을 듣기도 했다. 그럴 때면 그는 생각을 멈추고 맹목적으로 산에 뛰어올라 숲길을 따라 자작나무 숲으로 갔다. 뛰어가는 동안 그는 자신의 체중을 지탱할 만한 나뭇가지가 있는지 보았다. 작은 새가 그 안에서 비명을 질렀다. "날 좀 내보내 줘. 풀어 줘. 난 네 것이 아니야. 난 다른 곳에서 왔어."

처음에 마렉 마렉은 그것이 자기 아버지가 기르던 것 같은 비둘기라고 생각했다. 그는 비둘기의 동그랗고 텅 빈 작은 눈, 질질 끄는 발걸음, 이리저리 방향을 바꾸는 잔망스런 비행이 싫었다. 집에 먹을 것이 떨어졌을 때면, 아버지는 그에게 비둘기 집 안으로 기어 들어가서 멍청하고 얌전한 새를 고르라고 명령했다. 그는 양손으로 비둘기를 잡아 한 마리씩 아버지에게 건네주었고, 아버지는 간결한 동작으로 비둘기의 머리를 비틀었다. 그는 이것들이 죽어 가는 방식이 싫었다. 그것들은 마치 물건들처럼 죽었다. 그리고 아버지도 그만큼 똑같이 싫었다. 그런데 한번은 프로스트네 연못가에서 다른 종류의 새를 보았다. 그것은 그의 발로 뛰어올라 힘겹게 덤불 위로 올라가더니 나무들과 계곡 위로 날아올랐다. 그 것은 크고 검었다. 부리는 붉었고 다리는 길었다. 새는 날카로운 비명을 질렀고 새의 날갯짓으로 허공에는 잠시 동안 잔물결이 일었다.

그의 안에 있는 새는 그래서 검은 황새였다. 붉은 다리는 묶이고 날개는 찢어져 있었다. 비명을 지르며 날개를 퍼덕였다. 그는 밤중에 자신의 내부에서 들리는 이 비명, 지옥같이 소름 끼치는 외침을 들으며 깨어났다. 그는 겁에 질려 침대에 앉아 있었다. 아침까지 잠들 수 없을 게 분명했다. 그의 베개는 축축했고 토사물 냄새가 났다. 그는 일어나서 마실 것을 찾았다. 때로는 어제 먹은 술병 바닥에 뭔가가 남아 있기도 했고, 때로는 그렇지 않기도 했다. 가게에 가기엔 너무 일렀다. 살기엔 너무 이른 시간이어서 그는 벽에서 벽으로 걸어 다닐 뿐 죽어 가고 있었다.

술에서 깼을 때, 그는 몸의 모든 부분에서 새를 느낄 수 있었다. 피부 바로 아래에서도. 때로는 심지어 자기가 새라는 생각이 들었고, 함께 고통을 겪었다. 과거와 미심쩍은 미래를 건드린 모든 생각들이 그를 아프게 했다. 이런 고통 때문에 마렉 마렉은 그 무엇도 끝까지 생각할 수 없었고, 어떤 의미도 갖지 못하도록 생각을 흐리고 떨쳐 내야만 했다. 자신에 대해서, 자기가 어떤 사람이었는지 생각하면 그는 고통스러웠다. 지금 자기가 어떤 사람인지 생각하면, 그는 더욱 고통스러웠다. 자기가 어떤 사람이 될지, 자기에게 무슨 일이 일어날지 생각하면 그 고통은 견딜 수 없을 정도가 되었다. 그는 자기 집에 대해서 생각하면서, 당장이라도 무너질 것 같은 다 썩은 들보를 단번에 훑었다. 밭을 생각했을 때는 밭에 씨를 뿌리지 않았다는 것을 기억했다. 아버지를 생각했을 때는 그가 자기를 때린 기억이 났다. 누이를 생각하니 자기가 그녀의 돈을 훔쳤다는 것이 기억났다. 사랑하는 암말을 생각하자 술이 깬 뒤 갓 태어난 새끼와 함께 죽어 있던 그 말을 발견했던 기억이 떠올랐다.

하지만 그는 술을 마실 때가 더 좋았다. 새가 자신과 함께 술을 마셨기 때문은 아니었다. 아니, 새는 결코 술에 취하지 않았고 잠을 자지도 않았다. 마렉 마렉의 취한 몸과 생각은 새가 벌이는 고군분투를 전혀 눈치채지 못했다. 그래서 그는 술을 마셔야 했다.

언젠가 한번은 와인을 만들려고 했다. 그는 화가 나 블랙베리 덤불을 망가뜨렸다. 과수원은 온통 그것들로 가득 찼으며, 그는 떨리는 손으로 그것들을 병에 넣었다. 그는 현금 일부를 털어 설탕을 샀고, 그런 다음 따뜻한 다락방에 그 혼합물을 넣어 두었다. 그는 자신의 와인을 갖게 된 것이, 목이 마르기 시작하면 자신의 다락방으로 가서 튜브를 꽂아 병에서 바로 와인을 마실 수 있게 된 것이 기뻤다. 하지만 숙성도 되기 전에 전부 마셔 버리게 될 줄은 자신도 몰랐다. 그다음엔 발효 중인 와인을 씹어 먹었다. 텔레비전과 라디오, 테이프 레코더는 팔아먹은 지 이미 오래였다. 그

래서 어쨌거나 그는 아무 소리도 들을 수 없었다. 그의 귓가에서
는 언제나 날개가 펄럭거렸다. 그는 거울 달린 옷장과 양탄자, 써
레, 양복, 냉장고, 가시 면류관을 쓴 예수와 심장이 몸 밖에 있는
성모가 그려진 성화, 물뿌리개, 수레, 바인더, 쇠스랑, 고무바퀴가
달린 수레, 접시, 항아리, 건초를 팔았고 심지어 배설물을 살 상인
을 찾아냈다. 그런 다음 마렉 마렉은 독일식으로 지어진 폐가를
거닐다가 풀밭에 감춰진 석조 용수로를 발견했다. 그는 그것들을
독일로 운송한 사람에게 팔았다. 할 수만 있다면 그는 기꺼이 그
의 허물어진 집을 악마에게 팔았겠지만, 그럴 수 없었다. 그 집은
여전히 그의 아버지 것이었다.

그에게 최고의 날은 아침까지도 술이 조금 남아 있어서 잠에
서 깬 후, 심지어 침대에서 일어나지도 않고 바로 술을 마실 수 있
었던 기적이 일어난 날이었다. 덕분에 그는 더없이 행복해졌지만,
이런 상태를 깨뜨리지 않기 위해 잠들지 않으려고 노력했다. 일어
나면서 현기증이 난 그는 집 앞 벤치에 앉아 있었다. 항상 그때쯤
자전거를 끌고 노바루다로 가는 아무개 씨가 그 앞으로 지나갔다.
"이 멍청한 늙은 부랑자야." 마렉 마렉은 그에게 말을 걸어 인사를
나누며 손을 흔들었다. 아무개 씨는 그에게 이가 빠진 웃음을 지
어 보였다. 그 양말들이 발견되었다. 바람이 양말을 멀리 풀밭으
로 날려 보냈다.

11월에 아무개 씨가 그에게 검정 강아지를 데려왔다. "가져
요." 그가 말했다. "다이애나 때문에 슬퍼하지 마요. 훌륭한 암말
이었어요." 마렉 마렉은 개를 먼저 집으로 데려갔지만, 개가 바닥
에 오줌을 싸는 바람에 격분하고 말았다. 그래서 그는 집 밖에 오

래된 욕조를 세우고 거꾸로 뒤집어서 두 개의 돌로 받쳐 놓았다. 땅에 고리를 박고 쇠사슬에 강아지를 묶었다. 그것은 독창적인 임시방편이었다. 강아지는 처음에는 낑낑거리고 울부짖었지만 결국엔 익숙해졌다. 마렉 마렉이 음식을 가져다줄 때마다 꼬리를 흔들어 댔다. 이 개 덕분에 그는 기분이 나아졌고 그 안의 새도 좀 잠잠해졌다. 그런데 눈이 내린 12월의 어느 날 밤, 서리가 너무 심하게 내려 개가 얼어 죽었다. 그는 아침에 눈에 묻힌 개를 발견했다. 그것은 마치 버려진 넝마처럼 보였다. 마렉 마렉은 발로 그것을 밀었다. 그것은 완전히 딱딱하게 굳어 있었다.

그의 누이가 크리스마스이브에 그를 초대했으나, 그는 그녀가 저녁 식사 때 보드카를 주지 않으려 하자 곧 그녀와 말다툼을 했다. "제길, 쌍, 보드카 빠진 크리스마스이브라니." 그가 자신의 매부에게 말했다. 그는 외투를 입고 나갔다. 사람들은 좋은 자리를 잡으려고 벌써 자정 미사에 가고 있었다. 그는 어둠 속에서 낯익은 얼굴들을 응시하며 성당 근처를 어슬렁거렸다. 그는 아무개 씨와 우연히 마주쳤다. 심지어 그는 눈을 뚫고 마을로 가는 길이었다. "겨울이잖소." 아무개 씨가 활짝 웃으면서 마렉 마렉의 등을 치며 말했다. "꺼져, 이 멍청한 늙은이야." 마렉 마렉이 대답했다. "그래요, 그래." 아무개 씨가 고개를 끄덕이며 성당 안으로 들어갔다. 사람들은 마렉 마렉을 지나치며 차갑게 고개를 숙여 인사했다. 그들은 성당 입구에서 신발을 털고 안으로 들어갔다. 그는 담배에 불을 붙이며 파드닥거리는 날갯짓 소리를 들었다. 마침내 종소리가 울리기 시작했고, 신도들은 침묵을 지켰고, 신부의 목소리가 마이크에 의해 왜곡되어 울려 퍼졌다. 마렉 마렉은 성당으로 들어가서 성수의 차가운 표면을 손끝으로 건드렸으나, 성호는 긋지 않았다. 잠시 후 그는 모피 코트와 그것들을 어디에서 끄집어냈는지 하느님만 알 법한 축제용 코트에서 나는 악취 때문에 기분이 나빠졌다. 그는 좋은 생각이 떠올랐다. 그는 되돌아서서 입구를 지나 밖으로 나갔다. 모든 흔적을 덮어 지우려는 듯 눈이 펑펑 내리고 있었다. 마렉 마렉은 곧장 가게로 향했다. 가는 길에 그는 누이의 창고에 들러 곡괭이를 챙겼다. 그는 그것으로 가게 문을 부수고 나서 주머니마다 보드카 병들을 쑤셔 넣었다. 가슴 속과 바지 안에도 집어넣었다. 그는 웃고 싶어졌다. "저 멍청이들이 뭘 찾을 수나 있겠어."라고 혼잣말을 하고는 보일러 옆에 있는 물탱크에 밤새 보드카를 들이부었다. 병들은 우물에 던졌다.

그날은 그의 생애 최고의 크리스마스였다. 그는 아주 조금 정신이 들자마자 탱크 옆에 무릎을 꿇고 꼭지를 틀었다. 입을 벌리자 보드카가 천국에서 그의 목구멍으로 곧장 쏟아져 내렸다.

크리스마스 연휴가 끝나고 곧 날이 풀리기 시작했다. 눈은 불쾌한 비로 변했고 주변 세상은 물에 흠뻑 젖은 회색 버섯 같았다. 보드카도 다 떨어졌다. 마렉 마렉은 침대에서 일어나지 못했다. 온몸이 춥고 아팠다. 어디에서 술을 찾을 수 있을지 내내 생각했다. 마르타 부인이 포도주를 좀 갖고 있을지도 모른다는 생각이 들었다. 겨울이면 그녀는 어디론가 떠났기 때문에 그녀의 집은 텅 비어 있었다. 비록 마르타는 단 한 번도 포도주를 만든 적이 없다는 것을 알고 있었지만, 그는 상상 속에서 그녀의 부엌과 탁자 밑에 집에서 만든 포도주들이 있는 것을 보았다. 어쩌면 만들었을지도 모른다. 어쩌면 올해에는 블랙베리나 자두로 술을 담가 탁자 밑에 숨겨 두었을 것이다. 젠장. 그는 이런 생각을 하며 침대에서 기어 나왔다. 며칠 동안 아무것도 먹지 않아서 몸이 비틀거렸고, 머리는 터질 듯이 아팠다.

문이 잠겨 있었다. 그는 발로 차서 문을 열었다. 경첩은 습하고 불쾌한 소리를 내며 삐걱거렸다. 마렉 마렉에게는 모든 것이 좋지 않았다. 부엌은 마치 마르타 부인이 바로 전날 떠난 것 같은 모습이었다. 탁자는 바닥까지 닿는 체크무늬 유포(油布)로 덮여 있었다. 그 위에 커다란 빵칼이 놓여 있었다. 마렉 마렉은 재빨리 탁자 밑을 들여다보았고, 그곳에 아무것도 없다는 사실에 놀랐다. 그래서 그는 찬장을 뒤지기 시작했다. 난로, 나무 바구니, 침대보가 가지런히 쌓여 있는 서랍장 안을 들여다보았다. 눈과 젖은 나무, 금속에서 새어 나온 겨울 습기 때문에 축축한 냄새가 났다. 그는 이제 여기저기 다 살펴보았고, 매트리스와 깃털 이불까지 훑었으며 낡은 고무장화에까지 손을 넣어 보았다. 마르타가 가을에, 떠나기에 앞서 자신이 집에서 만든 포도주를 담을 병을 들이는 환영이 보였다. 다만 그는 그것들이 어디에 있는지 모를 뿐이다. 그는 "멍청한 늙은이."라고 말하며 울음을 터뜨렸다. 탁자에 앉아 손으로 머리를 감쌌다. 그의 눈물이 유포로 떨어져 쥐똥을 씻어 냈다. 그는 칼을 빤히 쳐다보았다.

그는 떠나면서 나무못으로 문을 고정했다. 마르타 부인을 좋아하기도 했고 눈이 그녀의 부엌으로 들어가는 것을 원치 않았기 때문이었다. 바로 그날 경찰이 그를 찾아왔다. "어쨌든 우리는 그게 당신이라는 걸 알아요." 경찰들이 말했다. 그들은 다시 올 거라고 덧붙였다.

마렉 마렉은 다시 자리에 누웠다. 그는 추웠지만, 손에 도끼를 쥘 만한 힘이 없다는 것을 알고 있었다. 새는 그의 몸 안에서 푸드덕거렸고, 그래서 마렉 마렉의 몸이 떨렸다.

　누군가 불을 끈 것처럼 갑자기 땅거미가 졌다. 공기 중에 얼어붙은 비가 잔잔한 파도를 몰아오며 창유리를 두드렸다. 만일 내게 텔레비전이 있다면, 하고 마렉 마렉은 엎드려서 생각했다. 잠을 잘 수가 없었다. 밤중에 몇 번이나 일어나서 양동이의 물을 마셨다. 물은 차갑고 끔찍했다. 그의 몸은 그것을 눈물로 바꾸어, 저녁에 흐르기 시작한 눈물이 아침까지 흘러내려 귀를 채우고 목덜미를 간질였다. 새벽녘에야 그는 잠시 잠이 들었다. 정신이 들었을 때 가장 먼저 든 생각은 이제는 물탱크에 보드카가 없다는 것이었다.

　그는 일어나서 솥에 오줌을 누었다. 서랍을 뒤져 노끈을 찾기 시작했으나 찾을 수가 없어서 그는 낡고 빛바랜 커튼을 잡아 떼고, 커튼이 걸려 있던 전선을 뜯어냈다. 창문 밖으로 자전거를 끌며 노바루다로 가는 아무개 씨가 보였다. 마렉 마렉은 갑자기 행복해졌다. 바깥에서 내리던 비가 마침내 그쳐 조용해지고 회색 겨울 빛이 모든 창문을 통해 집 안으로 쏟아져 들어왔다. 새도 조용해졌다. 아마도 이미 숨이 멎은 것 같다. 마렉 마렉은 전선으로 올가미를 만들어 어머니가 프라이팬을 걸어 두었던 문 옆 고리에 묶었다. 그는 담배를 피우고 싶었고 다시 한번 담배를 찾기 시작했다. 알약을 엎지르니 종잇조각들이 바스락거리는 소리, 마룻바닥이 삐걱거리는 소리, 그것들이 나무판을 두드리는 작은 소리 들이 들렸다. 담배를 찾을 수가 없었다. 그래서 곧장 고리 있는 데로 가서 목에 올가미를 걸고 바닥에 털썩 주저앉았다. 그는 목 뒤쪽에 엄청난 고통을 느꼈다. 잠시 전선이 점점 더 조여지다가 느슨해지더니 고리에서 풀렸다. 마렉 마렉은 바닥으로 떨어졌다. 무슨 일이 일어났는지 알 수가 없었다. 고통이 그의 온몸으로 번져 갔고, 새가 다시 비명을 지르기 시작했다. "나는 돼지처럼 살아왔고 돼지처럼 죽을 거야." 마렉 마렉이 큰 소리로 말했고, 텅 빈 집에서 이것은 마치 대화를 요청하는 말처럼 들렸다. 전선을 다시 고리에 묶는 그의 손이 덜덜 떨렸다. 매듭을 지어 비틀어 꼬았다. 올가미의 위치는 이제 의자가 필요할 만큼은 아니지만 아까보다 훨씬 높아졌고, 앉아야 할 만큼 낮지도 않았다. 그는 올가미를 목에 걸고, 잠시 발뒤꿈치를 들고 서서 앞뒤로 흔들더니 몸을 바닥으로 확 내동댕이쳤다. 이번에는 정신을 잃을 정도로 고통이 심했다. 그의 입은 헐떡거렸고, 다리는 그가 원하던 바는 아니었지만 필사적으로 디딜 만한 것을 찾았다. 무슨 일인가 벌어지고 있는 데 놀라 그는 고군분투했고, 어느 순간 갑자기 오줌을 지릴 만큼 엄청나게 큰 공포에 사로잡혔다. 그는 흥건한 오줌에 미끄러져 버둥거리는, 찢어진 양말이 신겨진 자신의 발을 바라보았다. 내일 할 거야, 그는 희망적으로 생각했지만, 몸을 받칠 만한 그 어떤 것도 이미 찾을 수 없었다. 그는 다시 한번 몸을 앞으로 내던지고 양손으로 몸을 떠받들어 보려고 노력했지만, 바로 그때 머릿속에서 뭔가 터지는 소리가 들렸다. 쾅, 발사, 폭발. 그는 벽을 움켜잡으려 했지만 그의 손은 그 위에 더럽고 축축한 흔적만 남겼을 뿐이다. 그는 움직이지 않았다. 왜냐하면 모든 나쁜 일들이 자신을 눈치채지 못하고 지나가기를 바랐기 때문이다. 창문에 눈을 갖다 대자 불분명하고 막연한 생각이 머릿속에 떠올랐다. 아무개 씨가 돌아올 것이다. 그러자 창문의 밝은 사각형이 사라졌다.

꿈

작년에 나는 돌르니 실롱스크 거래소에 꿈을 모은다는 공고를 냈
는데, 사람들이 내게 꿈을 팔려고 해서 곧 포기하고 말았다. 그들
은 "가격에 동의합시다."라거나 "꿈 하나당 20즈워티를 제안합니
다. 그 정도면 공정한 가격입니다."라고 썼다. 그래서 나는 포기했
다. 낯선 이들의 꿈에 부도를 냈을 것이다. 나는 그 사람들이 돈을
위해 꿈을 만들어 낼까 봐 겁이 났다. 있는 그대로의 꿈은 돈과 아
무런 관계가 없다.

　나는 인터넷에서 사람들이 자신들의 꿈을 돈을 받지 않고 자
발적으로 등록하는 웹 사이트를 찾았다. 매일 아침 거기엔 새로운
아이템들이 다양한 언어로 나타난다. 그들은 내가 실제로 이해하
지 못하는 이유들로 자기가 꾼 꿈을 타인을 위해, 다양한 언어를
사용하는 낯선 이들을 위해 기록한다. 어쩌면 자신의 꿈을 이야
기하고픈 욕망은 허기만큼이나 강한 것인지도 모른다. 아직 아침
도 먹기 전에, 일어나자마자 컴퓨터를 켜고 "어젯밤 나는 꿈을 꾸

었다……"라고 쓰는 사람들은 그런 욕망이 더 강할 것이다. 나도 용기를 내 아주 사소한 꿈부터 쓰기 시작했다. 그것은 거기에 적힌 낯선 이들의 꿈을 읽기 위한 나의 티켓이었다. 그리고 내게는 아침마다 컴퓨터 세상을 여는 습관이 생겼다. 겨울 아침이면 아직은 어둡고 부엌에서는 커피가 끓고, 여름 아침이면 창문에 햇빛이 쏟아지고 현관문은 테라스를 향해 활짝 열려 있으며, 개들은 이미 자신의 영역을 돌아보고 돌아와 있다.

만일 사람들이 이 일을 규칙적으로 한다면, 만일 매일 아침 다른 사람들의 꿈을 수십 개, 수백 개씩 주의 깊게 읽는다면, 그것들 사이의 유사점을 발견하기 쉬울 것이다. 나는 오래전부터 다른 사람들도 이것을 알아차렸는지 궁금하다. 탈주의 밤, 전쟁의 밤, 아기들의 밤, 미심쩍은 사랑의 밤 등이 있다. 호텔이나 역, 기숙사, 자기가 사는 집에 있는 미로를 헤매는 밤도 있다. 또는 문이나 상자, 가슴, 옷장을 열어 보는 밤도 있다. 아니면 몽상가들이 역이나 공항, 기차, 고속도로, 길가에 있는 모텔로 가고, 여행 가방을 잃어버리고, 표를 기다리고, 제시간에 환승하지 못할까 봐 걱정하는 여행으로 가득 찬 밤도 있다. 매일 아침마다 이 꿈들은 구슬처럼 실에 엮여 감각적인 배치가 돋보이는 독창적인 목걸이로 나타날 수도 있겠지만, 그 자체로도 충만하고 아름답다. 가장 자주 반복되는 모티브들을 바탕으로 밤마다 제목을 붙여 볼 수도 있다. "약자들과 장애인들에게 음식을 먹여 주는 밤.", "하늘에서 물건이 떨어지는 밤.", "이상한 동물들의 밤.", "편지를 받는 밤.", "귀중한 물건을 잃어버리는 밤." 어쩌면 이것은 너무 적을 수도 있고, 전날 밤 꾼 꿈으로 하루의 이름을 지어야 할 수도 있다. 혹은 사람들은 여러 달이나 심지어 수년, 몇 개의 시대에 걸쳐 해가 비치면 느낄 수 없는 농일한 리듬 속에서 비슷한 꿈을 꾸기도 한다.

만일 누군가가 내가 보고 있는 것을 제대로 연구할 수 있다면, 만일 꿈속의 인물들, 이미지, 감정을 계량화해서 그 모티브에 따라 나누어 낼 수 있다면, 마법 접착제처럼 작용하는 이러한 모든 상관관계 테스트를 포함해서 통계를 적용하고, 연결이 불가능해 보이는 것들을 서로 연결할 수 있다면, 어쩌면 그 속에서 어떤 비슷한 의미를 찾아낼 수 있을지도 모른다. 여기서, 그 세계에서 증권 거래소가 어떻게 운영되고 있으며 감지하기 힘든 연결이나 엄격한 일정에 따라 대형 공항이 어떻게 기능하고 있는지를 말이다. 예측할 수 없는 예감과 신중하기 그지없는 알고리즘.

나는 종종 마르타에게 그녀의 꿈을 얘기해 달라고 부탁했다. 그녀는 단지 어깨를 으쓱할 뿐이었다. 그녀는 관심이 없는 것 같다. 설령 밤에 꿈이 그녀에게 찾아왔다 하더라도, 나는 그녀 자신이 그것을 기억하도록 허락하지 않을 것이라고 생각한다. 그녀는 커다란 산딸기 무늬 유포에 엎지른 우유를 닦아 내듯이 꿈들을 문질러 지워 버렸다. 행주를 비틀어 짰다. 그녀의 낮은 부엌을 환기했다. 그녀의 눈길을 사로잡은 것은 제라늄이었다. 손가락으로 잎을 문질렀고, 밤에 꿈속에서 무슨 일이 있었건 간에 시큼한 냄새는 영원히 그것을 억눌렀다. 나는 마르타의 꿈 중 하나라도 알고 싶어서 많은 것을 주었을 것이다.

마르타는 대신 나에게 다른 사람들의 꿈을 얘기해 주었다. 나는 그녀에게 그것들을 어디서 알았는지 한 번도 물어본 적이 없다. 어쩌면 자신의 이야기들처럼 꾸며 냈을 수도 있다. 다른 사람들의 머리카락으로 가발을 만들듯이 다른 사람들의 꿈을 이용했다. 우리가 함께 크워츠코나 노바루다로 가거나 은행 앞에 차를 세워 두고 거기서 나를 기다릴 때 그녀는 창문 밖으로 사람들을 바라보았다. 그러고는 쇼핑한 물건들이 잔뜩 든 장바구니를 뒤적거리면서 항상 딱히 원치도 않는다는 듯이 뭔가를 이야기하기 시작한다. 예를 들자면 다른 누군가의 꿈 같은 것을 말이다.

나는 마르타가 말한 것과 내가 들은 것 사이에 경계가 존재하는지 결코 확신할 수 없었다. 나는 그녀와 나, 우리 둘 다 알고 있는 것, 우리가 알지 못하는 것, 그날 아침 라디오 노바루다에서 들은 것, 주말판 신문 텔레비전 프로그램 섹션에서 읽은 것, 하루의 시간과 그리고 심지어 햇빛이 길을 따라 계곡의 마을들을 비추는 것과도 그것을 구분할 방법을 모르기 때문이다.

자동차의 날

우리는 숲에서 차를 발견했다. 그것은 잘 보이지 않아서, 우리는 가문비나무 잎들에 파묻힌 보닛에 발을 들이고 말았다. 앞좌석에는 작은 자작나무가 자라고 있었고, 담쟁이덩굴이 핸들을 뒤덮고 있었다. R은 이게 전쟁 전 독일에서 만든 DKW라고 했다. 그는 자동차에 대해 잘 안다. 차체는 완전히 부식되었고, 바퀴는 숲속 쓰레기들에 반쯤 가라앉아 있었다. 내가 운전석 문을 열려고 하자 손잡이가 떨어져 나갔다. 가죽 시트커버에는 노란 버섯들이 자라고 있었고, 작은 폭포를 이루어 구멍 난 바닥으로 떨어지고 있었다. 우리는 이 발견에 대해 아무에게도 말하지 않았다.

저녁에 반대편 경계선에서 다른 자동차가 숲에서 빠져나왔다. 스위스 번호판을 단, 우아한 빨간색 도요타였다. 석양이 진홍빛 라커에 잠시 반사되었다. 그 차는 엔진을 끈 채로 계곡으로 내달렸다. 밤중에 흥분한 국경 수비대원들이 횃불을 들고 그 흔적을 따라갔다.

아침에 인터넷에는 자동차에 대한 꿈들이 나타났다.

아모스

노바루다의 협동조합은행에서 일하는 크리시아는 꿈을 꾸었다. 1969년 초봄의 일이었다.

그녀는 왼쪽 귀에서 목소리가 들리는 꿈을 꾸었다. 처음에는 여성의 목소리가 계속 지껄였지만, 크리시아는 그게 뭔지 알 수 없었다. 그녀는 꿈속에서 걱정이 되었다. "누가 자꾸 내 귀에 대고 윙윙거리면 난 어떻게 일을 하지?" 그녀는 꿈속에서 라디오를 끄거나 전화를 끊는 것처럼 목소리를 끌 수 있을 거라고 생각했다. 하지만 그럴 수 없었다. 이 소리의 원천은 그녀의 귀 깊숙한 곳, 둥근 회랑 어딘가에, 고막과 나선들로 가득한 곳, 축축한 각질의 미로 속, 어두운 동굴 속 어딘가에 박혀 있었다. 그녀는 그것을 손가락으로 긁어 낼 수도, 손으로 귀를 막을 수도 없었다.

크리시아는 온 세상이 이 소리를 들어야만 한다고 생각했다. 아마도 결국 온 세계가 목소리로 진동했을 것이다. 어떤 문장들은 계속 반복되었다. 문법적으로는 더없이 정확했고, 아름답게 소리 나는 문구들도 있었지만, 그것은 단지 인간의 말을 모방했을 뿐 전혀 말이 되지 않았다. 크리시아는 이것들이 두려웠다. 그런데 곧 크리시아의 귀에 남성적이고 상냥하며 깨끗한 다른 목소리가 들리기 시작했다. 그와 이야기하는 것이 좋았다. "내 이름은 아모스야." 그가 말했다. 그는 그녀의 일과 부모님의 건강에 대해 물었다. 그러나 실제로는, 그에게 이런 것이 전혀 필요하지 않다는 인상을 받았다. 그는 그녀에 대해 모든 것을 알고 있었다. "넌 어디에 있는 거야?" 그녀가 주저하며 물었다. "마리안드에." 그가 대답했고, 그녀는 폴란드 중부에 있는 그 지역에 대해 알고 있었다. "왜 내 귀에서 들리는 거야?" 다시 한번 그녀는 알고 싶었다. "넌 특별한 사람이야. 그리고 난 너를 사랑하게 됐어." 같은 일이 세 번, 네 번 일어났다. 똑같은 꿈이었다.

아침에 그녀는 은행 서류들 사이에 파묻혀 커피를 마셨다. 뜰에는 습기 찬 눈이 내렸고 곧 녹았다. 습기는 훈훈한 은행 사무실로 스며들어 옷걸이에 걸린 코트, 인조 가죽으로 만든 여자 핸드백, 부츠와 고객들까지 점령해 버렸다. 그리고 평범하지 않은 이 날에 신용 대출 부서장인 크리시아 포프워흐*는 난생처음 자신이 전적으로 그리고 무조건적으로 사랑받고 있다는 것을 깨달았다. 그것은 그녀의 뺨을 때리는 것만큼이나 강력한 발견이었다. 그녀는 현기증이 났다. 은행 홀에서 바라보는 경치는 희미해졌고, 그녀의 귓속에서도 잠시 아무 소리도 들리지 않았다. 갑자기 자신에게 흘러넘치는 이 사랑 속에서 크리시아는 자신이 여태껏 한 번도

---

* Popłoch. '공포', '놀람'이라는 뜻.

사용된 적이 없는, 처음으로 수정같이 맑은 물로 가득 찬 주전자처럼 느껴졌다. 그리는 사이에 커피는 시어 버렸다.

그날 그녀는 일찍 퇴근해서 우체국에 갔다. 우치, 시에라츠, 코닌, 키엘체, 라돔, 그리고 물론 쳉스토호바 같은 폴란드 중부의 대도시들과 결국엔 마리안드의 전화번호부를 가져왔다. A항을 열고 매니큐어를 칠한 손톱으로 이름을 하나하나 짚어 가며 살펴보았다. 우치나 시에라츠 그리고 다른 도시들에 아모스나 아모즈는 없었다. 주변 시골의 작은 번호부에도 그런 이름은 없었다. 지금 그녀가 느끼고 있는 감정은 분개라고 하는 게 가장 좋을 것이다. 그녀는 거기 어딘가에 그 이름이 있어야만 한다는 것을 알았다. 잠시 동안 그녀는 멍하니 앉아 있다가 다시 시작했다. 라돔, 타르누프, 루블린, 브위츠와베크. 리디아 아모셰비치와 아모신스키를 발견했다. 그리고 나서 절망에 빠진 그녀의 지성은 새로운 조합을 고안하기 시작했다. 아모스(Amos), 소마(Soma), 마소(Maso), 사모(Samo), 오마스(Omas). 마침내 매니큐어를 칠한 그녀의 손톱이 꿈결 같은 암호를 풀어냈다. 아. 모스(A. Mos), 쳉스토호바 시엔키에비치가(街) 54번지.

크리시아는 시골에 살았고, 푸른색의 더러운 버스가 시내로 그녀를 태우고 갔다. 버스는 구불구불한 도로와 커브 길을 회색 딱정벌레처럼 기어올랐다. 어둠이 일찍 내려앉는 겨울에는 자동차의 이글거리는 눈이 산비탈을 휩쓸고 지나갔다. 버스는 신의 축복이었다. 그것은 사람들에게 산 너머의 세상을 알게 해 주었다. 모든 여행은 거기서부터 시작되었다.

매일 그녀는 버스를 타고 출근했다. 버스가 정류장에서 그녀를 태우는 순간부터 은행의 커다란 문 앞에 내려놓는 순간까지 이십 분이 걸렸다. 이 이십 분 동안 세계는 알아볼 수 없을 만큼 변했다. 숲은 집이 되었고, 카르파티아산맥의 목초지는 광장이, 초원은 거리가 되었고, 시내는 불행하게도 블라호비트의 방직 공장을 지나쳐 흘러가며 매일매일 다른 색을 띠는 강이 되었다. 크리시아는 아직 버스에 타고 있을 때 고무장화(그녀는 이것을 웰링턴부츠라고 불렀다.)를 벗고 구두로 갈아 신었다. 그녀의 구두 뒷굽이 독일식 옛 건물의 넓은 계단을 또각또각 두드린다.

크리시아는 은행에서 가장 우아한 사람이었다. 그녀는 뿌리까지 금발로 염색한 멋진 헤어스타일을 유지하고 있었다. 형광등 조명에 그것은 더욱 빛났다. 마스카라를 바른 속눈썹이 그녀의 매끈한 볼에 섬세한 그림자를 드리웠다. 진줏빛 립스틱은 그녀의 입술 모양을 조심스럽게 강조했다. 나이가 들수록 그녀의 화장은 점점 진해졌다. 종종 스스로에게 "이제 됐어. 이 정도면 충분해."라고 말하기도 했지만, 지나가는 세월은 그녀의 얼굴에서 선명함을 빼앗으며 얼굴의 특징을 흐릿하게 만드는 듯했다. 심지어 그녀는 눈썹이 점점 가늘어지고, 파란 눈동자의 색이 바래고, 입술 선이 점점 흐릿해져 마치 얼굴이 사라지기를 바라기라도 하듯 얼굴 전체가 불분명해지고 있는 듯했다. 이것이야말로 그녀가 가장 두려워하는 것이다. 자신의 얼굴이 활짝 피기도 전에 사라지고, 실제로 그 일이 일어나는 것.

그녀는 서른 살 때도 노바루다 근처의 시골에서 부모님과 함께 살았다. 그들의 집은 구불구불한 지방 도로 옆에 있었다. 이 장소는 역사와 군대 행진, 보물 사냥꾼들의 모험, 체코에서 넘어온

밀수꾼들을 추격하는 국경 수비대가 뭔가 역할을 할 것이라고 기대하게 만드는 희망으로 가득했다. 그러나 지방 도로에도, 집에도 행운은 찾아오지 않았다. 집 근처 숲이 크리시아의 눈썹처럼 점점 가늘어진 것 말고는 아무런 일도 생기지 않았다. 그녀의 아버지는 장대와 지팡이를 만들기 위해 계속해서 어린 자작나무를 베어 냈고, 매년 크리스마스트리를 만들기 위해 가문비나무를 베었다. 키가 큰 풀들 사이로 난 오솔길은 그녀의 입술 선처럼 점점 흐릿해졌고, 그들 집의 푸른색 벽은 크리시아의 눈처럼 퇴색했다.

집에서 크리시아는 상당히 중요했다. 그녀는 돈을 벌고 어머니가 만든 가방에 장을 봐서 날랐다. 그녀에게는 소파침대와 옷장이 놓인 다락방이 있었다. 그러나 은행에 있을 때에야 비로소 그녀는 자신이 누군가가 된 것 같았다. 여기에는 골판지처럼 얇은 합판 칸막이로 은행 홀과 분리해 놓은 그녀의 사무실이 있다. 책상에 앉아 그녀는 문이 삐걱거리는 소리와 나무 바닥을 걸어가는 농부들의 무거운 장화 소리, 소곤거리며 험담하는 여자들의 목소리 그리고 아직 경영진이 윙윙거리는 소리를 내는 손잡이가 달린 최신 기계들로 대체하지 못한, 마지막으로 두 개 남은 주판 알을 튕기는 소리를 들었다.

매일 10시쯤 커피를 마시는 의식이 시작되었다. 알루미늄 티스푼이 달그락거리고 유리잔의 바닥이 평상시 사무실 차임벨로 사용되는 받침 접시 바닥에 조심스럽게 부딪혔다. 잼 병에 넣어 집에서 가져온 귀중한 가루 커피는 똑같이 나뉘어 유리잔에 담겨 있고, 끓는 물이 표면에 두꺼운 갈색 막을 형성했는데 설탕이 폭포처럼 쏟아지며 그 사이를 갈랐다. 커피 향이 노바루다 협동조합

은행의 천장까지 가득 찼다. 지금 막 대기 줄에 선 농부들은 하필이 신성한 커피타임에 맞춰 온 것을 자책했다.

커피를 마시면서 크리시아는 자신의 꿈을 떠올렸다.

공연히 사랑받는다는 것이, 즉 존재함으로써 사랑받는다는 것이 얼마나 고통스러운 일인지. 그런 사랑은 얼마나 불안한 것인지. 아무것도 믿지 못해 생각이 혼란스러워지고 심장 박동이 빨라진다. 세상이 멀어지고 접점이 사라진다. 크리시아는 갑자기 외로워졌다.

부활절 연휴가 끝나고 은행은 쳉스토호바에서 열리는 직원 교육에 관해 통지를 받았다. 크리시아는 그것을 부인할 수 없는 신호로 여기고 가기로 했다. 자기 짐을 인조 가죽 가방에 담으며 그녀는 하느님에 대해 생각했다. 신에 대한 사람들의 말에도 불구하고, 그는 언제나 결정적인 순간에 나타난다.

쭈글쭈글해진 사람들로 가득한, 졸음이 오는 기차가 그녀를 그곳까지 데려다주었다. 기차간에는 자리가 없어서 그녀는 복도의 지저분한 창문을 붙들고 선 채로 졸았다. 그러다 누군가가 한밤중에 내려서 마침내 그녀는 앉을 수 있었다. 건조한 공기로 달아오른 몸 사이로 끌려 들어간 그녀는 아주 무겁고 어둡고 단단한 잠 속으로 빠져들었다. 아무런 꿈도, 생각의 끝자락도 없었다. 그리고 깨어났을 때 비로소 그녀는 자신이 여행 중이라는 사실을 깨달았다. 그전까지는 장소를 인식하지 못한 채 습관적으로 공간을 떠돌았을 뿐이었다. 오직 잠만이 옛것을 닫고 새것을 연다. 한 사람은 죽어 가고 다른 사람은 깨어난다. 하루하루 사이에 형태 없이 존재하는 이 어두운 공간이야말로 진정한 여행이다. 다행스럽게도 노바루다에서 출발해 멀리 떨어진 세계로 가는 모든 기차는 밤에 운행한다. 이 여정이 끝나고 나면 그녀는 무엇도 예전 같지 않을 것이라는 생각을 했다.

그녀는 날이 밝기 전 쳉스토호바에 도착했다. 어디라도 가기엔 너무 이른 시간이어서 그녀는 역에 있는 바에서 차를 주문하고 유리잔에 손을 덥혔다. 옆 테이블에는 체크무늬 숄을 두른 중년 여성들과 담배에 찌든 남자들, 낡은 지갑 같은 얼굴의, 삶에 일그러진 남편들과 아버지들 그리고 반쯤 벌린 입 한쪽으로 침을 흘리며 잠에 빠진 아이들이 앉아 있었다.

새벽을 기다리며 레몬차 두 잔과 커피 한 잔을 마셨다. 그녀는 시엔키에비치가를 찾아서 길 한가운데로 걸었다. 아직 차들이 깨어나지 않았기 때문이다. 창문을 쳐다보니, 두껍고 주름진 커튼과 화분에 심긴 무화과나무가 유리에 들러붙어 있었다. 몇몇 집 창문에서는 아직 약하게 불빛이 비쳤지만, 그 불빛은 파리했고 중요하지 않았다. 이 불빛에 사람들은 서둘러 옷을 입고, 음식을 먹고, 여자들은 가스 불에 스타킹을 말리거나 학교에 가져갈 샌드위치를 포장했다. 정돈된 침대는 다음 날 밤까지 따뜻하게 온기를 유지하고, 타 버린 우유 냄새가 나고, 신발 끈이 안전하게 구두구멍에 매이고, 아무도 듣지 않는 라디오가 뉴스를 전하고 있었다. 그리고 그녀는 빵을 사기 위해 첫 번째 줄과 마주쳤다. 줄지어 선 사람들 모두가 조용했다.

시엔키에비치가 54번지는 1층에 생선 가게가 있고 넓은 뒷마당이 있는 커다란 회색 석조 건물이었다. 크리시아는 그 앞에 서서 천천히 창문을 들여다보았다. 세상에, 그들은 정말 평범했다.

그녀는 추위가 가실 때까지 그곳에 삼십 분이나 서 있었다.

교육 과정은 너무 지루했다. 크리시아는 필기하려고 특별히 구입한 노트에 볼펜으로 낙서를 했다. 회의장 테이블에 덮인 녹색 천은 그녀에게 편안함을 주었다. 그녀는 무심코 그것을 쓰다듬었다. 협동조합은행 직원들은 모두 그녀와 비슷해 보였다. 여자들은 금발로 염색한 짧은 머리에 입술은 분홍색이었다. 남자들은 약속이라도 한 듯 모두 남색 정장을 입고 돼지가죽으로 만든 서류 가방을 들고 있었다. 휴식 시간에는 담배를 피우며 농담을 했다.

저녁 식사로는 빵과 치즈, 채색된 파이앙스*풍 머그잔에 든 차가 나왔다.

저녁 식사를 마치고 모두 휴게실로 이동했고, 테이블에는 보드카와 오이 피클이 놓여 있었다. 누군가가 가죽 가방에서 주석으로 된 술잔 세트를 꺼냈다. 남자의 손이 나일론으로 감싸인 여자의 무릎 위를 배회했다.

크리시아는 살짝 취해서 잠자리에 들었다. 그녀의 두 룸메이트는 새벽녘에야 나타났고 둘은 서로 조용히 하라며 속삭였다. 그렇게 삼 일이 지나갔다.

넷째 날에 그녀는 "A. Mos"라고 적힌 도자기 문패가 달린 갈색 문 앞에 섰다. 노크를 했다.

잠옷을 입고 입에 담배를 문 키 크고 마른 남자가 문을 열었다.

* 주석 성분을 함유한 불투명 유약을 바른 도기. 프랑스에서 주로 17~18세기에 만들어졌다.

그의 눈은 마치 오랫동안 잠을 자지 않은 것처럼 검고 충혈되어 있었다. 그녀가 묻자 그는 눈을 깜빡거렸다.

"A. 모스?"

"네. 제가 A. 모스입니다." 그가 확인해 주었다.

그녀는 그가 목소리를 알아들을 수 있을 것 같다는 생각에 미소 지었다.

"난 크리시아예요."

그는 놀라서 옆으로 비켜서며 그녀가 현관으로 들어오게 해 주었다. 그의 아파트는 작고 비좁았다. 형광등의 은색 불빛에 휩싸인 집은 역처럼 지저분해 보였다. 집 안 여기저기에 책 상자들과 신문 더미들, 짐이 반쯤 든 여행 가방들이 놓여 있었다. 열린 욕실 문으로 수증기가 뿜어져 나왔다.

"나예요. 내가 왔어요." 그녀가 다시 말했다.

남자는 갑자기 몸을 돌리고 웃었다.

"그런데 누구시죠? 내가 아는 사람인가요?" 그가 갑자기 이마를 때렸다. "그러니까, 당신은, 당신은 말이죠……." 허공에 손가락을 튕겼다.

크리시아는 그가 자기를 알아보지 못한다는 것을 깨달았지만, 전혀 이상할 것이 없었다. 그는 다른 방식으로, 모든 사람들이 서로를 아는 정상적인 방식이 아니라, 내면으로부터의 꿈을 통해 그녀를 알고 있었다.

"제가 모두 설명할게요. 안으로 좀 들어갈 수 있을까요?"

그는 주저했다. 담뱃재가 바닥으로 떨어졌고 남자는 그녀에게 손으로 거실을 가리켰다.

그녀는 슬리퍼를 신고 들어왔다.

"보시다시피 짐을 싸던 중이었어요." 남자는 지저분한 상황에 대해 설명했다. 그는 소파침대에서 구겨진 이불을 걷어 다른 방으로 가져다 놓고 돌아와 그녀의 맞은편에 앉았다. 색이 바랜 잠옷이 그의 가슴 한쪽을 드러냈다. 가늘고 뼈만 앙상했다.

"A. 모스 씨, 가끔 꿈을 꾸세요?" 그녀가 주저하며 물었고, 즉시 실수를 저질렀다는 것을 깨달았다. 줄무늬 잠옷을 입은 남자는 활짝 웃으며 허벅지를 찰싹 때리더니 그녀에게서 뭐라도 보인다는 듯 비꼬는 듯한 표정으로 그녀를 쳐다보았다.

"한 여자가 낯선 남자를 찾아와서 꿈을 꾸느냐고 물어보네요. 이게 바로 꿈같군요. 꿈처럼……."

"난 당신을 알아요."

"그래요? 그런데 날 어떻게 알죠? 나는 당신을 모르는데요? 아, 혹시 얀의 파티에서 알게 되었나요? 얀 라트코요."

그녀는 부정하듯이 고개를 저었다.

"아니라고요? 그럼 어디서?"

"A. 모스 씨는……."

"안제이예요. 안제이 모스."

"크리스티나 포프워흐예요." 그녀가 말했다.

두 사람은 일어서서 악수를 하고 어색하게 자리에 앉았다.

"그래서……." 잠시 후 그가 말했다.

"제 이름은 크리스티나 포프워흐……."

"그건 이미 알고 있고요."

"……서른 살이고요, 은행에서 일해요. 꽤 높은 직급에 있죠.

사는 곳은 노바루다인데, 어딘지 아세요?"

"카토비체 근처 이딘가요?"

"전혀 아니에요. 브로츠와프 지역에 있어요."

"아하." 그가 건성으로 말했다. "맥주 한잔 할래요?"

"아니요, 괜찮아요."

"난 한잔해야겠어요."

그는 일어나서 주방으로 갔다. 크리시아는 붙박이장에 종이 한 장이 끼워진 타자기가 놓여 있는 것을 발견했다. 갑자기 그녀는 거기에 자신이 해야 할 일과 해야 할 말이 적혀 있다는 생각을 하게 되었고, 그래서 일어났지만, 안제이 모스가 맥주병을 가지고 돌아왔다.

"사실대로 말하자면 난 당신이 쳉스토호바 사람이라고 생각했어요. 심지어 잠시 내가 당신을 안다고 생각했어요."

"그런가요?" 크리시아는 기뻤다.

"심지어……." 그의 눈이 빛났다. 맥주를 한 모금 마셨다.

"뭐가요?"

"어떻게 된 일인지는 당신이 알고 있겠죠. 전부 다 기억할 수는 없겠죠. 항상 그런 것은 아닙니다. 혹시 우리 사이에 무슨 일이 있었나요? 파티에서……."

"아니에요." 크리시아는 재빨리 대답하며 얼굴이 붉어지는 것을 느꼈다. "이전에 당신을 본 적이 없어요."

"그런데 어떻게 나를 안다고 했죠?"

"네, 그래요. 하지만 목소리뿐이죠."

"내 목소리? 맙소사, 당신 무슨 수작입니까? 마치 꿈이라도 꾸고 있는 것 같군요. 웬 젊은 여자가 와서 날 안다고 우기는데, 평생에 나를 본 건 이번이 처음이다, 그녀는 내 목소리만 알고 있다…….”

병을 입에 문 채 갑자기 그는 얼어붙었고, 크리시아를 지루한 듯 쳐다보았다.

“이제 알겠네. 당신 비밀경찰국에서 왔군요. 내 목소리를 아는 건 내 전화를 엿들었기 때문이고. 그렇죠?”

“아니에요. 난 은행에서 일해요…….”

“됐어요, 됐어. 하지만 난 이미 여권을 받았고 떠나려던 참이었죠. 떠난다고요, 알겠어요? 자유로운 세계로요. 보시다시피 짐을 싸고 있죠. 이제 끝이에요. 당신들은 나한테 아무 짓도 할 수 없어요.”

“아니 제발…….”

“대체 원하는 게 뭡니까?”

“내 꿈에 당신이 나왔어요. 난 당신을 전화번호부에서 찾았죠.”

남자는 담배에 불을 붙이고 일어섰다. 그는 창문에서 문까지 어수선한 방을 돌아다니기 시작했다. 크리시아는 핸드백에서 신분증을 꺼내 탁자 위에 올려놓았다.

“이걸 좀 보세요. 난 비밀경찰이 아니에요.”

그가 탁자로 몸을 숙여 신분증을 보았다.

“이걸로는 아무것도 입증하지 못하죠.” 그가 말했다. “비밀경찰이라고 신분증에 쓰지는 않을 테니까요.”

“어떻게 하면 당신이 믿을 수 있을까요?”

그는 담배를 피우며 그녀 앞에 서 있었다.

"그거 알아요? 늦었어요. 지금 막 나가려는 길이었어요. 이미 약속이 되어 있어요. 게다가 난 짐을 꾸리는 중이었고요. 난 여러 가지 중요한 일들을 해결해야 해요."

크리시아가 탁자에서 자기 신분증을 집어 가방에 넣었다. 목구멍이 고통스러울 정도로 그녀를 조여 왔다.

"그럼 난 이제 갈게요."

그는 반대하지 않았다. 문까지 그녀를 배웅했다.

"그러니까 내 꿈을 꿨다는 거죠?"

"네." 그녀가 슬리퍼를 벗고 신발을 신으며 말했다.

"그리고 전화번호부에서 나를 찾았고요."

그녀가 고개를 끄덕였다.

"안녕히 계세요. 미안해요." 그녀가 말했다.

"잘 가요."

그녀는 계단을 뛰어 내려와서 거리로 나왔다. 그녀는 울면서 역 쪽으로 언덕을 내려왔다. 마스카라가 녹아 눈을 찔렀다. 그 때문에 세상이 빛나는 화려한 색채로 얼룩졌다. 매표소에서 그녀는 브로츠와프행 마지막 기차가 방금 떠났다는 얘기를 들었다. 다음 기차는 아침에나 있어서 그녀는 역의 바로 가서 차를 주문했다. 아무런 생각도 들지 않았다. 유리잔에 떠 있는 레몬 슬라이스만 계속 바라볼 뿐이었다. 플랫폼에서 역 안으로 축축하고 안개가 자욱한 밤이 밀려 들어왔다. 이게 꿈을 믿지 말아야 할 증거는 아니라고 마침내 크리시아는 생각했다. 그것들은 언제나 어떤 의미가 있으며, 결코 틀리지 않는다. 현실 세계가 꿈에 들어맞는 것은 아니다. 전화번호부는 거짓말을 하고, 기차는 엉뚱한 방향으로 가고, 거리는 비슷하게 보이고, 도시 이름은 글자가 뒤섞이고, 사람들은 자기 이름을 잊어버린다. 꿈만이 진짜다. 그녀는 따듯하고 사랑으로 가득 찬 목소리를 왼쪽 귀에서 다시 들을 수 있을 거라고 생각했다.

"여행 안내소에 전화했어요. 당신이 타야 하는 노바루다행 마지막 열차가 이미 떠났다더군요." 안제이 모스가 그녀의 테이블에 앉았다. 젖은 유포에 손가락으로 작은 십자가를 그렸다. "당신 화장이 번졌네요."

그녀는 핸드백에서 손수건을 꺼내 한 귀퉁이를 침으로 적셔서 눈꺼풀을 닦았다.

"그러니까 나에 대한 꿈을 꿨다는 거죠? 알지도 못하고, 이 나라의 다른 쪽 끝에 살고 있는 사람이 내 꿈을 꾸다니 믿을 수 없는 영광이네요……. 그래서 그 꿈에서는 무슨 일이 일어났나요?"

"아무 일도요. 당신이 내게 말할 뿐이었어요."

"뭐라고 했죠?"

"나는 특별하다고, 나를 사랑한다고요."

그는 손가락을 튕기고는 천장을 쳐다보았다.

"남자를 꾀는 방법치고는 너무 이상한 방법이네요. 정말 경의를 표해야겠어요."

그녀는 아무 말도 하지 않았다. 작은 티스푼으로 홀짝거리며 차를 마셨다.

"이제 그만 집에 가고 싶어요." 그녀가 잠시 후 말했다.

"우리 집으로 갑시다. 우리 집에 방이 두 개예요."

"아니에요. 여기서 기다릴래요."

"원하신다면야."

그는 바로 가서 맥주를 한 잔 가져왔다.

"내 생각에 당신은 A. 모스가 아닌 것 같아요. 그러니까 당신은 내가 꿈꾸던 그 사람이 아니라는 거죠. 어디선가 내가 헷갈린 게 분명해요. 어쩌면 다른 도시일지도 모르죠. 쳉스토호바가 아니라."

"그럴지도."

"다시 한번 찾아보려고요."

남자가 거칠게 쾅 하고 맥주잔을 테이블에 내려놓았고, 그 바람에 맥주가 조금 쏟아졌다.

"결과를 알지 못하게 되어 유감이군요."

"그렇지만 당신 목소리는 비슷해요."

"우리 집으로 갑시다. 당신은 술집 테이블이 아니라 침대에서 자게 될 겁니다."

그는 그녀가 주저하는 것을 보았다. 저 끔찍한 마스카라만 아니라면 더 어리게 보였을 것이다. 피로감이 시골 여자의 이미지를 망가뜨렸다.

"이제 그만 갑시다." 그가 되풀이해 말했고, 그녀는 아무 말 없이 일어섰다.

그는 그녀의 가방을 들었고, 그들은 다시 언덕을 올라 되돌아갔다. 시엔키에비치가는 이미 텅 비어 있었다.

"그리고 그 꿈에는 또 뭐가 있었죠?" 그는 큰 방에서 그녀가 잘 소파침대를 정리하며 물었다.

"그 얘긴 더 하고 싶지 않아요. 아무 상관도 없잖아요."

"우리 맥주 한잔 할까요? 아니면 잘 자려면 보드카? 담배 좀 피워도 될까요?"

그녀는 고개를 끄덕였다. 그는 부엌으로 사라졌고, 그녀는 잠시 머뭇거리다 타자기 쪽으로 다가갔다. 시의 제목을 읽기도 전에 그녀의 심장이 두근거리기 시작했다. 제목은 "마리안드의 밤"이었다. 그녀는 그 자리에 꼼짝도 못 하고 서 있었다. 그녀의 등 뒤 부엌에서 그녀의 꿈에 나왔던 아모스가 유리를 짤랑거리고 있었다. 그는 살아 있고, 따뜻하며, 눈이 충혈된 마른 남자이며, 모든 것을 알고 모든 것을 이해하는 사람, 사람들의 꿈에 들어가 그곳에 사랑과 불안을 심는 사람이었다. 세상은 마치 영속적이지 않은 사건들이나 사물들로부터 지지받지 못하는 어떤 진실, 가늠할 수 없는 진실을 가리는 커튼인 것 같았고, 그는 그런 세상을 움직이는 사람이었다.

그녀는 떨리는 손가락으로 자판을 만졌다.

"난 시를 써요." 그녀의 뒤에서 그가 말했다. "시집을 낸 적도 있어요."

그녀는 돌아설 수가 없었다.

"자, 여기요, 앉아요. 이제 이건 아무 의미도 없어요. 난 자유세계로 가니까. 주소를 알려 주면 편지를 쓸게요."

그녀는 자기 바로 뒤에서, 왼쪽에서 그의 목소리를 들었다.

"마음에 들어요? 시를 읽나요? 그건 초안이고, 아직 완성하지는 못했어요. 맘에 들어요?"

그녀는 고개를 떨궜다. 그녀의 귀에서 피가 끓었다. 그가 부드럽게 그녀의 어깨를 어루만졌다.

"무슨 일이에요?" 그가 물었다.

그녀는 그를 향해 돌아서서 호기심에 가득 차 자신을 바라보는 그의 눈을 보았다. 그녀는 그의 향기를 맡았다. 담배와 먼지, 종이 냄새였다. 이 향기가 그녀를 감싸 안았고 그들은 그렇게 몇 분 동안 꼼짝 않고 서 있었다. 그는 손을 들어 올리려다 잠시 주춤하더니, 그녀의 등을 부드럽게 어루만지기 시작했다.

"당신이었어요. 내가 당신을 찾아냈어요." 그녀가 속삭였다.

그는 그녀의 뺨을 어루만지고 그녀에게 입을 맞추었다.

"당신만 괜찮다면."

그가 그녀의 염색한 머리카락 사이로 손을 넣고 그녀의 입술을 집어삼켰다. 그런 다음 그녀를 소파로 끌어당겨 그녀의 옷을 벗기기 시작했다. 그녀는 마음에 들지 않았다. 너무 갑작스러웠고 즐겁지도 않았지만, 그것은 희생하듯 제물처럼 행해져야 하는 일이었다. 그녀는 무엇이든 허락해야 했기에, 투피스 정장과 블라우스, 가터벨트, 브래지어로부터 자유로워졌다. 그의 앙상한 갈비뼈가 그녀의 눈앞에서 움직였다. 돌처럼 건조하고 앙상한 갈비뼈였다.

"그래서 꿈에선 내 말을 어떻게 들었죠?" 그는 숨죽여 속삭이며 물었다.

"내 귀에 대고 말했어요."

"어느 쪽 귀요?"

"왼쪽."

"여기?" 그가 그녀의 귀를 혀로 핥으며 물었다.

그녀는 눈을 꼭 감았다. 그녀는 더 이상 자유를 깨뜨릴 수 없었다. 그러기엔 너무 늦었다. 그는 온몸의 무게로 그녀를 꼼짝 못 하게 하고, 그녀를 만지고, 그녀를 관통해 들어왔다. 그러나 어찌 된 일인지 그녀는 이런 일이 일어나야 한다는 것을 알고 있었다. 나중에 아모스를 데려다가 집 앞에 식물처럼, 커다란 나무처럼 심어 두기 전에 그에게 먼저 대가를 치러야 한다는 것을 알고 있었다. 그래서 그녀는 이 낯선 몸에 자신의 몸을 던졌고, 두 팔로 어색하게 그것을 끌어안으며 리드미컬하고 기이한 춤에 동참했다.

"젠장." 그가 나중에 말했고 담배를 피워 물었다.

크리시아는 옷을 입고 그 옆에 앉았다. 그가 보드카를 두 잔 따랐다.

"어땠어요?" 그가 잠시 그녀를 바라보더니 보드카를 마셨다.

"좋았어요." 그녀가 대답했다.

"자러 갑시다."

"지금요?"

"기차는 내일이잖아요."

"알아요."

"알람을 맞춰야겠군요."

A. 모스는 욕실로 갔다. 크리시아는 가만히 앉아 아모스의 사원을 둘러보았다. 벽은 주황색으로 칠해졌지만 차가운 형광등 불빛 아래 칙칙한 푸른색으로 보였다. 벽에서 밀짚 매트가 떨어진 자리는 주황색이 더 밝게 보였다. 눈이 부시도록 그가 빛나고 있는 것처럼 여겨졌다. 창가에는 담배 연기에 찌든 커튼이 걸려 있었고, 그 오른쪽에는 「마리안드의 밤」이 걸려 있는 타자기가 놓인

붙박이장이 덩그러니 서 있었다.

"왜 나를 사랑했어요?" 그가 돌아오자 그녀가 물었다. "내가 다른 사람들과 다른 점은 뭐예요?"

"당신은 약간 맛이 갔어요. 내가 하느님을 사랑하는 것처럼 말이죠."

그는 어깨에 걸쳤던 줄무늬 잠옷을 다시 입었다.

"내가 맛이 갔다니 무슨 뜻이죠?"

"당신 미쳤다고요. 지금 제정신 아니라고요."

그는 보드카 한 잔을 따르고는 단숨에 들이켰다. 그가 말했다.

"당신은 알지도 못하는 남자를 만나려고 폴란드 절반을 가로질러 왔잖아요. 그 사람에게 자기 꿈을 말해 주고 같이 잠자리에 들었죠. 그게 다예요. 당신, 맛이 갔어요."

"왜 내게 거짓말을 하죠? 왜 인정하지 않는 거예요? 당신이 아모스이고 나에 대해 전부 알고 있다고."

"나는 아모스가 아니에요. 내 이름은 안제이 모스라고요."

"그럼 마리안드는요?"

"어떤 마리안드요?"

"마리안드의 밤. 마리안드는 뭐죠?"

그가 웃으며 그녀 옆에 앉았다.

"시장에 있는 술집이에요. 온 동네 술꾼들이 다 거기 와서 술을 마셔요. 난 그걸 시로 썼죠. 그 시가 별로인 건 나도 알아요. 좀더 나은 것들을 썼죠."

그녀는 도저히 믿을 수 없다는 듯 그를 바라보았다.

돌아오는 길은 문 닫는 소리로 가득 차 있었다. 야간열차 문은 칸막이 문, 역 화장실 문, 버스 문처럼 닫혔다. 마침내 집으로 들어가는 문이 소리를 냈다. 크리시아는 가방을 던져 놓고 잠자리에 들었다. 그녀는 하루 종일 잤다. 불안한 그녀의 어머니가 저녁 식사에 불렀을 때, 크리시아는 자기가 어디엔가 갔다 왔다는 것을 다 잊어버렸다. 잠은 지우개처럼 그녀의 모든 여정을 지워 버렸다. 며칠 후, 어느 날 밤에 크리시아는 왼쪽 귀에서 친숙한 목소리를 들었다. "나야, 아모스. 어디 갔었니?"

"내가 어디 갔었는지 어떻게 모를 수가 있어?" "몰라." 그가 대답했다. "너, 나랑 같이 돌아다닌 거 아니야?" 목소리가 조용해졌다. 크리시아는 이 침묵이 일종의 당혹감을 나타낸다고 느꼈다. "다시는 그렇게 멀리 가지 마." 잠시 후 그가 귀에 대고 말했다. "너한테 멀리란 어떤 뜻이야?" 그녀가 화가 나서 그에게 물었다. 아마 그녀의 말투가 그를 놀라게 했을 것이다. 왜냐하면 그는 아무 말도 하지 않았고, 크리시아는 잠에서 깨야 했기 때문이다.

쳉스토호바로 여행을 다녀온 후, 그 무엇도 이전과 같지 않았다. 노바루다의 말라붙은 거리들에 햇볕이 쨍쨍 내리쬐었다. 여자아이들은 책상에 개나리꽃 다발을 올려 두었다. 매니큐어가 손톱에서 벗겨졌고, 염색한 머리카락의 뿌리 색이 어두워졌고 밝은색인 끝부분은 그녀의 어깨까지 닿아 있었다. 정오에 은행 홀의 커다란 창문이 열렸고, 그 사이로 아이들의 목소리, 지나가는 사람들의 소음, 갑작스럽고 급한 하이힐 소리, 비둘기가 날개를 푸드덕거리는 소리 등 거리의 번잡한 소리들이 들려왔다. 일을 그만두는 것이 기뻤다. 좁다란 골목길들은 그 사이로 지나며 사람들의 얼굴을 살펴보라고, 뒤뜰의 특별한 풍경을 기억하라고 유혹했다. 카페들이 호기심 어린 시선들과 한가한 대화로 가득한, 연기가 자욱한 공간으로 초대하고 있었다. 그리고 유리잔에서 끓고 있는 커피의 불멸의 향기와 금속 티스푼의 딸랑딸랑하는 소리가 그녀를 유혹했다.

5월에 크리시아는 점쟁이를 만나러 갔고, 그에게 자신의 미래에 대해 물었다. 그는 그녀의 별점을 읽고 나서 한참 동안 눈을 감고 집중했다.

"뭘 알고 싶소?" 그가 물었다.

"나한테 무슨 일이 생길까요?" 그녀가 말했다. 그는 분명 눈꺼풀 아래 먼 공간을 볼 수 있었을 것이다. 그의 눈알이 마치 내부 풍경을 바라보듯 좌우로 움직였기 때문이다.

크리시아는 담배에 불을 붙이고 기다렸다. 점쟁이는 잿빛 계곡과 그 가운데 남은 도시와 마을의 잔해를 보았다. 그 광경은 죽은 듯 고요했고, 잿더미가 되어 시시각각 그 색이 변하고 있었다. 하늘은 주황색이고, 낮고, 텐트 덮개처럼 얇았다. 움직이는 것도 없고, 한 자락 바람도 없고, 삶의 부스러기도 존재하지 않았다. 나무들은 마치 롯의 아내와 같은 시선이 그것들을 만지기라도 한 듯 돌기둥처럼 보였다. 그는 부드럽게 삐걱거리는 소리가 들리는 것 같았다. 거기엔 크리시아도, 그 자신도, 아무도 없었다. 그는 무슨 말을 해야 할지 몰랐다. 그저 뭔가를 꾸며서 거짓말을 해야 한다는 두려움 때문에 위경련이 일어났다.

"영원히 죽는 사람은 아무도 없소. 당신의 영혼은 자기가 찾고 있는 것을 찾을 때까지 여러 번 다시 여기 올 것이외다." 그가 말했다. 그리고 깊게 숨을 들이쉬고 덧붙였다. "결혼해서 아이를 낳을 것이오. 아이는 병에 걸리고, 당신이 그 아이를 돌보게 될 거요. 당신의 남편은 당신보다 훨씬 더 나이가 많아서 당신은 과부가 될 것이오. 당신의 아이는 당신을 떠나 아주 멀리, 어쩌면 외국으로 가게 될 것이오. 당신은 나이가 아주 많이 들어 죽을 것이오. 죽어 가는 게 고통스럽지는 않을 것이오."

그게 전부였다. 크리시아는 이미 모든 것을 알고 있었기에 침착하게 떠났다. 그녀는 쓸데없이 돈을 썼다. 그녀는 그 돈으로 외국에서 소포로 도착할 버클 달린 옥색 블라우스를 살 수도 있었다. 밤중에 다시 아모스의 목소리가 들렸다. 그가 말했다. "사랑해. 넌 특별해."

졸린 상태에서 그녀는 그 목소리를 알아들었다고, 그것이 누구의 목소리인지 확실히 안다고 생각했고, 행복하게 잠들었다. 그러나 비몽사몽간에 생긴 일이었는지, 아침에 그 모든 것들은 사라져 버렸고, 그녀에게는 자신이 정확히 이해할 수 없는 무언가를 알고 있는 것 같은 막연한 인상만 남았을 뿐이었다.

완두콩

"세상을 알자고 집을 떠날 필요는 없어." 우리 둘이 그녀의 집 앞 계단에서 완두콩을 까고 있을 때, 마르타가 갑자기 말했다.

나는 방법을 물었다. 그녀는 어쩌면 책을 읽거나, 뉴스를 보거나, 라디오 노바루다를 듣거나, 인터넷을 하거나, 신문을 읽거나, 잡담을 하러 가게에 가는 것을 생각했을 것이다. 그러나 마르타가 정작 염두에 둔 것은 여행의 헛수고였다.

여행할 때는 스스로에게 조언하고, 자신이 이 세상과 잘 어울리고 있는지 돌아보기 위해 스스로를 돌봐야 한다. 그것은 자신에게 집중하고, 자신을 생각하며, 자신을 돌보는 것을 의미한다. 여행할 때 사람들은 그것 자체가 목적인 양 결국 자기 자신과 만나게 되어 있다. 자신의 집에서는 그저 가만히 있을 뿐이다. 무엇과 싸울 필요도, 무엇을 성취할 필요도 없다. 철도 연결이나 열차 시간표를 걱정할 필요가 없고, 기뻐하거나 실망할 필요도 없다. 말뚝에 스스로를 묶어 놔도 좋다. 그리고 그때 가장 많은 것을 볼 수 있다.

그녀는 그런 말을 하고는 입을 다물었다. 마르타는 결코 밤비에지체, 노바루다, 바우브지흐보다 더 멀리 가 본 적이 없었기 때문에 나는 놀랐다.

우리는 벌레 먹은 완두콩 몇 개를 풀밭에 던졌다. 때때로 나는 마르타가 항상 말하는 것과 내가 들은 것이 완전히 다르다는 생각이 들었다.

그리고 나서 우리는 보볼의 개, 양상추밭에 몰려든 민달팽이, 야생 체리 주스 등 온갖 것들에 대해 이야기를 나누었다. 마르타는 각 문장들 사이에 큰 간격을 두었다. 뜨거운 감자 조각처럼 내 말은 목구멍에 걸려 있었다. R은 우연히 우리의 대화를 듣고는 비웃었다. 그는 우리가 마치 잠든 것처럼 이야기하고 있다고 말했다. 마르타는 십여 년 전에 주문해서 만든 가발이 생각나면 가끔 화가 났다. 그러면 그녀는 손가락을 세워서 특이한 모양으로 머리를 땋거나 이상하고 복잡한 모양으로 가르마를 타서 보여 주곤 했다.

이런 종류의 대화는 결국 늘 힘이 빠졌고, 우리는 그녀의 집 계단이나 작년에 내린 비 때문이 녹이 슬기 시작한 우리 집 테라스에 나란히 앉아 있었다. 우리 사이에 심긴 침묵은, 스스로 생겨난 침묵은 사방에서 자라나 우리의 공간을 탐욕스럽게 빼앗아 갔다. 더 이상 숨을 쉴 수가 없었다. 우리가 침묵하면 할수록 그 어떤 말도 할 수 없게 되고, 우리가 나눈 모든 화제들은 점점 더 멀어지고 덜 중요한 것처럼 보인다. 이런 종류의 침묵은 스티로폼처럼 부드럽고 따듯했으며, 만지기 좋고 비단결같이 건조했다. 하지만 가끔 나는 마르타가 나와 같은 기분을 느끼지 못거나, 아무 생각 없이 "그러니까……." 혹은 "그렇게 하는 거지……." 같은 말이나 심지어 깨끗하고 아무 죄도 없는 한숨으로 우리의 침묵을 깨뜨릴까 봐 두려웠다. 그리고 이 두려움은 내 침묵의 온전한 즐거움을 망치기 시작했다. 왜냐하면 나는 무의식적으로 그 침묵의 경비원이 되었고, 그래서 그것의 포로가 되었으며, 이 부드럽고 기적적인 순간이 견딜 수 없어지고 마침내 끝나 버릴 때에 대해 불안하게 긴장했기 때문이다. 그럼 그때 우리는 서로 무슨 말을 하지, 마르타?

그러나 마르타는 자신이 언제나 나보다 더 현명하다는 것을 증명했다. 그녀는 소리 없이 일어나 넌지시 대황(大黃)이나 골판지 상자에 넣어 둔 가발들, 그리고 우리가 함께 가꾼 식물들을 향해 걸어갔다. 그리고 우리의 공통된 침묵은 그녀 뒤로 펼쳐졌으며, 그것은 이전보다 더 커지고 더 강력하게 자라났다. 그러면 나는 이차원적이고 특색 없는 침묵 속에, 묘안을 떠올리느라 시간을 질질 끄는 순간 속에 홀로 남겨졌다.

실러캔스

'검은 숲'의 북쪽 끝자락은 항상 그늘에 가려져 있다. 눈은 땅에 빨려 든 것처럼 4월까지 쌓여 있었다. 그것은 마치 하얀 기생충 같았다. 산에는 햇빛이 전혀 닿지 않거나 일 년 중 특정 시기에만 닿는 그런 장소들이 있다. 마르타는 나에게 동굴, 바위 구덩이, 틈새에 대해 말해 주었다. 그중 한 동굴에 앞을 보지 못하는 원시 생물이 살고 있는데, 그곳에 살면서 죽지도 않는 작고 새하얀 도마뱀이라고 했다. 그건 죽어 가고 있다고 내가 대답했다. 모든 생물은 죽어야 하며, 개개의 종은 변화할 수 있지만 각각의 표본은 죽어야만 한다. 하지만 마르타가 무슨 말을 하는지 이해한다. 나도 어린 시절 한때 실러캔스가 영원히 살고 있다고, 소위 멸종된 종의 대표라고 불리는 것이 죽음을 피했으며, 심지어 이 실러캔스 하나만큼은 그 종의 존재를 영원히 증명하기 위해 불멸의 존재로 선택되었을 거라고 생각했다.

피에트노 가이드북

피에트노*는 매력적인 관광 명소가 아니기 때문에 그곳이 가이드
북에 나오는 것은 매우 이례적인 일이다. 예를 들어, 수데티산맥
에 관한 아주 잘 알려진 핑크 가이드북에는 피에트노가 10월부터
3월까지 해가 들지 않는 폴란드의 유일한 마을이라고 쓰여 있다.
왜냐하면 동쪽과 남쪽은 수헤산맥으로, 서쪽은 브위지츠키에 언
덕의 가장 높은 지점들 중 하나로 둘러싸여 있기 때문이다. 1949년
에 출판된 실롱스키에산맥에 관한 가이드북에는 피에트노에 관
해 다음과 같이 적혀 있다. "피에트노, 노바루다 북서쪽, 마르초프
스키 하천 유역에 자리한 거주지. (감춰진 곳으로서) 첫 번째 기록
은 1743년으로 거슬러 올라간다. 인구는 1778년 57명, 1840년 112
명, 1933년 92명, 전쟁 후 1947년 39명. 1840년에는 스물한 채의

---

* 피엥트노(Pietno)가 실재하는 지역이지만 원문에는 Pietno로 되어
있다.

집이 있었으며, 그 소유주는 폰 괴첸 백작이었다. 하천의 하류 쪽에 물레방아를 세웠다. 1945년 이후에 이 마을은 부분적으로 버려졌다. 마을은 깊숙하고 그림 같은 계곡에 위치해 있다. 겨울에 해가 직접적으로 닿지 않는 특이한 위치로 유명하다.

팽이버섯

팽이버섯은 겨울에 자라는 버섯이다. 10월부터 4월까지 죽은 나무에 산다. 향도 좋고 맛도 매우 좋다. 꿀처럼 노란색이라 눈에 잘 띄지 않는다. 하지만 아무도 겨울에는 버섯을 따지 않는다. 사람들 사이에는 버섯을 따는 계절은 가을이라는 공감대가 형성되어 있었다. 그래서 팽이버섯은 자신의 시대를 놓치고 너무 늦게 태어난 사람, 모든 것은 죽어 있고 경직되어 있다고 생각하는 사람, 자신의 종족을 위한 세계가 완전히 끝나 버린 시대에 살고 있는 그런 사람을 떠올리게 한다. 주위에는 온통 음울한 겨울 풍경만 보이고, 때로는 가루 같은 눈이 하얀 왕관으로 노란 모자를 덮어씌운다. 다리가 썩은 토끼의 흰 털로 덮여 있거나 썩은 자작나무, 축축한 구멍장이버섯 등 다른 버섯의 흔적들이 보이기도 한다.

아그네슈카는 내가 팽이버섯으로 크로켓을 만들 때면 거의 매번 커피를 마시러 오곤 했다. 나는 불가피하게 그녀를 이 겨울 버섯과 연관시켜야 한다. 그녀는 마르타가 좋아하는 의자에 앉아 있었다. 아그네슈카는 피에트노 위쪽에 살았고, 모든 영광과 비참 속의 피에트노의 모습을 내려다봐 왔다. 그녀는 술에 취한 남자들과 어슬렁거리는 아이들을 보았다. 여자들이 언덕 아래로 조심스럽게 나무를 끌고 가는 것을 보았다. 여자들 역시 취해 있었을 것이다. 그녀는 개들이 으르렁거리는 소리, 소들이 그르렁거리는 소리, 늘 지역 방송 하나만 수신하는 보불의 라디오가 지직거리는 소리를 들었다. 오리 배설물로 가득 찬 시내와 마을 전체에 내려앉은 어두운 그림자, 털 빠진 고양이들, 망가진 기계들, 사용이 불가능한 오래된 펌프들을 보았다. 그것이 아그네슈카가 그렇게 말이 많은 이유였다. 그녀는 며칠 동안 집 앞 벤치에 앉아 냅킨을 짜며 피에트노를 내려다보았다. 그녀는 총천연색이고 삼차원적이며 위성 방송 폴사트보다 더 흥미진진한 전경을 가지고 있었다. 게다가 아그네슈카의 남편은 결코 집에 있지 않았다. 그는 하느님만 아는 곳에서 양을 방목했으며, 겨울에는 숲에서 일했다. 게다가 다른 남자들처럼 술을 마셨다. 그들과 그들의 아이들은 운이 없었고, 그래서 아그네슈카는 자신의 말에 귀 기울이는 누군가를 발견할 때마다 말을 많이 해야만 했다. 아이들이 있다면 말은 더 빨리 퍼진다.

하지만 오늘 그녀는 피에트노라는 주제에 끌리지 않았다. 그녀는 팬케이크가 담긴 프라이팬을 스쳐 지나듯 보면서 작은 티스푼으로 커피를 홀짝거리고 있었다.

"내가 아직 블라호비트에서 일했을 때, 그 시절 같아요." 그녀는 그렇게 말하고 오랜 시간 침묵에 빠졌다.

나는 몇 년 전에 그녀가 해고되었다는 것을 알고 있었다.

블라호비트 사는 매년 직원 야유회를 갔다. 언젠가 야유회 때 아그네슈카는 오시비엥침*에 가 본 적이 있었다. 멋진 여행이었다. 남자들은 버스에서 보드카를 마시고, 여자들은 그들이 아는 모든 노래를 불러 댔다. 가는 길 내내. 아그네슈카는 절대로 오시비엥침을 잊지 않을 것이다. 그곳에는 그리 크지 않은, 시멘트 블록으로 지은 식료품 가게가 있었다. 밤새 달려온 그들이 버스에서 내렸을 때 이 가게는 막 문을 열던 참이었다. 알고 보니 이 가게는 식용유를 공급받고 있었다. 당시 다른 가게들에는 정말 아무것도 없었다. 기껏해야 겨자와 식초 정도만 있을 뿐이었다. 그런데 여기에선 누구나 원하는 만큼, 한 사람당 한두 병씩이 아니라 자기가 원하는 만큼 식용유를 살 수 있었다. 그래서 그들은 모두 줄을 서서 각자 원하는 만큼 기름을 가져갔다. 아그네슈카는 열 병 정도 가져왔던 것 같다. 그들이 그녀에게 팔았다. 그들은 어떤 질문도 하지 않았고, 배급 카드도 요구하지 않았으며, 계산도 하지 않았다. 그녀는 이 년쯤 그 기름을 가지고 있었다. 기름을 써 봐야 얼마나 쓰겠는가. 감자전, 버섯, 생선 요리를 할 때 말고는 다른 데에는 쓰지 않는다. 어쩌면 오시비엥침에서 갖고 온 기름은 삼 년 동안 쓰기에도 충분했을지 모른다.

그리고 더 이상 아무 말도 하지 않았다.

* 아우슈비츠.

팽이버섯 크로켓 만드는 법:

팬케이크 열 장

버섯 500그램

양파 한 개

오래된 검은 빵 두 조각

소금, 후추, 육두구

빵가루 두 큰술

버섯 튀김용 마가린 반 큰술

사워크림 한 큰술

우유 반 잔

달걀 한 개

양파에 버터를 바른다. 그리고 잘게 썬 버섯을 넣고 소금과 후추로 간한 후 육두구를 약간 넣는다. 십 분 동안 튀긴다. 그 사이에 빵은 우유에 담가 적셨다가 짜낸 후 믹서에 넣고 간다. 버섯에 달걀과 사워크림을 추가한다. 이것을 팬케이크에 싸서 빵가루를 묻힌 후 마가린에 튀겨 낸다.

버섯에 관하여

내가 사람이 아니었다면, 나는 버섯이 되었을 것이다. 차갑고 매끄러운 피부에 단단함과 부드러움을 모두 지닌 무관심하고 무심한 버섯이었을 것이다. 나는 쓰러진 나무 위에서 자란다. 나는 흐릿하고 음침하며, 언제나 조용할 것이다. 그리고 내 버섯 같은 손가락으로 그 나무에 남은 마지막 햇빛 한 방울을 빨아들일 것이다. 나는 이미 죽은 것들 위에서 자랄 것이다. 나는 그 죽은 것들을 지나 순수한 땅으로 뚫고 들어갈 것이다. 거기서 내 버섯 같은 손가락은 멈추게 된다. 나는 나무나 덤불보다 더 작겠지만, 산딸기 넝쿨 위에 싹을 틔울 것이다. 나는 연약하겠지만, 인간으로서의 나 역시 연약하다. 태양은 내 관심 대상이 아니다. 내 시선은 태양을 따르지도 않을 것이고, 태양이 떠오르기를 기다리지도 않을 것이다. 오직 습기만 갈망할 뿐이다. 내 몸을 안개와 비에 내보이고, 촉촉한 공기는 내 몸에 물방울이 되어 맺힐 것이다. 나는 밤과 낮을 구별하지 않을 것이다. 그래야 할 이유가 없다.

나는 모든 버섯처럼 똑같은 능력을 갖게 될 것이다. 사람들의 소심한 마음을 혼란스럽게 만들어 그들의 시선으로부터 자신을 숨길 수 있는 능력이다. 버섯 따는 사람들은 햇빛과 나뭇잎이 만들어 내는 화려하고 반짝이는 이미지에 눈을 고정한 채 멍하니 내 위를 지나칠 것이다. 나는 그들의 다리를 묶어 붙잡을 것이고, 숲 속 쓰레기와 메마른 이끼 덩어리 속에서 그들의 다리가 엉키게 할 것이다. 바닥에서 나는 그들의 재킷 속, 왼쪽을 볼 것이다. 나는 자라지도 늙지도 않은 채, 내가 사람들뿐만 아니라 때로는 시간을 지배할 힘을 갖고 있다는 냉철한 확신에 이를 때까지 몇 시간이고 의도적으로 미동도 않고 있을 것이다. 나는 오로지 낮과 밤의 가장 중요한 순간들, 즉 새벽과 해 질 녘에 다른 모든 것이 일어나거나 잠에 빠질 때만 성장할 것이다. 버섯은 최면술사다. 발톱과 빠른 다리, 치아, 지능 대신 이 속성을 부여받았다.

나는 모든 해충들에게 관대할 것이다. 나는 내 몸을 달팽이들과 애벌레들에게 바칠 것이다. 나는 결코 그 어떤 두려움도 느끼지 않을 것이고, 죽음을 두려워하지 않을 것이다. 죽음이란 무엇인가, 생각해 볼 것이다. 그들이 너에게 할 수 있는 유일한 일은 땅에서 너를 찢고, 자르고, 요리하고, 먹는 것뿐이다.

Ego dormio et cor meum vigilat*

"마르타, 마르타. 당신은 전부 다 보고 있지요." 마르타가 길에서 물이 빠지도록 막대기로 홈을 파고 있을 때, 그녀를 본 아무개 씨가 말했다.

그런 다음 아무개 씨는 그의 자전거를 끌며 노바루다로 담배를 사러 갔다. 나는 창문으로 그들을 보았다. 마르타는 홈을 파는 일을 마치고 조심스럽게 아래로 갔다. 잔디는 벌써 많이 자랐고, 실제로 깎기에 적합했다. 나는 마르타의 냄새, 즉 낡은 스웨터와 흰 머리, 얇고 섬세한 피부의 냄새가 여기까지 난다고 생각했다. 그것은 오랫동안 같은 장소에 머무른 물건들의 냄새다. 그래서 오래된 집에서도 눈에 띈다. 그것은 한때 유연하고 부드러웠으나 지금은 딱딱하게 굳은, 죽지는 않았지만 굳어 버린 것의 냄새다. 죽음은 더 이상 위협이 되지 않는다. 물에 녹아 잊어버린 젤라틴 같

* '나는 자고 있지만 내 마음은 깨어 있다.'라는 의미다.

다. 접시 가장자리에 말라붙은 젤리 같다. 그것은 이불 속에 흠뻑 스며든 잠의 냄새다. 의식 상실의 냄새, 즉 결국엔 주사로 되살아나고, 흔들리고, 뺨을 칠 때 풍겨 나는 피부의 냄새다. 그것은 자신의 숨결과 같은 냄새를 풍긴다. 유리창에 얼굴을 붙이고 바깥을 바라볼 때, 유리창에서 반사되어 돌아오는 호흡의 냄새다.

노인들에게서 비슷한 냄새가 난다. 마르타는 그리 많지는 않지만 꽤 나이가 들었다. 그래도 과거였다면, 내가 노인 병동에서 일할 때처럼 아직 젊었더라면, 마르타는 내게 꽤나 노인으로 느껴졌을 것이다. 비닐 장바구니를 들고 건조한 공기로 달아오른 복도를 헤매고 있을 것이다. 아무것도 하지 않아도 그녀의 손톱은 자라났을 것이다.

그날 오후 우리는 마을 누군가가 나에게 추천한 목수를 만나러 밤비에지체로 차를 몰고 갔다. 그와 함께 문제를 해결하고 나서 우리는 바실리카로 향했다. 마르타는 거기서 그리 멀지 않은 곳에 살면서도 오래전에 한두 번 가 보았을 뿐이었다. 그녀는 넋이 나간 것 같았다. 신도석에 걸려 있는 봉헌도들을 바라보면서 가장 오랜 시간을 보냈다. 인간의 감사는 가능한 모든 종류의 불행과 행복의 결말을 보여 주는 그림들로 바뀌어 있었다. 그 그림들은 질병과 변화, 전환에 관한 수십 가지 이야기를 담고 있었다. 과거 패션의 행렬. 간결한 독일어 서명들. 기적들이 존재했다는 증거. 그림자 가득한 회랑.

우리는 바실리카의 계단에서 조용히 얼음덩어리를 먹어 치웠다. 그 때문에 추워진 우리는 몸을 녹일 겸 그리고 바실리카에 오면 굳어 버리는 몸을 풀기도 할 겸 '십자가의 길'의 오솔길을 걸었다. 그곳에서 마르타가 갑자기 십자가의 길 지점 중 하나를 기뻐하며 가리켰다.

십자가에 한 여자, 몸에 꼭 맞는 드레스를 입은 소녀가 매달려 있었는데, 그녀의 가슴은 물감이 벗겨져 마치 벌거벗은 것처럼 보였다. 거친 돌로 된 슬픈 얼굴 주위로 땋은 머리는 정교하게 꼬여 있다. 얼굴을 조각한 돌은 바람에 더 빠르게 닳고 있었다. 드레스 아래로 신발 하나가 삐죽 튀어나왔고, 다른 한쪽은 맨발이었다. 나는 이것으로 이 여자가 아그네슈카네로 가는 길의 작은 예배당에 있는 인물과 같은 인물임을 알았다. 하지만 그 사람은 턱수염이 있었고, 그래서 나는 항상 그 사람이 특별히 긴 제의(祭衣)를 입은 그리스도라고 생각했다. 그 밑에는 "Sanc. Wilgefortis. Ego dormio et cor meum vigilat.(성 월게포르티스. 나는 자고 있지만 내 마음은 깨어 있었다.)"라고 쓰여 있었다. 마르타는 그것이 거룩한 보살핌이라고 말했다.

그 뒤로 비가 내리기 시작했고 갑자기 신선한 녹지의 향기가 공기를 가득 채웠다. 작은 마을은 거의 텅 비어 있었다. 기념품 가게에서 마르타는 "밤비에지체의 기념품"이라고 새겨진 작은 나무 상자를 할인된 가격에 구입했다. 그리고 나는 성인들의 생애에 관한 1즈워티짜리 소책자들 중 그날 내가 발견하게 될 운명이었던 것을 발견했다. 월게포르티스(빌제포르타)라고도 알려진 성녀 쿰메르니스의 생애였다. 페이지 번호도, 작가도, 출판 연도와 출판 장소도 없었다. 다만 표지 오른쪽 상단 모서리에 인쇄된 "30그로시"라는 숫자를 누군가 지우고 "10,000그로시"라고 적어 놓았을 뿐이다.

쇼나우의 쿰메르니스의 생애

수도사 파스칼리스가 클로스터의 베네딕트 수녀원과
성령의 도우심으로 작성함

I.　　　쿰메르니스의 생애를 쓰고자 하며, 나는 그녀 안에 살고 있는 성령님께 그녀에게 그러셨던 것처럼 특별한 은혜를 베풀어 주시길, 순교자의 죽음이라는 영광을 부여해 주시길, 그녀의 삶에서 일어난 사건들을 효율적이고 질서 있게, 말로 표현할 수 있는 능력과 사고의 유연함을 주시길 간구한다. 나는 단순하고 교육받지 못한 사람이며, 더욱이 길을 잘못 들었으며, 언어의 영역은 내가 타고난 요소가 아니다. 그러므로 나는 특별하고 위대한 가치가 있는 펜과 마찬가지로, 특별하고 위대한 사람의 삶과 죽음을 묘사하는 임무를 수행하려는 나의 단순함, 어쩌면 순진함과 담대함에 용서를 구한다. 내 일의 목적은 정직하다. 나는 진실을 간증하고 내가 지상에 나타나기 전 몇 년 동안 실제로 일어났던 일들을 기록하기를 간절히 원한다. 그리고 그녀의 이야기를 듣지 못한 채, 그녀가 존재하지 않았다고 주장하는 사람들의 입을 막고자 한다.

쿰메르니스의 생애 초기

II.　　쿰메르니스의 아버지 눈에 그녀는 불완전하게 태어났지만, 그것은 사람들이 이해하는 한에서의 불완전함이다. 그런 이유로 그녀의 아버지는 아들을 원했다. 그러나 때때로 인간 세계에서 불완전한 것이 하느님의 세상에서는 완벽하다. 그는 잇따라 태어난 여섯째 딸이었다. 그녀의 어머니는 그녀를 낳다가 세상을 떠났고, 그래서 한 명은 오고 다른 한 명은 떠나갔을 때 나는 그들이 길을 건넜다고 말할 수 있다. 쿰메르니스는 세례식에서 윌게포르티스 또는 윌가라는 세례명을 받았다.

　이것은 산기슭에 자리 잡은 쇼나우 마을에서 벌어진 일이다. 산들이 북풍으로부터 마을을 감싸고 있어서 따뜻하며, 남쪽 경사면에서는 때때로 여전히 포도나무가 자라고 있는데 이것은 이 땅이 한때는 하느님과 더 가까웠으며 더 따뜻했다는 표시다. 서쪽으로는 마치 한때 거인의 식탁이었던 것처럼 납작한 또 다른 산들이 장엄하게 솟아올라 있고, 동쪽에는 숲으로 뒤덮인 음산한 고지들이 쇼나우를 둘러싸고 있다. 남쪽으로는 세계로 가는 여행의 초대장인 체코 평원의 거대한 전경이 펼쳐져 있다.

　그래서 윌가의 아버지는 집에 오래 있지 않았다. 그는 일 년 내내 사냥을 다녔고, 해마다 봄이면 더 먼 곳으로 원정을 떠났다. 그는 체격이 건장했고, 난폭했으며, 화를 잘 냈다. 그는 자신의 딸들에게 보모(후견인)와 유모를 정해 주었는데, 그것이 그가 딸들을 위해 할 수 있는 일의 전부였다. 윌가가 태어나고 몇 달 후 그는 모든 기사단들의 회합에 참석하고자 프라하로 떠났다. 그곳에서부터 모두 성지(聖地)로 출발했다.

쿰메르니스의 어린 시절

III.　월가는 자신의 언니들과 보모, 하녀 등 여자들 사이에서 인생의 첫 시기를 보냈다. 집 안은 많은 형제들의 목소리로 떠들썩했다. 한번은 그녀의 아버지가 그녀를 부르고 싶어 했지만, 그녀의 이름을 잊어버렸다. 그에게는 너무나 많은 아이들이 있었고, 머릿속에는 많은 문제들이 있었으며, 그는 살면서 너무나 많은 전쟁을 치렀고, 하인들도 너무 많았기에 딸의 이름은 기억에서 사라졌다. 어느 해 겨울, 아버지는 원정에서 또 새로운 아내를 데리고 돌아왔다. 어린 소녀는 자신의 목숨보다 더 계모를 사랑했다. 그녀는 계모의 미모와 아름다운 목소리, 악기로부터 멋진 소리들을 만들어 내는 하얀 손에 찬사를 보냈다. 계모를 바라볼 때면, 언젠가는 자신도 그녀와 마찬가지로 솜털처럼 가볍고 아름답고 섬세해지기를 바랐다.

　월가의 몸은 그녀가 바라는 대로 되었다. 어린 소녀는 자라나면서 아름다워졌다. 그녀를 본 사람이면 누구나 이 창조의 기적에 놀라 입을 다물었다. 따라서 많은 신사와 기사 들은 누구보다 먼저 청혼하여 그녀와 결혼하려고 소녀의 주인이자 아버지가 돌아오기를 애타게 기다렸다.

IV.　어느 날, 모든 여자들이 이 년간 그들의 아버지, 남편, 주인이 돌아오기를 기다리고 있었을 때, 여행에 지친 한 젊은 기사가 나타나 햇볕이 내리쬐는 땅에서 전사한 사람들 가운데 그의 시체를 보았다고 맹세했다. 이 남자는 여름내 그들의 집에 머물며 달콤한 노래와 정원 산책, 푸른 바다와 예루살렘의 황금문에 대한 이야기들로 계모를 위로했다. 계모는 울었고, 그녀의 악기는 줄이 끊어진 채 바닥에 떨어져 있었다.

얼마 지나지 않아 어느 어두운 밤에 아버지가 돌아왔다. 횃불이 켜지고 모두가 그를 맞이하기 위해 나갔다. 그는 수염이 많이 자라고 더러웠으며 멀리서도 피 냄새가 났다. 그의 말은 지쳐 쓰러졌지만, 남작은 거들떠보지도 않았다. 그의 시선은 딸들의 얼굴로 향했고, 그는 윌가의 아름다움에 마음을 놓았다. 그러나 윌가는 낯선 사람을 보는 것 같았다.

며칠 후 윌가가 사랑하는 계모가 출혈로 세상을 떠났고, 그녀의 아버지는 애도 기간과 상관없이 다섯 딸을 최고의 기사들과 단 하루 만에 결혼시켰다. 윌가는 너무 어려 유일하게 결혼하지 않고 수녀원으로 보내졌다.

베네딕트 수녀원에서의 첫 번째 체류

V.   브로우모프 너머, 클로스터 지역에는 남작의 할아버지가 세운 수녀원이 있었다. 남작은 그곳으로 자신의 막내딸을 데리고 갔다. 그들이 산을 지날 때, 그녀의 얼굴에서 고개를 돌려야 했을 만큼, 남작에게 그녀의 아름다움은 고통이었다. 그리고 가장 아름

답고, 가장 바람직하며, 가장 소중히 아끼는 존재를 아주 멀리, 닿을 수 없는 곳에 두어야 한다는 사실에 그의 영혼은 절망했다.

수녀들은 기쁨으로 소녀를 맞았다. 그녀의 영적 아름다움이 육체적 아름다움과 일치하고 심지어 그것을 능가한다고 여겨졌기 때문이다. 수도원의 규약이 수련 수녀에게 요구하는 많은 자격 조건을 갖추기 위해 그들은 아이에게 많은 것을 가르쳤고, 똑똑한 쿰메르니스는 곧 읽고 쓰고 아름답게 노래하며 우리 주님께 다양한 방법으로 영광을 돌리게 되었다. 누구든지 그녀 옆에 서면 그녀에게서 크고 마음에 위안을 주는 온기가 쏟아졌고, 어두운 방마저도 밝게 보였다. 그녀의 말 속에는 그 나이에 갖기 어려운 지혜로움이 있었으며, 그녀의 판단은 성숙했다. 그녀의 연약한 몸은 아늑한 향기를 풍겼고, 겨울에도 그녀의 침대에는 장미가 놓여 있었다. 한번은 그녀가 거울 앞에 서자, 하느님의 아들의 얼굴 형상이 그 표면에 나타나 다음 날까지 그대로 남아 있었다.

수련 기간의 시작, 주님께 바치는 헌신의 준비

VI.   그리고 그때 가장 끔찍한 일이 일어났다. 그녀의 아버지가 원정에서 돌아와 그녀가 얼마나 많이 자랐는지 그리고 그녀의 존재로 말미암아 자기가 얼마나 고통스러운지를 확인하고는 전쟁에서 돌아온 자신의 친구 볼프람 폰 판네비츠와 그녀를 결혼시키기로 결심한 것이다. 그는 그녀가 떠날 수 있도록 준비하라는 내용의 편지를 전령을 통해 수녀원으로 보냈다. 월가가 아직 서원(誓願)을 하지 않았기 때문에 수녀원장은 남작의 요청을 거절할 수 없었다.

서리를 맞은 마지막 나뭇잎이 아직 나무에 매달려 있는, 땅이 하늘보다 따뜻하고 첫눈 아래에서 서서히 쇠약해져 가는, 말라비틀어진 잔디 아래에서 돌덩어리 같은 뼈들이 튀어나오기 시작하는, 흐릿해진 수평선 끝에서부터 어둠이 새어 나오는, 소리가 갑자기 날카로워지고 공기가 칼처럼 날카롭게 느껴지는 늦가을에 산을 본 적이 있는 사람, 이런 사람은 세상의 죽음을 경험했다. 그러나 나는 세상이 끊임없이 날마다 죽어 가고 있다고 말하고 싶다. 비록 어떤 이유로 늦가을에만 그 죽음의 신비가 드러날 뿐이다. 그리고 이 부패에 저항하여 유일하게 살아 있는 장소가 인간의 육체는 아니다. 그러나 전부는 아니더라도 심장 아래에서 힘차게 움직이는 아주 작은 부분, 인간의 눈에 보이지 않는 바로 그 중심에서 모든 생명의 근원이 뛰고 있는 것이다.

집으로 돌아오는 길에 쿰메르니스는 하느님께 여정의 순서를 바꾸고 시간이 아무 곳으로도 흐를 수 없도록 실 뭉치처럼 끝나게 해 달라고 기도했다. 그리고 바깥 어디에도 자신을 위한 탈출구가 없다는 사실을 깨달았을 때, 그녀는 자신의 유일한 피난처는 우리 주님이 계시는 내부로의 여행임을 이해했다. 그래서 그녀 스스로 자기 안으로 들어가는 문턱을 넘자마자 그녀는 그곳에서 훨씬 더 큰 세계를 보았고, 그 시작과 끝은 하느님이었다.

VII.   이 여행 후 월가는 병이 들었고 몇 달 동안 열병으로 누워 있었다. 사람들은 그녀가 죽을 거라고 생각했고, 그녀의 약혼자는 슬프기는 했지만 결국 다른 신부를 찾기 시작했다. 그러나 그녀는 차츰 상태가 좋아졌으며, 그때부터 볼프람은 어두운 눈빛으로 그녀의 건강이 회복되는 것을 지켜보았다. 가죽과 금속으로 된 옷을 입은 그의 커다랗고 강인한 몸이 그녀의 몸을 지켰다. 수없이 많은 이교도들의 머리를 잘라 낸 검에 기댄 손은 다음 전투를 준비하고 있는 것 같았다.

그때 월가가 아버지에게 말했다. "아팠을 동안 저는 꿈도 꾸지 못했던 것들을 보았습니다. 저는 존재하지 않는다고 생각했던 장소들에 있었어요. 아버지, 저 자신에게 돌아올 수 있도록 시간을 주세요. 수녀원으로 다시 보내 주세요. 부탁이에요, 아버지. 일 년 후 돌아와서 볼프람과 결혼할게요."

그러나 그녀의 아버지는 가차 없었고 수녀원으로 돌려보내 달라는 그녀의 말을 거부했다. 그곳에서 그녀는 독립적인 존재가 되어 분리된 채 서로 떨어져 있을 것이고, 휴경지처럼 관리되지 않을 존재가 될 것이기 때문이었다. 그는 마치 그녀를 자신에게 시집보내듯 볼프람 폰 판네비츠에게 출가시키려 했다. 즉 주님의 피조물을 통치하고 그에게 명령을 내릴 수 있는 것은 하느님의 뜻에 따라 부여받은 남성성이라고 믿었기 때문이다.

그래서 그녀에게 말했다. "네 몸은 세상에 속해 있으며, 너에게 나 말고 다른 주인은 없다." 이에 그의 딸은 이렇게 대답했다. "제게는 하늘에 계신 다른 아버지가 있으며, 그분은 저를 위해 다른 남편감을 찾고 계십니다."

남작이 이 말에 분노하여 말했다. "내가 바로 네 삶의 주인이다. 그는 네 죽음의 주인이다."

쿰메르니스가 악마의 유혹을 받는 산속 광야로 도망가다

VIII.　　아버지의 고집이 그 무엇으로도 설득할 수 없을 만큼 강하다는 것을 깨달은 쿰메르니스는 산속 광야로 달아났고, 그곳을 방황하던 중 돌산과 맞닥뜨렸는데 거기엔 동굴과 그 옆에 샘이 있었다. 그녀는 이것이 아버지의 분노로부터 살아남아 수녀원으로 돌아갈 수 있도록 하느님이 자신에게 마련해 주신 피난처임을 깨달았다. 이 피난처를 사랑하게 된 그녀는 이곳에서 삼 년 동안 고독과 기도 속에서 살았다. 버섯과 숲속 식물의 뿌리를 먹었고, 나뭇잎을 이불로, 거친 돌을 베개로 삼았다. 누구든 이것이 불가능한 일이라고 생각하는 사람이 있다면, 난 예수와 성인들에게 증언하기를 간청한다. 나는 산속에 혼자 머무는 사람이 거두어지고 먹여지는 그런 경우를 알고 있기 때문이다.

　　이때 그녀의 거룩함에 격분한 악마가 그녀 앞에 나타났다. 악마는 동굴 입구에 서서 그녀를 조롱하는 듯한 눈초리로 바라보았다. 그러나 그녀는 악마를 모르는 체했고, 동굴 속 냉기와 어두움에도 불구하고 수선화가 피어나 자기 주위를 하얀 화환으로 둘러쌀 때까지 끊임없이 기도했다. 이 때문에 악마는 감히 동굴 깊숙이 들어갈 엄두를 내지 못하고 그 자리에 서서 그녀를 비웃을 뿐이었다. 한번은 반인반마(半人半馬)의 모습으로, 또 한번은 뱀인간의 모습이나 인간의 눈을 가진 검은 새의 모습으로 나타났다. 그녀가 자기를 거들떠보지도 않자, 악마는 그녀를 유혹하기 시작했다. 맛있는 음식을 가져다가 동굴 입구에 놓아두었고, 화려한 여자 예복과 세계의 지혜로 가득 찬 책들을 두기도 했다.

쿰메르니스가 칼스베르크의 콘라트의 아이들을 치유하다

IX.   증인들이 없기 때문에 이 기적은 처음엔 별로 유명하지 않았으나, 다른 사건으로 인해 사람들은 성인에 대해 들을 수 있었다.

어느 날 칼스베르크의 콘라트 백작이 세 아이와 함께 산을 지나던 중 아이들이 이상한 버섯을 먹어서 심하게 앓게 되었다. 그들은 마을에서 멈추었고, 아이들의 어머니는 이미 깊은 슬픔에 빠졌다. 그런데 산속에 은둔하는 수녀가 있다는 말을 듣고 콘라트는 자신의 위엄 따위는 제쳐 두고 그녀를 찾아 말을 타고 숲길을 헤맸다. 그는 하느님의 도움으로 그녀를 발견했고, 그녀에게 말했다. "내가 당신에게 간청하니, 내 아이들을 도우소서, 내 아이들을 살려 주소서." 쿰메르니스는 자신은 동굴을 떠난 적이 없으며, 주님의 이름으로 병자를 치유할 자격이 없다고 설명하며 거절했다. 그러나 그는 그녀의 발 앞에 몸을 던져 눈물을 흘리며 도와 달라는 애원을 멈추지 않았다. 쿰메르니스가 그와 함께 마을로 가 의식 없는 아이들의 몸 위에 성호를 긋자, 아이들은 즉시 건강을 회복했다.

이리하여 세상은 성녀에 대해, 그녀가 어떻게 명성을 얻고 훗날 순교했는지 알게 되었다.

쿰메르니스가 병든 영혼과 황폐한 마음에서 비롯된 고통을 치료하다

X.　　　그녀가 행한 기적들에 대해 듣고 사람들은 숲으로 몰려들어 동굴을 찾아와 도움을 청하기 시작했다. 악마에 흘린 남자가 있었는데, 그는 늑대로 변해 밤마다 울부짖으며 사람들을 공격했다. 그의 가족이 그를 성녀에게로 데려왔을 때, 그녀는 그에게 몸을 숙여 그의 귀에 대고 몇 마디 말을 했다. 그리고 그 옆에 있던 사람들은 그녀가 이 불행한 남자의 몸속에 살고 있는 악마를 어떻게 다루는지 들었다. 그들이 잠시 이야기를 나누자 갑자기 악마가 병자의 입을 통해 빠져나와 늑대의 모습을 하고서 숲속으로 달아나는 것을 사람들이 보았다. 이 남자는 건강을 회복하여 오래도록 건강하고 행복하게 살았다.

사람들은 또 술을 많이 마신 남자에 대해 말하기도 한다. 성녀가 그의 몸 위로 성호를 긋고 침묵 속에서 기도했다. 그는 그의 가슴에 손을 얹고 나서 흉측한 새를 끌어냈고, 그 새는 어색하게 날갯짓을 하며 날아갔다.

사람들은 아픈 동물들을 데려오기도 했지만 그녀는 단 한 번도 치료를 거절하지 않았고, 사람을 대하듯 손을 얹고 그 동물들의 건강을 기원했다.

언젠가 한번은 법을 위반하여 태어난 도시에서 추방된 사람이 그녀에게 도움을 요청했다. 이 사람은 자기 집에서 멀리 떨어져 살 수 없었고, 엄청난 그리움 때문에 영혼이 너무 고통스러워 아무 일도 할 수 없었다. 쿰메르니스는 그의 이마에 손을 얹었고, 이 순간 그 남자는 회심했다. 그녀는 그에게 내재된 사랑, 이방 땅에서 그가 찾고자 했던 것에 대한 사랑을 일깨웠고, 그는 땅을 경작하고 많은 아이를 낳았으며 집을 지었다.

그녀는 또한 죽음의 미로를 통해 죽어 가는 사람들의 영혼을 인도하도록 그들의 부름을 받았다.

쿰메르니스가 서원을 위해 수녀원에 도착하다

XI.　　그녀는 많은 기적을 거듭 행했고, 얼마 지나지 않아 그녀의 소식은 아직 상처를 지우지 못한 아버지에게도 전해졌다. 성령의 보호와 인도를 받으며 쿰메르니스는 수녀원에 이르렀고, 그곳에서 서원했다. 그녀는 기도와 독서, 엄격한 금식을 하며 혼자서 시간을 보냈다. 매주 금요일마다 그녀는 의자에 앉은 채로 잠을 잤고, 그녀의 수도실 문은 항상 열려 있었다. 다른 수녀들은 종종 그녀의 수도실에서 황금빛 광채가 떨어지고 이상한 목소리가 들려, 마치 쿰메르니스가 누군가와 대화를 하는 것 같다고 말했다. 그녀가 미사를 드리러 오면, 그들은 몰래 그녀의 예복에 손을 대곤 했다.

쿰메르니스의 아버지가 그녀에게 요구하다

XII.　　불행히도 모든 상처와 증오, 절망은 오래가는 법이다. 쿰메르니스의 아버지는 영적인 혼란 속에서 자신의 계획을 포기할 수 없었다. 그녀가 수녀원에 있다는 사실을 알고 나서, 그는 격분하여 그녀를 데리러 왔다. 그의 얼굴과 양팔에는 이제 막 아문, 마지막 전투에서 입은 상처들이 보였다. 그는 그녀에게 말했다. "나는 신앙을 지키기 위해 전쟁을 해 왔고, 반면에 너는 성스러운 결혼 성찬식 전에 힘을 모을 시간을 충분히 가졌구나. 하지만 그 시간은 이제 끝났다. 우리 이제 집으로 가자꾸나."

그녀가 대답했다. "저는 더 이상 윌가가 아니며, 당신의 딸이나 볼프람의 약혼녀가 아닙니다. 제 이름은 쿰메르니스이고, 저는 우리 주님의 신부가 되었습니다." 이 말에 아버지는 몹시 화가 나 앉아 있던 의자를 집어 들어 자신과 딸을 갈라놓은 나무 창살을 후려쳤다. 창살이 부서졌고, 그는 소녀의 팔을 잡고 끌어당기기 시작했다. 하지만 그녀는 젊고 힘이 세었던 반면, 그는 늙고 끝나지 않는 전쟁에 지쳐 있었다. 그래서 그녀는 그로부터 벗어나 도망쳤다.

그는 비록 치명적인 모욕감을 느꼈지만, 수녀원장이나 하인들에게 내색하지 않았다. 그는 수녀원 근처 여관에서 하룻밤을 묵으며 답답한 방에 틀어박힌 채 천천히 자제력을 회복했다.

XIII.   다음 날 그는 볼프람이 자신의 약혼녀에게 보낸 선물과 비싼 예복을 가지고 수녀원으로 돌아왔다. 딸이 대화실로 들어오자 그가 활짝 웃으며 말했다. "딸아, 말해 보거라. 평범하고 완벽한 두 부류의 사람들이 존재하느냐? 그리고 너는 완벽한 사람들에게, 나는 평범한 사람들에게 속해 있는 것이냐? 아버지의 뜻과 하느님의 뜻에 순종하여 결혼해서 아이들을 낳고 하느님께 영광을 돌리는 다른 여자들과 너는 어떤 면에서 다르냐? 왜 수녀원에서의 생활이 너의 이상인 것이냐? 결혼 생활 속에서 가치 있고 성스러운 삶을 살 수 있고, 완벽함을 성취할 가능성으로부터도 배제되지 않을 수 있다. 두 가지 방법 모두 하느님께 소중하다. 그렇다면 이런 경우 넌 어째서 이렇게 많은 문제들을 일으키고 내 마음을 아프게 하며 가족을 다치게 하는 이 길을 고집하느냐? 넌 내 막내딸이고 노년기의 버팀목이란다. 본래 인간은 평화로운 존재로 고독과 야생이 아닌 다른 사람들과 어울리기를 좋아한다. 우리 주님께서 명하신 것처럼 다른 사람, 그러니까 사랑하는 사람과 결합하고, 그를 사랑하고, 땅을 일구는 것보다 우리의 본성에 더 적합한 것이 무엇이란 말이냐. 하느님의 아들이 우리에게 이르지 않았더냐. '이로 인해 너희가 서로 사랑한다면 모든 사람이 너희가 나의 제자인 줄 알 것이다.'" 쿰메르니스가 아버지에게 대답했다. "제게는 이미 영원히 사랑하는 남편이 있으며 저는 그와 연결되어 있습니다." 이에 아버지가 소리 질렀다. "뭐라고? 내 동의도 얻지 않았는데 이미 남편이 있다는 말이냐?"

"아버지, 노여움을 푸세요. 당신의 사위는 예수 그리스도이십니다." 쿰메르니스가 그에게 대답했다.

쿰메르니스가 자신의 아버지에게 부당하게 납치되어 감금되다

XIV.   남작은 의기소침하여 집으로 돌아왔다. 하지만 그의 마음을 독살하고 있는 것은 그리움이나 보답받지 못한 사랑이 아니라 누군가가 감히 자신의 뜻에 저항했다는 것에 대한 분노와 원한이었다. 그래서 그는 볼프람을 선동하여 함께 끔찍한 신성 모독을 저질렀다. 그들은 무력으로 쿰메르니스가 머무르고 있는 수녀원을 습격했고, 그녀를 다시 잡아 말에 묶어 납치했다. 그녀가 자신은 더 이상 세상에 속하지 않고 예수 그리스도에게 속해 있다는 사실을 끊임없이 상기시키며 그들에게 간청하고 또 간청했음에도 불구하고, 그들은 그녀의 말을 무시하고 그녀를 창문도 없는 방에 가둔 채, 그녀의 의지가 무너지고 결혼에 대한 확신이 돌아오도록 얼마간 내버려 두었다. 그녀의 아버지는 매일 그녀에게 와서 마음이 바뀌었는지 물었다. 그리고 그녀가 더 오래, 더 확고하게 고집할수록 그의 하느님에 대한 후회와 증오도 더욱 커져 갔다. 전쟁에서 얻은 것이 아무것도 없는 까닭에, 그의 성(城)과 선(善)은 혼란에 빠졌고, 더 이상 남은 가족도 없었다. 그는 허기와 갈증이 그녀의 의지를 꺾을 거라고 생각하면서 아무런 음식과 음료도 주지 않고 그녀를 붙잡아 두고 있었다. 그러나 그녀는 하루 종일 돌바닥에 십자로 누워 기도했고, 그 어떤 굶주림도 느끼지 못했다. 심지어 볼프람조차 낙담하여 남작에게 이제 그만 포기하라고 간청하기 시작했다.

볼프람은 때때로 열쇠 구멍으로 자신의 미래의 아내를 들여다보았고, 항상 같은 자세로 누워 있는 그녀를 보았다. 양팔을 옆으로 쭉 뻗고 얼굴은 아치형 천장을 향해 있었다. 그녀의 눈은 한곳에 고정되어 꼼짝도 하지 않았다. 그리고 그녀는 얼마나 아름다웠는지.

감옥에 갇힌 쿰메르니스의 기도

XV.   그녀는 미동도 하지 않고 기도했다. "나는 세상의 왕국과 모든 귀한 것들을 저버렸습니다. 그러나 이는 죄에 대한 두려움이나 경건한 이기심에서 비롯된 것이 아니라, 내가 보았고, 사랑했고 영원히 사랑받으실, 오직 나의 주인 되시는 예수 그리스도에 대한 사랑 때문입니다. 주님, 나는 당신의 얼굴을 찾았고, 내 안에서 그것을 발견했으니 세상은 나를 필요로 하지 않을 것입니다. 주님, 당신은 내게 나의 성별과 여성의 몸을 주셨사온데, 그것은 불화와 모든 욕망의 원천이 되었습니다. 그러니 주여, 이 선물로부터 나를 구원하소서. 나는 이것을 가지고 무엇을 해야 할지 알지 못하나이다. 나의 아름다움을 주님께로 되돌리시고, 당신께서 합당치 않은 나를 사랑하시고 태어날 때부터 당신을 위한 존재로 운명 지으셨다는 언약의 표시를 내게 주시옵소서."

쿰메르니스의 기적

XVI.   그러나 나는 성녀 쿰메르니스의 삶에 대한 설명을 계속해야만 하고, 그녀가 죽은 날까지 접근해야 한다. 비록 내가 그것에 대해 쓰기가 힘들고, 그대들이 믿기는 더욱 어려울지라도.

남작과 기사 볼프람이 함께 어떤 변화를 기다리고 있을 때, 그들의 마음속에는 두려움이 자라났다. 자신들이 감당할 수 없는 것을 바꾸려 했다는 두려움이었다. 그리고 이 두려움을 해소하고 잠깐이나마 감금된 소녀를 잊기 위해 그들은 사냥을 나가 잔치를 열었다. 아침이 되자 뿔 나팔이 울렸고, 저녁이 되자 음악이 울려 퍼졌다.

이런 잔치가 계속되던 어느 날 남작이 볼프람에게 말했다. "만일 자네가 저 애를 강제로 취한다면, 결국 사랑의 맛을 모르는 저 애는 자기가 잃어버린 것을 깨닫고 스스로 자네 품에 몸을 던질 걸세. 자네는 저 아이가 누가 뭘 요구하든 자신의 치마를 기꺼이 걷어 올리는 젊은 처녀들과 많이 다르다고 생각하는가?"

볼프람은 고분고분 일어서서 비틀거리기는 했지만 곧 균형을 되찾고 바로 문으로 향했다. 남작은 처녀를 밀어내고 맥주를 따르라고 명령하고 기다렸다. 그러나 볼프람은 금세 되돌아왔다. 그는 공포에 질린 얼굴로 입을 벌렸다 다물었다 하며, 손으로 자신의 뒤를 가리켰다. 홀 안이 쥐 죽은 듯 조용해졌다. 남작은 의자에서 벌떡 일어나 볼프람이 가리키는 방향으로 달려갔고, 호기심 많은 손님들과 하인들, 악사들이 그 뒤를 따랐다.

XVII. 창문 없는 방에 쿰메르니스가 서 있었지만, 그녀는 모두가 아는 그 여자가 아니었다. 그녀의 얼굴은 비단같이 부드러운 수염으로 덮여 있었고, 느슨하게 풀어진 머리카락은 어깨로 흘러내렸다. 찢어진 드레스 사이로 여자의 맨가슴이 튀어나와 있었다. 어둡지만 온화한 시선이 호기심 많은 구경꾼들의 얼굴을 따라 움직이다 마침내 남작에게서 멈췄다. 여자들은 성호를 긋고는 한 명씩 차례로 무릎을 꿇었다. 쿰메르니스는 누가 되었든 그들 모두를 자신의 가슴에 안으려는 듯 손을 들어 올렸다. 그녀는 조용한 목소리로 말했다. "나의 주님께서 나를 나로부터 구원하시고 당신의 얼굴을 내게 주셨다."

그날 밤 남작은 괴물을 방 안에 가두고 담을 쌓으라는 명령을 내렸다. 볼프람은 말에 올라타 그 누구와도 작별 인사를 나누지 않고 떠났다.

악마의 재림과 그의 세 가지 유혹

XVIII.   그 첫날 밤에 악마는 갓난아기의 모습으로 쿰메르니스에게 나타났다. 잠시 기도를 멈추었을 때, 그녀는 벽 아래에서 요람을 발견했는데, 그 안에서 작은 아이가 힘없이 칭얼거리고 있었다.

깜짝 놀란 쿰메르니스는 기도를 멈추고 아이를 두 팔로 안아 자신의 가슴에 품었다. 악마가 굵은 목소리로 웃음을 터뜨리며 의기양양하게 말했다. "내가 너를 잡았다." 그러나 이에 그녀가 대답했다. "아니, 내가 너를 잡았어." 그러고는 악마를 더 꼭 끌어안았다. 악마는 떨어지려고 했지만 그럴 수 없었다. 그래서 다시 한 번 자신의 모습을 바꾸기로 결정했다. 그러나 성녀의 가슴에서 뿜어져 나오는 힘은 너무나 강력해서 악마는 정신을 잃고 힘을 잃었다. 악마는 그 자신만큼 강력한 존재, 어쩌면 주(主)와 연합한 더 강력한 존재와 자기가 겨루고 있음을 깨달았다. 그러나 그는 자신의 결심을 포기하지 않고, 행동 방식만 바꾸었을 뿐이었다.

"넌 사랑할 수도, 사랑받을 수도 있어." 악마가 말했다.

"그럴 테지." 그녀가 대답했다.

"네 자궁에 아이를 들여놓을 수도, 안에서부터 들려오는 그 아이의 소리를 들을 수도, 그리고 나중에는 세상에 내놓을 수도 있어." 악마가 말했다.

"세상에 내놓는다니." 그녀가 말했다.

"목욕시키고, 먹이고, 포대기로 둘러싸고, 어루만질 수도 있어. 넌 아이가 자라고 몸과 영혼이 너와 닮아 가는 것을 볼 수도 있지. 너는 아이를, 그리고 다른 아이들을 너의 하느님에게 바칠 수 있을 거야. 그럼 하느님은 기뻐할 거야."

"그럴 수 있을 거야."

"나를 좀 봐." 악마가 말했다.

그녀는 악마를 더욱 꼭 끌어안았다. 그녀는 그의 매끄러운 피부를 가볍게 쓰다듬었다. 그러고 나서 쿰메르니스는 자신의 젖가슴을 그러쥐고는 악마에게 젖을 물렸다. 악마는 처음 나타났던 모습 그대로 몸부림치며 사라졌다.

XIX.　둘째 날 그녀가 기도를 잠시 멈추었을 때 악마는 주교로 나타나 주교들이 평상시에 하듯이 그녀에게 설교했다. 그가 그녀에게 말했다.

"당신은 그들에게 무엇을 보여 주려는 것이오? 하느님이 말 그대로 당신의 요구를 받아들여 당신을 괴물로 변하게 했다는 것? 지금쯤이면 그를 조금은 알 수 있어야 하오. 그는 그런 일을 하지 않았소.

그들은 무슨 일이 일어났는지 이해하지 못할 것이오. 그들은 당신을 수치스럽게 여기고 잊을 것이오. 당신을 저주하고 비웃을 것이오. 이 기적은 그들을 공포로 채울 것이오. 그들은 이것이 천국에서 왔다고 믿지 않을 것이오. 기적은 아름답고 숭고해야만 하오. 좋은 향기를 퍼뜨리고 천상의 빛으로 빛나야 하며 그 배경으로 천사의 음악이 들려야 하는 법이오. 그런데 당신은 어떻게 되었소? 수염이 난 여자요. 이제 당신은 시장의 서커스에나 더 적합하오.

여기, 고독 속에서, 아름다운 얼굴 대신 낯선 얼굴을 지닌 당신의 고집은 아무 의미가 없소. 당신은 그가 아니오. 그는 당신에게 장난을 쳤고, 이제 더는 당신을 돌보지 않소. 그는 당신을 잊었고, 새로운 세상을 창조하기 위해 가 버렸소. 그의 생각 속에 정말로 당신의 자리가 있다고 생각하오? 그는 당신을 어리석은 군중 앞에 남겨 두었소. 그들은 당신을 화형에 처하며 당신의 성화(聖化)를 요구하겠지.

아무도 당신을 기억하지 못할 것이오. 당신은 헛되이 여기에 있으며 당신의 고통 또한 헛된 것이오. 당신은 신에게 사랑을 가르치려는 것이오? 당신의 불쌍한 사람으로 하여금 그를 귀찮게 하고 싶은 것이오?"

이 말에 쿰메르니스는 주교 앞에 성호를 긋고 이렇게 대답했다.

"너의 모든 힘은 의심에서 나오는 것이다. 언젠가는 믿음의 은총을 알게 되기를."

이 말에 악마는 사라졌다.

XX.   사흘째 되는 날, 거룩한 십자가가 쿰메르니스의 감방에 나타났고, 그 위에는 구세주의 몸은 있었으나 얼굴은 없었다. 그때 쿰메르니스의 마음에 자기 때문에 그가 자신의 얼굴을 잃어버렸다는 슬픔과 끔찍한 죄책감이 넘쳤다. 그러나 쿰메르니스의 영혼은 주의를 주었다. 죄가 나타나는 그곳에 주님은 존재할 수 없다. 그래서 그녀는 악마가 세 번째로 자신에게 왔음을 알았고, 세 번 성호를 그었다. 악마는 그녀가 자신을 인식했음을 깨닫고 몸을 떨기 시작했다.

"나한테 원하는 게 뭐지?" 악마가 겁에 질려 물었다. 왜냐하면 이 여자처럼 자기가 그 몸속에 들어가지 못한 인간은 아주 오랫동안 아무도 없었기 때문이다.

그녀가 대답했다. "나에게 속죄해라. 내게 네 죄를 고백해라."

악마가 절망하여 외쳤다. "어떻게 이럴 수 있지? 내가 인간에게 속죄해야 한다고?"

하지만 악마는 이미 자신에게 다른 방법은 없다는 것을 알았다. 그래서 처음에는 원망스럽게, 나중에는 점점 더 흔쾌히 말하기 시작했다. 삼 일 낮, 삼 일 밤 동안 그녀에게 자신의 죄를 고백하고, 마침내 온 인류에게 자신이 저지른 모든 악행에 대해 용서를 빌어 달라고 간청했다.

쿰메르니스가 그에게 말했다. "너 또한 하느님의 아이가 아니더냐. 나처럼, 그리고 모든 사람들처럼."

그가 그녀에게 대답했을 때, 그녀는 하느님의 신비를 알게 되었고 살아 있는 악마를 자신의 품에서 놓아주었다.

쿰메르니스의 순교와 죽음

XXI. 남작은 혼란스러워 더 많은 술을 마시기 시작했는데 정신을 차리고 보니 벽으로 막힌 방 문 앞에 싱싱한 꽃들과 불을 밝힌 초들이 놓여 있었다. 그는 또한 열심히 기도하던 한 무리의 여자들을 보았다. 그들은 그의 분노를 두려워한 나머지 그를 보자마자 달아나고 말았다. 이에 그는 더욱 분노했다.

그가 큰 소리로 외쳤다. "나의 뜻에 대항하는 너는 누구냐?"

그녀가 대답했다. "내 안에 하느님이 계십니다."

남작은 지금껏 자신이 알지 못했던 분노에 휩싸였다. 갓 태어난 신생아였을 때에도, 심지어 이교도들의 군대를 학살하는 동안에도 경험하지 못했던 분노였다. 그것은 하느님이나 악마에게서만 그 근원을 찾을 수 있는 분노였다. 그는 단 한 번의 발차기로 새로 지은 벽을 허물었고, 자신의 뜻을 벗어난 존재를 마주하고 있는 자신을 발견했다. 분노에 눈이 먼 그는 그녀를 향해 욕을 내뱉으며 몸을 던져 단검으로 그녀를 찔렀다. 그러나 이마저도 부족하여 그는 그녀의 몸을 일으켜 세워 지붕 대들보에 십자가로 못 박고 이렇게 외쳤다. "하느님이 네 안에 계신다면, 하느님처럼 죽어라."

그녀가 죽은 뒤에도 그는 그녀에게 안식을 주지 않았고, 그녀가 무덤에 묻히기 전에 그녀의 얼굴에서 수염을 깎아 내라고 명령했지만, 수염은 기적처럼 다시 자라났다.

그 후, 죄 많은 남은 생애 동안 그는 성인들의 형상화에서 수염을 지워 냈다. 세상은 둘로 나뉘어 어떤 사람들은 그것을 만들어

냈고, 또 어떤 사람들은 파괴했다. 그러나 성녀에 대한 기억은 살아남아 사람들의 가슴속에 많은 희망을 불러일으켰고, 그녀의 이름은 나라 전역과 해외로 퍼져 나갔다. 그곳들에서 사람들은 그녀를 여러 이름으로 불렀는데, 이는 각지에서 다른 이름들을 만들어 냈기 때문이다.

맺음말

XXII.　내가 여기서 얘기한 모든 것은 성령님의 영감과 쿰메르니스의 저술, 클로스터에 있는 베네딕트 수녀원의 기록들 그리고 내가 들은 그녀에 대한 이야기로부터 가져온 것이다.

　당신이 누구든 간에, 이 글을 읽으면서 죄 많은 수도사 파스칼리스를 기억해 줄 것을 간청한다. 만일 주님이 그에게 선택권을 주셨더라면, 그는 그 어떤 왕국의 명예보다도 그가 가진 모든 고통과 공로와 더불어 쿰메르니스의 몸을 훨씬 더 기꺼운 마음으로 택했을 것이다.

　그대들은 그 어떤 악도 인간의 영혼을 예속시킬 수 없으며, 그리스도와 연합한 사람은 죽을 수는 있을지언정 결코 패배할 수 없다는 것을 다음 세대들에게 말하여 알게 하라.

가발 제작자

작년에 마르타는 내게 자신의 가발 상자를 보여 주었다. 그녀는
그것을 창문 아래에 보관한다. 상자 안쪽은 오래된 신문들로 덮여
있고, 필요한 모든 도구들이 신문에 싸여 있다. 예를 들자면 가발
클립이나 빗 같은 것들 말이다. 그녀는 또한 나무로 된 머리 모형
에 이미 만들어진 가발을 씌우고, 아주 작은 먼지조차 묻지 않도
록 셀로판으로 보호하고 있다. 그리고 물론 아직 완성되지 않았거
나 빗질하지 않은, 혹은 이제 막 가발 모양을 갖추려고 하는 헤어
피스들도 보관하고 있다.

그녀는 신문지를 벗기고 말했다.

"얼마나 부드럽고 진짜 같은지 한번 만져 봐. 머리카락은 잘린
후에도 계속 살아 있어. 물론 더 이상 자라지는 않지만, 여전히 살
아서 숨을 쉬어. 이미 몸이 다 자란 사람들처럼 말이야. 하지만 그
렇다고 그게 사람들이 죽었다는 뜻은 아니잖아."

그러나 난 감히 그것을 만질 수 없었다. 난 그것들이 혐오스럽

다고 생각한다.

"이것들은 어디서 났어요?" 내가 물었다. 그녀가 대답하기를 이미 세상을 떠났지만 알고 지내던 미용사가 있었다고 했다. 길게 땋아 내리는 헤어스타일에 싫증 난 여자들이 자기에게 가장 아름다운 머리카락을 남겼다고 그는 말했다. 그는 마르타를 위해 그것들을 바닥에서 주워 나중에 선물로 주려고 종이에 싸서 미용실 테이블 서랍에 넣어 두었다. 때로는 병이나 노환으로 머리카락이 빠진 여자들이나 남자들에게서 가발을 주문 받아 그들의 머리카락을 마르타에게 가져오기도 했다. 그들에게 대머리는 고통은 덜할지 몰라도 더 많은 것에 영향을 미쳤다. 마르타는 자라나는 머리가 사람의 생각을 모은다고 말했다. 머리카락은 불분명한 입자의 형태로 생각을 축적한다. 그래서 만일 무언가를 잊어버렸거나, 변화하고 싶거나, 처음부터 다시 시작하고 싶다면, 머리카락을 잘라서 땅에 묻어야 한다.

"다른 사람의 머리카락으로 만든 가발을 쓴 사람들은 어떨까요?" 내가 물었다.

"그건 용기가 필요해." 마르타가 말했다. "그 사람들은 원래 머리카락 주인의 생각을 받아들여야 해. 다른 사람의 생각에 대비해야 하고, 스스로 강하고 둔해져야 해. 그리고 가발을 계속 쓰고 있으면 안 돼. 조심해야 해."

마르타는 일 년에 대여섯 개의 가발을 만들곤 했다. 거의 언제나 특정한 주문을 받았다. 염색을 할 수는 없었기 때문에, 주문한 사람의 머리카락 질감과 색을 맞추는 것으로 작업을 시작했다. 헤어피스들을 한 방향으로 놓고 비눗물에 담가 기름기를 빼서 깨끗하게 만든다. 다 마르면 그녀는 그것들을 손가락에 감아 삼빗으로 빗어 내린다. 빗질을 하는 동안 짧은 머리카락은 떨어져 나온다. 그녀의 손에는 깨끗하고 빛나며 갓 깎은 잔디처럼 고른 머리카락들만 남는다. 그런 다음 그녀는 붓이 달린 두 개의 작은 판자를 사용해 머리카락을 고정한다. 마르타는 여기에서 아주 가느다란 피스를, 머리카락을 몇 가닥씩 뽑는다. 때로는 눈에 들어가거나 초조하게 옆으로 넘기는 머리카락 같은 것이다. 이 헤어피스들을 실을 짜는 틀에 묶는다. 마르타는 내게 그것을 보여 주었다. 머리카락은 특별한 매듭을 지어 실에 묶는다. 긴 가닥들은 두 배 또는 세 배로 묶어야 한다. 그 후 마르타는 이 가닥들을 방에 늘어뜨려서 머리카락이 구부러지거나 잘리지 않도록 한다. 이때부터 실제 가발 만들기가 시작되었다. 매듭지어진 머리카락 실을 그물 모양으로 짜기에 저녁은 매우 좋은 시간이다. 마르타는 마치 양털 모자를 만드는 것처럼 코바늘로 이 작업을 했다. 손톱이 창백한 그녀의 가느다란 손가락은 매끄럽게 실을 머리에 끼우고 구멍을 통과시켰다. 마지막에 그녀는 정수리가 될 작은 원으로부터 시작해서 작은 구멍을 추가하고, 손가락 아래로 반원 모양이 잘 나타나도록 그것들을 한데 모은다. 특정한 주문의 경우 머리의 크기와 모양을 아주 잘 알아야 했다. 그래서 마르타는 치수를 기록한 공책을 가지고 있다. 그녀는 내게 그것을 보여 주었다. "R. F.—52, 54, 14"라는 치수와 함께 넓은 이마를 가진 머리가 연필로 서툴게 그려져 있었고, 군데군데 습기와 엎질러진 우유와 눈물로 얼룩져 있었다. "C. B. 56, 53, 18"이라는 치수와 가운데 가르마가 있고 어깨까지 내려오는 가벼운 곱슬머리 가발 스케치도 있었다. 이마가 벗어진 사람을 위해 머리 앞쪽만 덮고 뒤쪽은 남은 자연 모발과 연결하는 불완전한 가발도 있었다. 또는 "대술을 받기 위해" 빗질하고 반짝이는 대머리 위로 교묘하게 머리카락을 한 올씩 빗어 올린 그들의 처지를 비웃기라도 하는 듯한 돌풍 앞에서 떨고 있는 남자들이 원할 만한, 털 달린 팬케이크가 두피에 붙어 있는 듯한 모양의 두피용 부분 가발도 있었다.

마르타는 머리카락으로 엮은 그물로 끊임없이 윤이 나도록 닦은 나무 머리 몇 개를 더 가지고 있었다. 그중 하나는 어린아이의 것처럼 작았고, 다른 하나는 너무 커서 누군가의 머리에 어울릴 거라고 믿기 어려울 정도였다. 이렇게 큰 가발을 만들 때는 한 종류의 머리카락으로는 충분치 않아 여러 머리에서 나온 헤어피스들을 섞고 굵기와 색상을 고려해 정확하게 고르고 짜 맞춰 자연스럽게 보이도록 해야 한다.

마르타는 모든 여성들이 한때 코를 기준으로 머리카락을 나눈, 똑바르고 건강한 분홍색 가르마를 갖고자 한 적이 있었다고 말했다. 가발에 가르마를 만들려면 섬세한 실크 그물이나 거즈로 가발을 붙여야 한다. 아주 작은 구멍으로 머리카락을 한 올 한 올 넣고 밑으로 잡아당기고 묶어서 미세한 그물망을 만든다. 이 작업에는 매우 오랜 시간이 걸리기 때문에 마르타는 모든 가르마를 세련미의 최고봉으로 여겼다. 가르마를 탄 부드러운 헤어스타일을 한 친구가 우리를 찾아왔을 때, 나는 마르타가 걱정스럽게 그녀의 머리를 바라보는 것을 보았다. 그녀는 염색한 머리, 특히 탈색한 머리를 좋아하지 않았다. 염색이나 탈색을 하면 머리카락이 생각의 저장실이 되지 못한다고 말했다. 염료가 모발을 망치거나 왜곡

한다는 것이다. 이런 머리카락은 더 이상 저장소라는 본연의 기능을 수행할 수 없다. 텅 비어 있으며 인위적이다. 이런 것은 잘라 내고 즉시 버리는 편이 더 낫다. 그것은 기억이나 목적 없이 죽어 버렸다.

마르타는 나에게 모든 것을 말해 주지 못했다. 그러고 나서 산에서 흐르는 물을 다루고, 건물의 토대가 물에 무너져 내리지 않도록 작은 개울들이 집 뒤쪽으로 흐르도록 해 둘 시간이 왔다. 한밤중에 물이 흘러넘쳐서 그것들을 다 망가트리기 전에 연못의 가장자리를 강화해야 한다. 또는 흠뻑 젖은 신발과 바지를 말려야 한다. 마르타는 단 한 번 내게 가발 중 하나를 써 보도록 허락했다. 어두운 색깔의 곱슬머리 가발이었다. 나는 거울 속에 비친 내 모습을 들여다보았다. 더 젊고 더 또렷해 보였지만, 나 자신에게는 낯선 사람 같았다.

"너 같지가 않아." 마르타가 말했다.

그때 마르타에게 나를 위한 특별한 가발을 부탁해야겠다는 생각이 들었다. 마르타가 내 얼굴을 자세히 살피고 가발 제작자의 기억에 기록할 것이다. 그녀는 내 머리를 재 보고, 자신의 공책에 기록할 것이며, 거기에 묘사된 다른 머리들에 내 수치를 덧붙이고 나서, 내게 딱 맞는 질감과 색깔을 가진 머리카락을 선택할 것이다. 난 나를 위장하고 변화시킬 수 있는 나만의 가발을 가질 수도 있을 것이고, 그것은 내가 직접 발견하기에 앞서 나에게 새로운 얼굴을 가져다줄 것이다. 하지만 나는 그녀에게 그것을 언급하지 않았다. 마르타는 머리카락을 보호하는 호두나무 잎사귀가 가득 찬 봉투에 가발을 집어넣었다.

국경

체코 공화국은 우리 땅과 접해 있으며, 우리 집에서 볼 수 있다. 여름에는 그쪽에서 개 짖는 소리와 수탉이 우는 소리가 들려온다. 8월의 밤이면 체코의 콤바인들이 윙윙거리는 소리를 냈다. 토요일에는 소노프에서 디스코 음악이 연주된다. 국경은 아주 오래되었고, 수 세기 전부터 두 나라를 서로 다른 나라로 분리했다. 국경은 그렇게 쉽게 변할 수 없었다. 나무들은 동물들과 마찬가지로 국경에서 자라는 것에 익숙해졌다. 그러나 나무들은 자신의 자리 밖으로 넘어가지 않고 국경을 중요하게 여겼다. 반면 동물들은 어리석게도 그 경계를 아무렇지도 않게 여겼다. 해마다 겨울이면 웅장한 사슴 무리가 경계를 지나 남쪽을 향해 간다. 여우는 하루에 두 번, 해가 뜨자마자 바로 산비탈에 나타났다가 모두가 뉴스를 보는 5시에 다시 돌아온다. 여우가 나타나는 것을 보고 시계를 맞출 수도 있다. 마찬가지로 우리도 버섯을 찾거나 게으름을 피우며 종종 국경을 넘나들었다. 공식적으로 국경의 역할을 수행하는 트우마

초프까지 자전거를 타고 가고 싶지 않았기 때문이다. 우리는 등에 자전거를 지고 금방 반대쪽으로 넘어간다. 흙을 갈아엎어 만든 숲길은 몇 미터만 지나면 곧 다시 나타났다. 우리는 국경 수비대의 밤낮 없는 감시와 야간 순찰 때의 불빛, 메르세데스의 천둥 같은 소리나 밤에 부르릉거리는 오토바이 소리에 익숙해져 있다. 제복을 입은 수십 명의 남자들이 뽑힐 염려 없이 산딸기가 자라는 잡초가 우거진 땅을 지키고 있다. 그들이 이 산딸기를 지키고 있다고 믿는 것이 더 쉬울 듯싶다.

혜성

오늘 갑자기 기이하고 강력한 생각이 떠올랐다.

우리는 부주의하고 망각하는 인간들이다. 사실 실제 현실에서 우리는 수 세기 전부터 계속되어 오고 있으며 끝날지 안 끝날지 알 수 없는 우주 전투에 참여하고 있는 존재다. 우리는 핏빛으로 물든 달과 불길과 강풍 속에서, 10월에 지는 얼어붙은 나뭇잎에서, 나비의 초조한 날갯짓에서, 밤을 무한대로 길게 늘리거나, 매일 정오 갑자기 멈추는 불규칙한 시간의 맥박 속에서 어떤 존재의 반영만을 보고 있을 뿐이다. 나는 그래서 일종의 임무를 가지고 한 생명을 혼란에 빠뜨리기 위해 보내진 천사이거나 악마다. 그 임무는 스스로 수행되었거나 혹은 내가 그것에 대해 완전히 잊어버렸다. 이 건망증은 전쟁의 일부이며, 상대편의 무기다. 그들은 그것으로 나를 공격해 나는 상처를 입고 피를 흘리며 잠시 게임에서 제외되었다. 때문에 나는 내가 얼마나 강하고 얼마나 약한지 모른다. 나는 나 자신을 알지 못하고 아무것도 기억하지 못한다. 그래서 나는 감히 나 자신의 연약함이나 힘을 찾으려 하지 않는다. 그것은 아주 특별한 느낌이다. 내면의 깊은 곳 어딘가에서, 다른 사람들이 항상 생각했던 것과는 완전히 다른 사람이라고 상상하는 것이다. 그러나 그것은 나를 불안하게 만들지 않는다. 다만 안도감을 주었을 뿐이다. 내 삶의 모든 순간마다 들러붙어 있는 어떤 피로감이 서서히 사라지고 있다.

잠시 후 이 강렬한 느낌은 완전히 사그라들어 구체적인 이미지로 얼룩져 나타났다. 홀로 통하는 문은 열려 있고, 개는 자고 있으며, 노동자들이 새벽에 도착해서 돌담을 세우고 있다.

저녁에 R은 시내로 갔고, 나는 마르타에게 갔다. 혜성이 고개에 걸려 있었다. 떨어지면서도 움직이지 않고, 이 세계에는 낯선, 얼어붙은 차가운 불빛이 하늘에 걸려 있었다. 나와 마르타는 테이블에 나란히 앉아 있었다. 그녀는 가발을 빗질하며 여러 가지 색의 얇은 헤어피스들을 유포에 붙였다. 나는 그녀에게 성녀의 삶에 대해 읽어 주었다. 그녀는 제대로 듣는 것 같지 않았다. 그녀는 서랍을 뒤적거렸고, 머리카락 수집품들을 싸 놓은 신문지가 바스락거렸다. 봄의 파리와 나방은 이미 인간 전구를 발견했다. 확대된 날개 그림자들이 부엌 벽에 엉켜 있었다. 마침내 마르타가 질문 하나를 던졌다. 성녀의 삶을 기록한 사람은 누구인가. 그리고 그 사람은 그 모든 것을 어떻게 알았는가.

밤에 R이 돌아왔다. 장바구니에서 쇼핑한 물건들을 꺼내며 시내에서는 사람들이 쌍안경으로 혜성을 보려고 발코니로 나간다고 말했다.

성녀의 삶은 누가 썼으며
그는 이 모든 것을 이떻게 알았는가

그는 불완전하게 태어났다. 불완전하다고 한 이유는, 그가 기억하는 한, 마치 태어날 때 자신이 실수를 해서 잘못된 신체와 잘못된 장소, 그리고 잘못된 시간을 선택한 것처럼 스스로에게 뭔가 문제가 있다고 느꼈기 때문이다.

그에게는 다섯 명의 남동생과 한 명의 형이 있었다. 그들의 아버지가 죽은 후 형은 농장의 일을 분리하고 결과를 집행하는 일을 맡았다. 요한은 그를 증오하는 동시에 존경했다. 그는 모든 일이 제때 이루어져야 하고 모든 사람들이 마치 의식을 치르듯이 자신의 지속적인 의무를 수행해야 한다고 주장하는 형의 고집과 가혹한 방식이 몹시 싫었다. 심지어 기도도 마찬가지였다. 요한은 기도하기를 좋아했다. 기도하는 시간은 전적으로 자기 자신하고만 있을 수 있는 유일한 순간이기 때문이다. 그러나 그의 형은 그때마저도 그를 닦달하며 말했다. "이제 그만 끝내. 기도 시간 다 지났어. 양들이 기다리고 있잖아." 같은 이유로 그는 형을 존경했다.

그 덕분에 모두 먹을 것이 있었다.

　그러나 어느 해 혹독한 겨울이 일찍 찾아왔고 그들은 마지막 건초를 모을 시간이 없었다. 그리고 열매들은 나무에서 얼어붙고 말았다. 누군가는 수도원에 가야 했고, 그가 요한이라는 것은 분명했다.

　그렇게 해서 요한은 로젠탈의 수도원 젊은이들과 노인들 사이에 머무르게 되었다. 그러나 그의 삶은 그가 집을 이끌었던 때와 그리 다르지 않았다. 이곳에서 그는 주방과 정원에서 일하고, 땔감으로 쓸 나무를 자르고, 설거지를 하고, 돼지에게 먹이를 주었다. 10월부터 4월까지 그는 줄곧 추웠고, 그래서 주방에서 그의 갈색 수도복이 따뜻해지다 못해 양털 타는 냄새를 풍길 때까지 난로를 끌어안고 있었다. 봄이 되자 그는 미하우 형제의 보살핌을 받아 정원으로 배치되었다. 미하우 형제는 그에게 약초 이름을 가르쳐 주고, 자라나는 모든 것, 싹이 트는 나뭇잎, 꽃을 피우고 열매를 맺는 모든 것에 대한 애정을 심어 주었다. "약초를 키우는 데 좋은 재주가 있구나, 아들아. 네 바질이 어떻게 자라고 있는지 한번 보렴. 우리는 지금껏 이렇게 훌륭한 표본을 가져 본 적이 없어." 현재는 파스칼리스라고 불리는 요한의 수도복에는 점차 백리향과 우슬초, 회향, 박하의 향기가 스며들었다.

　그러나 그의 이름과 의복 향기의 변화에도 불구하고, 파스칼리스는 계속 마음이 편치 않았다. 오히려 자신은 다른 곳에서 다른 누군가가 되고 싶었던 것 같았다. 여전히 그는 자신이 누구이며 어디에 있는지 알지 못했다. 그러나 종종 기도하는 대신 두 손을 접은 채 무릎을 꿇고 예배당의 성화들, 특히 성모 마리아가 아기 예수를 안고 있고, 그 옆에 두 여인, 즉 책을 든 성녀 카테리나와 집게를 는 성녀 아폴로니아가 서 있는 그림을 바라보곤 했다. 그리고 그렇게 바라볼 때마다 그림 속, 그 장면의 중심에 있는 자신을 상상했다. 그의 뒤로는 지평선과 눈 덮인 산봉우리들이 맞닿은 열린 공간이 펼쳐져 있다. 근처에는 거대한 탑과 붉은 벽돌로 된 도시가 있다. 잘 닦인 오솔길이 사방에서 도시의 성문으로 이어져 있었다. 그의 옆에는, 손만 뻗으면 닿을 만큼 가까운 곳에 성모 마리아가 아기 예수와 함께 앉아 있다. 하얗고 부드러운 구원자의 다리가 자주색 가운 위에 놓여 있다. 그 위로 두 명의 천사가 꼼짝도 않고 거대한 잠자리처럼 날개를 활짝 펼친 채 공중에 떠 있다. 파스칼리스는 성녀 카테리나이거나 성녀 아폴로니아다. 그는 오랫동안 결정을 내릴 수가 없었다. 매번 그들 중 하나였다. 긴 머리카락은 등을 타고 흘러내렸다. 드레스는 둥근 젖가슴을 감싸고 섬세하고 아름다운 물결을 이루며 땅으로 흘러내리고 있었다. 발가벗은 발은 물질의 부드러운 애무를 느낄 수 있었다. 그럴 때면 그는 황홀감에 사로잡혀 눈을 감고는 자기가 갈색 수도복을 입고 차가운 예배당 바닥에 무릎을 꿇고 있다는 사실을 잊곤 했다.

파스칼리스는 얼굴이 아름다웠다. 수도사의 짧게 자른 머리는 그 얼굴의 아름다움을 강조할 뿐이었다. 긴 속눈썹 아래 어두운 눈길이 인상적이었다. 매끄럽고 맑은 피부에는 수염이 나지 않았고, 그의 이는 눈부시게 희었다. 성모 마리아상에 시선을 고정하고 무릎을 꿇을 때면 그는 견딜 수 없이 사랑스러워 보였다.

그렇게 형제들에게 영적인 삶과 물질적인 안락함을 보장해 주던 수도원의 회계 담당자 셀레스틴 형제가 그를 보게 되었다. 셀레스틴은 파스칼리스를 불러들여 단도직입적으로 말했다. "난 네가 마음에 든다. 넌 수도원 생활에 진정한 소명을 가지고 있으며, 이것은 격동적이고 이단이 넘치는 시대에 매우 드문 일이다. 너는 언젠가 수도원장이 될 것이다. 그러나 지금은 내가 너를 돌볼 것이다."

그리고 파스칼리스는 그의 다음 대리인, 세 번째나 네 번째 대리인이 되었다. 그는 기숙사로 램프를 가져오고 수건을 널어놓고 면도칼을 관리했다. 다음 겨울에 파스칼리스는 읽는 법을 배우기 시작했고, 이제 수도원 기록실에 있는 램프들을 관리했다. 셀레스틴 형제는 독서 진도를 직접 확인했고, 제9시과(時課. 오후 3시)가 지나면 자신에게 와서 몇 가지 정해진 텍스트를 읽으라고 명했다. 그는 수도실 이쪽 벽에서 저쪽 벽까지 왔다 갔다 하거나 창문을 마주 보고 서서 들었다. 그러면 파스칼리스는 그의 탄탄한 어깨와 모직 스타킹을 신은 그의 발뒤꿈치를 볼 수 있었다. "갈수록 잘 읽는구나." 상급자가 말하며 그에게 다가와 깨끗하게 면도한 목덜미를 엄지손가락으로 무심코 쓰다듬었다. 파스칼리스는 이 애무가 불쾌하지 않았다. 그러다 어느 날 독서 시간에 셀레스틴이 그에게 다가와 수도복 아래로 손을 집어넣었다. "네 등은 계집아이처럼 부드럽구나. 잘생긴 청년으로 자랐어." 파스칼리스는 셀레스틴의 침대에서 발가벗고 있는 자신을 발견했다. 양모 담요 밑에 숨겨져 있는 침구는 너무 섬세해서 피부가 다 부끄러울 지경이었다. 이 부드러운 침구 속에서 그는 셀레스틴 형제가 원하는 모든 것을 하도록 자신의 몸을 허락했다. 그것은 즐겁지도, 그렇다고 불쾌하지도 않았다.

이날 이후 파스칼리스의 수도복에서는 약초 냄새가 아니라 먼지와 잭, 그리고 낯선 남성의 몸에서 나는 이상하고 시큼한 냄새가 났다.

한번은 사랑을 나누고 지쳐서 나란히 누워 있을 때 파스칼리스가 셀레스틴에게 자신은 다른 사람이 되고 싶다고 털어놓았다. "만일 내가 여자라면 어땠을까요……." 그는 어둠 속에서 궁금해졌다. 그는 또한 성녀 카테리나의 드레스가 몸에 들러붙어 주름을 이루며 땅으로 떨어진다고도 이야기했다. "우리는 여자라는 존재를 일종의 장애로 여겨야 한다. 이 장애가 자연의 질서라 할지라도." 셀레스틴이 아에로파기타의 말로 대답하고 절대 확실한 모든 진술로부터 자신을 차단하려는 듯이 눈을 감았다.

어느 날 파스칼리스는 지혜로운 형제 셀레스틴에게 죄에 대해 물었다. "말해 주십시오, 이것은 치명적인 죄입니까? 분명히 우리는 순결의 서약뿐만 아니라 자연의 법칙도 깨뜨리고 있습니다……." "네가 자연에 대해 무엇을 알 수 있느냐?" 셀레스틴이 화를 내며 침대에서 일어나 앉아 맨발을 차가운 돌바닥 위에 내려놓았다. 그의 등에는 여드름 자국이 붉게 나 있었다. 그는 수도복을 입기 시작했다. 파스칼리스는 갑자기 텅 빈 침대가 차갑게 느껴졌다. 셀레스틴의 몸은 난로처럼 따뜻했다. "모든 위대한 철학자들과 성당 신부님들은 여자가 모든 악의 근원이며, 여자 때문에 아담은 원죄를 범했고, 여자 때문에 우리 주님께서 십자가에서 돌아가셨다고 말했다. 여자는 유혹을 위해 창조되었지만, 여자에게 굴복하는 남자들은 어리석다. 기억하거라. 여자의 몸은 똥자루이며 매달 자연은 여자를 부정한 피로 얼룩지게 함으로써 그것을 우리에게 상기시키고 있다는 것을 말이다." 셀레스틴은 파스칼리스가 전에 소리 내 읽었던 책장을 앞으로 넘겼다. "이리 와서 읽어 보거라." 그가 말했다. 파스칼리스가 몸을 떨며 책 위에 벌거벗고 서 있었다. "오래된 수도원에서 말하기를, 구덩이는 항상 덮어 두어야 한다고 했다. 만일 어떤 동물이 열린 구덩이에 빠지면, 그 구덩이를 열어 둔 사람은 벌을 받게 될 것이다. 이 끔찍한 말은 남자의 눈에 자신을 드러내 유혹으로 이끄는 여자에게도 적용된다. 구덩이, 이것은 여자의 예쁜 얼굴이며 하얀 목, 반짝이는 눈이다. 이 여인은 남자의 죄에 과실이 있으며, 최후의 심판의 날에 그 죄에 대한 대가를 치러야 한다." "옷을 입어라." 연인의 떨리는 몸을 보면서 셀레스틴이 말했다. "우리의 죄는 고해 성사 때 언급할 가치도 없는 사소한 육욕의 죄일 뿐, 이는 여자와의 성교보다 덜 악한 것이다."

그러나 셀레스틴 형제는 그다지 주의를 기울이지 않았고 파스칼리스를 오해했다. 파스칼리스는 여자와의 성교에는 관심이 없었다. 파스칼리스는 여자를 갖고 싶어 한 것이 아니라 여자가 되고 싶었던 것이었다. 젖가슴을 느끼길 원했다. 그 따뜻하고 부드러운 둥근 것들이 다리 사이에 부족한 것을 완전히 충족시킬 것이다. 등 위로 흘러내리는 머리카락과 자신의 부드러운 피부에서 나는 달콤한 향기를 느끼고, 짤랑거리는 귀걸이 소리를 듣고, 하얀 손으로 드레스의 주름을 펴고, 부드러운 손수건으로 가슴을 가리고 싶었다. "넌 아름다워. 난 너를 만족시킬 수 없구나." 셀레스틴이 갑자기 그의 귀에 대고 말했다. "자, 이제 함께 기도하자."

그들은 돌바닥에 나란히 무릎을 꿇고 앉아 중얼거리며 기도하기 시작했다.

수도원에서는 과기와 미래 사이에 별다른 차이가 없기 때문에, 아마도 계절의 빛깔을 제외하고는 시간과 사람들의 생활에 큰 변화가 없을 것이기 때문에 수도사들은 늘 현재에 산다. 바깥세상에서 사람들은 그저 찰나에 지나지 않는 순간을 살지만, 이곳에서 이 순간은 그 어디에서도 시작되지 않고 그 어디에서도 끝나지 않는다. 그리고 만일 최종 목표를 결코 눈에서 놓치지 않는 인체의 지혜가 아니라면, 수도원에서의 삶은 불멸의 것이 되었으리라.

파스칼리스는 꼼꼼하게 계산된 의례와 몸짓의 연속으로 둘러싸여 있었는데 수면의 순서까지도 마찬가지였다. 심지어 그가 창문에서 관찰한 개들조차 수도원의 규칙적인 생활에 동참하고 있었다. 그것들은 정오가 되면 쓰레기들이 버려진 쓰레기장 근처에 나타났다. 탐욕스럽게 먹고 나서 사라졌다가 다시 돌아와서 다음 번 쓰레기 더미를 열심히 뒤적거렸다. 저녁이면 서로 물어뜯거나 낑낑거리거나 개장난감을 잡으며 자신들만의 계층 구조를 확실히 했다. 겨울에는 외양간이나 마구간으로 옹기종기 모여들었다. 봄에는 암캐들이 수캐를 나누며 시기에 차 깽깽거리는 소리가 들렸다. 여름에는 구석구석에서 비참하도록 무기력한 강아지들이 나타났다. 가을에는 무리 지어 작은 설치류를 사냥했다.

다른 사람들과 마찬가지로 파스칼리스는 새벽에 일어나 세수를 하고 수도복을 입었다. 그리고 곧 부드러운 리듬에 맞추어 기도와 일을 하고, 방들과 회랑을 따라 속삭이며 돌아다니는 어두운 수도사들의 무리 속으로 들어갔다.

셀레스틴 형제는 그에게 아버지이자 연인이자 친구였다. 그는 그에게 많은 것을 가르쳤고, 매달 자매 수녀원으로 신선한 고기를 배달하는, 수도원에서는 드문 특권을 주었다. 수도원 회랑과 미로가 병들어 보이고 왜소해 보일 정도로 광활한 풍경을 보았던 것은 파스칼리스에게 큰 선물이었다. 그들은 동이 트기 전에 출발하여 정오 무렵 수녀원 부엌문에 도착하곤 했다. 수레는 천천히 오르막길을 올랐고, 고갯길에 이르자 소들조차 멈춰 서서 푸른 글라츠 골짜기와 하늘을 가르는 믿을 수 없을 만큼 머나먼 지평선과 줄지어 늘어선 테이블처럼 보이는 거대한 산들을 응시했다. 이때 파스칼리스가 왜 불안감에 사로잡혔는지는 알 수가 없다. 더 나아가서 그들은 작은 마을 하나를 지났는데, 그곳에는 진흙 오두막 몇 채뿐이었고, 그 풍경을 볼 때가 그가 향수병을 느끼던 유일한 순간이었다.

수레가 문 앞에 멈추자마자 초인종이 울렸고 곧 소리가 그쳤다. 수레가 앞마당으로 들어서면 형제들은 돼지고기를 내려놓는 일에 착수했다. 파스칼리스는 조바심을 내며 어떤 여성들이 있는지 둘러보았다. 대개는 이가 빠지고 얼굴과 입가에 주름이 진 나이 든 수녀들뿐이었다. 그들을 보면 그는 어머니가 떠올랐다. 그러고 나면 수녀들은 형제들을 주방으로 초대해 식사를 대접했다. 주방은 깨끗하고 아늑했으며, 거기에서는 꿀과 치즈 냄새가 났다. 수녀들은 양봉장을 갖고 있었고 소를 길렀다. 고기를 주고 그들은 꿀단지와 깨끗한 천으로 싼 치즈 바구니를 받았다. 파스칼리스는 여성의 몸에서는 틀림없이 치즈와 꿀 냄새가 날 거라고 생각했다. 그 혼합물은 기분 좋은 것이면서도 역겨웠다.

때때로 파스칼리스는 더 많은 것을 보는 데 성공하기도 했다.

한번은 수레에서 벽 너머 정원을 가꾸는 수녀들을 보았다. 그들은 잡초를 뽑다가 갑자기 뽑아낸 잡초 더미를 서로에게 던지기 시작했다. 그들은 수녀복의 널따란 소매로 입을 막고 터져 나오는 웃음을 참고 있었다. 이 광경에 그는 깜짝 놀랐다. 그들은 마치 어린 아이들 같았다. 그들 중 한 명이 치마를 살짝 들어 올리고 식물들을 치지 않으려고 피하며 화단을 가로질러 뛰어갔다. 머리카락처럼 보이는 그녀의 베일은 마치 그녀의 머리에서 기적적으로 돋아난 날개처럼 바람에 흩날렸다. 후에 파스칼리스는 부드럽고 물 흐르듯이 유연하고 아름다운 이런 행동을 따라 했다.

이런 일들을 겪고 그는 마지못해 수도원으로 돌아갔고, 셀레스틴 형제에게 돌아가는 것이 못마땅했다. 수도원에 있는 모든 것들은 어쩐지 각이 지고 어색하고 거칠었다. 셀레스틴도 마찬가지였다. 파스칼리스의 몸은 그에게 기쁨을 줄 수 있었다. 이미 파스칼리스가 그 방법을 깨쳤기 때문이다. 그러나 셀레스틴의 몸은 파스칼리스가 꿈꿔 왔던 것이 아니었다. 침대에서 그의 옆에 누워 파스칼리스는 셀레스틴이 여자라는 부끄러운 환상을 품었다. 연인의 등을 따라 손이 내려갔고, 결국 그의 손가락은 거칠고 털이 많은 엉덩이와 맞닥뜨렸다. 그는 실망하여 손을 뺐다. 그러나 이후 그는 자신이 여자라고 상상하기 시작했고, 셀레스틴은 있는 그대로의 모습으로 남을 수 있었다. 다리 사이에 비밀스런 구멍이 있는 여자의 몸이 된다는 생각은 집착이 될 정도로 온몸에 전율을 일으켰다. 어떻게 보일지 궁금했다. 그 구멍은 귓구멍이나 콧구멍 같은 것인지, 아니면 더 크고 둥글고 선명한 것인지, 아니면 결코 아물지 않는 피부의 상처처럼 계속 피가 흐르는 찢어진 모양일지 궁금했다. 파스칼리스는 이 죄악스러운 비밀을 알기 위해 무엇이든 주었을 것이다. 그러나 겉으로 아는 것이 아니라 직접 겪어서 알고 싶었다.

다음 겨울에 셀레스틴은 감기에 걸렸고, 그를 도울 수 있는 방법이 아무것도 없다는 것이 분명해지자, 형제들은 그의 수도실에 모여 죽어 가는 자들을 위한 기도를 세 번 암송하기 시작했다. 셀레스틴은 그것이 의미하는 바를 잘 알았고, 그래서 형제들의 얼굴을 바라보며 뜨거운 눈으로 작별의 인사를 고했다. 마치 자신을 기다리고 있는 것이 수도원 생활의 질서와 비슷하다는 확신을 그들에게서 구하는 것 같았다. 그때 문을 두드리는 소리가 났고 모든 수도사들이 그의 마지막 고해 성사를 듣기 위해 모였다. 수도원장이 "Credo in unum Deum.(나는 하느님 아버지를 믿나이다.)"이라고 읊조리기 시작하자, 파스칼리스는 울었다. 셀레스틴이 합당한 고해 성사를 하는 중에 몇 달간 그들이 함께 저지른 죄를 언급하지 않아, 파스칼리스의 얼굴에는 눈물이 쏟아졌다. 수도원장은 죽어 가는 자에게 면죄부를 주었고, 그들은 그의 몸을 돌바닥 위에 눕혔다. 저녁에 셀레스틴은 죽었다.

수도원장은 그다음 날 고기 배달 임무에서 그를 빼 주자고 제안했기 때문에, 젊은 수도사의 절망을 보아야만 했다. 그러나 파스칼리스는 원하지 않았다. 피부가 그를 태우고, 뇌와 심장이 타오르는 것 같았다.

어둠 속에서 고기 배달이 시작되었다. 수레의 나무 바퀴가 쉴 새 없이 삐걱거렸고, 소들의 얼어붙은 숨결이 주둥이 위로 하얗게 연기를 뿜으며 솟아올랐다. 낮은 겨울 하늘 위로 해가 떠오르고 있었고, 산길이 그들 앞의 희뿌연 공기만을 열어젖히고 있었다. 글라츠 계곡도, 테이블 모양의 신들도 보이지 않았다. 그들이 목적지에 도착하기 전에 파스칼리스는 열이 올랐고, 구토를 했으며, 온몸이 떨려 왔다. 수레는 천천히 움직였고, 소들은 힘겹게 눈속을 헤치고 나아갔다. 환자를 데리고 다시 돌아가는 것은 의미가 없었다. 그래서 형제들은 그를 수녀원에 남겨 두어 수녀들에게 당혹감을 안겨 주었으며, 그가 나아지면 데리러 돌아오겠다고 약속했다. 밖에는 눈보라가 휘몰아치고 있었다.

파스칼리스는 자신이 어디에 있는지 잊어버렸다. 그는 그들이 자신을 어딘가 아래쪽으로, 어둡고 습기 찬 지하실로 데려가고 있다고 생각했고, 갑자기 그들이 자신을 같은 무덤에 묻기 위해 셀레스틴의 시체 옆에 눕히고 싶어 한다는 것을 깨달았다. 그는 무언가 말을 해 보려고 했지만, 그러면 갑자기 관 뚜껑처럼 무겁고 뻣뻣해진 수도복에 묶이거나 더 얽히게 될 것 같았다. 그리고 자신의 몸 위에 있는 두 명의 끔찍한 마녀를 보았다. 마녀들은 그의 머리를 붙잡고 뜨겁고 악취 나는 액체를 입에 흘려 넣었다. 그들 중 하나가 셀레스틴의 오줌을 먹이고 있다는 것을 깨달은 파스칼리스는 두려움에 몸이 굳었다. "난 독살되고 있어, 지금 난 독살당하고 있어!" 그가 소리쳤지만, 그의 목소리는 맨 벽에서 이상하게 메아리칠 뿐이었다.

그리고 갑자기 그는 좁고 높은 창문이 있는 작은 방에서 깨어났다. 방광이 가득 차서 그는 침대에 걸터앉아 발을 바닥으로 내렸다. 한순간 머리가 아찔하게 어지러웠고, 발아래로 부드럽고 따뜻한 양가죽의 감촉이 느껴졌다. 그는 조심스럽게 일어나서 요강이 있는지 침대 밑을 흘끗 보았다. 방에는 침대와 기도용 걸상 그리고 양탄자를 제외하고는 아무것도 없었다. 그는 침대보로 몸을 감싸고 밖을 내다보았다. 한쪽에 깎아지른 절벽이 똑바로 내다보이는 창문이 달린 넓은 복도가 있었고, 그제야 그는 자기가 어디에 있는지 깨달았다. 문 옆에 둥그런 흙그릇이 놓여 있었다. 그는 그것을 방 안으로 끌어당겨 고민을 해결했다. 침대로 돌아오자 행복하다고 느껴졌다. 이곳은 공기가 더 따뜻했고 냄새도 완전히 달랐다. 그의 발은 양가죽의 감촉을 기억했다.

저녁때가 되자 수녀원장이 그를 찾아왔다. 그녀는 그의 어머니와 동갑이었다. 그녀의 입가엔 잔주름이 잡혀 있었고, 건조하고 주름진 피부는 회색빛이었다. 그녀는 그의 손을 잡고 맥박을 쟀다. "제가 너무 힘이 없어서 일어설 수가 없습니다." 파스칼리스가 속삭이며 그녀에게 장담하듯 말했다. 그녀가 그의 눈을 주의 깊게 들여다보았다. "몇 살인가요?" 그녀가 물었다. "열일곱 살입니다." 그가 그녀의 손에 매달리며 말했다. "제발 이곳에서 회복할 수 있게 해 주십시오, 수녀님." 그는 부탁했고 그녀의 뜨겁고 메마른 손에 입을 맞추었다. 그녀는 희미한 미소를 지으며 그의 민머리를 쓰다듬었다.

다음 날 그가 고열에 시달리며 환각처럼 기억하고 있었던 나이 든 수녀 두 명이 그를 부엌으로 불러들였다. 나무통에서는 뜨거운 물이 김을 내뿜었다. "우리에게 이를 옮기지 않도록 목욕을 하거라." 텅 빈 파우치처럼 볼이 처진 더 나이 든 수녀가 말했다. 그녀는 어린아이처럼 부드럽게 말했다. 어쩌면 이가 없을지도, 어쩌면 남쪽 출신일지도 모른다. 그들은 얼굴을 돌리고 그를 씻겼다. 어머니가 그랬던 것처럼 그의 작은 몸을 진지하면서도 꼼꼼하게, 피부가 빨개시도록 문질렀다. 그는 수녀들이 입는 긴 리네 셔츠를 받았고, 가죽 장화를 신었다. 수녀들은 말없이 그가 지난 두 주 동안 아파서 누워 있었던 방으로 그를 데려갔다.

그때부터 수녀원장이 매일 그를 찾아왔다. 그녀는 그 앞에 서서 그를 주의 깊게 바라보았다. 그는 자신을 탐색하는 듯한 이 시선을 견딜 수가 없었다. 그는 그녀가 자기의 거짓말과 위선을 모두 알고 있다고 확신했다. 그는 얼굴을 벽 쪽으로 돌리고 기다렸다. 보통은 그녀가 그의 맥박을 확인하고 나면 그들은 함께 무릎을 꿇고 성모송과 환자들을 위한 기도를 올렸다. 그녀가 방을 나가면 그는 눈을 감고 공기 중에 떠도는 그녀의 향기를 찾았다. 하지만 수녀원장에게서는 아무런 향기도 나지 않았다. 또한 그는 그녀가 아름답다고, 즉 키가 크고 몸매가 좋으며, 강인하고 건강해 보인다고 생각했다. 그녀는 앞니 사이에 틈이 있었다. 어느 날 저녁 그녀가 와서 문가에 선 채 그에게 돌아갈 채비를 하라고 말했다. 그녀가 돌아서서 문손잡이에 손을 대자, 갑자기 파스칼리스가 그녀의 발 앞으로 몸을 던져 그녀의 수도복을 붙들고 실크 양말을 신은 그녀의 발에 입을 맞추었다. "날 그곳으로 돌려보내지 마세요, 어머니." 그가 날카로운 목소리로 외쳤다. 그녀는 가만히 서 있었고, 이제야 그는 그녀의 향기를, 그러니까 먼지와 연기, 밀가루 냄새를 맡을 수 있었다. 그는 무슨 일이든 하겠다는 각오로 그 향기에 매달렸다. 한참 후 그녀는 그를 향해 몸을 숙이고 그를 무릎에서부터 일으켜 세웠다.

그는 그녀에게 모든 것을, 심지어 셀레스틴에 대해서도 말했다. 그는 그녀에게 결코 그런 모습이기를 바라지 않았던 자신의 육체에 대해서 말했다. 결국 그는 울음을 터뜨렸고, 눈물은 그의 얼굴을 타고 흘러내려 리넨 셔츠를 적셨다. "하느님이 하시는 일을 모두 다 이해하는 건 어려운 일이지요." 그녀가 한숨을 쉬며 이상한 빛이 나는 시선으로 그를 쳐다보았다. 소년은 흐느낌을 참을 수 없었다. 수녀원장이 방을 나갔다.

"내가 아는 한 가지는, 당신은 여기 머무를 수 없다는 것입니다." 그녀가 새벽에 기도를 마치고 곧장 그의 방에 들어와서 말했다. "당신은 여성이 아니에요. 당신은 당신 성별에 따른 육체적 특징을 가지고 있어요……. 그것들을 숨길 수는 있겠지요. 남성으로서 당신은 이곳에서 위험하고 바람직하지 않아요." 잠에서 깬 파스칼리스는 그녀가 하는 말을 따라가기가 어려웠다. "하지만 나는 성모님께 기도를 드렸고 성모님께서 내게 쿰메르니스를 보내셨어요." 파스칼리스는 그 이름을 속삭이며 되풀이했다. 아무것도 이해가 되지 않았다. 그녀는 그에게 일어나라고 명령했다. 그는 셔츠 위에 외투를 걸치고 그녀를 따라 복도로 나갔다. 작은 복도에서 큰 복도를 지나 망루와 계단을 이리저리 돌고 돌아 마침내 비어 있는 방들 중 돌담에 붙은 작은 예배당 문 앞에 멈춰 섰다. 수녀원장은 가슴에 성호를 그었고, 파스칼리스는 자동적으로 그 동작을 따라 했다. 그들은 바닥에 조그만 기름 램프가 켜져 있는 작은 공간으로 들어갔다. 수녀원장은 작은 불꽃으로 촛불을 켰다. 그의 눈은 자신이 보는 것에 점차 익숙해져 갔다.

제단 전체가 십자가와 십자가에 못 박힌 몸이 그려진 거대한 유화(油畫)로 되어 있었다. 파스칼리스는 어떤 이유로 갑자기 불안해졌고, 동시에 부드럽게 땅으로 떨어진 드레스의 주름에 친숙함을 느꼈다. 그는 매끄럽고 하얀 두 젖기슴에서 시선을 뗄 수가 없었다. 쭉 뻗은 양팔 사이로 드러난 그것은 그의 눈에 마치 그림의 중심점처럼 보였다. 하지만 그보다 더 기괴한 것, 받아들일 수 없는 무언가가 있었고 파스칼리스는 떨기 시작했다. 여자의 몸에 붉은 수염이 난 젊은 남자의 얼굴, 예수 그리스도의 얼굴을 하고 십자가에 매달린 사람이 그려져 있었던 것이다.

파스칼리스는 자신이 보고 있는 것을 이해할 수는 없었지만 본능적으로 무릎을 꿇었다. 이른 아침의 쌀쌀함 때문이 아니라, 분명히 인간적이지 않은 것 같기는 하지만 그와 닮은, 그와 비슷한 존재 앞에 무릎을 꿇고 있다는 느낌 때문에 그의 이가 딱딱 부딪혔다. 그리스도의 눈은 그를 부드럽고 슬프게 바라보고 있었다. 그것은 사랑의 또 다른 면일 수밖에 없었다. 그녀에게는 어떠한 고난도, 고통도 없었다.

그는 수녀원장을 돌아보았다. 그녀는 웃고 있었다.

"이 사람은 쿰메르니스예요. 우리는 그녀를 거룩한 보살핌이라고 부르지만, 그녀는 다른 이름들도 많이 갖고 있어요." "여자네요." 파스칼리스가 조용히 말했다. "아직 성녀는 아니지만 언젠가는 시성(諡聖)이 될 거라고 우리는 믿어요. 지금은 클레멘스 교황님이 그녀에게 축복을 내렸지요. 그녀는 2세기 전 이곳에서 그리 멀지 않은 브루노프에서 살았어요. 그녀는 순결하고 아름다웠지요. 모든 남자들이 그녀와 결혼하고 싶어 했지만, 그녀는 오직 우리 주님의 아내가 되기만을 원했어요. 그녀의 아버지는 그녀를 감옥에 가두고는 강제로 결혼시키려 했고, 그때 진정한 기적이 일어

낳어요. 주 예수님께서는 그녀가 처녀성을 잃지 않도록 보호하시고 그녀의 강인한 의지에 대한 보상으로 자신의 얼굴을 그녀에게 주셨습니다." 수녀원장은 천천히 가슴에 성호를 그었다. "분노한 그녀의 아버지는 그녀를 십자가에 못 박았고, 그래서 그녀는 자신의 남편과 마찬가지로 순교자로서 죽음을 맞이했어요. 우리는 우리 수녀원의 수호성인으로 쿰메르니스를 선택했지만, 현재 교황님께서는 그녀에 대한 숭배 행위를 금지하셨죠. 그래서 우리는 그녀를 여기에 모셔 두었고, 교황님이 자신의 결정을 바꾸실 거라고 믿고 있어요. 하지만 지금은 일단 이리 오세요. 당장이라도 얼어 죽을 것 같군요."

돌아오는 길에 그녀는 그에게 비밀을 지킬 수 있는지 물었다. 그는 열심히 고개를 끄덕였다. "그런데 읽고 쓸 줄 아나요?"

암탉과 수탉

해마다 봄이면 마르타는 노바루다에 가서 암탉 두 마리와 수탉 한 마리를 사 왔다. 그녀는 이 닭들을 돌보고 그들의 무의미한 삶에 관심을 기울였다. 닭들은 곡식이 있을지도 모르는 땅과 매가 있을지도 모르는 하늘 사이 울타리가 쳐진 공간에서 멍한 눈길로 이리저리 몇 시간 동안 산책을 하며 시간을 보낸다. 닭의 세계에서는 아래쪽 발밑에 생명이 있고, 위쪽 머리 위에 죽음이 있다. 저녁에 마르타는 닭을 모두 닭장 안으로 몰아넣고, 아침에 다시 내보냈다. 그녀는 닭들에게 겨를 섞은 삶은 감자를 오래된 케이크 통에 담아 가져다주었다. 닭을 돌보는 그리 크지 않은 수고로움의 대가로 그녀는 매일 두 개의 달걀을 얻었다. 그녀는 종종 내게 설탕 봉지를 가져다주었는데, 그 안에는 껍데기에 닭의 배설물이 묻은 달걀이 들어 있었다. 그 닭들이 낳은 달걀의 노른자는 매우 노랬다. 그렇게 완벽한 태양의 복제품 앞에서는 눈을 깜빡일 수밖에 없었다. 매년 가을 어느 날 마르타는 자신의 닭 가족을 손수 잡아

죽였다.

난 이것을 이해할 수 없었다. 첫해에 나는 며칠 동안 그녀와 말을 하지 않았고, 그녀가 내 암캐에게 가져다준 뼈들을 다 내다 버렸다. 여름내 고기를 사지 않고 야채만 먹은 마르타에게 사악한 악마가 씐 것이 분명했다. 그녀의 이 닭들은 길들여져 있었고, 사람을 두려워하지 않았으며, 그 손에서 케이크 부스러기를 받아먹으며 사람들의 눈을 바라보곤 했다. 마르타는 사흘 연속으로 그것들로 치킨 수프를 만들었고, 고기를 삶아 마지막 뼛조각에 붙은 힘줄까지 긁어 먹었다. 나는 이 깡마른 노인네가 사흘 동안 닭 세 마리를 통째로 먹어 치웠다는 것을 믿기 어려웠다.

지금 그녀는 창가로 와서 말했다.

"닭을 사 왔어."

"알아요." 내가 중얼거렸다.

"뭐 하는 거야?" 그녀가 화해를 요청했다.

"나 바빠요."

그녀는 한동안 말이 없었다. 나는 컴퓨터 파일을 저장했다.

"시간 오래 걸려요." 나는 그녀가 테라스 쪽으로 가서 곧 계단을 올라가는 소리를 들었다. 그녀가 구두를 완벽하게 닦는 소리가 들렸다. 잠시 후 나는 현관의 둥근 테이블에 앉아 있는 그녀를 보았다. 머리에 우스꽝스러운 야구 모자를 쓰고서 웃고 있었다.

"네 시간을 방해하는 거 아닌가?" 그녀가 이렇게 말하고는 어린 암탉들과 수탉이 든 바구니를 내게 보여 주었다.

나는 마르타의 수면에 문제가 있는 게 아닌가 하는 의심이 들었다. 어쩌면 그것이 그녀가 자신의 꿈에 대해 침묵을 지키는 이유일 것이다. 그녀는 서녘에 두 시간 정도 자는 것이 자신이 자는 잠의 전부이며, 자신의 몸은 전혀 피곤함을 느끼지 않고 그저 습관처럼 어둠에 반응할 뿐이라고 말했다. 푹 자고 난 다음 마르타는 부엌에 있는 램프나 초에 불을 붙이고 그 불빛을 응시했다. 그리고 밝은 밤에는 어둠 속에 앉아서 부엌 창문으로 달을 지켜보았다. 그녀에게 달은 결코 똑같아 보이지 않았다. 그녀는 내게 그렇게 말했다. 달은 항상 달랐다. 어딘가 다른 곳에서 뜨고, 다른 길을 따라 가문비나무 우듬지를 돌아갔다. 이런 맑은 날 밤에 마르타는 길가로 나가, 그 길을 따라 작은 예배당을 지나 돌과 우물만 남은 올브리히트 풍차 아래 산길까지 가는 것을 좋아했다. 거기서는 은빛 산들과 저 멀리 계곡, 그리고 그 안에 있는 집들의 불빛이 보였다. 노바루다와 멀리 크워츠코의 하늘 위로 노란빛이 걸려 있었다. 하늘이 가장 잘 보이는 때는 비구름이 짙게 깔려 있을 때였다. 마치 도움을 청하는 것처럼 도시들이 빛나고 있었다.

그러나 마르타가 본 가장 놀라운 것은 수천 명의 사람들이 실험적 죽음에 빠져 잠을 자고 있는 모습이었다. 그들은 도시와 시골, 고속도로, 국경선, 산간 보호소, 병원과 고아원, 크워츠코와 노바루다 그리고 더 나아가 존재감도 느낄 수 없는 공간에 진열된 트로피처럼 누워 있었다. 자신의 향기에 몸을 담그고, 낯선 침대에, 노동자 숙소의 침상에, 어수선한 원룸 아파트 벽장 침대에, 생활 공간과 수면 공간을 구분 짓는 칸막이 뒤에 몸을 던진 채 그들은 누워 있었다. 집집마다 따뜻한 몸이 기운 없이 늘어져 누워 있거나, 두 팔을 활짝 벌리거나 몸을 감싸 안고, 가볍게 떨리는 눈꺼풀 아래 눈동자가 불안하게 이리저리 흔들리고 있다. 숨을 쉬거나 코 고는 소리와 느닷없이 이상한 말이 튀어나오고, 무의식적으로 발이 춤을 추고, 꿈의 여정 속에서 이불을 따라 몸이 움직인다. 그들의 피부는 증발하고, 생각은 혼란스러워지고, 그들을 정의하고 그들이 존재를 확신할 만한 것은 아무것도 없다. 그들의 시선은 어떤 이미지를 본다. 그리고 그것이 바로 꿈이다. 그것은 이미지를 가지고 있지만, 그 자신을 갖고 있지는 않다. 매 순간 잠을 자고 있는 수백만 명의 사람들. 인류의 나머지 절반이 지켜보고 있는 동안, 또 다른 절반은 잠에 얽혀 있다. 어떤 사람들이 잠에서 깰 때 다른 사람들은 잠자리에 들어야 하고, 이런 방법으로 세계는 균형을 유지한다. 어느 날 밤 사람들은 잠을 자지 못하고 생각으로 가득 차기 시작할 것이고, 세상 모든 신문들의 글자가 뒤죽박죽될 것이고, 뱉어진 말들은 아무런 의미도 없어서 사람들이 그것을 다시 입속으로 밀어 넣으려 할 것이다. 마르타는 이 땅의 그 어떤 순간도 단지 밝기만 하고 긴장과 소리로 가득 찰 수만은 없다는 것을 알고 있었다. 행성의 다른 쪽에서는 어둡고 유동적이며, 아무 소리도 들리지 않는 칙칙한 순간들이 이와 균형을 이루어야 한다.

꿈

꿈이 과거의 사건들을 반복할 때, 과거를 모호하게 만들어 이미지로 바꾸고, 의미의 체로 걸러 낼 때, 나는 미래와 마찬가지로 과거도 영원히 불가사의하고 알려지지 않은 채로 남아 있으리라는 생각이 들기 시작한다. 내가 무언가를 경험했다는 사실이 내가 그 의미를 알게 되었다는 것을 의미하지 않는다. 그래서 나는 미래와 마찬가지로 과거도 똑같이 두렵다. 내가 알고 있었고 지금까지 이해하고 확실하다고 여겼던 어떤 일이 전혀 다른 이유로, 내가 의심해 본 적 없는 방식으로 일어났을지도 모른다. 그것이 나를 다른 방향으로 이끌었고, 눈이 멀었거나 잠이 들어서 내가 방향을 찾지 못했을 수도 있다.

내가 인터넷에서 꿈을 공유하게 된 사람들, 우리를 연결하는 것은 꿈 말고는 아무것도 없다. 우리 모두는 비슷하고 혼란스러운 방법으로 같은 꿈을 꾼다. 이 꿈들은 우리의 것인 동시에 다른 모든 사람들의 것이다. 그렇기 때문에 꿈에는 작가가 존재하지 않고, 그렇기 때문에 우리는 모든 종류의 언어로 그것들을 기꺼이 인터넷에 기록하려 하고 단지 한 글자로 또는 이름이나 기호로 서명하는 것이다. 꿈은 이 세상에서 소유할 권리가 없는 유일한 것이다. 세계 곳곳에서 사람들이 자고 있는 곳이면 어디든 현실을 능가하는 작고 뒤죽박죽된 세계가 흉터 조직처럼 머릿속에서 폭발하고 있다. 어쩌면 각각의 꿈이 개별적으로 무엇을 의미하는지 아는 전문가들이 있을 수도 있지만, 그 꿈들 모두가 무엇을 의미하는지 아는 사람은 아무도 없을 것이다.

인터넷에서 본 꿈

나는 오래되고 좁은 석조 건물들로 가득 찬 우울한 도시에 있다. 나는 특이한 현상을 연구하고 있다. 즉 집 벽에 둥근 구멍이 있고, 그것들이 어떻게 생겼는지 아무도 모른다. 내가 하는 일이란 바로 벽과 철망, 울타리, 유리창에 있는 구멍들을 연구하고, 그것들이 분명한 질서에 따라 정렬되어 있음을 발견하는 것이다. 마치 그 물체들을 관통하는 터널이 있는 것 같기도 했고, 마치 무언가가 날아가면서 그 경로에서 마주친 것들에 구멍을 낸 것 같기도 했다. 하지만 나는 그것이 무엇이었는지 결정하려고 노력하지 않고 있다. 나는 비행의 궤적에 매료되었다. 처음에 나는 무언가가 하늘에서 날아와 땅에 가까이 접근했다가 다시 하늘로 날아오른 것이라고 생각했다. 하지만 사실이 말해 주는 것은 의심의 여지가 없다. 무엇인가 땅에서 날아올라 하늘로 사라졌다. 물체들에 구멍이 가득하다는 사실에도 그다지 신경이 쓰이지 않는다.

잊힌 것들

나는 마르타네로 가서 개울로 가는 길을 따라 쐐기풀을 베어 냈다. 그녀는 팔짱을 끼고 나를 졸졸 따라다니며 하느님이 창조하는 것을 깜빡한 동물들의 종류가 많다고 말했다.

"예를 들자면, 브로지악* 말이죠." 내가 말했다. "거북이처럼 단단하지만, 긴 다리와 강하고 뾰족한 이빨이 있었을 거예요. 시내를 따라 걸으면서 흙과 끈적거리는 것들, 죽은 나뭇가지들, 심지어 마을에서 물에 떠내려 온 쓰레기들까지 다 먹어 치웠을 거예요."

그리고 우리는 하느님께서 어떤 이유로든 창조하지 않았을 동물들을 떠올리기 시작했다. 하느님이 빠뜨린 새들과 지구에 살고 있는 동물들은 아주 많았다. 마침내 마르타는 자신이 가장 그

---

* 존재하지 않는 동물이다. 폴란드어에서 'bród'는 얕은 강이나 호수 등을 뜻하는데, 작가는 'brodzić'((특히 물속이나 진흙 속에 발이 빠져) 헤치며 걷다.)라는 동사의 의미를 차용해서 이 동물을 설명하고 있다.

리워하는 것은 밤에 사거리에 앉아 있는 그 거대하고 움직이지 않는 동물이라고 말했다. 그녀는 그것을 뭐라고 부르는지 말하지 않았다.

독일인들

초여름에 독일인들이 초원에 나타나기 시작했다. 그들의 희끗희끗한 머리가 풀밭에 떠 있었다. 그들의 금속테 안경이 햇살 속에서 눈부시게 빛났다. 아무개 씨는 독일인들은 하얗고 깨끗한 구두로 알아볼 수 있다고 말했다. 우리는 구두에 신경 쓰지 않고, 신발을 존중하지도 않는다. 우리 구두는 투박하고 언제나 어두운 가죽으로 만들어진다. 아니면 고무장화이고, 스타섹 바흘레다는 거기에 담뱃재를 턴다. 우리 구두는 인조 가죽, 패션과 스포츠, 유럽 거리 유명 브랜드의 화려한 흑백 모조품으로 만들어졌다. 우리 구두는 붉고 질척거리는 흙 때문에 영원히 진흙투성이였고, 모양이 뒤틀렸고, 얼었다가 다시 말랐다.

독일인들은 눈에 띄지 않도록 도로 측면에 멈춰 선 관광버스들에서 쏟아져 나왔다. 그들은 작은 무리를 이루거나 쌍으로, 대부분은 쌍을 이루어 걸었다. 남자와 여자는 마치 사랑을 나눌 장소를 찾는 것 같았다. 그들은 빈 공간을 사진으로 찍어서 많은 사람들이 놀랐다. 어째서 그들은 새 버스 정류장이나 성당의 새 지붕이 아니라 풀이 우거신 빈 공간만을 찍는 것일까. 우리는 어러 번 그들에게 차와 케이크를 대접했다. 그들은 의자에 앉거나 더 달라고 하지 않았다. 그들은 차를 다 마시고 갔다. 그들이 우리 손에 몇 마르크를 쥐여 주고자 해서 우리는 당혹스러웠다. 석고가 땅에 떨어지는 것을 보고, 썩은 계단을 밟으며, 끝없는 보수 공사 현장에서 살고 있는 우리가 야만인처럼 보일까 봐 두려웠다.

독일인들은 어디를 가든 마지막에는 항상 가게에 들렀는데, 그곳에서는 어린아이들이 사탕을 달라고 손을 내밀며 기다리고 있었다. 그들 중 일부는 그러는 것에 화를 냈고, 언제나 약간 불쾌해졌다. 독일인들이 가게 주변에서 아이들에게 사탕을 나누어 주는 그 몇 분 동안, 우리 머리 위로 무언가 애국적인 감정이 가득 차고, 그것은 흰색과 붉은색으로 변했다.* 거즈처럼 얇은 국기가 허공에 떠 있기라도 하듯이, 그리고 그 사탕들에도 불구하고 우리는 스스로가 폴란드인임을 느꼈다.

일부 독일인들은 몇 번 다시 오기도 했다. 그들 중 일부는 마을 사람들(한두 명으로 주로 독일인의 무덤을 돌보는 사람들.)을 제국**으로 초대하고, 그들에게 일자리를 주선하기도 했다.

또 언젠가는 노부부가 우리 땅에 나타난 적도 있었다. 그들은 존재하지 않는 집들을 가리켰다. 그런 다음 우리는 크리스마스카드를 주고받았다. 그들은 프로스트 가족이 더 이상 우리 집에 관

---

* 폴란드 국기 색깔이다. 위는 흰색, 아래는 붉은색이다.
** Reich. 독일 제국. 나치 시대의 독일을 지칭하는 말이기도 하다.

심이 없다고 단호하게 말했다.

"우리 집에 왜 관심을 가지는 걸까요?" 내가 화가 나서 마르타에게 물었다.

그녀가 대답했다.

"자기들이 지었으니까."

어느 날 저녁, 우리가 테라스에서 빈 찻잔과 케이크 접시를 치우고 있을 때, 마르타는 인간의 가장 중요한 임무는 새로운 물건들을 만들어 내는 것이 아니라, 무너져 내리는 것을 구원하는 것이라고 말했다.

페터 디에터

페터 디에터와 그의 아내 에리카가 국경을 넘을 때, 무당벌레 한 마리가 그의 손에 앉았다. 그는 무당벌레를 자세히 살펴보았다. 일곱 개의 점이 있었다. 그는 기뻤다.

"환영의 표시네." 그가 말했다.

그들은 낯선 고속도로를 따라 차를 몰았다. 길 양옆에는 짧고 꽉 끼는 치마를 입은 젊은 여자들이 차들을 향해 다리를 흔들며 서 있었다.

저녁때 그들은 브로츠와프에 도착했고, 페터는 자기가 이 도시를 알아보는 것이 놀라웠다. 다만 마치 사진 속인 것처럼 모든 것들이 더 어둡고 작아 보일 뿐이었다. 호텔에서 그는 자기 전에 약을 먹어야 했다. 마치 각 박동 사이의 간격이 영원히 지속될 것처럼 심장 박동이 불규칙하게 느껴졌기 때문이었다.

"우리가 너무 늦게 왔어요." 에리카가 진지하게 말하고는 침대에 앉았다. "감동하기에는 우리가 너무 늦었나 봐. 다리가 얼마나 부었는지 좀 봐요."

다음 날 그들은 브로츠와프를 둘러보았다. 그것은 그들이 살면서 보아 온 다른 모든 도시들과 꼭 같았다. 쇠퇴하는 도시들, 발전하는 도시들, 강 쪽으로 굽은 도시들, 토대가 깊은 도시들, 모래 위에 세워진 도시들, 곰팡이 구조처럼 섬세한 도시들. 버려지고 파괴된 도시들이 묘지 위에 다시 세워졌고, 나중에 그곳에서 사람들은 마치 죽은 자들처럼 살아간다. 도시들은 중요한 역할을 하는 하나의 다리 위에서 균형을 이루며 둘로 나뉘었다.

그다음에 산이 시작되었다. 기념품 판매점이 가득 메운 카르파츠와 새로운 폴란드 이름으로 바뀌는 게 두렵기라도 하다는 듯 페터가 고집스럽게 슈라이버하우라고 말하던 슈클라르스카 포렝바가 나타났다. 하지만 그들은 본질적으로 부주의했고, 언제 노이로데*와 글라츠를 향해 갈 수 있을지, 그리고 정해진 시간 내에 모든 것을 다 볼 수 있을지에 대해서만 생각했다. 무슨 일이 있었는지 볼 수 있는 시간이 충분한지, 눈이 카메라로 바뀌어 그들이 자신들이 보는 것을 그대로 찍을 수 있을지.

페터는 자기 마을을 다시 보고 싶었고, 에리카는 자기 마을을 보는 페터를 보고 싶었다. 에리카는 그제야 비로소 페터를 완전히 이해할 수 있으리라 생각했다. 그의 처음부터 끝, 그가 간직한 모든 슬픔과 자신의 질문에 대한 간결한 대답, 갑작스럽게 결정을 바꾸어 자신을 화나게 했던 일 또는 고집스럽게 하던 솔리테어**,

---

* 노바루다의 독일식 표기.
** 혼자서 하는 카드 게임의 총칭.

어리석은 짓을 하느라 허비한 시간, 고속도로에서 벌인 위험한 추월, 항상 그 안에 있었고, 함께한 사십 년간 변하지 않은 그 모든 이상한 일들을.

그들은 홍보와 요청, 경고, 안내 등 모든 표지판이 독일어로 된 시골 여관에 머물렀다. 아침 식사를 하기 전에 페터는 옷을 입고 집 앞으로 나왔다. 5월이었고, 민들레는 평원보다 훨씬 늦게 꽃을 피웠다. 그는 지평선에 흐릿하게 안개가 묻어 흐르는 것 같은 산들을 바라보았다. 공기의 냄새를 맡았다. 풍경보다는 오히려 향기가, 지나치게 노출된 영화 필름처럼 소리도, 포인트도, 내용도 없이 찢어지고 초점이 맞지 않은 이미지를 눈사태처럼 방출했다.

그들은 아침 식사로 부드러운 반숙 달걀을 먹고 출발했다. 길은 처음에는 내리막길이었다가 다시 완만한 오르막길로 이어졌다. 길은 그들이 방향 감각을 완전히 잃을 만큼 구불구불했다. 그들은 비탈을 따라 흩어져 있는 마을들과 크고 작은 집들, 그리고 실제로는 모두 똑같은 강이었던 신비로운 개울들을 지나갔다. 저마다 골짜기가 있는 모든 마을은 벨벳 같은 움푹 팬 곳에 초콜릿처럼 놓여 있었다.

이날 페터가 가장 불쾌한 감정이 든 것은 자신의 마을을 알아보지 못했을 때였다. 그곳은 집도 없고, 뒷마당도, 길도, 다리도 없는 아주 작은 마을이 되어 있었다. 원래 마을의 뼈대만 남아 있었다. 그들은 자물쇠로 잠긴 성당 앞에 차를 세웠다. 한때 그 뒤 보리수나무 사이에 페터의 집이 있었다.

그는 이곳을 돌아다니며 냄새를 맡았고, 다시금 과거의 이상한 영화가 그의 머릿속에서 상영되기 시작했다. 그리고 바로 주유

소 옆 술집이나 지하철, 스페인에서 보낸 휴가, 백화점에서 쇼핑할 때 등 어디로든 갈 수 있다는 것을 깨달았다. 그리고 아마도 이 애정이 담긴 영화는 더욱 선명할 터였다. 그의 눈앞에 보이는 것들이 그를 어지럽게 방해하지 않을 테니까.

그들은 좁고 잘 닦인 길을 따라 헤매다 마을의 뼈대와 몇 채의 집, 자그마한 정원, 커다란 보리수나무가 있는 마을을 언덕 꼭대기에서 내려다보았다. 모든 게 활기찼다. 사람들이 돌아다니고, 소들을 몰고, 개들은 뛰어다니고, 한 남자가 갑자기 웃음을 터뜨리고, 차가 경적을 울리고, 양동이를 든 남자가 그들에게 손을 흔들고, 굴뚝에서 연기가 하늘로 올라가고, 새들은 서쪽으로 날아갔다.

그들은 길가 풀밭에 앉아서 포테이토칩을 먹었다. 에리카는 그의 얼굴을 훔쳐보았다. 그의 눈이 젖었거나 턱이 떨릴까 봐 두려웠다. 그랬다면 포테이토칩 봉지를 내려놓고 그를 꼭 안아 주었을 것이다. 하지만 그는 텔레비전을 볼 때와 똑같은 얼굴을 하고 있었다.

"당신 혼자 갔다 와요." 그녀가 말했다. "내 다리가 얼마나 부었는지 좀 보라고요."라고 덧붙여 말하는 소리가 후렴구처럼 들렸다.

그는 대답하지 않았다.

"우리가 너무 늦게 왔어요. 난 늙었고 산에 올라갈 힘도 없어요. 난 차로 돌아가서 기다리고 있을게요."

그녀는 그의 손을 부드럽게 쓰다듬고 뒤돌아섰다. 그녀에게 그의 마지막 말이 들려왔다. "두 시간, 아니 세 시간만 줘."

그녀의 마음이 착잡해졌다.

페터 디에터는 돌멩이와 이미 싹이 난 들장미 덤불을 보며 한 발짝씩 걸어 나갔다. 수십 미터마다 멈춰 서서 힘겹게 숨을 들이쉬었다. 그리고 그때마다 나뭇잎과 줄기, 쓰러진 나무 들을 천천히 먹어 치우고 있는 버섯들을 바라보았다.

길은 휴경지를 지나 가문비나무 숲으로 이어졌다. 그러나 숲이 끝났을 때 페터는 지금까지 자신의 품 안에 지니고 다녔던 산의 파노라마가 이제 자기 뒤에 있는 것을 보았다. 그는 올라오는 도중에 딱 한 번 뒤를 돌아다보았다. 너무 자주 보면 귀중한 우표가 그 모양과 색깔을 잃어버리듯이 그것을 바라보는 자신의 시선이 풍경을 망칠까 봐 두려웠기 때문이었다. 마침내 산마루에 오르자 그는 걸음을 멈추고 돌아서서 경치를 음미하고 안으로 들이켰다. 그는 항상 세상의 모든 산들을 이 산들과 비교했지만, 그에게는 그 어떤 산도 이처럼 아름다워 보이지 않았다. 그 산들은 너무 크고 당당하거나, 아니면 너무 소박했다. 아니면 지나치게 야성적이거나 어둡거나 슈바르츠발트*처럼 숲이 울창했고, 아니면 피레네산맥처럼 지나치게 길들여져 있거나 밝았다. 그는 카메라를 꺼내 자신이 보는 것에 뷰파인더를 고정했다. 찰칵 — 마을의 흩어진 건물들. 찰칵 — 검은 그림자로 가득한 어두운 가문비나무 숲. 찰칵 — 시냇물 줄기. 찰칵 — 체코 쪽의 노란색 유채꽃밭. 찰칵 — 하늘. 찰칵 — 구름. 이때 그는 숨 쉬기가 어려웠고 곧 질식

---

* 독일 남서부 바덴뷔르템베르크주의 숲과 산악 지역. 숲이 울창하여 '검은 숲'이라고 부른다.

할 것만 같은 느낌이 들었다.

　그는 더 높이 올라가서 관광 루트에 이르렀다. 배낭을 멘 젊은 이들이 눈가에 범벅이 된 땀을 닦아 내며 인사를 하고 그를 지나쳐 갔다. 사실 그는 그들이 그렇게 가 버린 것이 못내 아쉬웠다. 그는 그들에게 자기가 그들 나이였을 때 어떻게 이곳에 왔는지, 좀 더 아래쪽의 축축한 이끼 위에서 어떻게 처음으로 여자와 사랑을 나누었는지 얘기해 줄 수 있었다. 혹은 그 흔들리는 풍차 날개가 마을의 상징이 된 올브리히트 풍차가 있는 산을 그들에게 보여 줄 수도 있었다. 그는 그들을 부르려고 했지만, 그의 폐에는 공기가 충분하지 않았다. 심장이 목구멍에서 쿵쿵거려 숨이 막힐 지경이었다. 지금 되돌아가면 기회를 잃어버릴 것이다. 그래서 그는 엄청난 노력을 기울여 다시 몇 백 미터를 더 걸었고, 국경선이 지나는 곳 꼭대기에 도달했다. 멀리 흰색으로 칠한 국경선 기둥이 보였다. 이제 그는 숨이 너무 가빴다. 공기가 희박한 환경에 오래 있는 것은 분명 그에게 좋지 않았다. 그것이 축축한 바닷바람이 부는 곳에서 호흡하는 데 익숙해진 폐에 해로울 수 있다는 사실을 그는 잊고 있었다.

　그는 돌아갈 일을 생각하자 현기증이 났다. 만약 여기서 죽으면 어떻게 될까. 그는 비틀비틀 기둥으로 올라가며 생각했다. 웬일인지 이런 생각은 우스워 보였다. 이렇게 산자락을 올라왔고, 유럽의 절반을 가로질러 여기까지 왔고, 항구 도시에서 그렇게 오랜 세월을 살았고, 두 아이를 낳았고, 집을 지었고, 사랑을 나누었고, 전쟁에서 살아남았다. 그는 혼자 크게 웃고는 주머니에서 초콜릿을 꺼냈다. 그는 걸음을 멈추고 조심스럽게 금박 포장을 벗겼지만, 그것을 입에 넣자마자 결코 삼키지 못하리라는 것을 알았다. 그의 몸은 다른 누언가로 채워져 있었다. 그의 심장은 리듬을 세고 있었고, 동맥은 이완되었으며, 뇌는 자비로운 죽음의 마약을 만들어 내고 있었다. 페터는 입에 초콜릿을 물고 국경 지대 옆에 앉았고, 멀리 지평선의 원이 그의 시선을 끌어당겼다. 그의 발은 한쪽은 체코에, 한쪽은 폴란드에 있었다. 그는 그렇게 한 시간쯤 앉아 일 초씩 천천히 죽어 갔다. 그가 떠올린 마지막 생각은 에리카가 아래 차에서 자신을 기다리고 있으며, 틀림없이 걱정하고 있으리라는 것이었다. 어쩌면 경찰에 알렸을지도 모른다. 그러나 이제 그에게는 그녀조차 저지대의 바다처럼 비현실적으로 보였다. 마치 평생을 꿈꾸는 것처럼. 그리고 그가 언제 죽었는지는 자신도 알지 못했다. 한 번에 일어난 일이 아니라, 조금씩 조금씩 그의 몸 속의 모든 것이 무너져 내렸기 때문이다.

황혼 무렵에 체코 국경 수비대가 그를 발견했다. 한 사람은 손목을 잡고 맥박이 뛰는지 확인했고, 다른 한 젊은이는 입에서 목으로 흐르는 갈색 초콜릿을 두려워하며 쳐다보았다. 첫 번째 사람은 라디오를 꺼내 다른 사람을 놀란 듯이 쳐다보았고, 두 사람은 시계를 보았다. 그들은 망설였다. 그들은 아마도 자신들이 늦게 될 저녁 식사를 생각하고 있었을 것이다. 그리고 작성해야 할 보고서도. 그들은 한마음으로 페터의 다리를 체코에서 폴란드 쪽으로 밀었다. 그러나 그것만으로는 충분하지 않았다. 그들은 그의 전신을 북쪽으로, 폴란드 쪽으로 부드럽게 밀어 놓았다. 그리고 그들은 죄책감을 느끼며 조용히 떠났다.

삼십 분 후 폴란드 국경 수비대의 손전등 불빛이 페터를 발견했다. "어이쿠!" 그들 중 한 명이 소리치며 뒤로 물러났고, 다른 한 명은 본능적으로 무기를 들고 주위를 둘러보았다. 정적뿐이었다. 그리고 골짜기의 도시들은 별빛에 반사된 버려진 초콜릿 포장지처럼 보였다. 폴란드 사람들은 페터의 얼굴을 들여다보며 서로에게 속삭였다. 그러고는 엄숙한 침묵 속에서 그의 팔과 다리를 잡고 그를 체코 쪽으로 옮겼다.

이렇게 그의 영혼이 영원히 떠나기 전 페터 디에터는 자신의 죽음을 기억했다. 기계적인 움직임으로, 다른 한편으로는 마치 다리 가장자리에 서서 균형을 잡듯이. 그리고 잠드는 그의 뇌에 떠오른 마지막 이미지는 알벤도르프*의 크리스마스 구유에 대한 기억이었다. 나무로 만든 작은 사람들이 그려진 풍경 속에서 정해진 대로 기계적으로 움직이는 것이었다. 나무 사람들은 걷거나 나무 소들을 몰고, 나무 개들은 뛰어다니고, 누군가는 나무 웃음을 짓는다. 더 위쪽에서는 양동이를 든 다른 인물이 손을 흔들고, 그려진 하늘에서는 그려진 연기가 나고, 그려진 새들이 서쪽으로 날아가고 있다. 두 쌍의 나무 병사들이 페터 디에터의 나무 몸통을 한쪽에서 다른 한쪽으로 영원히 옮기고 있다.

* 밤비에지체의 독일식 표기.

대황

마르타는 집 뒤에서 대황을 키웠다. 작은 줄기는 비탈에 있고, 줄지어 늘어선 식물은 곧지가 않았다. 그것들은 몇 개의 큰 돌 주위를 돌다가 울퉁불퉁한 두렁에 일렬로 늘어서 있었다. 겨울에 대황은 눈 아래 땅 밑으로 사라졌고, 살찐 줄기를 비틀어 반대쪽으로 자랐으며, 자신의 배아, 잠들어 있는 뿌리 쪽을 향해 거꾸로 자랐다. 3월 말에 땅이 솟아오르고 대황은 새로 태어났다. 다시 그것은 작았고, 밝은 초록색이었으며, 아기 피부처럼 보드라웠다. 그것은 밤에 자랐고 바스락거렸다. 우리는 풀밭에서 다른 식물들을 깨우는 바스락거리는 듯한 작은 파도 소리를 들었다. 하루가 지나자 채소밭이 자리를 잘 잡았다. 마르타는 상기된 얼굴로 그것들을 바라보았다. 마치 잠든 군대가 생긴 것 같았다. 마치 군인들이 전투 대형을 이루며 지하에서 싹을 틔운 것 같았다. 처음에는 머리 꼭대기가, 그다음에는 강력한 어깨와 항상 부동자세를 취하는 곧은 몸이 나타났다. 그리고 마침내 그 속에서 물결치는 초록색 텐트가 펼쳐진다.

5월에 마르타는 군인들에게 "쉬어"라고 말하듯이 날카로운 칼로 자신의 군인들을 베어 냈다. 그들은 아래에서 손에 칼을 든 크고 당당한 그녀를 보았음이 틀림없다. 단단한 줄기를 가로지르는 칼의 거친 소리와 강철 날 위로 흐르는 시큼한 주스.

마르타는 같은 길이로 묶은 대황 다발을 노바루다의 청과물 시장으로 가져가 봄에 제일 먼저 마시는 콤포트*나 사람들이 겨우내 그리워한 대황 파이 재료로 팔았다.

나는 그녀를 도와 대황 다발을 묶었다. 우리는 온전하지 못하고 손상되었거나 줄기가 너무 짧은 것들을 따로 챙겨 두었다가 나중에 내 작은 루테니아식 오븐으로 케이크를 구워 먹었다.

* 대황, 딸기, 복숭아 등의 과일과 설탕을 넣어서 끓여 만든 슬라브 지역의 음료.

우주 진화론

내가 가장 좋아하는 철학자는 피타고라스의 스승 중 한 명인 아르케마네스다.

아르케마네스에 따르면, 세계는 두 가지 원초적 힘의 시너지 효과로 탄생했다. 아르케마네스는 이것들을 영원하면서도 보편적인 강력한 원시 존재로 이해한다. 이 상호 작용을 영원한 흡수라고 부르는 것이 가장 좋을 법하다. 하나는 다른 하나를 끊임없이 먹어 치운다. 세계의 존재는 이것들에 달려 있다. 이 중 첫 번째 것이 크토노스(Chtonos)*다. 이것은 끊임없이 낳고, 싹을 틔워 번성한다. 이것의 존재 목적과 수단은 자기 창조다. 이것은 그 자체가 증식할 뿐만 아니라, 그것과 유사하지 않거나 심지어 모순되는 요소들을 만들어 내는 창조다. 그래서 크토노스 내에는 지속적으로 성장하고 맹목적이면서도 반사적이고 암울한 존재의 총알받

* 작가가 만들어 낸 개념인 듯하다.

이가 존재한다. 또 다른 존재인 카오스는 크토노스를 완전히 소비하고 집어삼킨다. 언제나 완벽하다. 카오스는 실체가 없으며, 크토노스의 공간을 마치 소화하듯 분해하는 것은 자연의 원리다. 크토노스가 없으면 카오스는 존재할 수 없고, 그 반대도 마찬가지다. 카오스는 오늘날 우리가 그것을 전멸시켰다고 말할 수 있을 만큼 크토노스를 무위로 전락시킨다.

이 두 존재의 관계는 극도로 강렬하여, 이것으로부터 크로노스(Chronos)가 발생한다. 이와 가장 잘 비교되는 자연의 원리는 사이클론의 눈이다. 흡수와 소멸, 파괴 한가운데서 그것은 오아시스처럼, 거의 신기루처럼, 항상성과 규칙성, 질서, 심지어 세상을 존재하게 만드는 어떤 조화로움으로 특징지어지는 평화로운 존재로 나타난다. 크로노스는 흡수를 억제하고 일정한 형태를 부여한다. 한편으로는 크토노스가 생산한 것들을 시간 순서에 따라 배열된 작은 섬으로 분류하는데, 이것은 크로노스의 본질이며 다른 한편으로는 카오스가 야기한 파괴의 영향을 약화한다. 이곳에서 세계와 그 기본적인 에너지가 생성된다.

모든 신들은 크로노스에게서 태어난다. 그들의 근본적인 특징은 사랑이다.* 그들은 밝게 빛나고 사랑으로 충만하며, 그 요소들 중 증오**를 극복하여 마침내 세상에서 파괴할 수 없는 천상의 영적 본성을 실현하려고 한다. 바로 이 목적을 위해 그들은 사람, 동물, 식물 등을 창조하고 그들에게 사랑의 가능성을 부여한다.

* philia. 필리아.
** neikos. 네이코스.

나는 우리가 대황 다발을 묶는 동안 이 모든 것을 마르타에게
말했다. 우리가 일을 끝마쳤을 때 마르타는 내게 이런 말을 했다.
사람들이 "모든 것", "항상", "절대 없다", "모든 사람"이라고 말할
때, 그것은 오로지 자기 자신들에게만 적용될 수 있다고, 왜냐하면
외부 세계에는 그런 일반적인 것들이 존재하지 않기 때문이라고.
　　만일 누군가가 "항상"이라는 단어로 문장을 시작한다면 그것
은 세상과 무관하게 자기 자신에 대해 이야기한다는 의미이므로
그녀는 나에게 주의하라고 충고했다.
　　나는 어깨를 으쓱했다.

성녀의 삶은 누가 썼으며
그는 이 모든 것을 어떻게 알았는가

파스칼리스는 마르탱* 수녀들의 수도원에 머물며 그들의 비밀스러운 네 명의 후원자 이야기를 썼다. 그에게는 수녀원의 다른 건물들과는 다소 멀리 떨어진 곳에 있는 농장 건물에 별도의 수도실이 제공되었다. 수도실은 크고 따뜻하고 편안했으며, 밤에는 나무 덮개로 가릴 수 있는 높은 창문과 잉크병을 세워 두기 위한 특수한 홈이 있는 넓고 무거운 책상이 있었다. 파스칼리스의 수도실 창은 남쪽으로 나 있었고, 겨울 구름이 사라지면 넓은 빛줄기가 방에 그와 함께 자리를 잡았고 먼지가 날렸고 파리들이 불안하게 날아다녔다. 책상에서 추위를 느낄 때면 그는 이 광선 속에 서서 싸늘한 몸을 덥히곤 했다. 그는 완만한 산들의 사슬을 보며, 산들이 물결치듯 사람들 눈에 띄지 않는 춤을 추고 있다고 생각했다.

---

* 19세기 말에 활동했던 프랑스의 수녀, 성인. 본명은 마리 프랑수아즈 테레즈 마르탱(Marie Françoise-Thérèse Martin).

그는 곧 이 특별한 지평선의 모든 곡선과 모든 계곡, 모든 언덕을 알게 되었다.

수녀들은 하루에 두 번 빵과 삶은 야채를, 그리고 일요일에는 성찬 포도주를 그의 방 앞에 놓아두었다. 이삼 일에 한 번씩 수녀원장이 그를 찾아왔다. "사람들이 당신에 대해 물어봤어요." 그가 아직 자기가 할 일을 정하지 못했던 초기에 수녀원장이 그에게 말했다. "그들이 물어서, 나는 당신이 혼자 가 버렸다고 말했어요. 그러자 그들은 도중에 틀림없이 당신에게 안 좋은 일이 생겼을 거라고, 어쩌면 늑대들에게 공격을 당했을 수도 있다고 했고, 나는 이 근처에서 몇 년 동안 늑대를 본 사람이 아무도 없고, 틀림없이 당신이 산으로 도망갔을 거라고 말했어요……." "수녀님, 왜 그런 말씀을 하셨습니까?" 파스칼리스가 놀라서 물었다. "죽어서 땅에 피를 흘리며 누워 있느니 차라리 당신이 도망가서 서약을 깨뜨리는 걸 보는 게 나을 것 같았지요." "저는 어떻게 시작해야 할지 모르겠습니다." 그가 불만을 터뜨렸다. 수녀원장은 그에게 책상 위에 놓여 있는 그리 크지 않은 책을 보여 주었다. "먼저 이걸 주의 깊게 읽어 보세요. 그러면 이 글을 쓴 여자에 대해 구체적으로 알게 될 거예요. 그녀가 어떻게 생겼는지, 어떻게 움직였는지, 어떤 목소리로 말했는지 말이에요. 그러면 이런 글을 쓰는 사람은 어떻게 느끼는지, 그리고 바로 당신처럼 지금 이걸 읽고 있는 사람은 무엇을 느끼는지 이해하기가 더 쉬워질 겁니다."

그래서 파스칼리스는 그 책을 읽기 시작했다. 처음에 그는 이 일이 지루하다고 느꼈고, 라틴어 실력이 그다지 좋지 않은 탓에 책이 잘 이해되지도 않았다. 그러나 이후 성녀의 라틴어에도 아쉬운 점이 많다는 흥미로운 사실을 깨달았다. 거기에는 수녀들이 구운 달콤한 팬케이크 속에 박힌 건포도처럼 체코어와 독일어, 폴란드어 단어들이 박혀 있었다. 하지만 점차 그는 쿰메르니스의 글에서 자신이 가슴속에 품고 있던 것과 같은 열망, 즉 다른 누군가가 되고 싶다는 갈망을 발견하기 시작했고, 그것은 그에게 위안이 되었다.

이 책은 이상했다. 앞뒤 양쪽에서 모두 읽을 수 있었기 때문이었다. 한쪽에는 '힐라리아(Hilaria)'라는 제목이 붙어 있었고, 거꾸로 뒤집으면 '트리스티아(Tristia)'로 시작되었다. 기쁨과 슬픔이었다. 책의 중간, 두 부분 사이에는 다른 색 잉크로 쓴 페이지가 몇 장 있었다. 여기에는 '기도를 위한 가르침'이라는 제목이 붙어 있었다.

파스칼리스의 집중력이 부족한 데에는 또 다른 이유가 있었다. 그는 벽 너머 여성들의 삶에 끌렸다. 때로 그는 그들의 목소리와 신발 끄는 소리를 들을 수 있었다. 그들이 식사를 가져다줄 때 그는 문가에 서서 그들이 마룻바닥을 그릇으로 살짝 쳐 문 뒤에 사람이 있음을 알리는 순간을 기다리곤 했다. 그러나 그에게는 감히 그 문을 열 용기가 없었다. 그는 수녀원에서 삶의 메아리가 잦아든 밤에만 자신의 방을 나갔다. 그에게 허락된 것은 이뿐이었다. 그는 자신의 수도실에서 십자가에 못 박힌 쿰메르니스의 그림이 있는 예배당까지 유일하게 허락된 경로를 따라 걸을 수 있었다. 그리고 마침내 성녀의 벌거벗은 하얀 젖가슴이 그의 욕망을 일깨우기 시작했다. 그는 그 가슴 사이에 자기 얼굴을 포근히 내려놓는 꿈을 꾸었다. 때로는 더 강렬하고 고통스러운 것, 셀레스틴과 관계있는 것을 꿈꾸기도 했고, 그는 이것이 죄악시되고 금지되어 있음을 알고 있었다. 그리고 밤마다 거친 담요로 몸을 감싸고 이도 저도 아닌 자신의 몸을 살피며 이런 환상들을 스스로에게 확인해 보곤 했다.

「힐라리아」에서 그가 주목한 첫 번째 대목은 다음과 같다. "나는 땅에 누워 팔과 다리를 넓게 벌리고, 당신의 하늘이 햇빛으로 가득 차 내 위로 떨어질 때까지 내 배와 가슴을 끌어안고 기다릴 수 있었습니다."

그렇게 그는 그녀와 처음 마주했다. 그녀는 수녀원 뒤쪽 완만한 산비탈에, 파스칼리스의 눈이 시리도록 노란 민들레가 무성하게 핀 풀밭에 누워 있었다. 그는 그 이미지에서 민들레를 지워 버렸다. 이제 그녀를 감싸고 있는 것은 푸른 잔디와 깨끗하고 광활한 하늘이었다. 그녀의 몸은 마치 산비탈에 세워진 십자가, "보아라, 여기를 보아라!"라고 말하는 표지판 같았다. 아래쪽에서는 사람들이 길을 따라서 다니고, 황소들을 몰고, 개들이 뛰어다니고, 웬 남자가 갑자기 웃음을 터뜨리고, 양들의 목에서 작은 방울들이 딸랑딸랑 소리를 내고, 피부가 가렵고, 저 위쪽에서는 한 사람이 사냥한 토끼를 들고 가고, 손을 흔들고, 굴뚝에서 하늘로 연기가 피어오르고, 새들이 서쪽으로 날아가고 있었다. 이것이 모두 파스칼리스가 보고 있는 것이다.

팔다리를 넓게 벌린 채 무방비 상태로 땅에 누워 있는 사람 위에 드러누워, 체중을 모두 실어 자신의 몸을 그 몸에 밀착시키고, 그 몸속에 자신을 밀어 넣고, 그 몸을 부둥켜안고……. 그러고 나면? 파스칼리스는 알지 못했다. 그래서 밤이면 그는 기다란 롤러를 담요로 말아 바닥에 눕혀 놓고, 자기 몸 아래에 온기로 충만한, 부드러우면서도 단단한, 살아 요동치는 여성의 몸이 누워 있다고 상상했다. 그는 그 위에 조심스럽게 올라탔다. 갑자기 공기가 부족하기라도 한 듯 그의 숨은 얕고 끊어질 듯했고, 그는 안정감을 느끼지 못한 채 누워 있었다. 그의 머리에 떠오른 유일한 생각은 땅에 몸을 고정하자는 것이었다. 그러고 나서 그는 침대에 누워 호흡을 안정시키며 쿰메르니스의 아버지를 생각했다. 그도 분명 같은 감정을 느꼈을 것이다.

"무슨 말도 안 되는 소리입니까." 다음 날 수녀원장이 코웃음을 쳤고, 파스칼리스는 그녀에게 속마음을 털어놓을 만큼 대담했던 자신이 부끄러웠다. "난 당신한테 이런 생각이나 하라고 안식처와 음식을 제공한 게 아닙니다. 배가 고프면, 식사를 하세요. 외롭다고 느껴지면, 기도를 하시고요. 「기도를 위한 가르침」은 이제 잘 알고 있습니까?"

그렇다. 그는 그것들을 읽었지만 이해할 수는 없었다. 아무것도 생각하지 마라. 이건 무슨 뜻인가? 그는 고민스러웠다. 어떻게 아무것도 생각하지 않을 수 있는가. 그는 광선이 비치는 창가에 서서 자신의 생각을 점검했다. 그것들은 어디에나 있는 듯 보였고, 그가 창문 너머 볼 수 있는 풍경을 언급하고 있었다. 그것들은 계속 반복했다. 오, 구름, 나무, 산이야. 오, 풀밭에 드리운 그림자를 좀 봐. 그리고 이 풍경들로부터 분리되기 위해 눈을 감았을 때, 그의 생각은 바뀌었지만, 여전히 존재했다. 배고파 벌써 식사 시간인가 위에서 나는 소리는 뭐지 누가 뛰어다니는 거야 매일 저녁 소젖을 짜는 저 키 큰 수녀는 누구지. 아니면 이미지를 떠올렸다. 수녀원장의 근엄한 얼굴, 인중의 희미한 콧수염, 샌들에서 삐져나온 그녀의 커다란 발가락, 쿰메르니스 그림 앞의 커튼, 십자가에 매달린 몸, 성수에 빠져 죽은 파리. 어떻게 생각을 안 할 수가 있어?

때로 파스칼리스는 자신이 감방에 갇힌 죄수처럼 느껴졌다. 그의 다리는 움직임이 필요했다. 그는 창밖의 산들을 애타게 바라보았다. 세상이 그리웠다. 그는 자신이 어떤 도시도, 그림 같은 궁전도, 하늘에 닿을 듯 보이는 성당도 본 적이 없다는 것이 안타까웠다. 저 멀리 남쪽에는 교황이 있었고, 그는 종교회의와 함께 루터파로부터 세상을 구하는 방법을 찾고 있었다. 그는 저 수도원에서 몇 시간이나 바라보았던 그림처럼 아름다운 세상을 상상했다. 완만한 산들의 풍경, 계곡의 모래성, 작은 배가 떠다니는 강, 쟁기질한 밭고랑, 말끔하게 차려입은 농부들, 풍차, 거지, 개들. 그리고 여기 눈앞에 아기 예수를 안은 성모 마리아가 아니라, 조금은 셀레스틴이나 글라츠의 주교처럼 몸집이 크고 진지한 남자인 교황이 앉아 있다. 교황의 머릿속에서는 생각들과 단어들이 만들어지고 있다. 천사들은 펄럭이는 리본에 글을 쓰고 그것을 이제 그의 머리 위로 붙들고 있었다.

정오에 수도사의 손은 항상 약해지고, 떠다니던 생각이 멈추고, 파스칼리스의 수도실에는 리본들이 매달린다. 그 생각들에는 질서도 구성도 없고, 단어들은 본래 모양이 허물어져 먼지가 되어 땅으로 떨어진다. 정오의 악마는 수도사에게 사물의 궤도가 느려지고 태양이 움직이지 않는다는 인상을 준다. 파스칼리스는 어떤 한 지점에 시선을 고정하지만 그게 무엇인지는 알지 못한다. 의

도된 일은 머리 위에 걸려 있는 돌멩이로 변하고, 온 세상에 부담을 지운다. 포기하라는 유혹, 갑자기 밀려오는 공허함, 귀뚜라미가 우는 것 같은 소리를 내는 지루함. "Anxietas cordis quae infestat anachoretas et vagos in solitudine monachos.(마음이 불안한 자가 은둔자와 광야에서 방랑하는 수도사들을 혼란시킨다.)" 파스칼리스는 이 문장을 읽고 자신이 죄를 지었다는 것을, 행동한 것은 아니지만 모든 행위를 포기함으로써 죄인이 되었음을 알게 되었다. 탈출만이 유일한 구원이다.

파스칼리스는 자기가 수녀원에 머무는 동안 수녀들이 자신을 동등한 존재로 대하고, 자신에게 수도복을 입히고, 그들의 식탁과 일상에 자기 자리도 마련해 주고, 자신을 인정해 줄 거라고 생각했다. 그러나 그들은 그를 수도실에 가두고 마치 존재하지 않는 사람처럼 대하고 있었다. 그에게 그가 알지 못하는 여자의 삶을 쓰라고, 그리고 그가 이해하지 못하는 그녀의 글을 모아 정리하라고 명령했다. 그럼 내 이야기는 누가 쓰지? 그는 생각했다. 그래서 다음번에 수녀원장이 왔을 때, 그는 포기하겠다고 말했다. 로마로 가서 교황에게 자신을 여성으로 인정해 달라고 요청하겠다고 말했다. 그래야 비로소 그는 자격을 온전히 갖춘 수녀로 돌아올 수 있을 터였다. 수녀원장은 눈을 깜빡이며 아무 말도 하지 않았다. 그는 그녀의 손에 입술을 댔다. "그렇다면, 좋아요." 그녀가 대답했다. "내가 왜 당신을 머물게 했는지 말해 줄게요. 당신을 처음 봤을 때, 나는 작은 사슴, 작고 상처 입은 사슴이 떠올랐어요. 어린 사슴은 시간이 흐르면 강한 사슴으로 자라나지요. 당신이 이곳에 있어도 되겠냐고 물었던 그날, 난 쿰메르니스에게 기도했어요. 어떻게 해야 할지 알 수가 없었거든요. 그리고 꿈을 꾸었어요. 난 거의 꿈을 꾸지 않는데 말이죠. 사슴과 사자를 보여 주는 아름다운 상아 조각 꿈이었지요. 사슴이 사자를 먹고 있었어요. 머리를 거의 먹어 치웠죠." 수녀원장은 아무 말도 하지 않고 파스칼리스를 빤히 쳐다보았다. "그래서 어떻게 되었습니까?" 그가 물었다. "아무 일도요. 그게 전부입니다." "그게 무슨 뜻일까요?" 그녀는 어깨를 으쓱했다. "무슨 뜻인지는 모르지만, 그 꿈이 예사롭지 않다는 것은 알지요. 당신은 여기에 머물면서 성녀의 이야기를 써야 하고, 그것을 글라츠의 주교에게 전달해야 하고, 로마에 있는 교황으로 하여금 그녀를 성인으로 공표하도록 해야 합니다."

이날 저녁에 파스칼리스는 로마에서의 장면을 구체적으로 상상해 보았다. 교황은 그가 한 일과 그의 긴 여정에 감동한다. 교황은 이제 셀레스틴을 떠올린다. 그는 파스칼리스의 머리에 손을 얹고, 그래서 주교들과 왕들이 그를 질투한다. 그런 다음에 교황은 마당에 모인 모든 통치자들과 부자들과 사람들에게 돌아서서 이렇게 선언한다. 지금부터 파스칼리스는 여성입니다! 돌아오는 길에 파스칼리사*의 몸은 1마일마다 변해서, 가슴이 커지고, 피부는 부드러워지고, 마침내 어느 날 밤에는 남성의 성기가 뿌리째 뽑히듯 완전히 사라지고 만다. 이제 그에게 남은 것은 그의 몸 깊은 곳으로 신비롭게 이어지는 구멍뿐이다.

* 파스칼리스의 여성형.

편지

나는 거의 여자들한테서만 편지를 받고, 거의 여자들한테만 편지를 쓴다. 텔레비전을 보지 않으면 이곳에서 보이는 모든 세상은 완전히 여성들의 세상이라 여겨진다. 여자들이 상점에서 음식을 판매하고, 모임을 조직하고, 아이들을 데리고 장을 보러 가고, 노바루다로 오가는 버스를 채우고, 머리카락을 자르고, 저녁 약속을 하고, 두 뺨에 키스하고, 상점에서 옷을 입어 보고 옷 냄새를 맡고, 우체국에서 토큰을 건네주고, 여자들이 쓰고 여자들이 읽을 편지들을 나누어 준다. 내게는 여전히 마르타와 암캐가 있다. 그리고 암염소도. 여기서 R은 예외다. 그의 존재는 어디에나 있는 여성성을 강조한다. 이와 같은 원리에서 달콤한 효모 케이크에 소금을 치고, 신맛이 나는 소스에 설탕을 조금 첨가한다.

　나는 불평등하고 엉망으로 나뉜 세계에서 자라서 불공평한 게 틀림없을 단어들에 대해 생각했다. "멩스트보"*라는 단어에 상응하는 여성형 단어는 뭐지? "젠스트보?"** 여성성을 침해하지 않으면서도 이 덕목을 어떻게 한 단어로 여성에게 사용할 수 있을까? "스타제츠"나 "멩드제츠"에 해당하는 여성형은 존재하지 않는다.*** 늙은 여자는 스타루슈카나 스타루하이고,**** 이 말에는 마치 여자의 노화에는 그 어떤 품위나 연민도 존재하지 않고, 늙은 여자는 현명할 수 없다는 듯한 뉘앙스가 담겨 있다. 기껏해야 "비에지마"라고 할 수 있는데, 이것은 동사 "비에지에치"에서 유래한 말이다.***** 하지만 그것은 처진 젖가슴과 더 이상 아이를 낳을 수 없는 배를 가진 고약한 할망구, 힘은 세지만 세상에 대한 분노가 가득한 존재의 이미지일 것이다. 늙은 남자는 현명하고 위엄 있는 노인이 될 수도, 현자가 될 수도 있다. 여자에 대해 비슷한 말을 하려면, 늙고 현명한 여자라고 얼버무리거나 설명하고 묘사해야 한다. 그리고 그것은 너무 고상하게 들려서 의심스럽다. 그러나 나를 가장 화나게 하는 단어는 "우시노비치(usynować)"다. 왜냐하면 "우추제니에(ucórzenie)"라는 단어는

* męstwo. '용기'라는 뜻이다. 폴란드어에서 męski는 '남자[남성/수컷]의'라는 뜻의 형용사다.
** żeństwo. '결혼한 사람' 또는 '결혼한 상태'라는 뜻이다. 폴란드어에서 żeński는 '여자[여성/암컷]의'라는 뜻의 형용사다.
*** 폴란드어 명사 "starzec(노인)"와 "mędrzec(성현, 현자)"는 모두 남성명사이고, 이에 상응하는 여성명사는 존재하지 않는다.
**** 폴란드어 여성명사 staruszka나 starucha는 '노파', '할망구'라는 뜻으로 나이 든 여자를 비하하여 부르는 말이다.
***** wiedźma는 '마녀', '노파'라는 뜻으로, 심술궂고 못된 성미를 부각해 부르는 말이다. 동사 wiedzieć는 '알다'라는 뜻이다.

없기 때문이다.* 하느님은 사람을 자신의 아이로 받아들였다.**

* 폴란드어에서 syn은 '아들'을 의미하며, 동사 usynowić는 syn에 '되다'라는 뜻의 접두사 'u-'가 조합된 단어다. 작가는 폴란드어에 '딸(córka)을 입양하다.'라는 단어가 없다는 말을 하고 있다.
** 이 문장에서 사용된 명사 하느님(Bóg)과 사람(człowiek), 그리고 동사(usynowić)는 모두 남성명사 또는 남성명사 어원을 가진 단어다.

잔디 케이크

독일인의 시체를 국경 너머로 옮겨 놓은 폴란드 국경 수비대는 겨울이면 '검은 숲'을 순찰하곤 했다. 그의 임무는 모든 잠재적 밀매업자가 술이나 자동차를 들여오지 못하도록 체코로 통하는 숲속의 오래된 길이 차단되어 있는지를 확인하는 것이다. 초봄이면 그들은 거기에 가서 전기톱으로 나무 몇 그루를 베어 통로에 쓰러뜨려 놓는다. 이것은 국경선을 방어하기 위한 자연스러운 방법이다. 물론 가문비나무를 자르려면 산림 검사관의 허가를 얻어야 한다.

국경 수비대원은 지역의 모든 사람을 알고 있었다. 그는 낯선 사람을 즉시 알아볼 수 있었고, 그러면 그의 신원을 확인하고 기지로 전화를 걸었다. 그가 누구든, 버섯 따는 사람이든 루트를 벗어난 관광객이든 국경 수비대원은 그가 국경선을 벗어나 자신이 속한 쪽으로 돌아갈 때까지 쌍안경으로 그를 지켜보았다.

그는 이런 식으로 수많은 사람들을 보았다. 다리를 떨며 걷는 사람들, 덤불 속 어디론가 빠르게 사라진 커플들, 배낭 무게에 눌려 거위 목처럼 얼굴을 떨군 사람들, 개나 말, 소 등 동물을 끌고 오거나 물에 빠뜨리기 위해 눈먼 고양이를 넣은 바구니를 들고 온 사람들, 물건이나 기계, 자전거를 든 사람들, 자동차나 트랙터를 탄 사람들,(실제로 그 지역에서는 한 사람만 트랙터를 가지고 있었다.) 그물을 들고, 전기톱을 들고, 버섯이 든 비닐 봉투를 들고, 암시장에서 반 리터짜리 보드카를 구입한 사람들……. 수비대원은 어떤 의미에서는 극장을 앞에 두고 있었는데, 그곳에선 지루한 공연이 펼쳐지곤 했다. 그는 많은 것들을 덧붙여야 했다. 또한 그는 특정한 사실들도 알아야 했다. 아무개 씨가 어디로 갔는지, 바위투성이 길을 따라 자전거를 끌고 갔는지, 집 앞에 세워진 하얀 오펠*은 무슨 의미인지, 남색 버스는 뭔지, 다른 집 셔터는 열려 있는지 닫혀 있는지, 양들은 숲으로 내려가기보다는 산길을 따라 올라갔는지, 과수원에 세워진 철제 침대는 대체 무엇인지. 그는 이런 것들을 알아야 했다. 안 그러면 자신이 보는 것을 아무것도 이해할 수 없었다. 그가 그저 바라보기만 했다면, 보이지 않았을 것들이다.

그가 종종 넋을 잃고 자기 앞에 펼쳐진 세상을 마치 그림처럼 바라보는 일이 분명 생겨났다. 아래쪽에서는 사람들이 아스팔트 길을 따라 걷고, 소 떼를 몰고, 개들이 뛰어다니고, 어떤 남자가 갑자기 웃음을 터뜨리고, 양의 목에 걸린 작은 방울들이 딸랑거리고, 피부가 가렵고, 위쪽에서는 어떤 사람이 밀렵한 토끼를 들고 가고, 누군가에게 손을 흔들고, 굴뚝에서 하늘로 연기가 피어오르

---

* Opel. PSA 그룹 산하의 독일 자동차 제조사.

고, 새들이 서쪽을 향해 날아가고 있다. 이 그림은 계속된다. 영원히 계속될 것 같다. 이 장면이 사람들에게 생기는 것이 아니라 사람들이 이 장면에 생겨나는 것이다.

섣달그믐 오후에 빵처럼 부은 붉은 얼굴의 이 젊은 국경 수비대원은 자신의 거대한 오토바이를 타고 눈 속을 천천히 지나가고 있었다. 바퀴가 눈 속으로 깊이 빠졌고, 그는 길가 양쪽 도랑으로 미끄러지지 않게 조심해야만 했다. 그런 다음 그는 둥글게 휘어졌다가 다시 앞으로 나아가는 오토바이 흔적들이 자신의 주위에 널려 있음을 알게 되었다. 더욱 커다란 눈 더미는 사람 모양을 하고 있었다. 누군가 눈 더미에 누웠다가 엎드렸다가 굴렀거나 눈 속에 누워서 팔다리를 위아래로 흔들어 거대한 새 모양 같은 것을 남긴 게 분명했다.

그는 고갯길에서 그들을 만났다. 그들은 화려하고 우스꽝스러운 모자를 쓰고 있었다. 전반적으로 의심스러워 보였다. 게다가 그가 신분증을 요구하자 낄낄거렸다. 그들은 은근슬쩍 눈짓을 주고받으며 웃음을 터뜨렸다. 그는 이들이 틀림없이 술에 취했을 거라고 생각했고, 바보처럼 느껴졌다. 결국 섣달그믐 날이 아니던가. 그러나 그들이 즐거워할수록 그는 더욱 진지해졌다. 그들이 분위기에 들떠 눈밭에 즐거움을 흘릴수록, 그는 자신이 더욱 단단하게 땅에 묶이고 발은 더 깊이 가라앉는 것을 느꼈다. 그들의 유머가 그를 짜증 나게 했다.

그들은 젊었다. 그들과 함께 있던 여자아이는 아름답고 범접하기 어렵게 여겨졌다. 그 아이는 마치 기분 좋은 꿈, 어쩌면 야한 꿈에서 막 깨어난 것 같은 신비로운 표정으로 머리카락 끝을 물고 있었다.

그들은 진지하지 않았다. 국경 지대에 신분증도 가져오지 않았고, 그래서 서류를 작성할 수조차 없었다.

"배낭은 오두막에 있어요." 그들이 말했다.

좋든 싫든 그는 그들과 함께 돌아가야 했다. 그들은 교대로 눈을 헤치며 오토바이를 밀었다. 남자아이들은 오토바이에 대해 잘 알았지만, 그 사실은 그에게 아무런 감명도 주지 못했다. 그들이 자신을 우스꽝스럽고 대수롭지 않게 보는 것 같은 느낌이 계속 들었다. 그래서 슬쩍 재킷의 단추를 풀어 윤기가 흐르는 가죽 권총집을 그들에게 보여 주었다. 오두막 안에서 풍긴 냄새는 그곳에 사람이 살지 않는다는 것을 알려 주었다. 습기와 말라 버린 가을 나뭇잎과 건초 냄새가 났다. 그리고 쥐 냄새도. 추웠다. 그는 탁자에 앉아서 그들 신분증의 세부 사항을 적었다. 모두 브로츠와프 출신이었다. 그들은 비엔나, 비스피아인스키 연안, 그룬발트, 코스모나우투프* 같은 대도시와 세계적으로 유명한 이름들이 붙은 거리에 살고 있었다. 그렇다. 그는 그들이 새해 전날, 술에 취해 빈둥거리려고 이곳에 왔다는 것을 깨달았다. 그들이 밀매업자가 아니라는 것, 그 어떤 식으로든 국경에 전혀 위협이 되지 않는다는 것은 분명했다. 그러나 지금은 물러나는 것이 옳지 않았고, 그는 이렇게 말했다. 좋아요, 내가 계속 가 보지요. 나 역시 저녁에 파티가 있거든요. 검은 양복이 다림질되어 준비를 마치고 옷장 문에 걸려 있고, 보드카는 냉장고에서 시원해지고 있고, 샴페인도 벽장

* 우주 비행사라는 뜻.

에 붙은 사이드테이블에서 부글부글 거품을 일으키고 있거든요.

그가 글을 쓸 수 없을 만큼 그들이 킥킥거리는 가운데, 여자아이가 그 앞에 차 한 잔을 내려놓았다. 그는 그것을 고맙게 마셨다. 차는 그의 몸을 안쪽에서부터 덥혀 주고 그의 긴장을 풀어 주었다. 그는 담배에 불을 붙였다. 그는 어두운 색깔의 특이한 케이크를 한 조각 먹었다. 허브 맛이 났고, 생강빵 같은 조금 이국적인 맛이 났다. 그들의 웃음은 그의 권위를 겨냥한 것이었다. 그는 그들을 평화롭게 내버려 두거나 그들에게 벌금을 물린 다음, 숲으로 갔다가 초소에 돌아가 자신의 임무를 마치고 집으로 가야 한다. 그러나 그는 앉아서 의심스러운 의도로 자기 앞에 놓인 케이크를 먹었고, 그사이 그들은 교묘히 음모에 가득 찬 시선을 주고받았다. 그들 모두 그가 그것을 입에 넣고 씹고 삼키는 것을 지켜보았다. 그 모습은 마치 그들의 생각이 연결되어 있고 그들끼리 그가 들을 수 없는 대화를 하는 듯한 인상을 주었다. 그리고 그들 가운데 오직 그만 낯선 사람이었다. 그들은 '우리'이고, 그는 이방인이다. 그러나 여긴 그의 영역이다.

결국, 이유는 알 수 없지만, 그는 엉겁결에 밖으로 나가 기지에 전화를 걸었다. 돌아가는 길이라고 말했다. 이미 날은 어두워져 있었다. 그들은 그의 뒤에서 모자를 흔들어 대며 폭소를 터뜨렸다.

그는 익숙한 길을 따라 갔지만 어쩐지 길이 더 길게 느껴졌다. 지금쯤이면 이미 작은 다리 옆에 있어야 했는데, 이제 겨우 마지막 집을 지났을 뿐이었다. 그는 그 젊은이들에 대해 계속 생각했다. 사실 그는 그들에 대한 생각을 멈출 수가 없었다. 그에게 그들은 늑대인간처럼 여겨졌다. 맙소사, 이 생각에 그는 몸서리쳤다.

늑대인간이라니. 오토바이가 멈추고, 불이 꺼졌다. 갑자기 그는 그를 얼어붙게 만드는 어둠 속에 던져졌다. 저기 멀리 마을이 보였고, 창문의 불빛이 허공 속에서 네모난 구멍처럼 빛나고 있었다. 돌아가야만 한다. 다시 이 사람들에게 가서 말해 주어야 한다. 그런데 대체 뭐라고 말하지? 그는 오토바이를 홱 잡아당겨서 돌려 세웠다. 시동을 걸고 출발했지만, 곧 눈 더미 속에 빠졌다. 앞바퀴가 완전히 눈 속에 파묻혀 있었다. 그의 손이 기분 나쁘게 따끔거리기 시작했다. 그는 장갑 속의 손가락을 꼼지락거려야 했다.

시간이 지날수록 뭔가 잘못되었다. 그의 머릿속에는 찢어지고 물어뜯기고 불완전한 수천 가지 생각이 자꾸 떠올랐다. 터진 자루에서 곡식이 쏟아지듯 말이 쏟아져 나왔다. 그는 그것들을 모으기 시작했지만, 다 모으기엔 시간이 너무 오래 걸렸다. 한 시간쯤 흘렀을까. 그는 여전히 아무런 확신 없이 눈 속에 파묻힌 오토바이를 끌어당기고 있었다. 그는 시계를 흘끗 보았지만 숫자가 잘 안 보여서 라이터를 찾기 시작했다. 그들이 건초로 만든 케이크를 계속 굽던 그 오두막집에 두고 온 게 틀림없었다. 그 냄새가 다시 떠올라 그는 속이 메스꺼워졌다. 눈을 한 움큼 집어 들어 얼굴을 비볐지만 소용이 없었다. 그는 자기 오토바이를 응시했다. 그것은 잠이 든 것처럼 보였다. 오토바이는 아침까지 그렇게 놔둬야 한다. 그는 재킷을 벗어 오토바이의 지친 몸을 덮어 주었다. 그것이 고맙다는 듯 그르렁거렸다.

국경 수비대원은 다시 산길과 마을의 어두운 집들을 향해 출발했다. 입속에서는 여전히 케이크 맛이 났고 그는 다시 몸이 좋지 않다고 느꼈다. 몸이 좋지 않다. 상태가 좋지 않다. 그에게 부족한 것은 무언가 따뜻하고 음식과 관련된 것들이었다. 잠시 시간의 물결이 멎었고, 국경 수비대원은 재킷도 없이 걸어서 그들의 오두막으로 가는 것은 실수라는 생각이 명료하게 떠올랐다. 그는 서둘러야만 한다. 밤중에 이렇게 들판을 돌아다니는 것은 위험하기 때문이다. 여전히 늑대들이 있다.

그리고 바로 그때 그는 숲 어딘가 위에서 들려오는 소리, 날카롭고 절망으로 가득 찬 목소리, 고통과 포기로 가득 찬 절망적인 부르짖음을 들었다.

그는 브로츠와프 동물원에서 늑대를 보았다. 늑대는 움직이고 있어도 박제처럼 보였다. 털은 헝클어져 있었고 건강해 보이지 않았다. 그것은 매일 의식을 치르듯 그의 오토바이를 쫓아와 바짓단을 물려고 했던 잡종견을 떠올리게 했다. 하지만 그 둘은 정확히 똑같지는 않았다. 잡종견은 살아갈 시간이 정해져 있지만, 늑대는 시간을 초월하기 때문이다. 늑대는 태어나지도, 죽지도 않는다. 그들은 심지어 늑대가 없는 곳에도 존재한다. 이 발견에 국경 수비대원은 너무 놀라 걸음을 멈추고 열심히 귀를 기울이기 시작했다. 울부짖는 소리는 사라졌지만, 이제는 눈 때문에 숨이 막히는 작은 발자국 소리가 들렸다.

그는 여자를 바라는 것만큼이나 잃어버린 라이터를 바랐다. 그는 그것을 이용해서 길을 밝히고 몇 시인지 알아낼 수 있었다. 그건 많은 것을 설명할 수 있을 것이다. 그 불빛으로 그가 가고 싶었던 언덕 위로 올라갈 수도 있을 것이다. 그러나 지금은 어디가 오른쪽이고 왼쪽인지, 어디가 위이고 아래인지, 자신이 어디로 가고 있는지조차 알지 못했다. 어쨌든 그는 스키를 탄 것처럼 부드럽게 눈 위를 미끄러지며 계속 나아갔다. 그는 그것을 즐기고 있었다. 잘 걷고 있었다. 따뜻한 온기와 빛을 향해 잘 걷고 있었다. 꿈꾸는 표정으로 머리카락 끝을 물고 있는 소녀에게로. 그의 뒤로 조용히 눈 위에 다섯 개의 발자국이 생겨났다.

그는 그것을 보았다. 그것은 앞도, 뒤도 아니고 어둠 속 어딘가에 머물러 있었다. 그것은 강력했다. 그것의 희끗희끗한 털이 눈에 비쳐 빛났다.

"늑대여, 국경의 이름으로 나를 구원하라." 그가 어둠을 향해 말했다.

늑대가 그 뒤에 멈춰 섰다. 의아했다.

인터넷에서 본 꿈

나는 낯설고 인적이 드문 곳에 있었다. 나는 내가 길을 잃었다는 것을 알았다. 나는 이 슬픈 광야를 방황했다. 여전히 계속 황혼이 었다. 때때로 나는 구두 발자국, 잃어버린 라이터, 모자, 카메라 같은 내 흔적들을 발견했고, 내 자취를 따라가고 있다는 것에 위안을 받았다. 갑자기 나는 개울가에 서 있었다. 잿빛 하늘이 개울에 비쳤다. 나 역시 내 얼굴을 보았다. 놀랐다. 다른 얼굴이었기 때문이었다. 나는 평생 내가 이와 다르게 생겼다고 생각해 왔다. 나는 씻기 시작했고, 그 물에 내 얼굴 살이 씻겨 내려가는 것을 보고는 충격을 받았다. 마치 밀랍으로 만든 것처럼 얼굴이 녹아내리고 있었다. 물에 녹아 사라지고 있었다. 마침내 손가락 아래로 얼굴뼈가 드러나자 공포가 엄습했다. 그 순간 충격적인 진실이 나에게 다가왔다. 나는 죽었다. 돌아갈 길이 없었다.

천체력

마르타에게는 나를 특히 짜증 나게 하는 한 가지 버릇이 있다. 그녀는 내 뒤에 서서 내 어깨 너머로 내가 하는 모든 것을 지켜본다. 나는 그녀의 숨소리를 들을 수 있다. 가볍고, 빠르고, 얕은 노인의 숨소리다. 그리고 나는 그녀의 냄새를 맡을 수 있다. 항상 수면과 침대 시트, 잠에 빠진 몸의 냄새다. 아이들은 가끔 그런 냄새를 풍긴다. 그것은 어른들이 향수나 데오도란트로 기꺼이 억누르는 냄새이고, 그러면 그들에게서는 사람이라기보다 사물에서 나는 것 같은 냄새가 나기 시작한다.

마르타는 그렇게 내 주변에 멈춰 서 있었다. 나는 무엇을 하든 혼란스러워지기 시작했다. 책을 읽을 때면 단어들은 사라지고 나는 문장의 의미를 잃어버렸다. 글을 쓸 때면 갑자기 쓸 얘기들이 사라지고 말았다. 그러면 나는 그녀의 감정을 상하게 하지 않으려고 그녀에게서 부드럽게 멀어지긴 하지만, 그녀에게 화가 났다.

그녀가 나를 방해하지 않는 유일한 경우는 천체력(天體曆)을 읽을 때다. 그것은 행성의 위치를 정확하게 보여 주었고, 그래서 그 안에는 그 어떤 단어나 문장, 심지어 시각적으로 받아들일 그림조차 없었다. 거기엔 완전히 무감각하고 불변하는, 오해를 일으키지 않으며 완전히 계산이 끝나 흑백으로 인쇄된 1부터 60까지의 숫자 열만 있을 뿐이다. 천체력에는 사람들이 시간을 설명하기 위한 많은 선택 사항들이 망라되어 있다. 그래서 우주를 의미하는 숫자들과 열두 가지 간단한 상징과 천체를 나타내는 열 가지 상징, 이게 전부다. 이것을 주의 깊게 읽고 열과 행을 살피면 약간의 기술만으로 전체를 받아들일 수 있고, 내 여동생이 만드는 종이 모빌이 갖고 있을 법한 미묘하고 일시적인 균형을 볼 수 있다. 조심스럽게 균형 잡힌 공간 구조물이 비단실에 매달려 있고, 그것은 방 안 공기의 작은 움직임에도 흔들린다. 그러나 모빌은 깨지기 쉬우며, 만들기보다 부수기가 훨씬 더 쉽다. 천체력에 표현된 세계는 놀라울 만큼 영구적이며, 실제로도 영원하다. 그렇기 때문에 내가 그것을 볼 때 그 무엇도 나를 방해할 수 없음이 분명했다.

그러나 천체력에는 혜성의 흔적이 없었다.

불

"올해엔 혜성이 올 거예요." 아그네슈카가 내 우유통에 우유를 부으며 말했다. "교황 인생의 끝에서 두 번째 해죠. 두 가지 요소가 만나게 될 거고, 이상한 겨울이 올 거예요. 사람들이 떼죽음을 당하기 시작할 테죠."

아그네슈카가 예언한 일이 일어났다. 매일매일 피에트노를 바라보다 보면 사람들이 예측할 수 있는 것이라고는 세상의 종말뿐이다. 그녀는 계속해서 우리에게 미래의 사건에 대한 새로운 버전을 들려주었다. 그녀의 상상력은 끝이 없었다. 게다가 그녀는 아무개 씨와 마찬가지로 자신이 말하는 때와 장소, 상황에 따라, 즉 저녁인지 아침인지, 우물가인지 리도 식당인지, 와인을 마시는지 보드카를 마시는지에 따라 거기에 맞는 이야기를 만들어 낼 만큼 적절하게 단어를 사용할 줄 알았다.

이 예언을 듣고서 나는 길을 따라 집에 돌아왔다. 잠시 멈춰 서서 우유통에서 바로 우유를 떠 마셨다. 하얀 천국 같은 맛이 났다.

나는 아직 버섯이 있을지 생각했다. 양송이버섯이 있을 만큼 따뜻했고, 선녀낙엽버섯이 있을 만큼 습기가 많았고, 먼지버섯이 있을 만큼 햇빛이 쨍쨍했다. 그러고 나서 입안 가득 우유를 머금고 집들 위쪽의 초원이 불타고 있는 것을 보았다. 불길은 가느다란 쇠사슬을 타고 언덕으로, 바람을 타고 숲 쪽으로 이동했다. 얇은 선은 햇빛에 기분 좋게 반짝이며 천천히 그리고 조용히 움직였다. 그 선은 구름의 그림자처럼 뒤에 검은 흔적을 남겼지만 백배는 더 어두웠다.

"그만!" 나는 컴퓨터 전략 게임이나 세상이 물결치는 선과 숫자로 표현된 텔레비전 기상도(氣象圖)처럼 모든 것이 멈추기를 바라면서 말했다.

아무 일도 일어나지 않았다. 누군가가 나를 부르고 있었다. 그것은 고갯길에 선 아그네슈카였고, 자그마하고 작달막한 그녀가 헐렁한 트레이닝복을 입은 모습이 기이해 보였다.

"바람 방향이 바뀌면 당신들 집에 불이 붙어요." 그녀가 소리쳤다. 나는 그녀의 목소리에 만족하는 기색이 있다고 생각했다.

나는 급히 아래로 내려갔다. 우유는 흔들리는 우유통에서 쏟아져 내 신발을 적셨다.

우리는 불에 그을린 소방관들이 도착하기 전까지 몇 시간 동안 일했다. 그들이 말하기를, 언덕 반대편에 있는 목초지에 불이 났다고 했다. 웃통을 벗은 그들은 꽤 긴장이 풀려 있었다. 그들은 태연하게 불 벽을 뚫고 나와 양쪽 끝 불길을 잡았다. 그들은 자신들이 하는 일에 대해 확실히 알았고, 마치 땅 위에 길게 뻗은 리본을 다루듯 불길을 조종했다. 그들은 양 끝을 꼬아서 가운데가 교차할 때까지 원을 그렸다. 한동안 바람이 잦아들고 큰 불 고리가 솟아올랐다. 불길이 미친 듯 허리케인처럼, 회오리바람처럼 일었다. 떨리는 공기를 통해 나는 잔디의 뾰족한 끄트머리가 영원히 사라지는 것을, 작년의 햇살을 듬뿍 받은 것들이 죽어 가는 것을 보았다. 불의 소용돌이가 불길이 스스로 완전히 사그라질 때까지 소리를 질러 댔다.

초원과 숲의 일부, 블루베리 재배지가 불타 버렸다. 나는 블루베리에게 가장 미안했다. 이런 방식으로 불은 미래의 과즙을 모두 죽여 버렸다. 마르타는 타는 잔디밭의 불을 끄는 가장 좋은 방법을 우리에게 보여 주었다. 그것은 불을 가문비나무 가지로 치는 것이었다. 불과 가볍게 손뼉이라도 부딪치듯이. 너무 세게 치면 공기를 공급하게 된다. 마르타는 또한 몇 년마다 초원에는 으레 불이 나기 때문에 걱정할 필요가 없다고 말했다. R은 초원의 화재에 대해 이와는 의견이 달랐다.

"나 이 단어를 찾았어요." 그가 말했다. "'멘드제츠'의 여성형은 '몽드랄라'예요."*

---

* mądrala는 '수재', '아는 척(잘난 척, 똑똑한 척)하는 사람'이라는 뜻으로 여성격변화형을 가진 남성명사다. R의 말은 잘못되었다.

성녀의 삶은 누가 썼으며
그는 이 모든 것을 어떻게 알았는가

그는 천천히 글을 열심히 쓰기 시작했고, 미래에 우리 주님께서 순교자의 죽음으로 그녀를 인도하기 전에 당신의 얼굴을 허락하셨던 어린 소녀의 이야기를 한마디 한마디 만들어 갔다. 첫 문장은 다음과 같았다. "쿰메르니스는 불완전하게 태어났지만, 그것은 사람들이 이해하는 한에서의 불완전함이다." 두 번째 문장. "그러나 때때로 인간 세계에서 불완전한 것이 하느님의 세상에서는 완벽하다." 그는 이것을 쓰는 데 나흘이 걸렸다. 실제로 그는 자신이 쓴 글을 이해하지 못했다. 혹은 이해했다 하더라도 그것은 말이나 생각으로 이해한 것이 아니었다. 그는 바닥에 누워 눈을 감고 그 문장들이 의미를 잃을 때까지 그것들을 되뇌었다. 그러고 나서야 그는 자신이 세상에서 가장 중요한 것을 썼다는 사실을 깨달았다. 어찌 된 셈인지 그는 앞으로 어떻게 될지 알고 있었다. 그는 음식의 맛과 공기의 냄새, 소리로부터 스스로를 끊어야만 계속 글을 쓸 수 있을 것이다. 그는 마르고 무감각해져서 감각이나 맛, 냄새를 느끼지 못할 것이고, 수도실 안의 빛줄기를 더는 즐기지 않을 것이고, 태양의 따뜻함은 무료해지고 한때 그가 좋아했던 다른 모든 것들과 마찬가지로 그의 관심을 끌 만한 가치가 없어질 것이다. 그의 몸은 나무로 변해 뒤로 물러나서 그가 돌아오기를 기다리며 그를 지켜볼 것이다.

그는 계속 글을 썼다. 다시 자신의 몸이 되어 그 몸 안에 살면서, 심지어 편안한 이불 속에서 몸을 쭉 펴고 마침내 글이 완성될 때까지 기다릴 수 없었다.

그는 대가족 안에서 외로움을 느끼고 형제들 사이에서 제 길을 잃어버린 성녀의 유년 시절을 묘사했다. "한번은 그녀의 아버지가 그녀를 부르고 싶어 했지만, 그녀의 이름을 잊어버렸다. 그에게는 너무나 많은 아이들이 있었고, 머릿속에는 많은 문제들이 있었으며, 그는 살면서 너무나 많은 전쟁을 치렀고, 하인들도 너무 많았기에 딸의 이름은 기억에서 사라졌다." 이제 파스칼리스는 쿰메르니스의 유년 시절이 평범하지 않았을 거라고 확신했다. 그녀의 연약한 어린 몸은 좋은 향내를 풍겼고, 겨울에도 그녀의 침대에는 신선한 장미꽃이 놓여 있었다.

한번은 잔치를 준비하면서 사람들이 그녀를 거울 앞에 세웠는데 그 표면에 하느님 아들의 얼굴 모습이 나타나 한동안 사라지지 않았다. 파스칼리스는 틀림없이 이 때문에 쿰메르니스의 아버지("그는 체격이 건장했고, 난폭했으며, 화를 잘 냈다.")가 자기 딸의 교육을 수녀들에게 맡긴 것이라고 인식했다. 수녀원은 그가 자신의 수도실 창문으로 바라본 모습과 똑같았다. 커다란 건물이 창문에서 보이는 산과 마주하고 있었다. 소녀를 돌봐 주었던 수녀원장은 수녀원장과 비슷했다. 물론 그녀에 대한 설명은 덜 구체적이고, 인중에 콧수염도 없었지만, 수녀원장은 그녀의 모델이 자신임을 알아볼 수 있었다.

"어떻게 이걸 다 알았습니까?" 그녀가 처음 몇 페이지를 읽고 나서 그에게 물었다. 그러나 그녀의 목소리에는 감탄의 빛이 감돌았다.

그는 어떻게 알았을까? 그것은 그도 알지 못했다. 이런 지식은 감긴 눈꺼풀 아래에서, 기도에서, 꿈에서, 주변을 둘러보는 행동에서, 어느 곳에서나 나온다. 어쩌면 이것은 성녀 자신이 그에게 말하는 방식일 수도 있고, 그녀의 삶의 장면들은 그녀가 쓴 시구 사이 어딘가에서 비롯되었는지도 모른다.

어떤 일이 있었는지 쓰는 것, 사건들과 행동들의 전체 구성에 어떤 이름을 붙이는 것을 그는 별로 중요하게 여기지 않았다. 중요한 것, 어쩌면 가장 중요한 것은 아무것도 없었을, 결코 일어나지 않았을, 그리고 일어나야만 했을 일을 위해 장소와 공간을 남겨 두는지도 모른다. 그것은 상상만으로도 충분하다. 성녀의 삶, 이 역시 존재하지 않는 것이다. 그래서 그는 행간이나 단어들 사이에 공백을 남기고 싶었지만 결국 그에게 그 일은 너무 쉬운 듯했다. 오히려 그는 쿰메르니스의 삶과 관련하여 묘사된 사건들과는 별개로 빈 공간을 남겨 두고 싶었다. 거기엔 모든 가능성들이 담길 광범위한 영역과 전체 장면 깊숙이 확산되고 있는 행동의 결과가 있을 것이다.

또한 그에게는 성녀가 그의 부모님이나 심지어 조부모보다도 더 오래전에 살았다는 사실이 방해가 되었다. 그래서 그는 그녀의 세계가 어떻게 생겼는지 알 수 있었을까? 결국 나무는 자라고, 사람들은 숲을 베고, 새로운 길이 생기고, 오래된 길은 잡초로 뒤덮인다. 그의 마을 역시 어린 시절의 기억과는 확실히 달랐을 것이었다. 그렇다면 그가 본 적 없는 로마는 어떨까? 그가 상상한 그대로였을까? 본 적도 없고 경험하지도 않은 것들에 대해서 그는 어떻게 썼을까?

원하든 원하지 않았든, 그는 언제나 익숙한 풍경 속에서, 이 수녀원에서, 이 안뜰에서, 그가 먹은 달걀을 낳는 암탉들 사이에서, 여름이면 그림자가 지는 밤나무 아래에서, 수녀원장의 수도복과 똑같은 옷에서 쿰메르니스를 보았다. 양팔을 뻗은 그녀의 몸은 시간이 지날수록 십자가로 변해 갔다. 그는 그것을 이렇게 받아들일 수도 있었을 것이다. 쿰메르니스는 살아 있는 존재로서 그가 그녀에 대해 쓰는 한 계속 살아 있었고, 심지어 그가 마음속에서 그녀를 몇 번이고 죽음으로 몰아넣었을 때조차 존재하기를 멈추지 않았다. 끊임없이 그녀는 공기층 사이 어딘가에 붙어 있었다. 설령 눈에 보이지 않는다 해도 그곳에서는 그 무엇도 흘러 지나가거나 끝나지 않기 때문일 것이다. 그리고 그는 자기가 이 글을 쓰는 목적이 모든 시간, 모든 장소와 풍경을 가능한 한 늙지도 변하지도 않는 하나의 이미지로 고정하는 것임을 깨달았다.

이제 파스칼리스는 정오까지 성녀의 이야기를 쓰면서 시간을 보냈고, 오후에는 「트리스티아」와 「힐라리아」를 열심히 옮겨 쓰기 시작했다. 그녀가 쓴 문장을 옮겨 쓰는 동안 갑자기 글이 이해되고 전체의 속뜻을 파악하게 되는 일이 점점 더 잦아졌다. 그는 그것에 깊이 감동하는 동시에 경이로움을 느꼈다. 같은 단어들을 여러 가지 방법으로 읽고 이해할 수 있다니. 이해하지 못해도 뭐라고 쓰여 있는지 알 수 있다니. 그는 손에 펜을 쥐고 꼼짝도 하지 않았지만, 막 발견한 것에서 생각을 떨칠 수가 없었다.

쿰메르니스는 다음과 같이 썼다.

"나는 나 자신을 상감 세공을 한 보석 상자로 보았습니다. 뚜껑을 열었더니 그 안에는 산호로 만든 또 하나의 상자가, 그 상자 안에는 진주로 만든 또 다른 상자가 들어 있었습니다. 그렇게 나는 그것이 어떤 결과로 이어질지 모르는 채 나 자신을 열었습니다. 가장 작은 보석 상자에서, 가장 작은 상자에서, 다른 모든 것들의 밑바닥에서 나는 생생하고 화려한 당신의 이미지를 보았습니다. 그리고 내 안에서 당신을 잃어버리지 않기 위해 즉시 모든 걸쇠를 걸었습니다. 그리고 나 자신과 조화를 이룬 그 순간 이후로 심지어 스스로를 사랑하게 되었습니다. 당신을 내 안에 품고 있기 때문입니다.

당신을 내 안에 품고 있으면 아무것도 헛되지 않을 수 있으니, 그래서 나 역시 헛되지 않습니다.

다른 존재들이 자기 안에 당신을 품고 있듯이, 나는 항상 당신으로 인해 수태하고 있습니다. 그러나 그들은 이를 알지 못합니다."

성녀의 이야기에서 쿰메르니스가 약혼자를 피해 수녀원으로 도망가는 순간에 이르렀을 때, 파스칼리스는 너무 흥분하여 이야기의 맥락을 포기하고 그녀가 감금되고 십자가에 못 박힌 마지막 사건에 대해 쓰기 시작했다. 그는 잠이나 음식이 필요하지 않았다. 밤이 후텁지근해서 그는 춥지 않았다. 손가락이 뻣뻣해졌고 목덜미가 아팠다.

이제 그는 자신이 알던 사람처럼 쿰메르니스를 정확히 볼 수 있었다. 마치 그녀가 소들을 돌보는 수녀이거나 그에게 음식을 가져다주는 수녀인 것처럼. 그녀는 키가 컸지만 호리호리했으며, 부원장 수녀처럼 손과 발이 컸다. 그녀는 숱이 많은 갈색 머리를 땋아서 핀으로 머리에 고정했다. 그녀의 하얀 젖가슴은 완벽하게 둥근 모양이었다. 그녀는 빠르고 열정적으로 말했다.

그러고 나서 그는 자신이 만든 대로 그녀에 대한 꿈을 꾸었다. 꿈속에서 그는 이 수녀원과 저 수도원의 특징을 섞어 놓은 복도에서 그녀를 만났다. 그녀는 몇 가지 식기를 들고 있었는데, 그가 다가가자 그에게 머그잔을 건네주었다. 머그잔에 든 것을 다 마셨을 때, 그는 자신이 실수했다는 것을, 불을 마셨다는 것을 깨달았다. 그녀는 수수께끼 같은 미소를 지으며 갑자기 그의 입술에 키스했다. 그는 이 꿈에서 자신이 죽어야 한다고, 불은 이미 작용하고 있으며 자신을 구할 방법은 아무것도 없다고 생각했다. 그는 외로웠고 곁에 아무도 없는 기분이었다.

다음 날 아침 수녀원장이 왔을 때, 그는 그녀에게 자신의 꿈에 대해 말했고, 그녀는 거친 수도복을 입은 그를 다정하게 껴안았다. "머리가 자랐군요." 그녀가 그의 검은 곱슬머리를 손가락에 감으며 말했다. "이미 귀를 덮었네요. 당신은 여자아이처럼 보이기 시작했어요."

장비를 갖춘 후 수녀원장은 그를 정원으로 데리고 갔다. 파스칼리스는 아찔한 향기와 따스한 공기에 취하는 기분이 들었다. 장미와 흰 백합은 이미 꽃망울을 터뜨렸고, 잡초를 뽑아낸 허브밭과 채소밭은 사과나무와 배나무 사이에서 단순한 무늬를 만들어 냈다. 수녀원장은 회색 셔츠를 입고 맨발로 꽃들 사이를 즐겁게 거니는 그를 미소 지으며 지켜보았다. 갑자기 그녀는 민트 잎을 뜯어내 손가락으로 문질렀다. "만일 내가 수녀가 아니라면……." 그녀는 주저했다. "나는 당신을 내 아들로 입양했을 거예요." 그녀가 말했다. "아니요, 딸이지요." 그가 그녀의 말을 정정했다.

6월 말에 파스칼리스는 「쇼나우의 쿰메르니스의 생애」의 마지막 문장을 썼다. 사본을 만들고 「트리스티아」와 「힐라리아」를 모두 필사하는 데 또 한 달이 걸렸다.

수녀원장은 한편 글라츠의 주교에게 긴 편지를 썼고, 머지않아 파스칼리스는 그의 임무를 시작해야 했다. 수도복을 세탁하고 수선했다. 더 이상 그의 발목에 닿지 않는 것으로 보아 수도복은 줄어든 게 틀림없었다.(혹은 그가 자란 것일지도 몰랐다.) 그는 새 샌들과 어깨에 메는 가죽 가방을 받았다.

"도중에 당신은 많은 모험과, 어쩌면 유혹과도 마주치게 될 겁니다. 나라는 불안으로 가득 차 있지요……." 파스칼리스는 수녀원장의 말에 고개를 끄덕였다. 자신의 어머니같이 말해 주길 기대했지만 말이다. 그녀의 말은 이상했다. "당신이 가치 있다고 생각하는 그런 모험에 참여하세요." 그는 놀라서 그녀를 쳐다보았다. 그녀는 그를 가슴에 꼭 끌어안고 한참 동안 그의 머리를 쓰다듬어 주었다. 그는 부드럽게 그녀의 포옹에서 벗어나 그녀의 손에 입을 맞추었다. 그녀의 입술이 그의 이마를 스쳤고, 그는 그녀의 윗입술에 난 털의 감촉을 느꼈다. "하느님께서 나를 당신께로 인도하셨습니다." 그가 말했다. "하느님께서 아드님과 함께하실 것입니다."

파스칼리스는 다음 날 새벽에 출발했다. 수녀원 문을 나서자마자 그는 태양이 달처럼 약하게 빛나는 여름 안개 속으로 들어갔다. 짙은 안개에 그는 힘이 빠져 버렸다. 그는 자신의 머리가 안개 바다 위로 떠오를 때까지, 그리고 선명한 초록색 산비탈과 맑고 파란 하늘을 볼 수 있을 때까지 점점 더 높이, 산 쪽으로 걸어갔다. 그의 가방에는 두 권의 책이 들어 있었다. 쿰메르니스의 책과 나무판에 새긴 성녀의 삶이었다. 갑자기 그는 마음이 가벼워졌고 행복감을 느꼈다.

거인들이 거대한 칼로 꼭대기를 잘라 낸 것처럼 이상하고 평평한 산들이 그의 앞에서 일어섰다. 그것들은 폐허가 된 거인들의 궁궐처럼 땅에서 튀어나와 먼지 속으로 흩어진 힘을 상징했다. 파스칼리스는 편안한 곡선을 그리며 노이로데를 거쳐 글라츠로 이어지는 순환 도로가 있다는 것을 알았지만, 잠시 망설이다 평평하고 거대한 봉우리들을 향해 곧장 나아갔다.

잔디 알레르기

잔디가 꽃가루를 날릴 때면, 우리 둘은 건초열에 걸렸다. 코는 부어오르고 눈에서는 눈물이 흘렀다. 이런 꼴로 R과 나는 몇 헥타르에 달하는 목초지와 잡초로 무성한 황무지를 울면서 지난다. 눈에 보이지 않는 먼지로부터 숨을 곳은 집 안에 없다. 어쩌면 어둡고 가장 깊은 지하실, 그곳엔 항상 물이 흐를지 모른다. 우리 둘은 오후까지 그곳에 앉아 숨어 있어야 했다. 도시에서는 달랐다. 언제나 창문을 닫고 집에 있을 수 있었다. 도시에서는 잔디와 멀리서 마주쳤을 뿐이고, 그조차 짧게 깎여 있었고, 도시 녹지 관리부는 절대 잔디가 꽃을 피우도록 내버려 두지 않는다. 우리의 발이 닿는 땅은 축구장과 퇴근 후 개를 데리고 가는 작은 광장뿐이다. 거기서 우리는 잔디의 꽃가루에 대해 무관심할 수 있었고, 그것에 대해 전혀 생각할 필요가 없었다. 작년부터 이곳의 잔디는 테라스까지 들어와 타일 사이의 좁은 흙에서 자라났다. 그것들은 또한 내 정원을 침범하여 붓꽃을 질식시켰다.

R은 낫을 들고 나가 결국 땅에서 잔디를 베어 냈다. 그것들이 쓰러지며 솜털 같은 것이 그의 다리를 스치면서 피부에 선명한 붉은 자국을 남겼고, 그것은 나중에 작은 발진으로 변했다. 우리 같은 사람들의 경우 잔디를 죽이는 것이 죄가 될 수 없다는 뜻이다. 잔디는 우리를 상대로 싸움을 일으킨다. "여기서 우리는 이상한 사람들이네."라고 내가 말했다. 하지만 R은 괜찮다고, 우리의 몸이 초원에 바치는 희생이라고 말했다. 그 덕분에 우리가 잔디를 위해 존재할 수 있다. 만일 그것이 우리에게 아무런 해도 끼치지 않는다면, 그것은 우리를 이해하거나 심지어 알아차리지도 못할 것이다. 그럼 우리는 살아 있는 사람들 사이에서 떠도는 죽은 자들의 영혼처럼 이상한 사람들이 되고 말 것이다. 그러나 그것은 어떤 식으로든 사람들을 해칠 수 없기 때문에, 사람들은 그것이 존재하지 않는다고 말한다.

프란츠 프로스트

프란츠 프로스트는 특별한 이유로 성당에 가는 것을 좋아했다. 그와 그의 아내는 각자의 자리가 있었다. 그는 다른 남자들과 함께 오른쪽에, 그의 아내는 왼쪽에 앉았다. 성당은 그들 가족을 나누어 놓았고, 그들은 각자 반대편에서 서로에게 눈길을 던지곤 했다. 그의 아내는 남편의 주일 양복이 그에게 잘 어울리는지 확인했고, 그는 제비꽃 향수와 라벤더, 풀 먹인 리넨 향기 속에서 아내가 침실 화장대 앞에 앉아 조용히 손질한 머리카락, 헤어핀을 잔뜩 꽂은 복잡한 헤어스타일을 자랑스러워하며 감탄한 눈으로 바라보았다. 그리고 미사를 드리는 동안, 성도들이 성직자의 노래에 화답송으로 응답하는 동안, 프란츠 프로스트의 시선은 아내가 아닌 성당에서 자신이 가장 관심을 가진 다른 것들로 옮겨 갔다. 예를 들어 그는 신도석은 어떻게 만들어졌는지, 좌석과 등받이를 보이지 않게 연결하는 정교한 못은 어떻게 고안되었는지 등에 관심이 있었다. 또는 이름이 새겨진 금속판을 좋아했다. 그 나사못은 머리가 둥글었는데, 차가운 돌출부를 만지면 기분이 좋았다. 심지어 성당 벽에 걸린 그림을 볼 때조차 그는 그림의 내용이 아니라 그림이 그려진 나무판이나 캔버스의 종류나 액자에 관심이 갔다. 그렇다. 액자야말로 진짜 예술 작품이었다.

성당에는 속속들이 외워 알고 있음에도 불구하고 그가 눈을 뗄 수 없는 그림이 하나 있었다. 성모 마리아와 그 주변을 둘러싼 성인들의 모습을 보여 주는 그림이었다. 그들 중 한 명은 접시 위에 자신의 잘린 머리를 들고 있었다. 그러나 가장 중요한 것은 이 그림이 둥글다는 것, 놀랍도록 잘 만들어진 액자가 벽에 믿을 수 없이 완벽한 원을 만들고 있다는 것이었다. 흥분한 프란츠는 이토록 아름다운 액자를 만들기 위해 어떤 나무를 사용했는지 궁금했다. 미사가 끝나면 그는 종종 그림에 다가가 액자의 나뭇결을 살폈다. 그의 상식과 경험이 말해 주듯이, 그가 처음에 예상했던 것처럼 액자는 나뭇조각 여러 개로 만들어진 것이 아니었다. 그것은 하나의 나무로 만들어졌으며, 아래쪽 양 끝부분만 일반적인 주석을 사용하여 다소 엉성하게 연결했다. 액자를 만들기 위해 특별한 나무를 사용했고, 어린 나뭇가지가 둥글게 자라도록 구부러져 있었다고 확신했다. 그것은 철사로 묶여 땅에 구부려져 보이지 않는 원을 만들어 내는 공간으로 의도적으로 자라난 것이 틀림없었다. 그런 기이한 나뭇가지를 세상에 만들어 낸 나무는 다른 나무들에게 부끄러웠다. 구부러진 가지는 가문비나무와 오리나무의 수직적 리듬을 망가뜨렸다. 사람이나 동물, 모두의 시선이 거기에 머물렀다. 식물들은 기하학적 형태가 존재한다는 것을 알지 못한다. 기껏해야 우연히 그것을 모방할 뿐이다. 그러나 이 의도하지 않은 모방은 언제나 긴장감이 떨어지고, 거기에서는 옹이나 돌기, 대칭성의 결여가 나타난다. 사람들은 이를 가리켜 '불완전함'이라고 말한다. 그들은 어떤 식으로든 완전한 존재가 있다고 알고 있기 때문이다.

공간 속에 있지만 눈에는 보이지 않는 모양, 가능한 모든 무늬들, 바로 눈앞에 있지만 실체가 없어 연기를 가르듯 손이 허공을 지나가도록 만드는 프로젝트의 존재에 프란츠는 흥분했다. 어쩌면 과거에 있었고 앞으로 있을 모든 것이 이런 식으로 존재하는지도 모른다고 프란츠는 생각했다. 어쩌면 그가 어찌할 수 없는 이 펌프가 이미 물을 아래에서 위로 밀어 올리는 문제에 대한 훌륭한 해결책일지 모른다. 어쩌면 사람들이 생각조차 할 수 없는 모양을 고안하는 기계 그리고 금속이나 나무나 돌에 그 모양을 복사하고 새기는 어떤 장치가 준비되어 있는지도 모른다. 눈에 보이지 않는 톱니바퀴와 스위치와 시스템, 명백하면서도 단순한 배열로 가득 차 있지만, 아직 인간의 손이 닿지 않은 공간이다.

1930년대 초반 프란츠 프로스트는 뭔가가 잘못되었다고 느꼈다. 그는 두 마을 사이의 산을 오르며 바람 냄새를 맡고, 풀을 검사하고, 손가락 사이로 흙을 문지르곤 했다. 그는 이전에는 결코 이런 느낌이 아니었다는 것을 알아차렸다. 풀은 더 날카로워 보였고, 조금만 부주의하면 손가락을 베었다. 흙은 예전 그 어느 때보다 검고 붉었다. 그는 또한 초원 사이의 오솔길이 길어져서 이제 집으로 가는 시간이 더 오래 걸린다는 느낌을 받았다. 그는 점심 식사에 늦었다. 그리고 감자도 맛이 좋지 않았다. 심지어 땅에서

막 캐낸 신선한 햇감자도 마치 지하실에 오래 두었던 것처럼 축축하고 이끼 맛이 났다. 사람들의 얼굴이 흐릿해지고 있었다. 일요일에 성당에 갔을 때, 그는 빛바랜 흐린 사진을 보는 것 같다고 생각했다. 그는 한 번도 그런 생각을 해 본 적이 없었다. 그는 이에 대해 곰곰이 생각하다 이것은 눈의 문제가 아니라는 결론에 이르렀다. 옷감의 질감이 변했고, 음식 맛과 나무 냄새도 달라졌다. 칼은 빵을 다르게 자르는 것 같았고, 곤충의 윙윙거리는 소리도 다르게 들렸다. 이것은 눈이나 프란츠 프로스트의 다른 감각의 문제가 아니었다. 외부의 변화였지만 사람들은 이것을 알지 못했다. 자기들 스스로 이 변화에 참여하고 있음에도 이를 알지 못했다. 여자들의 의상이 바뀌었다. 안쪽에 특수 패드를 덧댄 그들의 어깨는 이제 더욱 강인해 보였고, 치마는 짧아졌으며, 종아리는 더 각져 보였다. 빵틀에 구운 빵조차 혀를 찔러 피가 날 만큼 모서리가 더 날카로워졌다.

그는 이 모든 것이 걱정스러웠다. 이전 집을 더 높이 새로 짓는 데 쓸 돌(돌 역시 이미 달라져서 점점 직사각형이 되어 가고 있었다.)을 방금 싣고 왔기 때문이다.

그는 라디오에서 어떤 천문학자가 새로운 행성을 발견했다는 소식을 들었다. 그리고 이때부터 이 생각이 그를 괴롭혔다. 그는 우주 공간 어딘가 먼 곳에서 돌고 있을 작은 얼음 조각처럼 틀림없이 각이 졌을 이 행성에 대해 내내 생각했다. 이것이 예전에는 없었지만 지금은 있다면, 이는 항상 변하지 않고 남아 있어야 할 것들도 변화했음을 의미한다. 이렇게 변하는 세상이 무슨 소용이 있겠는가? 이런 세상에서 어떻게 평화롭게 살 수 있겠는가?

그럼에도 불구하고 그는 집을 짓기 시작했다. 우선 수맥을 찾는 사람이 그에게 물이 있는 곳을 찾아 주었고, 그들은 일단 새 우물을 파기 시작했다. 오래된 우물이 그렇듯이, 눈 녹은 물이 넘쳐서 개울로 흘러들어 깨끗한 물과 섞이지 않도록 그들은 땅을 깊이 파야 했다. 그들은 힘겹게 땅을 팠고, 죽은 동물처럼 햇빛에 말라 버린 땅에서 커다란 붉은 돌을 꺼냈다. 슬픈 광경이었다. 그는 이 돌들을 집의 기초를 다지는 데 사용한 뒤 원래 있던 곳으로 가져다 놓겠다고 약속했다.

그들은 아이를 갖고 싶었으나, 프란츠 프로스트의 아내의 배는 여전히 텅 비어 있었다. 그는 그녀에게 집이 다 지어지면 아이가 저절로 올 테니 걱정하지 말라고 말했다. 하지만 혼자 남겨졌을 때는 우울한 생각이 들었다. 그 행성의 이름이 무엇이었는지도 기억하지 못하면서, 그 행성의 존재에 그는 괴로워했다. 그는 하루 종일 지붕에 쓸 서까래를 자르고, 손가락으로 그것들을 두들기며 일했다. 하지만 그것들은 여전히 거칠었고 그의 피부에 상처를 입혔다. 벽돌은 잘못 구워졌는지 부서져서 새 바닥에 흩날렸다. 산에서 물이 흘러내려 집 안으로 들어갔고, 세라믹 배수관은 아무 도움이 되지 않았다. 그러나 이 모든 것에도 불구하고 그는 열심히 일했고 머리를 잘 쓰면 어떤 일에도 대처할 수 있다고 믿었다. 그래서 그는 서까래를 완전히 자르지 않고 남겨 두었고, 벽에 두껍게 회반죽을 발랐다. 이웃에 사는 가발 만드는 여자는 그에게 배수관은 잊고 물이 집을 지나가게 두라고, 매년 봄마다 지하실을 지나 돌계단을 따라서 아래로 흘러내려 가게 하라고 충고했다. 배수구를 만들라고, 집의 기초에 구멍을 내고 연못으로 흘러들어 가게 하라고 그녀는 말했다. 그래서 그는 그렇게 했다. 하지만 그러는 동안에도 이 행성에 대한 생각을 멈추지 않았다. 언제든 새로운 천체가 나타날 수 있는 세상은 어떤 세상일까. 만약 사람들이 알지 못한다면, 그것은 과연 존재하는 것일까? 어떤 사람이 뭔가를 알게 되면, 그것은 그를 변화시킬까? 행성은 세상을 바꿀 수 있을까?

지붕에 기와를 덮는 동안 그는 나쁜 꿈들을 꾸기 시작했다. 끔찍한 꿈이었다. 꿈속에서 골짜기는 달랐고, 더 어두웠으며, 나무들도 더 컸지만 그것들 사이에는 집이 하나도 없었고, 허리까지오는 풀뿐이었다. 시냇물은 말라 버렸고, 산들은 그 날카로움이 무뎌져 마치 늙은 대머리 남자가 웅크리고 앉아 있는 듯 보였다. 길도 사람도 없었다. 꿈에서 그는 자신에게 소중한 곳으로 갔고, 그곳에서 아내와 심지어 아이들을 찾았다. 그렇다, 언젠가 그에게는 아이들이 있었다. 그러나 거기엔 아무도 없었고 그는 낯선 사람이었다. 그는 자신의 손을 보았다. 그러나 그것은 그가 모르는 다른 사람의 손이었다. 그는 꿈에서 고통받고 있었다. 영원히 길을 잘못 들었고, 어린아이처럼 길을 잃었고, 길을 모를 뿐만 아니라 길 자체가 존재하지 않는 것 같았기 때문이었다. 그는 떨면서 잠에서 깨어나 다시 한번 꿈 전체를 찬찬히 들여다보았다. 그리고 그 순간과 마주해 완전한 논리를 세우고, 꿈의 무의미함을 보여주기 위해 꿈에서 가장 끔찍한 순간을 찾았다. 그러나 그런 순간을 찾을 수 없었다. 전부 다 말이 안 되게 끔찍했기 때문이다.

그리고 이런 일은 그의 아내가 마침내 임신을 해서 화장실에 가려고 밤중에 몇 번씩 일어날 때에도 계속되었다. 아내가 슬리퍼를 신고 가문비 냄새가 나는 새 마룻바닥을 끄는 소리에 잠이 깨곤 했고, 다시 잠들면 똑같은 꿈을 계속 꾸었다. 그리고 그의 아들이 태어난 날, 훨씬 더 끔찍한 꿈을 꾸었다.

식탁에 광대버섯이 놓여 있다. 그의 아내는 커다란 프라이팬에 그것을 볶아서 무방비 상태인 아이에게 먹이고 있다. 그러나 그는 아무런 생각 없이, 죽음에 대한 경고도 하지 않고 그것을 보고 있다. 아이는 죽어 가며, 인형처럼 작아지고 있고, 그는 아이를 정원으로 데려가 벌거벗은 분홍색 몸을 땅에 묻는다. 그는 고통이 너무 심해서 아들이 숨을 쉬고 있는지, 꿈이 희미한 경계를 뚫고 나온 것은 아닌지, 현실이 되어 버린 것은 아닌지 일어나 확인해야만 했다.

오랫동안 그는 이렇게 고통스러웠고, 매일 저녁과 밤이 두려웠다. 그는 이 꿈들 때문에 반쯤만 살아 있는 것 같았다.

"신부님께서는 그 새 행성에 관해 들으셨습니까?" 그는 쾨니히스발트*에서 주일마다 미사를 드리러 오는 주임 사제에게 물었다.

신부는 모르고 있었다.

"프로스트 씨, 여러분은 어디에서 그런 얘기들을 듣습니까?" 신부가 흥미로운 듯 물었다.

"라디오에서요."

"그러면 어느 라디오를 듣나요?"

프란츠 프로스트는 마을의 모든 사람들처럼 라디오 빈을 듣고 있었다.

* 체코의 리보우헤츠.

"그 라디오를 듣지 마세요. 그들은 뭔가 꾸며 대고 있습니다. 베를린 라디오를 들어 보세요."

"하지만 우리는 라디오 빈으로 날씨를 확인하고 있는걸요."

"아마 그렇겠지요. 그럴지도 모르지요." 신부가 대답했다.

신부가 이제 떠나려고 하자, 프란츠는 용기를 내어 말했다.

"전 제 꿈이 아닌 꿈을 꾸고 있습니다. 그게 나를 못살게 합니다."

쾨니히스발트에서 온 신부가 그의 정수리께를 바라보며 대답했다.

"그런데 꿈이 자신의 것일 수 있을까요?"

프란츠 프로스트는 신부로부터 아무런 도움도 받지 못했다. 같은 성당에서, 같은 그림들에 시선이 머물렀음에도, 성모 마리아와 주변 성인들이 그려진 둥근 액자에도 불구하고, 그들은 생각이 전혀 다른 것 같다고 그는 생각했다.

그래서 그는 혼자 대처해야 했다. 그는 뒤집힌 물푸레나무에서 톱으로 그루터기를 잘라 껍질을 벗기고 모자를 만들었다. 머리가 들어갈 구멍을 파내고, 양옆으로 챙을 남겼다. 안팎으로 닦아 광을 내고, 낡은 양모로 모자 머리를 덮었다. 그는 이것을 아주 완벽하게 만들어서, 멀리서는 가게에서 산 펠트 모자가 아니라는 것을 알아보기 어려웠다. 결국 이러한 문제들에서 그는 장인이었다. 가까이에서 봐야 나뭇결과 나무에 드리우는 부드러운 빛의 굴절이 나타났다. 그의 아내는 이 새롭고 기이한 머리 덮개의 존재를 알아차렸지만, 단 한마디도 하지 않았다. 그는 (현명한 대답을 준비했기 때문에) 그것이 이름도 알지 못했던 새로 발견된 행성에 대한 보호책이라고 말했을 것이다. 이 행성은 사람이 약해질 때까지 강력한 악몽을 보내 영혼을 소모시키고, 그러면 사람은 아무것도 붙잡을 것이 없어서 미치고 만다.

나무 모자 덕분에 그의 기분은 조금이나마 나아졌다. 매일 밤자기 아이를 묻던 정원의 바로 그 자리에 그는 사과나무, 청사과를 심었다. 하지만 그는 그 사과를 먹어 보지 못했다. 전쟁이 일어나 베어마흐트*가 그를 데려갔기 때문이다. 그리고 그는 아마도 이 모자 때문에 목숨을 잃었을 것이다. 그는 이 모자를 철모로 교체하고 싶어 하지 않았기 때문이다.

* 독일 국방군.

그의 아내, 그의 아이

행성의 영향에 대항하기 위해 쓰고 다니는 나무 모자가 프란츠 프로스트의 특징이었다면, 별명이 없다는 것과 컬이 가득한 머리 모양이 그의 아내의 특징이었다. 그녀는 집 앞 계단의 회반죽 잔류물을 쓸어 내고 있었다. 그녀의 등 뒤로 선 새 집은 햇빛에 침묵하고 있었다. 집은 어렸고, 아직 할 이야기가 없었다. 집 뒤쪽 연못가에 그녀의 남편과 어린 아들이 함께 있었다. 어딘가 서쪽 먼 곳에서 전쟁이 시작되었다.

그때 태양 쪽에서 누군가가 그녀를 향해 다가왔다. 고개를 들고 보니 자기 아들이었다.

동시에 집 뒤쪽에서 아이의 목소리가 들려왔다. 그녀는 두려움에 몸이 얼어붙었다.

"당신 아들은 어디에 있어요? 내 동생이요. 난 그 아이를 보고 싶어요." 아이가 말했다.

그녀는 아이를 집 안으로 밀어 넣고, 자신의 아이에게 늘 그랬던 것처럼 식탁에 앉으라고 말했다. 아이는 그녀의 말을 따랐다.

"난 네가 누군지 알아." 그녀는 이렇게 말하고 앞치마 허리끈으로 아이의 다리를 식탁에 묶었다. 그러고는 연못으로 달려가 더듬거리며 이 모든 일을 남편에게 말했다. 그들은 마주 서서 서로의 눈을 바라보았다. 그러나 서로의 내면을 볼 수 없었다. 서로의 생각도, 두려움도, 아무것도. 그들은 그저 서로를 바라보면서 누구든 먼저 말을 꺼내길 기다릴 뿐이었다. 그렇게 그들이 서 있는 동안, 아직 많은 것을 이해할 수는 없었지만, 그들의 생각대로, 이야기를 전부 다 들은 그들의 어린 아들이 말했다. "그 아이는 어디 있어요? 부엌에서 나를 기다리고 있나요? 정말로 나랑 똑같이 생겼어요? 그 아이를 보러 가도 돼요?"

그리고 그 아이는 집을 향해 언덕을 달렸고, 부모가 뒤따랐다. 그들은 식탁에 묶여 있는 어린 소년을 발견했고 한참 동안 두 얼굴을, 두 아이를 쳐다보았다. 그중 하나는 그들의 몸과 피로 만들어진, 잘 아는 친숙한 얼굴이었고, 다른 하나는 자신의 아이와 완전히 똑같지만 외계인이었다. 친숙하지만 친숙하지 않은, 자신의 아이가 아닌, 가깝지 않은, 먼, 끔찍한 외계인이었다. 그때 그들 옆에 서 있던 아이가 식탁에 다리가 묶인 아이에게 다가가 그를 끌어안았다. 이모들과 삼촌들에게 하라고 가르친 대로 그의 양 볼에 입을 맞췄다. 그리고 다른 아이도 똑같이 그에게 입을 맞췄다. 그들은 쌍둥이처럼 보였다. 함께 놀고 싶어 했고, 산딸기와 구스베리가 자라는 뒤란을 즐겁게 뛰어다니거나, 시냇물에 놓인 징검다리를 따라 빨리 건너뛰거나, 늘 최고의 은신처가 되어 주는 우엉잎 사이에서 숨바꼭질을 할 준비가 되어 있었다.

그들에겐 선택의 여지가 없었다. 방문객의 다리를 풀어 주어야 했고, 소년들은 함께 집 밖으로 뛰어나갔다. 그리고 부모가 잠시 한눈을 판 사이 사과나무와 자두나무 근처의 높은 풀숲으로 사라졌다. 그들의 가느다란 목소리가 이웃집 가발 만드는 여자의 과수원 너머 어딘가에서 흘러나왔다.

"저게 뭔지 알아?" 프란츠 프로스트가 아내에게 물었다.

그는 '누구'냐고 묻지 않고 '무엇'이냐고 물었다. 이런 상황, 심장이 두근거리고 손이 떨리고 머리가 이상하게 텅 비어서 무엇을 해야 할지, 남아 있어야 할지, 도망쳐야 할지, 아니면 아무 일도 없는 척해야 하는지 알 수 없는 이런 상황에서 사람들은 늘 '누구'인지 묻지 않고 '무엇'인지 묻는다. 왜냐하면 '누구'보다 '무엇'이 더 크고, 그 안에 더 많은 가능성을 내포하고 있기 때문이다. 이와 똑같이 하느님에 대해서도 사람들은 그분이 누구인지 묻지 않고, 다만 그는 무엇인지 묻는다.

프란츠의 아내는 갑자기 울음을 터뜨리며 항상 앞치마에 넣고 다니는 체크무늬 손수건으로 눈을 닦았다.

그들의 아이는 오후에 집으로 돌아왔다. 아이의 머리카락에는 풀씨가 붙어 있었다. 아이는 피곤해서 저녁 식탁에 앉아 잠이 들었다. 그들은 다른 아이는 지금 어디서 자고 있는지, 누구의 아들인지 묻지 않았다.

그러고 나서 프란츠는 새로 발견된 행성 때문에 발발한 전쟁에 나갔다.

그다음 날 일꾼들은 지붕에 기와 얹는 일을 끝냈다. 그래서 그의 집엔 지붕이 생겼다.

초여름 초원에 버섯이 나타났다. 지하실에는 이미 감자가 떨어졌고, 양배추는 썩었고, 사과는 말라비틀어졌고, 호두는 다 먹었고, 밭에는 이제 겨우 싹이 돋아났고, 정원도 마찬가지였다. 콤포트와 케이크를 만들 대황만 남아 있었다.

프란츠 프로스트의 아내는 아들의 손을 잡고 숲 옆 초원으로 갔다. 그곳 풀밭에서 그들은 놀랍도록 부드러운 버섯 갓을 골라냈다. 그런 다음 그녀는 그것을 약간의 기름에 볶아 카샤*와 함께 먹었다. 버섯은 만지기에 좋고 사람의 손길을 좋아하는 균류다. 문지르면 하얀 껍질에서 아니스 씨 냄새가 난다. 분홍색 또는 커피색 주름살은 꽃잎처럼 보인다. 버섯을 잘라 프라이팬에 던져 넣기 전에 만져 보고 쓰다듬어 보고 싶어진다. 게다가 버섯은 몇 안 되는 따뜻한 균류 중 하나다. 버섯은 사람의 몸을 좋아한다.

그들은 동그란 버섯을 잔가지로 만든 바구니에 던져 넣었다. 아이는 이것과 하얀 먼지버섯을 구별할 정도로 똑똑했다. 먼지버섯은 소의 혀처럼 껍질이 거칠었다. 프로스트 부부의 아이는 이 정도는 알고 있었다. 아이가 몰랐던 것은, 때때로 초원의 그늘진 가장자리에 도펠겡어 같은 버섯이 자란다는 사실뿐이었다. 알광대버섯의 하얀 형제인 흰알광대버섯은 두꺼운 줄기에 달려 덤불 속에서 자라는 외톨이로서, 초원의 죽음의 모자다. 그것은 달콤한 냄새를 풍기며 멀리서 초원의 버섯 무리를 지켜본다. 양의 탈을 쓴 늑대처럼.

잘게 잘린 아름다운 버섯의 몸 역시 냄비 속으로 들어갔다. 버

---

*동유럽 사람들이 즐겨 먹는 메밀죽의 일종.

섯의 특징은 사워크림 속에서 사라졌다. 프란츠 프로스트의 아내는 식탁을 차렸고 버섯과 함께 카샤를 내놓았다. 아이는 먹으려 하지 않아 먹여 줘야만 했다. 그녀는 말했다. 한번은 전쟁에 나간 아빠를 위해, 한번은 가발 만드는 이웃 여자를 위해, 한번은 좋아하는 개를 위해, 한번은 마을 사람들을 위해, 한번은 쾨니히스발트의 신부님을 위해, 한번은 헛간에서 갓 태어난 새끼 고양이들을 위해, 한번은 광기에 빠지지 않도록 온 세상을 위해. 아이의 입은 마지못해 열렸다.

밤중에 아이는 토하기 시작했다. 겁에 질린 프로스트 부인은 아침에 아이를 품에 안고 마을로 갔고, 거기서 저택에 사는 사람들이 아이를 자동차에 태워 노이로데에 있는 병원으로 데려갔다. 그곳에서 위세척을 했으나 별로 도움이 되지 않았다. 아이는 닷새 뒤 죽었다.

그녀는 전선에 있는 프란츠 프로스트를 찾아 몇 통의 전보를 보냈으나, 찾지 못했다.

사워크림에 넣은 흰알광대버섯

버섯 500그램

버터 30그램

양파 작은 것 한 개

사워크림 반 컵

밀가루 두 큰술

소금, 후추, 캐러웨이

곱게 다진 버섯을 소금, 후추, 캐러웨이를 넣고 버터에 볶은 양파와 함께 십 분 동안 끓인다. 사워크림을 섞은 밀가루와 합친다. 감자나 카샤와 함께 낸다.

마르타, 그녀가 맞이할 죽음의 종류

숲 위에서 골짜기로 흐릿한 흰 구름이 떠내려가더니 곧 비가 내리기 시작했다. 마르타는 낡은 유포 위에서 쿠키 반죽을 밀고 있다. 그녀의 밀방망이 아래에서 반죽은 평평한 시트로 변했다. 그녀는 컵으로 시트를 작고 동그랗게 잘라 냈다. 나는 그녀의 손과 집중하고 있는 얼굴을 바라보았다. 작고 낮은 부엌은 어두워졌고, 비가 대황 잎에 떨어지고 있었다. 마르타의 낡은 라디오는 알아들을 수 없을 만큼 작은 소리로 조용히 중얼거리고 있었다. 죽음은 그녀의 몸 어디로 들어갈까? 나는 생각했다.

눈으로? 마르타는 어둡고, 구별이 안 되고, 축축하고, 끈적거리는 무언가를 보고 더 이상 시선을 돌릴 수 없을 것이다. 이 어둡고 축축한 이미지는 그녀의 뇌로 들어가 그것을 소멸시킬 것이다. 그리고 그것이 그녀의 죽음이 될 것이다.

귀를 통해서? 이상하고 죽은 소리가 들리기 시작하고, 낮고, 울리는, 음악과는 반대로 아무런 변화 없는 똑같은 소리가 그녀의 머릿속에서 윙윙거릴 것이다. 이것 때문에 그녀는 잠을 잘 수가 없을 것이고, 이것 때문에 살 수 없을 것이다.

또는 코로. 모든 향기와 마찬가지 방식으로. 그녀의 몸에서 더 이상 냄새가 나지 않는다고 느끼면, 피부는 종이같이 변해 식물처럼 외부로부터 빛을 흡수하기만 할 뿐 아무것도 방출하지 않는다. 그녀는 걱정스럽게 킁킁거리며 자신의 팔과 겨드랑이, 발 냄새를 맡겠지만, 그것들은 건조하고 소독되었을 것이다. 왜냐하면 가장 쉽게 사라지는 냄새가 가장 먼저 사라지기 때문이다.

아니면 입을 통해서. 죽음은 단어를 다시 목과 뇌로 밀어 넣는다. 사람들은 죽어 가는 사람에게 말하고 싶어 하지 않으며, 너무 바쁘다. 그들은 무슨 말을 해야 하고, 다른 세대에게 무엇을 전해야 할까? 따분한 헛소리에 진부한 이야기들. 마지막 순간 인류에게 메시지를 보내기 위해 어떤 사람이 되어야 하는가. 마지막을 위한 어떤 지혜로운 말도 저 반대편에서, 처음에서 침묵하는 것만큼 가치 있지 않다.

죽음은 입을 통해 다른 식으로도 들어갈 수 있다. 마르타는 벌레 먹은 사과를 먹을 수 있는데, 그것은 그녀의 오래된 과수원에서 나온 검붉은 사과 중 하나이고, 속에 하얀 죽음의 알이 들어 있다. 이런 방식으로 죽음은 안으로 들어갈 것이다. 사과의 살과 인간의 살 사이에는 큰 차이가 없기 때문이며, 죽음은 그녀를 안에서부터 먹어 치울 것이다. 그녀에게서 남는 것은 부서지기 쉬운 텅 빈 껍데기이며, 망가진 잠금장치로 다음번에 잘못 건드리면 이것은 깨지고 부서질 것이다.

그렇게 나는 바로 눈앞에서 마르타를 바라보았고, 그녀는 이제 각각의 작은 원에 장미잼을 한 스푼씩 얹고 만두처럼 빚었다. 그것은 가장자리가 쭈글쭈글한 작은 반달 모양이 되었다. 그녀가 낡은 부엌에서 불을 피우지 않도록 나는 내 루테니아식 오븐을 가져왔다. 아직 비가 내리고 있는데도 갑자기 햇빛이 유리창을 뚫고 들어왔다. 우리는 쿠키를 얹은 양철 쟁반을 오븐에 넣고 집 밖으로 나갔다.

냄새

모든 나쁜 일은 겨울에 일어난다. 겨울에 R은 사고를 당했다. 그는 눈 덮인 산의 갈림길에서 미끄러져 트럭과 부딪쳤다. 그는 핸들에 머리를 부딪쳤고, 코가 부러졌다. 자동차의 긴 니켈 도금 보닛이 그의 생명을 구했다. 사람들은 이런 사고에 대해 아무 일도 없었다고 말한다.

그러나 무슨 일인가 일어났다. 비록 코는 제대로 자리를 잡고 실밥도 더 이상 보이지 않았지만, 이때부터 R은 이상한 냄새를 느꼈다. R은 이 냄새가 느닷없이, 물결처럼, 다양한 강도로 나타났다고 말했다. 그는 이것을 어느 한 장소, 연못으로 내려가는 곳에서 가장 많이 느꼈다. 그곳엔 물푸레나무와 그 주변에 쐐기풀이 자라고 있었고, 그래서 R은 킁킁거리며 쐐기풀 이파리와 나무껍질 냄새를 맡아 보았지만 아무것도 없었다. 그는 심지어 어쩌면 물에서 나는 냄새일지도 모른다고 생각했다. 좋지도 나쁘지도 않았고, 약간 달착지근하면서도 약간 시큼했다. 하지만 역시 물도 아니었다. 한번은 코냑 잔에서 이 냄새를 발견했다. 그다음엔 커피에서, 겨울 옷장에 오랫동안 넣어 두었던 스웨터에서 발견했다. 마침내 그는 이 냄새가 사물의 특성이 아니며, 물체가 그 근원이 아니라는 것을, 사실 이 냄새는 근원이 없으며, 물체에 잠깐 동안, 어쩌다 우연히 달라붙는 것이며, 그래서 그것을 뭐라 이름 붙여 부르기 어렵다는 것을 발견했다. 한번은 그 무엇과도 비슷하지 않다고 R이 말했다. 나중에 그는 사실은 그 반대라는 생각이 들었다. 그 냄새는 다른 모든 냄새에 있는 것이고, 부러진 코와 손상된 후각 세포가 냄새에 민감해져서 그것을 발견하고 영원히 기억하게 된 것 같았다. 그리고 자신의 코로 느끼는 것, 존재하는 그 순간 바로 관심을 끄는 것에 이름을 붙일 수 없다는 것, 그것은 실제로 불쾌한 일이었다. 다른 경험의 계층 구조에서는 이것을 경험할 수 있는 장소를 찾을 수 없다는 것, 그것을 이해할 수도 설명할 수도 없다는 것은 고문이다. 어떤 곤충들은 이런 냄새를 풍기고 그 흔적을 산딸기에 남겨 놓는다. 토마토를 자를 때 나는 칼날 냄새. 발효된 치즈 냄새와 섞인 휘발유 냄새. 유행 지난 핸드백 안에 든 내 오래된 향수. 쇠 줄밥, 연필심, 새 CD, 유리창의 표면, 엎질러진 코코아.

그래서 나는 R이 하던 일을 멈추고 코를 킁킁거리는 것을 자주 보았다. 그의 얼굴은 집중하고 있었다. 그는 자신의 손 냄새를 킁킁 맡다가, 대화 도중 갑자기 떨어져 나온 단추 냄새를 맡기 시작했다. 또는 손가락 사이로 약쑥을 문지르며, 이미 그것을 발견했다고 생각하기도 했다. 그러나 그것은 결코 없었다.

우리 둘은 그것이 죽음의 냄새라고 추측했다. R은 그의 차가

트럭에 부딪쳤던 때, 모든 것이 일어날 수 있고 돌이킬 수도 없는 그 짧고 믿을 수 없는 순간에 그것을 느꼈다. 강력한 힘이 일어난 순간, 눈 깜짝할 사이의, 곧 원자 폭탄이 될 물질처럼 모든 가능성이 가득 찬 순간이었다. 그곳에서 그런 냄새가 나면 그것은 죽음이다.

R은 자기가 언제나 그 냄새를 맡게 될까 봐 걱정했다. 그는 절대로 천진난만하게 바우브지흐와 예들리나 사이의 눈 덮인 구불구불한 길에 들어가지도, 마을 역 근처 교차로를 아무 생각 없이 건너지도, 부주의하게 내 버섯 요리를 얻어 가지도 않을 것이다. 그는 알고 있었고, 나도 그가 알고 있다는 것을 알았다.

「힐라리아」에 나오는 쿰메르니스의 환상

Ego dormio cum ego vigilat.(나는 깨어 있을 때, 잠들어 있다.)

　나는 누워서 잠들기 전에 마지막 기도를 읊고 있었다. 그때 갑자기 무중력 상태가 된 것처럼 내 몸이 떠오르는 것을 느꼈고, 아래를 내려다보니 내 몸은 계속 침대에 누워 그 속에 내가 없다는 것을 알아차리지 못한 듯 입술을 움직이고 있었다. 그리고 나는 내가 우주에서 움직일 수 있다는 것을 발견했다. 나는 생각만으로도 움직일 수 있었다. 가장 작은 욕망만으로도 움직일 수 있었고, 그래서 나는 더 높이 올라가 위에서 수도원과 목조 지붕널로 덮인 지붕 그리고 예배당 탑의 갓돌을 보았다. 그리고 잠시 후 훨씬 더 높은 곳에서 나는 온 세상을 보았다. 그것은 약간 볼록하고 어두웠으며, 어둠에 잠겨 있었고, 오직 세상의 경계 너머 어디에선가 긴 햇빛이 비추어 어둠 속에 더 어두운 그림자를 드리우고 있었다. 빛이 존재하지만, 가려져 있는 것뿐임을 알고 있기에, 이 점층적인 어둠에 나는 괴로웠고, 온통 슬픔으로 가득 찼다. 그런데 빛을 생각하자, 나는 바로 빛을 보았다. 처음에는 수선화처럼 연약하고 안개처럼 희미했지만, 점점 더 강력하게 커졌고, 나는 그것으로 인해 눈이 멀까 봐 두려웠다. 그래서 나는 이것이 천국이고 하느님임을 깨달았지만, 깜짝 놀랐다. 내 마음이 경계하고 있었기 때문이다. 나는 여전히 홀로 남아 있고, 어디에도 안내자가 없는데, 하느님 가까이에는 천사들의 수호자와 모든 빛나는 존재들이 살고 있기 때문이다. 그리고 나는 커다란 회오리바람에 가까워지기라도 한 것처럼 나를 온전히 감싸는 따뜻하지도 뜨겁지도 않은 바람 같은 것을 느꼈다. 이 힘은 나를 빛으로부터 밀어내고 있었고, 나와 빛 사이에는 보이지 않는, 그러나 뚜렷이 느낄 수 있는 경계가 있었다. 그리고 나는 그곳으로 건너가고 싶었고, 전에 없이 빛으로 끌려갔음에도 불구하고, 나는 약했고 힘이 충분하지 않았다. 나의 것이자 다른 사람의 것일 수도 있는 목소리가 내 머릿속에 나타나 내게 이렇게 말하기 전까지는 말이다. "이제 시간이 되었다." 이때 나는 세상에 대한 모든 진실을 깨달았다. 시간은 빛이 우리에게 이르지 못하도록 막고 있다. 시간은 우리를 하느님에게서 떨어뜨리고, 시간 안에 있는 한 우리는 그곳에 갇혀 어둠에 휘둘린다. 그리고 죽음만이 우리를 그 속박에서 자유롭게 하지만, 그때 우리는 더 이상 삶에 대해 할 말이 없다. 그때 나의 눈은 빛의 광활함을 보았지만, 나는 슬픔에 휩싸였다. 나는 영원한 죽음 외에는 아무것도 바라지 않았고, 어쩌면 죽었는지도 몰랐다. 갑자기 시간의 바람이 사라지고 나는 빛 속으로 빠져들었기 때문이다. 그러나 나는 빛 속에 있는 이 상태에 대해서 아무 말도 할 수 없다. 나와 함께 모든 단어가 사라져 버렸기 때문이다. 심지어 나는 이제 아무것도 생각할 수 없었다. 생각 역시 존재하지 않았기 때문이다. 나 역시 여기에도, 다른 어느 곳에도 존재할 수 없었다. 이곳에도 저곳에도 존재하지 않았으며, 아무런 움직임도 존재하지 않았기 때문이다. 이 상태에서는 좋든 나쁘든 아무런 자질도 없었고, 나는 그것이 얼마나 오래 지속되었는지 모른다. 찰나도, 천년도 없었기 때문이다.

그리고 갑자기 세상이 그리워지지 않았다면, 나는 살지도 죽지도 않고 그렇게 영원히 남아 있었을 것이다. 그때 벽화같이 화려하고 다채로운 색깔의 이미지가 내 눈앞에 펼쳐졌다. 나는 그것에서 시선을 뗄 수 없었다.

이곳에서 보니 세상은 잠자는 사람들의 세상이었다. 세상에는 내가 알았던 것보다 인구가 훨씬 더 많았다. 우리가 죽었다고 생각한 모든 사람들이 그곳에 있었기 때문이다. 나는 이것이 심판의 날임을 깨달았고, 이미 천사들은 세상의 맨 끝을 마치 거대한 카펫의 가장자리처럼 말기 시작했다. 위아래에서 무기가 부딪히는 소리와 말발굽 소리 같은 거대한 전투의 웅성거림이 들려왔다. 그러나 나는 누가 누구와 싸우는 것인지 알 수 없었다. 나의 눈은 눈앞에 펼쳐진 지구에 고정되어 있었기 때문이다. 어떤 사람들은 이미 잠에서 깨어, 눈을 비비며 하늘을 쳐다보았다. 그러나 그들의 관심은 불안정하고 약했다. 그들은 자신이 무엇을 보고 있는지 알지 못했다. 그리고 나는 두려움에 떠는 산들을 보았는데, 가느다란 공기 속에서 그 산들은 윤곽이 희미해지고 있었다. 태양은 절정에 이르러 멈추었고 밝고 뜨거운 빛으로 대기를 비추고 있었다. 대초원에서는 풀들이 불타오르기 시작했고, 개울물이 끓어올랐다. 동물들이 숲 가장자리로 나와 천적들에게도 주의를 기울이지 않은 채 소란스러운 계곡으로 내려왔다. 사람들도 마찬가지였다. 사람들은 말라 버린 길을 따라 지정된 어떤 장소로 나아갔다. 그들은 확신에 차 자신 있게 걸었고, 아무도 머뭇거리지 않았다. 하늘은 부드럽지도 파랗지도 않았으며, 들끓으며 소용돌이치고 있었다. 그 아래에서 식물들은 돌로 변해 가고 있었다.

그때 나는 내가 시간의 마지막 순간들을 보고 있다는 것을, 내게 주어진 일이 종말을 보는 것임을 진심으로 깨달았다.

그리고 나는 우리의 심판이 각성될 것임을 깨달았다. 왜냐하면 우리는 평생 동안 우리가 살아 있다는 것을 상상하면서 그저 꿈을 꾸고 있었기 때문이다. 그러나 우리는 한때 진짜 살아 있었고, 죽었으며, 그리고 지금은 죽은 사람들이다. 그리고 우리가 진짜로 받아들인 이 꿈같은 삶은 하느님께는 아무런 의미도 없다. 실제로 아무 일도 일어나지 않았기 때문에, 우리는 우리의 꿈에 대해 대답하지 않을 것이다. 오직 저 잊힌 존재만이 실재했으며, 그곳에서 우리는 죄를 지었거나 고결했다. 그래서 우리는 무엇을 각성해야 하는지 모른다. 지옥불인지 빛 속의 영원한 삶인지.

그리고 나는 이것을 다시 한번 반복해야 한다. 우리 세상은 잠자는 사람들로 가득하고, 그들은 죽었고, 삶을 꿈꾸고 있다. 세상에는 사람들이 점점 더 많아지고 있다. 잠자는 죽은 사람들은 점점 늘어나는 반면, 처음으로 사는 실제 사람들은 여전히 얼마 되지 않기 때문이다. 이 모든 혼란 속에서 우리 중 어느 누구도 그가 단지 삶을 꿈꾸고 있는 사람인지, 아니면 정말로 살고 있는 사람인지 알 수 없다.

성체 축일

마르타는 사람들이 보고 있는 것을 결코 걱정하지 않아도 된다고 했다. 우리는 창밖을 내다보았는데, 아마가 뿌려진 들판을 가로질러 가는 성체 축일 행렬을 바라보면서 그녀가 한 말이었다. 신부가 맨 앞에서 걸었고, 두 개의 깃발과 한 무리의 사람들이 그 뒤를 따르고 있었다. 아래쪽에서는 짙푸른 초원을 따라 개가 달렸다. 마치 멀리서 들판을 가로지르는 이 예기치 못한 군중의 행렬에 함께하고 있는 것 같았다.

나는 그녀가 왜 나에게 이런 말을 했는지 모르겠다. 그녀는 이미 나가는 길이었다. 열려 있는 문의 손잡이를 잡고 있었다.

저녁에 나는 그녀의 말이 떠올랐다. 모든 것이 바뀌고 사라지며 변하고 있던 것을 멈추게 하는 움직이는 영화의 스틸 컷을 보는 것. 눈은 그렇게 만들어진다. 눈은 더 크고 생생한 전체에서 죽은 부분을 보고, 보고 있는 것이 무엇이든 고정하고 죽인다. 그래서 나는 무언가를 볼 때, 내가 보고 있는 것이 고정된 것이라고 믿는다. 그러나 그것은 세상의 잘못된 이미지다. 세상은 끊임없이 움직이고 진동한다. 세상이 기억하고 이해할 수 있는 영점(零點)은 존재하지 않는다. 눈은 단지 그림, 윤곽선일 수밖에 없는 사진을 찍는다.

풍경이야말로 가장 큰 환상이다. 풍경에는 안정성이 없기 때문이다. 사람들은 풍경을 마치 그림처럼 기억한다. 기억은 그림엽서를 만들지만, 어떤 식으로든 세상을 이해하지 못한다. 그래서 풍경은 그것을 보는 사람의 기분에 영향을 받는다. 인간은 풍경 속에서 자신의 일시적인 순간을 본다. 어디서든 그가 보는 것은 자신뿐이다. 끝. 이것이 마르타가 나에게 하고 싶었던 말이었다.

꿈

나는 사람들의 입을 통해 몸속으로 들어간다.

사람들의 몸속은 집처럼 지어져 있다. 계단, 넓은 홀, 방문을 세기에는 언제나 불빛이 너무 약한 현관, 스위트룸, 습기 찬 방, 주철 욕조가 놓인 끈적거리는 타일이 붙어 있는 욕실, 정맥처럼 난간이 팽팽히 조여진 계단, 동맥 같은 복도, 관절 같은 중이층(中二層), 손님방, 서로 연결된 방, 갑자기 뜨거운 바람이 들어오는 통풍이 잘되는 방, 아늑한 작은 방, 은신처, 선반, 공급이 잊힌 식품 저장실. 나는 그곳들을 활개 치며 돌아다닐 수 있다. 결국 그곳에서 나는 혼자다.

이 집들은 안에서 보면 사람이 살지 않는 것 같다. 침실에는 연녹색 침대보가 덮인 침대, 팽팽한 베갯잇, 젖혀진 커튼, 아직 손대지 않은 털이 긴 카펫, 화장대 위의 빗이 있다. 나는 침대에 앉을 수도, 빗을 집을 수도 없다. 나는 실재하지 않는다. 다만 모든 것을 볼 수 있고, 구석구석 들여다볼 수 있다.

그러나 나는 내가 사람들의 내부에 있다는 것을 안다. 나는 그것을 아주 세세하게 알고 있다. 복도에 있는 벽 중 하나는 고기 색깔이며 부드럽게 고동친다. 때때로 깊은 곳에서 멀고 꾸준한 울림 소리가 내게 닿기도 하고, 때로는 발이 단단하고 정맥 같은 곳으로 미끄러지기도 한다. 부엌 찬장으로 자세히 바라보면, 형체 없이 흐물흐물 살아 있는 구조가 비친다.

괴물

내가 아무개 씨를 처음 만났을 때 그는 입을 벌린 채 테라스에 서서 썩은 구덩이를 가리키고 있었다. 그는 마치 여름마다 버섯 갓 아래에서 수도 없이 생겨난 키 작고 못생긴 털북숭이 땅속 요정 같았다.

"아아아." 그가 말했을 때 나는 그의 혀에 놓인 하얀색 알약을 보았다.

우리는 텅 빈 계곡의 테라스에서 서로 마주 보고 서 있었다. 그의 뒤에는 태양이, 내 뒤에는 그림자가 있었다. 나의 유일한 관심사는 그를 현관으로 들여보내지 않는 것이었다. 그러면 그는 저녁때까지 거기 앉아서 입을 벌리고 "아아아."라고, 뭔가 내가 이해할 수 없는 말을 할 것이기 때문이다. 그래서 나는 문턱까지 가서 그가 들어오지 못하게 몸으로 막아섰다. 나는 당황해서 어떻게 하면 그에게서 눈을 떼지 않고 전화기가 있는 데까지 갈 수 있을지 생각했다. 아마도 나는 그를 두려워했던 것 같다. 그러다 그는 입술에 컵을 갖다 대듯이 손짓을 했다. 그의 "아아아"는 "물 좀 주세요."라는 뜻이었다. 나는 그에게 기다리라고 말하고 유리컵을 가지러 부엌으로 달려갔다. 내가 돌아왔을 때, 그는 여전히 그 자리에 입을 쩍 벌리고 서서 석고에 그린 그림을 바라보고 있었다. 집을 지키는 푸른 눈의 용이었다. 알약은 그의 땅속 요정 같은 몸의 어둠 속으로 사라졌다.

"괴물이야." 그가 용을 가리키며 말했다.

전쟁 직후, 마을에 아직 연못이 있었을 때, 그 안에 괴물이 나타났다. 그것은 거대했는데, 커다란 소만 했으며, 겉모습은 악어 같았고, 발에는 뿔 같은 발톱이 달렸고 주둥이에는 칼처럼 날카로운 이빨이 나 있었다. 그것은 연못에서 독일인들이 남긴 모든 물고기와 갈대, 창포를 다 먹어 치우고 나서, 양과 개, 암탉과 거위를 잡아먹기 시작했다. 밤에는 성당 옆 도로로 나와서 아스팔트를 따라 노바루다 쪽을 향해 비틀거리며 나아갔고, 아침에 사람들은 자기 집 뒷마당에서 그것의 흔적을 발견하고 겁에 질렸다. 오리들은 갑자기 사라졌고, 거위들이 사라진 뒤에는 심하게 뒤틀린 주황색 발만 남았고, 연못 가장자리에는 그것이 뱉어 낸 양들의 뿔이 떠다녔다. 지방 정부는 토지를 분배하고, 첩자를 추적하고, 협동조합을 설립하는 등 다른 일들로 바빴다. 그래서 마을 남자들은 스스로 행동에 돌입했다. 그들은 물에 카바이드와 쥐약을 던져 넣었고, 어느 날 밤 녹슨 수류탄을 터뜨렸다. 그 후 연못은 더럽고 독극물에 오염된 물웅덩이처럼 보였다. 모두 헛수고였다. 괴물은 다음 날 밤에 황소를 잡아먹었다. 그리고 마치 복수를 할 것처럼 보였다. 그래서 남자들은 기다란 막대기를 깎고 통나무를 못질해 뗏목을 만들어 타고 연못 한가운데로 들어갔다. 그들은 수면을 몇 번이고 잽싸게 찌르며 체계적으로 흙탕물을 뚫어 갔다. 그러나 그들이 만든 구멍은 순식간에 닫히고 물은 이전처럼 뚫기 불가능한 상태로 돌아갔다. 세 번째로 그들은 기술을 적용하기로 했다. 어디선가 전류를 발생시키는 크랭크가 달린 커다란 발전기를 가져왔다. 그들은 거기에서 뽑은 선으로 그물처럼 연못 전체를 둘러쌌다. 그 일이 매우 힘들었기 때문에 그들은 번갈아 가며 크랭크를 돌렸고, 물속에 숨은 괴물에게 전기 충격을 가해 부상을 입혔다. 육중한 몸이 수면 아래에서 고통으로 몸부림쳤고, 괴물이 마침내 잠잠해질 때까지 물이 연못가로 쏟아져 나왔다. 마을 사람들은 그날 저녁부터 다음 날 아침까지 술을 마셨다.

하지만 며칠 후 괴물은 다시 돌아왔고, 보복으로 부주의한 여자를 물속으로 끌고 들어갔다. 여자가 끌려간 연못가에는 양철 양동이만 남아 있었다.

그리고 그것이 괴물의 종말의 시작이었다. 모두가 동의했다. 괴물은 식물을 망치고 동물을 죽일 수는 있지만, 사람들의 목숨을 빼앗을 수는 없다. 괴물은 규칙을 어겼다. 정부와 국경 수비대, 포드할레* 군대와 공병대가 도착했다. 큰 폭발음과 함께 그들이 개울 쪽으로 연못을 트자 물이 쏟아져 나왔다. 연못 바닥에는 상처입은 약해진 괴물이 여전히 산 채로 누워 있었다. 그러자 군인들이 기관총을 꺼내 괴물을 물가에 세웠다. 장교가 신호를 보냈다.

* 포드할레는 폴란드 최남단 지역으로 여기에서는 폴란드 보병대의 이름이다.

발사된 총알이 연달아 괴물의 몸을 관통했다. 처음 상처를 입은 후에도 괴물은 여전히 공격하려 했고, 사람들은 비명을 질렀다. 그들은 새로운 탄창을 재빨리 장착했고, 괴물의 흉측한 몸에는 체처럼 구멍이 뚫렸다. 그리고 그것이 괴물의 종말이었다.

아무개 씨는 오래된 자전거를 끌고 노바루다로 갔다가 저녁에 돌아왔다. 그것이 아직 진짜 끝이 아니었기 때문이다.

그 후 며칠 밤 동안 마을에는 체코 쪽 숲에서 음산한 울부짖음이 들려왔다. 어떤 생물이 어둠 속에서 너무나 오싹한 소리로 울어 닭살이 돋을 지경이었다. 그리고 한 달 후 말라붙은 연못에서 암컷 괴물의 시체가 발견되었다. 산과 초원을 지나고 국경을 넘어 이곳까지 사랑하는 연인을 찾아왔던 이 암컷은 그의 끔찍한 죽음의 현장에서 죽어 버린 것이었다.

비

내 영명축일(靈名祝日)*에 비가 내리기 시작해서, 우리는 비가 지나가기를 기다리며 의자를 현관으로 옮겼다. 그러나 비는 그치지 않았다. 지평선을 가리면서 하늘에서 줄줄 흘러내렸다. 그것은 물방울이 아니라 물줄기였다. 현관이 서서히 흠뻑 젖어 들었는데, 나는 정말 이유를 모르겠다. 어쩌면 물이 벽으로 스며들었을 것이다. 어쩌면 암캐들의 잘못인지도 모른다. 그것들은 계속해서 이파리 다섯 개 모양의 발자국을 바닥에 찍었다. 건초 바깥은 조용히 젖어 들어갔다. 민달팽이들은 기뻐하며 잎사귀 아래 지하에 있는 그들의 세상에서 축제를 준비하고 있었다. 습기의 날이다.

노바루다 방면으로 2킬로미터 떨어진 곳에 이상한 집이 있는

* 가톨릭 신자가 자신의 세례명으로 택한 수호성인의 축일. 자신의 세례명을 기념하는 날.

데, 이상한 것은 그 집이 아니라 그 위치다. 그것은 짙은 녹색으로 우거진 산봉우리들 사이 좁은 계곡에 있었다. 그 집은 주변 지역의 다른 어떤 집보다 낮아서 실제로 아무 곳에서도 볼 수 없으며, 아마도 그 봉우리들 꼭대기에서만 보일 것이다. 시냇물은 그 집을 양쪽으로 씻어 내려가며 축축한 벽을 핥는다. R은 문가에 서서 빗줄기를 바라보며 거기에 포므로비크* 가족이 살고 있다고 말하기 시작했다. 갈색 피부의 강인한 아버지와 약간 작은 어머니, 그리고 두 아이다. 습기 때문에 전기가 들어오지 않아 저녁마다 그들은 불도 켜지 않고 어스름 속에서 식탁에 조용히 앉아 있다. 그들의 어둡고 빛나는 피부는 어두워지는 날의 약한 빛을 반사할 뿐이다. 밤에는 온 가족이 바닥 구석에 자려고 눕는다. 네 몸뚱이가 서로 달라붙어 있는데, 달팽이같이 느린 호흡의 리듬에 맞춰 부드럽게 맥이 뛴다. 아침에 그들은 흠뻑 젖은 초록색 풀밭으로 나가고, 자기들이 있던 곳에 끈적거리는 흔적을 남긴다. 썩은 산딸기와 하얗게 곰팡이가 핀 딸기를 집으로 가져와 조용히 씹는다. 젖은 물동이에 담긴 물이 바닥으로 스며들어 옻칠을 한 듯 반짝인다.

아무도 이 이야기를 즐기지 못했다. 우리는 밝은 컴퓨터 세계를 열었고 저녁 내내 그 속으로 사라져 있었다. 컴퓨터 화면 속의 인공 햇살에 비친 우리의 얼굴은 유령처럼 창백해졌다. 그러고 나서 우리는 컴퓨터를 끄고 저녁 내내 솔리테어를 했다. 비가 그칠까? 그치지 않을 것이다. 나는 창문으로 마르타의 집을 보았다. 비

* 위 단락의 민달팽이는 폴란드어로 포므루프(pomrów), 포므로비크 (pomrowik)다.

에 흠뻑 젖어 있었다. 아마도 내가 가서 그녀를 데려와야 할 것 같다고 생각했다. 어둠 속에서 그녀 혼자 무엇을 할 수 있을까. 틀림없이 그녀는 자기의 가발 상자를 열었을 것이고, 이제는 아무도 필요로 하지 않는 죽은 머리 덮개를 짜고 있을 것이다. 그녀는 낯선 여자들의 머리카락을 엮고 있다. 그 여자들은 이미 세상을 떠났거나, 세상 저편 어딘가에 지금 살고 있거나, 여행을 하거나, 딱지처럼 말라 버린 자신의 젊은 시절을 함께한 노인들의 집에서 늙어 가고 있을 것이다.

나는 고무장화를 신다가 R이 봄에 그토록 조심스럽게 쌓아 올린 바로 그 자리에서 연못의 물이 넘쳐흐르는 것을 보았다. 물은 콘크리트 수문을 지나 거의 인도교에까지 닿아 있었다. 물은 붉은색 진흙투성이였고 탁하고 끈적거렸다. 그것은 이미 익숙한 중얼거림이 아니라 비명을 지르는 것처럼 윙윙거리는 울음소리였다. 노란 고무장화를 신고 노란 방수복을 입은 R은 유령처럼 보였다. 나는 그가 제방을 따라 힘없이 달리는 것을 보았다. 나는 그의 물고기가 적갈색 거품이 이는 소용돌이 속에서 불안하게 죽음을 준비하는 것을 보았다. 부드럽고 느리게, 늘 한가롭기 그지없던 잉어들이 자신들이 휘젓고 있는 표면을 따라 미끄러지며, 이제는 놀라서 아무 소리도 내지 않는 주둥이를 뻐끔거리고 있었다. 그 사이에서 송어들이 니사크워츠카강으로의, 오드라강으로의, 바다로의 여행이라는 예기치 않은 약속에 들떠 있었다.

"뭘 하려고 했는지 알아요." 내가 들어가며 말했다.

마르타는 식탁에 앉아 자신의 수집품들을 늘어놓고 있었다. 그녀는 신문지에서 머리카락을 꺼내 손가락으로 빗질을 하고 있었다. 그런 다음 실을 물레에 감기 시작했다. 내가 고무장화와 외투를 벗자, 거기에서 물이 쏟아져 나왔다.

"이렇게 많은 물은 기억에 없어." 마르타가 대답했다. "아니면 내 기억력에 이상이 있을지도 모르지." 그녀가 내게 미소 지었다. "영명축일에 너한테 선물을 만들어 주고 싶어. 가발을 만들어 줄 거야. 진짜 머리카락으로, 실크에, 네 머리를 위한 특별한 가발을 만들어 줄게."

그녀는 식탁에서 밝은색 머리 타래를 하나 주워 들고 내 얼굴에 갖다 댔다. 마음에 들지 않는지 그녀는 다른 것을 집어 들었다. 그녀는 나에게 직접 머리카락을 골라 보라고 말했지만, 나는 여전히 그것을 만질 용기가 나지 않았다. 그녀는 내게 앉으라고 말하고, 내가 준 빛바랜 공책과 빅(Bic) 볼펜을 꺼냈다. 그녀는 손가락으로 내 관자놀이와 이마를 살살 만지며 내 머리 치수를 재기 시작했다. 나는 엄마가 나를 재봉사에게 데려갔을 때와 똑같이 기분 좋은 전율을 느꼈다. 엄마의 재봉사라 불렸던 포니에비에르카 부인이 내 치수를 재는 동안 나는 가만히 서 있어야 했다. 그녀는 줄자로 내 주위에 공간을 만들고, 주름을 잡고, 자르고, 손으로 그 공간을 이리저리 재어 보고, 내 허리와 어깨를 감싸 주곤 했다. 그녀는 내게 거의 손을 대지 않았지만, 내 피부는 기쁨의 전율에 둘러싸여 경련을 일으키며 반응했다. 나는 선 채로 잠이 들었다.

그리고 이제 마르타가 이 가봉 의식을 반복하고 있었다. 나는 그 즐거움에 부끄러워 눈을 감았다. 너 머리가 크구나. 너 머리가 작구나. 마르타가 무슨 말을 했는지 모르겠다.

홍수

그날 밤 어둠 속에서 연못가가 소란스러웠다. 개들이 불안해하며 짖어 댔고, 우리는 잠에서 깨어 비가 내리는데도 불구하고 이른 아침 하루가 시작되는 것을 보았다.

연못이 사라졌다. 그 자리에는 시내가 흐르고 있었지만, 더 강력하고 거칠고 흥분한 상태다. 어제 R이 필사적으로 둑을 강화하려고 사용한 수문도, 다리도, 금속판도 없었다. 한껏 우아해 보이려는 따스한 잉어도, 참을성 없는 송어도 없었다. 우리의 연못이 도망쳤다. 그것은 사방에서 흘러오는 물에 설득되어, 초원을 가로질러, 피에트노를 거쳐 다른 강으로, 그리고 니사강으로 흘러들어 갔다. 지금쯤 크워츠코에 있을 수도 있고, 어쩌면 더 먼 곳에 있을 수도 있다. 그런 난폭한 여행에 익숙지 않은 귀족 잉어는 강굽이에 갇혔거나 물에 잠긴 덤불에서 물살에 눌렸을 것이다. 연못이 없다. R은 근대를 먹으며 창밖을 내다본다. 마르타는 빗물로 가득 찬 양동이를 비우고 있다. 나는 그녀에게 손을 흔든다. 그녀도 손을 흔들어 대답하고 자신의 집 안으로 사라진다.

저녁 식사 후 R은 포므로비크 가족의 이야기로 돌아왔다. 그는 집주인이 하는 일에 대해 설명했다. 밤이 되면 그는 풀밭을 지나 도로로 미끄러져 나와 잠시 쉬었다가 사람들의 집을 향해 움직인다. 그곳에서 그는 정원에 있는 젖은 상추와 부드럽고 어린 애호박 새싹을 먹는다. 그는 그것들에 구멍 내기를 좋아하지만, 그것은 악의에서 나온 행동이 아니다. 그것은 그의 창조성의 일종이다. 그는 구멍과 비의 존재를 즐긴다. 그러나 그가 가장 좋아하는 것은 진흙으로 변한 모닥불 재다. 그는 그 속에서 뒹굴다가 축축한 잔불에 취해 더러워진 채 집으로 돌아온다. 그의 아내는 묵묵히 그를 나무란다. 그녀는 걱정으로 죽어 가고 있었다.

저녁에 우리는 날씨 소식을 들었다. 홍수가 나긴 하지만 우리는 물을 두려워하지 않는다. 이곳에서 물은 그 어디도 아닌 오직 하늘에서 온다. 모든 것처럼.

못

마르타와 나는 못을 가지러 노바루다로 갔다. 물이 고속도로의 일부를 부수었기 때문에 차들은 천천히 한 줄로 움직였다. 마을 버스 정류장에서 우리는 남자 고무장화를 신고 비에 젖은 채 서 있는 크리시아 부인을 태웠다. 그녀는 차에 타자마자 장화를 벗고 비닐봉지에서 슬리퍼를 꺼내 신었다.

강가의 작은 거리들은 모두 진흙으로 뒤덮여 있었다. 일층 창문까지 진흙이 얼룩지고 말라붙어 있었다. 가게 주인들은 물건을 말리기 바빴다. 중고 가게 여주인은 빨랫줄에 옷들을 널고 있었다. 이 옷들은 이사, 옷장 변경, 세탁기 고장, 다리미 과열, 주인의 피로, 심지어 어떤 주인들의 죽음 등 자신들의 거친 삶에서 이미 많은 것들을 겪었다. 그리고 이제는 밤새 걷잡을 수 없이 황폐해진 강이다.

누군가가 모래주머니 위에 수십 켤레의 아디다스와 나이키 운동화를 늘어놓았다. 운동화 끈들은 심지처럼 여전히 물에 젖은 채

늘어져 있었다. 그 화려한 색깔이 진흙투성이 회색 벽을 배경으로 눈부시게 빛났다. 진흙이 건물 1층 높이까지 들러붙어 있었다.

크리시아 부인은 우리가 태워 준 것에 대해 고마워했고, 레몬색 스웨터를 곧게 펴며 자기 갈 길을 갔다. 우리는 보석상 주변 다리 뒤에 차를 세워 두고 피클을 만들 오이를 사고 있었다. 그때 모두가 아는 그 미치광이 점쟁이, 예언자가 우리에게 다가왔다. 그 남자는 낡은 담요로 만든 판초를 입었고 수염이 덥수룩했다. 그는 마르타를 향해 미소 지었다. 그들은 서로 아는 게 틀림없다.

"어떻게 지내세요?" 그가 물었다.

"별일 없어요." 마르타가 대답했다.

그는 믿을 수 없다는 듯이 그녀를 바라보았다.

"별일 없다고요?"

그 순간 나는 금방이라도 울음을 터뜨릴 것처럼 그의 얼굴이 흐려졌다고 생각했다. 마르타는 그에게 몸조심을 하라거나 그와 비슷한 종류의 말을 했지만, 그는 저울에서 오이를 하나 집어 들고는 돌아서서 떠났다.

예언자

이 남자는 아름답고 이국적인 이름을 갖고 있었다. 레프. 그리고
역시 사자처럼 보였다.*

그는 머리와 수염이 길게 자라도록 내버려 두었다. 어느 혹독
한 겨울, 그것들은 하얗게 세어 버렸는데 그 이유는 알 수 없었다.

그렇다, 예언자 레프는 연금으로 살고 있었다. 믿기 어렵지만,
옛날 젊은 시절 광산에서 사고를 당해 이틀 동안 입구로부터 거의
100미터나 떨어진 곳에, 마치 어머니 배 속 같은 뜨겁고 검은 석
탄 구멍에 묻혀 있었다. 고통스럽게도 그는 내내 의식이 있었고,
그의 머리 주위를 비추는 인광성 후광으로 인해 정신이 또렷했다.
그는 자신이 죽을 거라고 확신했지만 죽지 않았다. 구조대가 그
를 끌어낸 뒤로 그는 병원에서 오랜 시간을 보냈다. 모든 것이 끝
난 후 그는 아침부터 저녁까지 책을 읽으며 살았다. 처음에는 손

---

* 폴란드어로 레프(lew)는 사자라는 뜻이다.

에 잡히는 대로 모두 읽었지만, 시간이 지남에 따라 그는 결코 출판된 적 없는 타이프 원고들에 끌렸다. 그는 크라쿠프의 준(準)법률적인 우편 주문 서점을 통해 이것들을 입수했다. 그리고 거기에는 베산트와 브와바츠카, 오소비에츠키의 저술과 영적 강령회에서 나온 추잡한 보고서, 어떤 직업들, 힌두교와 유대교의 밀교에 대한 내용 등이 포함되어 있었다. 표들은 그 속에서 오랫동안 잊혀 있던 주문들을 재탕했고, 도표는 그것들의 다차원적인 조화로움으로 그를 유혹했다. 어느 날 그는 비드고슈치의 점성가 협회의 주소를 얻었고, 그들이 자신에게 보내 준 책을 통해 어느 크리스마스에 별자리 읽는 법을 배웠다. 그때부터 아무것도 그에게 천체력에 쓰인 작은 숫자의 배열에 몰두하는 것만큼의 즐거움을 주지 못했다. 때때로 그는 아침까지 그것들을 곰곰이 살펴보고, 새벽에 미래를 보기 시작하곤 했다. 미래는 항상 끔찍했다. 죽어 있었고 텅 비어 있었다. 그 안에는 그 어떤 사람도 짐승도 없었다. 그는 그것이 음침한 방구석에서 생겨나 바깥으로, 그가 사는 아파트 계단으로, 그 앞 잔디밭으로, 거리로 그리고 노바루다의 거리와 시장으로 퍼져 나가는 것을 보았다. 저녁에 짧은 산책을 나갈 때면, 그는 잠시 그것과 스쳤고, 그것은 그의 소매에 이상한 금속성 냄새를 남기곤 했다.

그는 아내가 죽자, 참된 예언자가 되었다. 그녀는 마치 그를 땅에 낮게 붙잡아 놓고, 그의 생각과 예감을 모두 끌어모아 내리는 것 같았다. 그녀는 굴뚝의 연기를 압도하고 도시 위로 겨울 스모그를 만드는 강력한 대기 같았다. 그녀는 마술로 그의 생각을 조종했고, 그의 생각이 상점의 줄과 주말농장의 비트, 지하실에 버릴 석탄으로 향하게 했다. 더구나 그녀의 목소리는 마을 곳곳에서 그를 따라다녔다. 그녀는 창밖으로 고개를 내밀고 뜰 너머로 소리 질러 불렀다. "레프, 레-프, 레 ― 프." 모든 아이들이 고개를 들고 그녀를 따라 "레프, 레-프, 레 ― 프." 할 때까지. 그녀는 마법사였다.

그래서 그녀가 죽었을 때, 갑자기 조용해졌고, 몇 년 동안 억압된 이미지가 그의 머릿속에서 자라나 젖은 유리창의 서리처럼 퍼지기 시작했다. 그것들은 예기치 않게 팔을 연결했고, 고리와 멋진 장면들을 만들어 냈으며, 무작위로 매우 논리적이고 꽤 매혹적인 패턴을 만들었다. 그것은 바로 예언이었다.

그의 고객은 모두 여자였다. 예언자로서의 그의 경력에서 남자가 그를 찾아온 것은 단 한 번뿐이었다. 잘 차려입은 중년의 신사로, 잘못된 식이요법 탓에 배가 불룩 튀어나왔고, 아마도 보드카를 지나치게 마신 듯했다. 레프는 그를 본 적 있었지만, 그를 도울 수 있는 방법은 별로 없었다. 이 중년 신사의 문제는 사랑이었는데, 이것은 세상에서 가장 과대평가된 감정이며, 기본적으로 내면의 혼란에서 야기된 터무니없는 것이었기 때문이다. 그는 자신의 십 대 연인을 찾고 있었는데, 그것은 한심하기도 하고 재미나기도 했다. 특히 그 어린 소녀가 사소한 흔적조차 남기지 않았기 때문에 레프는 절대로 이 일을 맡고 싶지 않았다. 그러나 남자의 절망은 너무 깊어서, 자신의 옷에서도 완전히 길을 잃어버린 것처럼 빳빳한 모직 외투를 입고 펠트 모자를 눈까지 내려 쓴 모습이 너무나 한심해 보일 정도였다.

"그 아이는 어디에 있소? 내가 알고 싶은 것은 그뿐이오." 그가 말했다.

그리고 그때 레프는 과거를 들여다보았다. 그는 거기서 찾고 있던 소녀를 단번에 알아보았다. 다른 어떤 존재들보다 안절부절못했고 눈에 띄었기 때문이다. 그는 두려워졌다. 그녀는 십 대 소녀도 아니었고, 여자도 아니었다. 맙소사, 레프는 자신이 농담을 할까 봐 두려웠고, 그저 이 슬픈 남자에게 "그녀는 여기 있습니다."라고만 말했다. 그는 현재와 미래에서도 그녀를 볼 수 있었기 때문이다.

"마을이요?" 남자는 기뻐했고, 레프는 처음으로 그의 눈을 보았다. 부어오르고 눈물 자국이 나 있었다.

"근처 어딘가에 있습니다."

남자는 떠나기에 앞서 그의 손에 몰래 지폐를 쥐여 주었다.

"비밀을 지켜 주시오." 그가 다시 한번 부탁했다.

그가 그렇게 말할 필요가 없었다고 레프는 나중에 생각했다. 이런 얘기는 절대로 해서는 안 된다. 누가 믿겠는가? 없는 것을 본다는 것을. 그리고 사람이 반드시 끝까지 인간일 필요는 없다는 것을. 모든 결정은 착각이라는 것을. 사람들에게 불신의 능력이 있다는 것에 하느님께 감사드린다. 이것이야말로 신이 주신 값진 선물이다. 사랑에 대해 물어보면 여자들은 항상 더 구체적이었다. 그들은 포옹을 받고 싶었고, 팔짱을 끼고 공원을 걷고, 누군가의 아이를 낳고, 토요일에 창문을 닦고 누군가를 위해 치킨 수프를 만들고 싶었다. 그는 눈을 감으면 그들의 삶이 보였다. 그들의 삶이 그에게는 흥미롭지 않았고, 그는 그의 관심을 끄는 구체적인 내용들에 집중하기 어려웠다. 남편의 머리가 갈색인지 검은색인지. 아이는 하나인지 둘인지. 몸은 건강한지 아픈지. 돈은 있는지 서랍이 비었는지. 하지만 그는 노력하면 그것을 해낼 수 있었다. 그는 환상 속에서 아이들 수를 세었고, 서랍을 들여다보았으며, 일요일에 치킨 수프를 먹을 때 입는 하얀 셔츠를 입은 남자들의 머리 색깔을 평가했다. 여성들의 삶이 그를 감동시켰다. 맞은편에 앉아 기대감에 찬 눈으로 그의 얼굴을 바라보는 여자들은 수줍은 동물 같았으며, 사슴 같았으며, 봄날 토끼 같았다. 그들은 온화하고 수줍은 동시에 피하고 도망가고 숨는 데 아주 영리했다. 때로 그는 여자라는 존재는 태어나자마자 씌우는 일종의 가면이라는 생각마저 들었다. 그 가면 덕분에 여자는 결코 누구에게도 자신을 완전히 드러내지 않고, 위장 생활을 할 수 있다. 그는 여자들이 꼭 해야 할 질문을 하지 않는다고 생각했다.

그는 예언으로 버는 돈을 (소액의) 달러로 바꾸었다. 그는 인도로 가고 싶었지만 결코 가지 못했다. 다른 모든 것들과 마찬가지로 인도 또한 존재하지 않게 되었기 때문이다.

그러나 그는 우선 다른 사람들의 미래를 여러 번 들여다보았고, 그것은 그의 마음속에서 하나의 공통된 미래로 합쳐졌다. 그는 세상의 종말이 다가오고 있음을 알았으며, 그것은 단지 시간문제일 뿐이었다.

그래서 그는 주황색 하늘이 낮게 걸린 골짜기를 보았다. 이 세상의 모든 선들이 흐릿해져 있었고, 그림자가 희미하게 이상한 빛에 의해 드리워져 있었다. 골짜기에는 집도 사람의 흔적도 없었고, 쐐기풀 한 덩어리, 야생 건포도 덤불 하나 자라지 않았다. 계곡도 없었으며, 그 자리에는 단단한 붉은색 풀이 무성하게 자라나 있었다. 개울이 흘렀던 자리는 흉터처럼 보였다. 이곳에는 낮도 없었고 밤도 오지 않았다. 주황색 하늘은 항상 똑같이 빛나고 있었다. 따뜻하지도 춥지도 않았고, 움직이지도 않고 무관심했다. 언덕은 여전히 숲으로 덮여 있었으나, 그가 자세히 들여다보니 그것은 죽어 있었다. 그는 언덕이 어느 순간 굳어져 돌로 변해 있는 것을 볼 수 있었다. 가문비나무에는 솔방울이 걸려 있었고, 그 가지는 아직 잿빛 바늘로 덮여 있었다. 그것을 흩날릴 바람이 없었기 때문이었다. 그는 이 풍경 속에서 어떤 종류의 움직임이 나타난다면, 숲이 무너져 먼지로 변할 것이라는 무서운 예감이 들었다.

종말은 그렇게 보일 수밖에 없었다. 홍수도 없고, 불의 비도 없고, 오시비엥침도 없고, 혜성도 없다. 하느님이 누구든, 하느님이 버리고 떠난 세상은 이렇게 보일 것이다. 집은 버려지고, 모든 것이 우주 먼지로 덮이고, 탁한 공기와 고요함에 젖는다. 살아 있는 모든 것은 굳어 버리고, 맥박이 없고 알지 못하고 그래서 죽어 버린 빛으로 인해 곰팡이가 핀다. 이 유령 같은 불빛 아래에서 모든 것은 먼지가 되어 무너진다.

매일 세상의 종말을 보는 사람은 평화롭게 살아간다. 때때로 책을 가지러 크라쿠프에 가고, 창밖으로 지나가는 풍경을 바라본다. 주로 구르니 실롱스크와 산업 단지가 보이고, 오폴레주(州)의 들판은 지평선까지 뻗어 있으며, 거기에는 매년 5월 10일에 꽃을 피우는 유채꽃 씨가 뿌려져 있다. 그는 방수포로 만든 배낭에 수백 번 타이핑되었을 온갖 종류의 묵시록(마지막 사본은 거의 읽을 수 없을 지경이었으나, 여전히 숭고한 분위기를 지니고 있었다.)과 문명의 몰락에 대한 영혼들의 진술, 성모 마리아의 출현에 관한 글,

노스트라다무스의 난해한 시를 넣고 다녔다.

갑자기 평원이 끝나고 산이 시작된다. 기차는 가문비나무 숲으로 들어가, 돌로 된 협곡을 지나고, 바우브지흐의 중심에 이를 때까지 계곡을 굽이치며 나아간다. 사람들은 시내 역에서 내리기도 하지만, 레프는 크워츠코행 열차로 갈아타야 하기 때문에 중앙역으로 계속 향한다.

바우브지흐 중앙역은 황량하고 어두우며, 야간 근무조의 광부들이 담배와 콘돔을 구입하는 매점이 하나 있다. 바에서는 라드*를 얹은 만두와 미지근한 물로 힘들게 우려낸 연한 차를 판다. 노바루다를 경유하여 크워츠코로 가는 기차는 대개 비어 있다. 레프는 더 나은 시야를 얻기 위해 위층에 자리를 잡는다. 이것이 역사상 가장 아름다운 기차 노선이기 때문이다. 그것은 넓은 계곡을 가로질러 높은 철교를 따라 달리고, 산비탈과 마을, 개울을 따라 달린다. 방향을 틀 때마다 매번 숨을 멎게 하는 새로운 풍경이 펼쳐진다. 부드러운 산 능선, 비단결 같은 하늘과 초록색 띠가 펼쳐진다. 아래쪽에서는 사람들이 길을 따라 다니고, 황소들을 몰고, 개들이 뛰어다니고, 웬 남자가 갑자기 웃음을 터뜨리고, 양들의 목에서 작은 방울들이 딸랑딸랑 소리를 내고, 피부가 가렵고, 저위쪽에서는 한 사람이 사냥한 토끼를 들고 가고, 손을 흔들고, 굴뚝에서 하늘로 연기가 피어오르고, 새들이 서쪽으로 날아가고 있었다. 이런 기차에서는 책을 읽을 수 없다. 그냥 봐야 한다.

* 돼지비계를 정제하여 하얗게 굳힌 것으로, 빵에 발라 먹거나 요리에 이용한다.

레프는 책을 쓰기 시작했다. 그가 제일 먼저 한 일은 책 제목을 정한 것이었다. '세상의 종말이 다가오고 있다.' 그것은 세상의 종말에 관한 책이었다. 그는 이 책에서 하늘을 자세히 분석했다. 세상은 천왕성이 물병자리로 들어가는 때인 1995년 4월 2일에 끝나기 시작할 것이고, 태양과 화성, 토성 그리고 천왕성이 하늘에서 거대한 십자가를 형성하는 1999년 8월에 최종적으로 끝날 것이다. 그는 1980년 겨울에 이 책을 썼는데, 그때는 폴란드에서 무슨 일이 일어날지 아직 확실하지 않았다. 그러나 파업이 시작되었고, 브로츠와프에서는 파업 중인 전차가 거대한 십자가 모양으로 도시 전체를 뒤덮었다. 레프는 자신이 경계 관측이나 천체력의 작은 숫자를 해석하는 데서 실수를 저질렀을 수도 있음을, 세상의 종말이 더 빨리 다가오고 있음을 받아들였다. 그리고 이제 더는 기다릴 수 없었다. 그는 기대감에 젖어 살았다. 그의 낡은 신발은 닳았고, 속옷은 솔기가 해어졌으며, 팬티의 고무줄은 끊어졌고, 양말은 구멍투성이였으며, 발뒤꿈치는 나일론 실로 된 얇은 거즈처럼 갈라져서 그 사이로 굳은 피부가 드러났다. 그에게는 아무런 비축품도, '나중'도 없었다. 빈 마요네즈 병은 잼과 겨울을 나기 위한 설탕 절임, 그가 갑자기 병원으로 갈 경우를 대비해 콤포트를 요구하고 있었다. 그러나 겨울은 오지 않을 수도 있고, 내년 여름은 없을 수도 있다. 빵은 마지막 부스러기까지 먹어야 하고, 비누는 다음에 빨래를 할 수 있을 만큼 남아 있으면 얇은 조각이 될 때까지 사용해야 한다.

그는 1993년 여름에 큰 홍수가 날 것이라고 예측했다. 북쪽에서 갑자기 얼음이 녹고 바닷물은 상승할 것이다. 네덜란드는 물속으로 사라질 것이다. 똑같은 일이 주와비에서도 일어날 것이다. 심지어 더 나빠질 수도 있다. 수면 위로 고원과 산만 남을 수도 있다. 노바루다는 높은 지대에 있기 때문에 살아남을 것이다. 그런 다음 그다음 해에 걸쳐 세계 대전으로 바뀌는 전쟁이 근동 지역에서 발발할 것이다. 다시 한번 군대는 침수된 저지대를 가로질러 나아갈 것이다. 그러다가 1994년 초, 핵폭발로 인해 며칠 동안 하늘이 어두워질 것이다. 사람들은 병에 걸리기 시작할 것이다. 노바루다에는 아무 일도 일어나지 않을 것이니, 천만다행이다.

레프는 1990년, 종이 배급이 끝난 후, 예언으로 번 돈으로 이 책을 직접 출판했다. 삼 년간 그는 세계 종말의 첫 번째 징조를 기다렸지만, 그가 비운 모든 잼 항아리와 그가 소비한 마른 빵 껍질에도 불구하고, 그런 것은 나타나지 않았다. 1993년 여름은 무척이나 더웠고 그는 이 끔찍한 폭염이 종말의 시작이라고 받아들였으나, 시간이 지나면서 더위는 끝이 났다. 아이들은 학교로 갔고, 사람들은 자두 파이를 구웠으며, 들판에서 감자를 수확했다. 레프의 부엌에 있는 가스보일러가 고장 났고, 추워서 따뜻한 물이 필요했기 때문에 그는 그것을 고쳐야 했다. 고물 차의 노즐을 뒤적거리고 있을 때 그는 오싹한 허무감을 느꼈다. 세상이 끝나 갈 때면, 모든 활동은 질병의 형태가 된다.

그러나 일어나고야 말았다. 1993년 11월 14일, 18도 염소자리에서 천왕성과 해왕성의 대결합이 일어나는 동안, 세상은 끝이 났다. 그는 어느 날 밤, 욕조에 앉아 있을 때(그것은 그의 온몸을 빨리 덥혀 주는 유일한 효과적인 방법이다.) 이것을 깨달았다. 그날 텔레비전에서는 우루과이의 한 종파가 아마겟돈을 기다리고 있다고 말했다. 게다가 오른팔에 팔걸이 붕대를 맨 교황은 왼손으로 세상을 축복했고, 일기 예보에서는 눈보라 경보를 발령했다. 마지막으로 피곤해 보이는 아나운서가 나와서 "편안한 밤 되시길 바랍니다."라고 말하며, 갑자기 빈정거리는 어조로 "우루과이 종파의 비관적인 예언에도 불구하고 세상은 계속됩니다."라고 덧붙였다. 그 순간 레프는 세상이 끝나기까지 학교 수업 한 시간에 해당하는 사십오 분이나 남았다고 생각했다. 그러고는 목욕을 하러 갔다.

레프가 욕조에 앉아 있을 때, 욕실 조명이 꺼지면서 텔레비전은 말을 멈추었고, 수도꼭지에서 얼음물이 욕조로 흘러 들어왔다. 그는 공포에 질려 꼼짝도 할 수 없었지만, 어둠 속에서 도움을 구하려는 노력도 하지 않았다. 천체력의 수열과 태양계의 음울하고 고요한 도표가 그의 머릿속을 질주하고 있었다. 욕실의 파이프가 심판의 나팔 소리처럼 울부짖었고, 레프의 알몸이 떨리기 시작했다. 이 순간 그는 모든 가까운 친지들을 생각했다. 그들은 먼 친척이었지만 그에겐 다른 사람들이 없었기 때문이다. 그리고 개, 고양이, 기니피그, 햄스터 등 마을의 모든 동물들은 무엇을 하고 있는지, 두려워하고 있지는 않은지, 그리고 동물들이 우리와 계속 함께할 것인지 궁금했다. 각 가정마다, 심지어 고층 건물의 11층에도 불의 검은 나타날 것인지, 그리고 주차할 공간도 없는 상황에서 지구는 어디에서 산산이 부서질 것인지 궁금했다. 갑자기 어두운 욕실에서 그는 어릴 적 자신을 공포에 떨게 했던 이미지가 선명하게 떠올랐다. 죽은 사람들이 벌거벗은 채로 졸린 눈을 비비며 빛에 눈이 부셔서 손바닥으로 얼굴을 가리고 땅속에서 일어나 나왔다. 묘지에서는 돌십자가들이 흔들렸고, 묘비석들이 옆으로 밀리고 있었다. 지평선 위에 한 천사가 서 있는데, 그의 아름다운 얼굴은 혐오감과 분노로 일그러져 있고, 그의 머리 주변에서는 천둥 번개가 치고 있다. 이것이 레프의 눈과 머릿속에 있는 이미지였다.

욕실은 계속 어두컴컴했다.

파이프의 굉음으로 인해 벽이 살짝 흔들리고 있었다. 레프의 턱이 떨리기 시작했고 이가 부딪히는 소리가 들렸다. 그러나 그것은 두려움이 아니었다. 그가 느낀 유일한 감정은 실망이었을 뿐이다. 그 실망은 처음에는 아주 작았다. 크리스마스 선물로 엄마가 그에게 그토록 갈망하던 흔들 목마 대신 잠옷을 사 주었을 때의 기분 같았고, 그다음에는 점점 커져서 결국 견딜 수 없을 정도였다. 세상의 종말은 이렇게 보이는 걸까? 어둠과 우르릉거리는 벽 속의 파이프?

세상의 종말을 예언한 사람, 비록 정확한 날짜를 예측할 수는 없었다 하더라도, 실제로 그는 낙관론자였다. 그는 마치 자신이 그것을 불러들인 것처럼 모든 것의 증인이기를 원했고, 간신히 서로 스쳐 지나며 에너지의 충돌을 일으켰던 해왕성과 천왕성의 희귀한 결합을 지금도 분명하게 기억한다.

그가 지금 유일하게 원하는 것은, 하늘을 보고 그것이 소멸되었는지, 행성들이 궤도 선회를 멈추었는지, 흩어진 은하계들이 충돌했는지, 그리고 종말의 먼지가 켈빈 0도*에서 굳었는지를 확인

---

* 절대 온도의 단위. 절대 온도 0℃는 0K로 나타내며, 0켈빈은 −273.15℃와 같다.

하는 것이었다. 그는 부르르 떨리는 턱을 움켜쥐고 얼음장 같은 물에서 일어났다.

그때, 레프의 인생에서 가장 이해할 수 없는 단 한 번의 순간에, 노출된 전구에 불이 들어왔고, 수도꼭지가 쌕쌕거리며 뜨거운 물을 뿜어냈고, 100만 개의 얼굴을 가진 텔레비전이 유일하게 부활한 존재라도 되는 듯이 방에서 텔레비전 소리가 들려왔다. 이 예기치 않은 사건의 전환에 깜짝 놀란 레프는 욕조 가장자리에 발을 얹은 채 꼼짝도 못 하고 빛에 놀란 눈을 깜빡거렸다. 수증기 구름이 깨진 거울에 붙어 물방울을 이루고 있었다. 빛바랜 수건들이 여전히 고리에 걸려 있었다. 평평한 병 라벨에 '바르스,* 예전처럼 냉정하게'라고 적혀 있었다.

레프는 욕조에서 나와 복도로 향한 문을 열고 귀를 기울였다. 누군가가 발을 끌며 계단을 따라 걷고 있었다. 위층 이웃집에서 단조로운 기계 음악 소리가 들려왔다. 레프는 방을 가로질러 가서 발코니로 통하는 문을 열었다. 너무 정신이 없어서 추운 줄도 몰랐다. 그는 어제, 아니 한 시간 전과 똑같이 자신 앞에 펼쳐진 도시를 보았다. 불빛이 보이는 골짜기에서 웅성거리는 소리가 들려왔다. 그러나 레프에게는 더 이상 같은 것은 없어 보였다. 이 안전하고 친숙한 광경에서 그는 거짓을 감지할 수 있었다. 그는 타는 냄새를 맡기 기대하는 듯 킁킁거리며 공기 냄새를 맡았다. 몇 분 후, 추위에 몸이 마비되면서 그는 비록 외형상의 연속성은 유지했음에도 불구하고 세상이 끝났다는 것을 깨달았다. 진짜 종말은 이렇

* WARS. 폴란드 기차의 식당칸.

게 보이는 것이다.

어떤 이유들로 인해서 사람들은 중대한 사건의 끝뿐만 아니라 심지어 가장 사소한 사건의 끝도 상상할 수 없다. 어쩌면 무언가를 상상하면 현실이 소진될지도 모른다. 어쩌면 현실은 사람들이 머릿속으로 상상하는 것을 원치 않을지도, 반항적인 십 대처럼 자유로워지고 싶어 할지도 모른다. 그렇기 때문에 현실은 언제나 상상과 다르다.

다음 날부터 레프는 더 이상 존재하지 않는 세상 속에서 살기 시작했다. 그것은 온전히 환상과 흘러가는 꿈, 감각의 습관으로 이루어진 세상이었다.

그리고 그것은 전혀 어렵지 않았다. 이전의 삶보다 훨씬 더 쉬웠다. 이제 그는 시내로 들어가는 것이 마치 안개 속으로 발을 들여놓는 것, 무대 장식 위에 오르는 일 같았다. 사람들이 자기를 보고 놀라면, 그는 그들을 향해 얼굴을 찌푸리거나 웃었다. 그리고 심지어 델리카트슨*에서 무언가를 살짝 집어 보기도 했다. 크지 않은, 사소한 물건들이기는 했지만, 그런 다음 그는 어쨌든 불편함을 느꼈을 것이다. 옷에 대한 고민은 그만두었다. 얼지 말아야 한다는 것만 기억했다. 그는 신발을 짝짝이로 신었고, 실수로 코트에 기름을 쏟았을 때 코트 대신 담요의 구멍을 뚫어 판초처럼 입고 다녔다. 자신의 천체력과 다른 계산들을 구석으로 내던졌기 때문에 그에게는 시간이 많았다. 강가 공원에 앉아서 그는 모

---

* 조리된 육류나 치즈, 흔하지 않은 수입 식품 등을 파는 가게. 조제 식품점.

든 돌멩이와 벽을 응시하곤 했다. 어디에선가 파괴의 신호가 보이지는 않는지 관찰했다. 그는 그런 것들을 찾았으나, 모두 괜찮았다. 강은 거의 매일 색깔이 변했다. 어떤 날엔 커피처럼 어두운 갈색이었고, 어떤 날엔 샴페인처럼 분홍색이었다. 돌들에 주름이 지기 시작했다. 작은 다리는 무너지고 있었고, 레프는 유령 같은 사람들이 비현실적인 물에 빠지기를 초조하게 기다렸다. 그는 야채 시장의 노점들 사이를 지나다니며 바구니에서 가장 잘 익은 과일을 가져갔다. 어떤 사람들은 그에게 소리를 지르기도 했지만, 다른 사람들은 그러지 않았다. 그는 문가에 선 젊은 여자들에게 말을 걸기도 했다. 농담을 하거나 꽉 끼는 치마를 입은 매력적인 여성에 대한 자신의 두려움을 극복하기 위해서였지만, 그는 실제로 존재하지 않는 사람들과는 어떤 일도 하고 싶지 않았다.

그는 또한 하늘을 바라보았다. 그리움이 솟아났다. 별들은 혼란스럽고 예측할 수 없게 움직였기 때문에, 마치 저 색깔 있는 강처럼 매일매일 다르게 보였다. 있어야 할 곳에 있지 않았기 때문에 그는 몇 시간씩 화성을 찾느라 시간을 보냈다. 은하수는 거의 보이지 않았다. 성 안나의 산* 마을 위로 가끔 밝은 빛이 떠오르기도 했지만, 그는 그게 무엇인지 알지 못했다. 그는 사람들, 유령 같은 사람들 역시 하늘을 보는 것을 보았지만, 그들은 걱정하는 것 같지 않았다. 그날 이후 더는 달의 모습을 예측하기가 어려웠음에도 불구하고, 그들은 달빛 아래에서 키스를 나누곤 했다. 그는 자

* Góra Świętej Anny. 산(언덕) 이름이기도 하고, 거기에서 유래한 마을 이름이기도 하다.

신이 원하는 대로 했다.

레프는 잠을 자러 가서 자지 않고, 마을을 돌아다니고, 노점에서 과일을 집어 들고, 강물을 관찰하곤 하는 꿈을 꾸었다.

때때로 그는 이런 행동을 했다. 벽에 손가락을 찔러 넣어 따뜻하고 부패한 내부를 파헤쳤다. 돌멩이는 손끝에 닿아 산산조각 났고, 손길에 굴복했다. 더는 치유할 수 없는 구멍이 남았다. 언젠가는 강가에 있는 집 하나가 시들어 버린 것을 보았다. 그것은 말라비틀어지고, 부서지기 쉽고 무방비 상태인 것처럼 보였다. 자신의 무게 아래로 가라앉아 조용히 땅에 엎드려 있었다. 남아 있는 것은 옆 건물에 기댄 벽 하나뿐이었다. 유령 같은 사람들은 이것을 알아차리지 못한 것 같았다. 거기에는 아무것도 없었다는 듯, 마치 집이 있어야 할 자리가 자란 것처럼 그들은 공터를 지나쳐 갔다.

이런 서글프고 놀라운 순간들 속에서 그는 자신에 대해 궁금해졌다. 자신은 존재하는가, 존재하지 않는가. 그는 손과 얼굴을 쓰다듬었지만, 자신의 배를 만질 수는 없었다. 유혹에 빠진 손가락이 그곳에 구멍을 내기 시작하고 싶어질까 봐, 레프 자신의 몸을 완전히 뚫게 될까 봐, 그리고 다시는 회복할 수 없어 영원히 그 구멍과 함께하게 될까 봐 두려웠다.

그는 얼굴 생김새가 친숙해 보이는 사람들과 마주치기도 했다. 그렇지만 그런 일은 점점 드물어졌다. 채소 파는 여자는 사람이라기보다 콜리플라워 같은 새롭고 막연한 얼굴로 대체되었다. 그는 1층에 사는 이웃인 고등학교 교장 선생님도 보지 못했다. 그의 커다란 아파트에는 다른 사람이 살고 있는 것 같았다. 약삭빠르고 말주변이 좋은 그 남자는 매일 아침 더없이 매끄럽게 면도를 했고, 늘 전화기에 대고 자신의 종잇장 같은 지식을 늘어놓으며 모든 라디오 경연에서 승리하곤 했다. 여름마다 차고 지붕에서 놀던, 두 개의 물방울처럼 서로 닮았던 어린 소녀 둘도 이제는 없었다. 이제 날씨가 따뜻할 때면, 젊고 깡마른 여자들이 그곳에서 햇볕을 쬐며 하얀 배를 회색의 태양 광선에 내놓고 있었다. 태양은 이제 예전처럼 피부를 태우지는 않았지만, 빛바랜 삼베 자루처럼 잿빛으로 만들어 놓았다.

그 낯익은 얼굴들은 그가 전쟁 때부터 알고 있었기 때문에 오래전에 죽었다고 생각했던 여자와 머리가 어깨까지 내려온 남자, 지방 히피족의 것이었다. 그는 거의 매일 아침마다 다리에서, 네포무크의 성 요한*의 동상 옆에서 그를 보았다. 그는 다리를 건너다가 강에 침을 뱉곤 했다. 어딘가에 일자리가 있었기 때문에 어쩌면 일하러 가는 중이었는지도 모른다. 예를 들어, 레프는 블라호비트산 너머에서 으르렁거리는 소리를 들었고, 어느 날 밤에는 그곳에 더럽고 노란 불빛이 비치는 것을 보았다.

울어라. 그가 혼잣말을 했다. 사실은 슬프지 않았지만 그렇게 하는 게 적절해 보였기 때문이다. 그리고 때때로 그는 우는 데 성공했다. 그는 피아스트가(街)와 포드야즈도바가(街)의 교차로에 서서 울었다. 흉측한 자동차들이 그의 옆을 지나치면서도 그에게 아무런 해도 끼치지 못했다.

* 체코의 국민적인 성인으로 보헤미아 국왕이자 로마 왕이었던 바츨라프 4세에 의해 블타바강에서 익사했다.

미스만치아*

나는 인터넷에서 이상한 것들을 발견했다. 예를 들면, 다양한 종류의 점술법이다.

공기점(Aeromancja), 공기를 이용한 점술.

수탉점(Alektriomancja), 수탉을 이용한 점술.

사람점(Antinopomancja), 남자와 여자의 내장을 이용한 점술.

위장점(Gastromancja), 위에서 들려오는 소리를 바탕으로 한 점술.

우상점(Idolomancja), 인형, 조각, 동상을 이용한 점술.

황동그릇점(Kattabomancja), 금속으로 만든 그릇을 이용한 점술.

* Mysmancja. 아래의 모든 단어들이 −mancja로 끝나는 것으로 보아 점술법을 지칭하려고 작가가 만들어 낸 단어인 듯하다.

대수점(Logarytmancja), 로그(대수, 對數)를 이용한 점술.

칼점(Macharomancja), 칼을 이용한 점술.

와인점(Oinomancja), 와인을 이용한 점술.

배꼽점(Omfalomancja), 배꼽을 이용한 점술.

그림자점(Sciomancja), 그림자를 이용한 점술.

요소점(Stareomancja), 요소들의 미래를 예견.

동물점(Teriomancja), 야생 동물을 이용한 점술.

재점(Tuframancja), 재를 이용한 점술.

치즈점(Tyromancja), 치즈가 잘리는 방식을 이용한 점술.

부차적 인간

9월에 라디오 노바루다에서는 새로운 소설을 읽기 시작했다. 영국 소설인지 미국 소설인지 모르지만「부차적 인간」이라는 소설이었다. 나는 그 작가의 이름이 기억나지 않는데, 그의 성은 다른 사람들의 성과 비슷하게 들렸다. 그것은 한 남자의 인생에 대한 슬프고 장황한 이야기였다. 그는 자신이 이미 존재했던 무언가의 복제품이며 진짜가 아닌 복사물이라는 파괴적인 감정을 지속적으로 가지고 있었다. 사실 그는 원본의, 새로운 존재의 대용물이다. 예를 들어, 그는 고아원에서 입양되었으며, 생물학적 부모가 있지만 그들이 누구인지 알지 못한다. 그는 친아들을 잃은 사람들에게 입양되었다. 그래서 그는 누군가를 대신해야만 했다. 그들은 그를 아들로서가 아니라 다른 사람, 죽은 아이의 대용품으로 생각했다. 처음 세 개의 에피소드는 그의 젊음에 관한 내용이었다. 그는 항상 자신이 다른 사람이 남긴 더 나은 찌꺼기라고 확신하며 자랐다. 네 번째 에피소드에서 그는 연구를 하기 시작했고,

플라톤에게 매료되었다. 그는 플라톤이 이데아와 그 그림자에 대해 쓸 때의 마음을 정확하게 이해했다. 실재하고, 유일하며, 불연속적이고, 그 독특함에 있어서 완벽한 무언가가 존재한다는 것을 이해했다. 그리고 모든 반사와 마찬가지로 보다 모호하고 반사된 무언가가, 불연속적이고 결함투성이고, 빛의 굴절로 가득한, 그래서 거짓되고 보잘것없는 무언가가 존재한다는 것을 이해했다. 이 에피소드는 좀 지루했다. 문에 페인트칠을 하느라 나는 라디오를 테라스에 가져다 놓았고, 지붕에서 일하던 일꾼들도 발산과 동굴, 이차적 본성과 한 절망에 대해 들었다. 이 책의 주인공은 철학과 사랑에 빠졌다. 그는 어떤 플라톤 추종자 밑에서 석사 논문을 썼는데, 나는 다른 많은 고대 그리스인들의 이름처럼 그의 이름이 무엇이었는지 기억하지 못했고, 결국 이 논문 자체가 의도하지 않은 표절이며 이전에 이미 다른 사람이 주장한 내용이라는 것이 밝혀졌다. 이어지는 몇 개의 에피소드에서 그는 이혼녀와 결혼했다. 그는 그녀의 두 번째 남편이었다. 그의 아내는 여전히 전남편을 사랑했다. 이 책에는 이런 장면이 있다. 다락방을 정리하다 들었는데, 주인공이 그녀의 집(집은 아내의 것이었다.) 욕실 수납장에서 전남편의 세면도구를 발견하여, 박물관 전시품처럼 진열한 다음, 결국 그의 칫솔로 양치하기 시작하고, 그의 향수를 몸에 뿌리고, 그의 잠옷을 입고, 그리고 아내는 그에게 전남편과 했던 방식으로 사랑을 나눌 것을 요구한다. 더 나아가, 이 책에서 주인공은 두 번째 아버지, 계부라는 것이 밝혀졌다. 그는 자신의 아이를, 진짜 자식들을 가질 수 없다. 그림자 인간들은 자식을 낳을 수 없다고 사람들은 생각했다. 그는 출판사에서 편집자로 일하며 다른 사람들의 책을 교정한다. 그리고 자신의 책을 쓰길 바라지만 언제나 다른 사람들의 책에서, 이미 적혀 있는, 이미 완료된 자신의 생각을 발견한다. 전화번호부에는 그와 성이 같은 사람들이 수십 명이나 있는데, 경찰은 그가 어떤 결혼 사기꾼과 이름이 같다는 이유로 그를 괴롭힌다. 설상가상 평판이 좋지 않은 어떤 정치인과 성이 같아 사람들이 모두 그를 그 정치인으로 착각한다. 그의 사진이 체육관 명판에서 떨어지자 사람들은 실수로 그것을 다른 사람의 것으로 대신한다.

나는 밤비에지체에서 판자를 가져오느라 마지막 두 개의 에피소드를 놓쳤다. '부차적 인간'의 이야기가 어떻게 끝났는지 모르겠다. 그는 다른 사람들처럼 죽어야 했다. 어쩌면 사람들은 착각하여 그의 시체를 다른 사람의 이름으로 묻었을지도 모른다. 어쩌면 장례식을 치르는 동안 옆에서 좀 더 중요한 사람의 장례식이 치러졌을지도 모르고, 브라스 밴드의 음악이 먼저 복사한 듯 틀에 박히고 일상적인 신부님의 연설을 가려 버렸는지도 모른다.

백색

그들은 흰색 차를 타고 왔다. R은 밖으로 나가 트렁크에서 가방을 꺼내는 그들을 도왔다. 그들은 잠시 동안 차 옆에 서 있었다. R은 늘 손님들의 차를 감탄하며 바라본다. 그는 연식이 어떻게 되는지 그리고 연료는 얼마나 소비하는지 묻는다. 암캐 두 마리가 그 주변에서 기뻐 날뛰었고, 얀카는 여느 때와 마찬가지로 운전석에 앉아 있었다.

그들의 차는 흰색, 희디흰 색이었다. 나는 계단으로 나가 그들에게 손을 흔들었다. 그녀는 이미 발밑의 가파른 오솔길을 바라보며 내 쪽으로 오고 있었다. 자동차의 하얀색은 그녀의 가냘픈 실루엣의 배경이 되었다. 그녀는 마치 영화에서 빠져나와 강당 어스름 속으로 사라져 버리는 인물처럼 하얀 스크린에서 흘러나왔다. 나는 관객이었다.

그녀를 바라보며 미소를 짓다가, 나는 모든 백색이 자연에 위배된다는 것을 깨달았다. 백색은 자연에는 존재하지 않는다. 눈조차 하얗지 않다. 회색, 노란색, 빛나는 금색, 하늘처럼 파랗거나 흑연처럼 어두울 수 있다. 이 때문에 하얀 식탁보와 침대 시트는 반항하는 것이고, 비현실적인 화장을 지우고 싶은 듯 고집스레 노래지려는 것이다. 잘 알려진 세탁 세제는 도움이 되지 않는다. 인간들의 많은 발명품처럼, 그저 빛을 반사함으로써 착각을 배가할 뿐이다.

7월 보름달

마르타는 우리가 의자를 테라스로 내가서 두세 줄로 차례차례 정리하는 것을 보고 있었다. 우리는 유리잔과 와인 잔을 잔뜩 쟁반에 받쳐 들고 문을 밀고 나갔고, 커피 잔에 담긴 티스푼은 짤랑짤랑 소리를 내며 바닥을 긁었다. 우리 중 몇몇은 이미 자리를 잡았다. 앉아서 낮은 목소리로, 객석을 채우는 단조로운 톤으로 수다를 떨고 있었다. 이런 말들은 아무 의미도 없고, 거의 들리지 않고, 의견을 제시하는 척하며, 민들레 씨처럼 공기를 움직인다. 우리는 바스락거리는 상자에서 하얀 담배를 꺼냈다.

누군가는 다른 사람의 머리 위로 컵이나 접시를 건네고 있었고, 또 다른 누군가는 스웨터를 가지러 복도로 가고 있었다. R은 와인 두 병을 가져와서 정원 테이블 위에 놓았다. 그의 목에는 쌍안경이 걸려 있었다. 여자들 중 한 명이 나무 난간에 기대어 카메라 설정을 확인하고 있었다. 턱수염을 기른 젊은이가 시계를 보고 있었는데, 갑자기 모두 시간을 확인하기 시작했고, 복도의 불빛이 꺼지고 여느 때처럼 집 안은 어둠에 휩싸였다. 빨간 담뱃불만이 다 자란 반딧불처럼 위아래로 움직여 어둠 속에서 입으로 가는 손의 움직임을 보여 주었다.

숲에서 차가운 공기가 밀려왔기 때문에 마르타는 스웨터의 단추를 채웠다. 밤은 고요하고 적막했다. 아직 귀뚜라미는 없었다.

그리고 이제 마르타는 갑작스럽게 소동이 일어나는 소리를 들었다. 우리는 기쁨의 한숨을 쉬었고, 어떤 여자 목소리가 들려왔다.

"저기 있다."

마르타는 고개를 돌렸고, 우리가 보고 있는 것과 똑같은 것을 보았다. 얇지만 거대한, 강렬한 핏빛 줄무늬가 지평선 위에, 정확히 말하면 두 그루 가문비나무 사이에 있었다. 카메라가 찰칵거렸고, 쌍안경이 플라스틱으로 된 셔츠 단추에 가볍게 닿았다. 붉은 선이 자라기 시작하더니 돔 모양으로 변했다. 지평선에 거대한 발광버섯이 생겨났다. 그것은 눈에 띄게 자라며 반원이 되어 갔다. 지극히 당연하게도 이미 달이 세상 가장자리에서 태어나고 있었다. 두 그루 가문비나무가 그 사이의 달을 아이처럼 붙잡고 있었다. 마침내 달이 땅으로부터 자유로워지고, 지평선의 검은 선으로부터 분리되고, 위쪽으로 위태롭게 흔들릴 때까지 카메라는 몇 번이고 조심스럽게 찰칵거렸다. 그것은 정말 엄청났다.

우리 중 한 사람이 엄숙하게 박수를 치기 시작했고, 곧 다른 손들도 박수에 합류했다. 두 그루 가문비나무 사이의 안전한 공간에서 완전히 벗어났을 때, 달의 색깔이 서서히 변하기 시작했다. 처음엔 노란색, 그다음엔 흰색, 그다음엔 녹색이었다. 우듬지에 걸린 그 얼굴 생김새가 또렷하게 보였다.

그러나 마르타는 테라스에서 사람들을 보고 있었다. 그곳에서
는 와인 잔이 짤랑거리고 있었다. 샴페인의 코르크가 터지며 튀어
올랐다. 잠시 후 사람들은 대화를 시작했다. 처음엔 낮은 목소리
였는데, 나중에는 점점 커져서 모든 것이 이전과 똑같아졌다.

듣기

집 안에 사람이 많고 잠잘 곳이 넉넉하지 않아, 나는 낮에 책을 읽는 붉은색 철제 침대에서 잠을 청하려고 과수원으로 갔다. 하얀 시트를 깔았다. 밤에 그것은 빛나는 회색빛으로 보였다.

집 밖이 보였다. 욕실 창문에서 빛이 쏟아져 연못에 길고 밝은 흔적을 드리웠고, 잠깐 동안 펌프가 우르륵 소리를 내며 켜졌다. 잠시 후 조용해지자 집은 어두워지고 내 눈에서 사라졌다. 하늘이 더욱 밝아 보였다.

밤은 사람들이 말하는 것만큼 어둡지 않다. 그 안에 하늘에서 산과 계곡으로 흐르는 부드러운 조명을 품고 있다. 지구 역시 빛을 발한다. 맨뼈와 항아리의 광채처럼 차가운 회색빛의, 살짝 인광성이 도는 광채다. 이 희미한 빛은 낮에도, 달 밝은 밤에도, 조명이 밝게 켜진 도시와 마을에서는 보이지 않는다. 오직 진정한 어둠 속에서만 지구의 빛이 보인다.

나는 침대에서 보이는 공간의 모든 조각, 모든 나무, 모든 풀

덩어리, 모든 지평선의 곡선을 주의 깊게 살펴보았다. 모든 것이 재를 뒤집어쓴 듯, 밀가루를 뿌린 듯 보였다. 밤의 불빛에 날카로운 모서리는 흐릿해졌고, 반대쪽은 더 가까워졌다. 둘 사이의 경계가 흐려졌다. 많은 것들이 하나인 것처럼 보였다. 이 이미지들은 내 시선을 가두어야만 했다. 내가 잠에서 깼을 때, 잠에서 깬 눈은 오로지 어둠만을 보았기 때문이다. 달은 이미 졌다. 그러나 대신 내 청각이 깨어나 내 몸의 모든 통제권을 장악했고, 이젠 나를 그 뒤로 끌어가고 있었다. 나는 집 벽에 붙어 벽을 따라 천천히 움직이며 귀를 기울였다. 적막해 보였지만 그 속에서 차츰 집 안에 잠들어 있는 사람들의 숨소리가 들려왔다. 처음에 내 귀를 울린 것은 중얼거리는 소리와 바스락거리는 소리였다. 온몸이 고조된 청각으로 가득 찰 때까지 내 귀에 들리는 소리는 고기 한 접시, 마른 술잔, 축축한 보청기가 벽에 밀려 붙은 것 같은 소리였다. 집 벽 너머에서 자는 사람들의 호흡이 윙윙거리는 소리가 되었고, 휘파람이 되었고, 이것은 사람의 몸으로 흘러 들어가 이 죽은 좀비 같은 구조물에 생명을 불어넣었다. 그들의 눈꺼풀은 차가운 바닥에 던져진 고기 조각처럼 천천히 흔들렸다. 심장은 공기보다 무거워져서 곧 땅으로 흘러내리며 쿵쾅거리는 소리를 냈다. 잠자는 리듬에 맞추어 침대가 쉴 새 없이 삐걱거렸다. 그다음에 아주 작은 교차로, 낯선 만남의 장소, 음식물 창고가 있는 집의 벽 안쪽 대도시에 사는 쥐들의 소음이 들렸다. 소나무 탁자의 다리에서는 나무 벌레 소리가 들렸다. 부엌에서는 냉장고가 귀청이 터질 듯한 싸늘한 야간 비행을 시작했다. 나방이 서늘한 밤의 공간을 간질였다. 그런데 이 모든 것은 부엌 수도꼭지에서 떨어지는 히스테릭한 물

방울 소리에 의해 산산조각 났다. 어리둥절해진 나는 등을 대고
누워서 하늘을 응시했다. 여느 때처럼 조용했어야 했지만, 그렇
지 않았다. 나는 유성이 떨어지는 소리와 오싹한 혜성의 소리를
들었다.

성녀의 삶은 누가 썼으며
그는 이 모든 것을 어떻게 알았는가

한 젊은 신학생이 파스칼리스에게서 모든 서류를 받아 갔다. 그는 저녁에 오라고 하며, 의회의 결정을 기다리는 동안 머무를 방을 아무 말도 없이 보여 주었다. 방은 어둡고 습했으며, 창문으로 강과 강둑의 누추한 집들이 보였다. 어떤 의미에서 그 방은 수녀원에 있는 그의 수도실을 떠올리게 했다. 좁은 침대와 맞은편 탁자와 의자, 그리고 양가죽 깔개 대신 기도대가 있었다. 그는 그 위에 무릎을 꿇고 기도하려 했지만, 쿰메르니스는 오기를 거부했다. 파스칼리스는 성녀보다는 부드러운 가구 장식들에 더 마음이 갔고, 그래서 결국 돌바닥에 무릎을 꿇었다. 그러나 집중할 수가 없었다. 창밖에서 강물이 웅성거리는 소리와 거리 소음, 바퀴가 삐걱거리는 소리 그리고 사람들의 목소리가 흘러 들어왔다. 글라츠는 기도하는 데 도움이 되지 않았다. 몇 년 만에 처음으로 그는 기도를 하지 않고 잠자리에 들었다.

다음 날, 같은 신학생이 지금 주교가 그의 서류를 읽고 있고,

그래서 알현은 내일 할 수 있을 거라는 소식을 전해 주었다. 그다음 날에도 그는 똑같이 말했고, 그다음 날도 마찬가지였다. 그래서 파스칼리스는 계속 주교관에 머무르며 도시를 돌아보았다.

그는 무척 많은 사람들을 보았다. 그렇게 많은 사람들이 한곳에 산다는 것을 도저히 믿을 수 없었다. 그는 그들이 모두 서로를 모른다는 사실에 놀랐다. 그들은 거리에서 서로 무관심하게 지나쳤고 서로를 보지 않았다. 그는 이 이상한 도시를 아침부터 저녁까지, 신발 끈에 쓸려 발에 상처가 날 때까지 돌아다녔다. 그는 시장에서 장사꾼들을 보았고, 점포에는 온갖 물건들이 가득했다. 그 모든 것들이 어디에 사용되는지 기억하기 어려웠다. 그는 거리에서 노는 아이들, 소음과 더위에 지친 동물들, 그리고 성당의 밝게 칠한 나무 조각상들을 보았는데, 그것들은 사람들에게 거의 실제처럼 보였다.

그러나 그를 가장 매료한 것은 여자들이었다. 이곳 도시의 여자들은 훨씬 도드라지고, 실재적이고, 현실적이었다. 성당에서 기도할 때, 그는 그들의 드레스가 바스락거리는 소리와 부드러운 구두 굽 소리로 그들의 존재를 알아챘다. 그래서 그는 그들이 입은 옷의 세세한 부분과 머리끈, 머리를 땋은 모양, 어깨선, 성호를 긋는 그들의 유려한 손동작을 슬쩍 훔쳐보곤 했다. 아무도 보지 않을 때 그는 마치 정교한 마법의 주문을 연습하듯 이 동작을 따라 했다.

강가의 한 거리에서 그는 어린 소녀들이 항상 무릎까지 말려 올라간 드레스를 입고 그 앞에 서 있는 집을 발견했다. 그들의 셔츠 끈은 실수로 풀린 것 같았고, 깡마른 가슴이 드러나 있었다. 파스칼리스는 하루에도 몇 번씩 그 길을 지나쳤다. 사실 그는 어떻게 그런 일이 일어나는지 알지 못했다. 생각에 잠길 때마다 그의 다리가 그를 그곳으로, 축축한 냄새가 나는 강가의 골목길과 언제나 물에 잠겨 있는 그 주변으로 데리고 갔다. 소녀들은 바뀌었지만, 그는 그들 모두를 알아보는 법을 배웠다. 그들도 역시 그를 알게 되었고, 오랜 친구처럼 그를 보고 미소 지었다. 어느 날 그가 서둘러 그 옆을 지나가고 있을 때, 그들 중 한 명이 그에게 속삭였다. "이리 와 봐요, 형제님. 전에 한 번도 못 봤을 것을 보여 줄게요." 이 속삭임은 마치 그를 때리는 것 같았다. 파스칼리스는 한순간 숨이 멎었고, 피가 얼굴로 솟구쳤다. 그러나 그는 멈추지 않았다. 그날 노점에서 그는 쿰메르니스가 조각된 작은 나무 십자가를 보았다. "걱정의 성인이지요.* 모든 변화의 수호성자예요." 장사꾼이 말했다. 파스칼리스는 수녀원장에게서 받은 돈으로 이 십자가를 샀다.

마침내 그는 주교의 부름을 받았다.

"이 모든 것은 매우 큰 깨달음을 주고 우리를 영적으로 고양시킵니다. 당신은 이 특별한 여인의 삶에 대한 아름다운 이야기를 썼어요. 하지만 그녀의 글에는 우리를 걱정스럽게 하는 부분이 많습니다." 희고 검은 수도복을 입은 사람이 이렇게 운을 뗐다. 그런 다음 그는 앞에 종이를 펼쳐 놓고 잠시 그것을 자세히 읽었다. 주교는 그들을 등지고 창밖을 응시했다.

"예를 들어, 이런 말들은 무엇을 의미합니까? '나는 그것을 보

* 독일어에서 Kümmernis는 '슬픔' 또는 '걱정', '불안'을 뜻한다.

았습니다. 그것은 무한하고 강렬했지만, 어느 곳이나 똑같지는 않았습니다. 일부는 그에게 더 가까이 있었고 일부는 더 멀리 있었습니다. 가장자리에서 그것은 얼었고, 녹아 흐르는 철처럼 굳었습니다.'"

"그것은 하느님에 관한 말입니다." 파스칼리스가 말했지만 주교는 반응하지 않았다. 흑백의 수도사가 말했다.

"나는 이것이 시적 은유일 수도 있다는 것을 이해하지만, 형제님, 상당히 위험하다는 것을 인정하셔야 합니다. 수녀원장께서는 좀 더 신중해야 하고 통찰력을 가져야 합니다. 이건 아직 완벽하게 정교하지 않군요, 형제님, 이것은 또 어떻습니까. '내가 하는 일은 무엇이든지, 당신을 사랑하기 위해서 하는 것이니, 당신을 사랑하며 나 자신을 사랑해야 합니다. 내 안에 살아 있고 사랑하는 것은 바로 당신이기 때문입니다.' 그게 가장 이단적으로 들립니다만…… '내가 하는 일은 무엇이든지'…… 마치 분리주의자들의 말을 듣는 것 같아요. 아니면 성하께서 경청할 만큼 훌륭하시다면…… 잘 들어 주신다면……."

파스칼리스의 고른 필적이 가득 담긴 종이 한 장이 바닥으로 날아갔다.

'나는 당신이 내 안에 살고 계심을 압니다. 내 안에 있는 당신을 봅니다. 당신께서는 내가 믿을 수 있는 모든 것으로, 리듬으로, 밀물과 썰물로, 맥박으로 그리고 희미해짐으로 내 안에서 당신 자신을 드러냅니다. 나는 해와 달에 속해 있습니다. 내가 당신께 속해 있기 때문입니다. 나는 식물과 동물의 세계에 속해 있습니다. 내가 당신께 속해 있기 때문입니다. 매달 달이 내 안의 피를 휘저을 때, 나는 내가 당신의 것임을, 당신이 나를 당신의 식탁으로 초대하여 생명을 맛보게 하심을 압니다. 매 가을마다 내 몸이 둥글어지고 커지면, 나는 야생 거위 같아지고, 사슴 같아집니다. 그것들의 몸은 가장 지혜로운 사람보다 세상의 본질에 대해 더 많은 것을 알고 있습니다. 당신은 내가 밤을 견딜 수 있도록 내게 더 큰 힘을 주십니다.'

"해와 달이라." 주교가 갑자기 되풀이했고, 이것이 그 모임에서 그가 내뱉은 유일한 말이었다.

파스칼리스가 모든 것이 잘못되었음을 어떻게 이해했는지는 알려지지 않았다. 그는 주머니에서 자신의 마지막 논거를 꺼냈다. 그리스도의 얼굴에 반쯤 벗은 몸이 달린 나무 십자가였다. "어디에서나 이것을 살 수 있습니다." 그가 말했다. "신도들은 그녀의 축복을 받기 위해 알벤도르프로 순례를 갑니다."

파스칼리스는 작은 십자가를 글이 기록된 종이 위에 올려놓았다. 주교와 수도사가 그 위로 몸을 숙였다.

"이 무슨 혐오스러운 행동입니까." 수도사가 얼굴을 찡그렸다. "사람들은 자기들이 무슨 일을 하는지 알지 못합니다."

수도사는 손가락 두 개로 십자가를 집어 다시 파스칼리스에게 건네주었다.

"우리는 당신이 이 여자의 삶을 쓰는 데 쏟은 노력에 감사합니다. 우리는 진심으로 아니엘라 수녀님을 신뢰하지만, 선의에도 불구하고 성도들에게 이 이야기가 어떤 의미를 가질 수 있는지 이해할 수 없습니다. 당신도 알다시피 우리는 혼돈의 시대에 살고 있습니다. 사람들은 하느님에 대한 두려움을 잃었고, 하느님께 스스로 조건을 지시하고, 자신들의 세속적이고 인간적인 불만에 신앙을 끌어들일 수 있다고 생각하는 것 같습니다. 내가 당신에게 우리 땅에서 생겨난 모든 분리주의자들의 예를 들려줄 필요는 없습니다. 우리의 임무는 신앙의 순결을 지키는 것입니다. 우리에게는 진정한 신앙을 굽히지 않고 순교한 것으로 인정받는 성녀들이 많이 있지요. 시칠리아 이교도 왕과의 결혼을 거부한 성 아가타……그녀는 가슴이 잘려 나갔어요. 알렉산드리아의 성 카테리나는 말에 의해 몸이 뜯겨 나갔고, 아폴로니아는 박해 중에도 신앙을 수호했습니다. 사람들은 그녀를 기둥에 묶고 이를 하나씩 모두 뽑아 버렸지요. 또한 전신이 마비된 성 피나는 돌침대에서 자며 쥐들이 자신의 몸을 다 파먹도록 함으로써 스스로 더 큰 고통을 겪었습니다……."

주교가 갑자기 고개를 들어 수도사를 힐끔 보았다. 침묵이 흘렀다.

"이것은 모두 사실입니다." 수도사가 다시 시작했지만, 더 조용해졌다. 그는 조심스럽게 탁자에서 종이를 모으기 시작했다. "신앙을 수호하고 정직하게 순교하는 자. 그의 고통은 의미가 있으며, 두렵고 끔찍하긴 하지만 그의 고통은 좋은 취향의 범주 안에 들어맞습니다. 하지만 여기 이것, 십자가에 못 박힌 벌거벗은 이 몸에는 불건전한 무언가가 있다고 나는 말해야 할 듯합니다. 십자가는 하느님의 아들, 구세주를 떠올리게 합니다. 그리고 여기 벌거벗은 젖가슴 말입니다, 이 벌거벗은 젖가슴 위에 우리 주님의 얼굴이 있어요……. 당신은 이 조상(彫像)에 현혹된 것입니다. 아니엘라 수녀님이 그랬던 것처럼 말이지요……. 사건은 철저히 조사해야 할 가치가 있으며 그 후에야 최종 결정을 내릴 수 있습니다. 당신의 일은 아직 끝나지 않았습니다."

수도사는 파스칼리스에게 문서를 건네주었다.

파스칼리스는 도시로 뛰어들어 저녁때까지 거의 모든 거리를 들렀다. 그의 다리는 여전히 로마 여행을 예상하고 있었고 여행할 준비가 되어 있어서 그는 다리들에게 안도감을 주기 위해 걷고 또 걸어야만 했다. 그는 그날 밤에도 여전히 주교관으로 돌아갈 수 있었고, 그곳에서 자고 저녁 식사를 할 수 있었지만, 그러고 싶지 않았다.

"빌어먹을." 그는 난생처음으로 혼잣말을 했고, 그 순간 자신이 강변 거리에 있다는 것을 알았다. 강에서 냉기와 물 냄새가 풍겨 왔다. 파스칼리스는 여관 앞에 서 있었다. 사람들이 들락날락하며 문을 열었고, 답답하고 시큼한 사람 몸의 열기가 그를 감쌌다.

누군가가 그의 소매를 만졌다. 파스칼리스가 옆을 보니 낮 동안 빨간 입술과 볼을 회색 돌담에 비춰 보며 살피던 소녀들 중 하나였다. 그녀는 그의 눈을 바라보았고, 차츰 입술이 호선을 그리며 미소로 변했다. 그녀는 자신의 캐미솔을 움켜잡았고, 잠시 후 파스칼리스의 얼굴 앞에 하얀 젖가슴 두 개가 튀어나왔다. 그에게는 그것들이 마치 그래야만 하는 것처럼 완벽해 보였다. 소녀는 근처 집들 중 한 곳으로 그를 끌고 갔다. 그들은 낮고 악취 나는 현관을 지나 몇 개의 나무 계단을 올라 어떤 방으로 들어갔다. 그곳은 어두웠지만, 작다는 것을 느낄 수 있었다.

"돈은 좀 있나?" 그녀가 물었고 촛불을 켰다.

그는 옷 아래에 묶어 놓은 주머니를 흔들었다. 동전이 짤랑짤랑 소리를 냈다. 그 방은 정말 작았다. 짚으로 채워진 매트리스가 벽 아래 바닥에 놓여 있었다. 파스칼리스는 서류가 든 그의 가방을 문 옆에 놓았고, 소녀는 매트리스 위에 누워 치마를 턱까지 끌어 올렸다. 그는 구멍 난 스타킹이 신겨진 활짝 벌린 다리와 그 사이의 검은 얼룩을 바라보았다. 그는 어떻게 해야 할지 몰라 그녀의 누운 몸 앞에 서 있었다.

"자, 형제님, 뭘 기다리고 있는 거야?" 소녀가 웃었다.

"네 위에 눕고 싶어." 그는 목이 메어 말을 더듬거렸다.

"그럴 수만 있다면, 넌 내 위에 눕고 싶겠지!" 소녀가 놀란 척 소리쳤다.

파스칼리스는 무릎을 꿇고 살며시 그녀의 몸 위로 누웠다. 그는 숨을 쉴까 봐 두려워하며 잠시 그렇게 누워 있었다.

"그럼 이제 뭐?" 소녀가 물었다.

그는 소녀의 손을 잡고 넓게 벌렸다. 그의 손가락이 그녀의 손바닥을 만졌다. 단단하고 거칠었다. 그의 얼굴이 기름에 튀긴 지방 냄새가 나는 그녀의 머리카락에 닿았다. 소녀는 그의 아래에 가만히 누워 있었고, 그는 그녀가 꾸준히 숨 쉬는 것을 느꼈다.

"어쩌면 여기는 아주 따뜻하지는 않을지도 모르지만, 옷을 벗는 게 좋을 거야." 그녀가 갑자기 침착하게 말했다.

그는 생각하다가 몸을 일으켜 옷을 벗기 시작했다. 그녀는 재빨리 드레스에서 미끄러져 나왔다. 이제 그들은 서로의 알몸을 만지고 있었다. 그는 그녀의 숨소리에 귀 기울였다. 그녀의 거친 머리카락이 자기의 뱃가죽을 간지럽히는 것을 느낄 수 있었다.

"넌 뭔가 잘못됐어." 그녀가 그의 귀에 속삭이며 리듬감 있게 엉덩이를 움직였다. 그는 대답하지도 움직이지도 않았다. 그녀는 그의 손을 잡고 자기 다리 사이로 살며시 이끌었다. 그는 그토록 자주 상상했던 그녀의 몸 깊숙한 곳으로 통하는 구멍을 찾았지만, 모든 것이 상상과 전혀 달랐다.

"그래, 바로 그렇게." 소녀가 말했다.

갑자기 그의 손가락이 놀라서 손을 빼고 일어나려 했지만, 그녀는 그를 다시 다리 사이로 끌어 내렸다.

"넌 정말 아름다워. 여자 같은 머리카락이 있네."

그때 그는 그녀가 던져 놓은 드레스를 찾아 손을 뻗으며 일어섰다. 그녀는 그가 경건하게 그것을 입는 모습을 놀란 눈으로 지켜보았다. 그녀는 무릎을 꿇고 그를 도와 코르셋의 끈을 맸다.

"스타킹." 그가 말했다.

그녀는 스타킹을 벗어서 그에게 건네주었다. 스타킹은 간신히 그의 무릎께까지 올라왔다. 그는 눈을 감고 두 손으로 가슴과 엉덩이를 위로 끌어당겼다. 그가 움직이자, 드레스가 그와 함께 움직였다.

"아까처럼 누워서 팔을 넓게 벌려. 그러면 내가 눈을 뜰게." 그가 말했다.

그녀는 그가 명령한 대로 했다. 그는 그녀 앞에 서서 한참 동안 그녀를 바라보다가 치맛자락을 치켜들고 그녀의 다리 사이에 무릎을 꿇었다. 그녀의 몸 위로 천천히 주저앉았고, 수백 번이나 연습한 것처럼 실수 없이 삽입했고, 그런 다음 서서히 그리고 체계적으로 그녀를 바닥으로 밀어붙였다.

꿈

나는 편지를 받았다. 그것은 우리가 없을 때 쌓여서 차례차례 읽어야 하는 다른 서류들과 함께 책상 위에 놓여 있었다. 우편함에서 특정한 사람들로부터 온 개별 봉투를 꺼내 엄숙하게 집중해서 읽는 즐거움은 영원히 사라진다. 그것은 선거 전단지, 고액 현금 대출과 어학원 광고, 계좌 명세서, 전화 요금 청구서, 발신인의 이름 대신 도장이 찍힌 편지들, 관공서 소환장, 간결한 안부가 적힌 엽서, 예고장, 안내문, 공지 사항 같은 것들 사이에 놓여 있었다. 그리고 그것 역시 실제 편지가 아니었다. 이런 종류의 우편물은 눈에 띄지 않고 사라져 버리는 것 같다. 그것은 광고에 가까웠다. 흐릿하게 복사된 인쇄물, 번지고 얼룩진 복사본으로, 이런 건 사람들이 끝까지 읽으려 하지도 않는다. 그것은 일부 정당들의 선거 전단지 사이에 붙어 있었다. 그리고 어떤 면에서 그것은 편지가 아니었다. 공식 서한이 일반적으로 그런 것처럼 그 자체가 봉투이기도 했기 때문이다. 그것은 한쪽 모서리에 접착제를 바르고

네 조각으로 접은 종이 한 장이었다. 그 위에 주소와 우표가 붙어 있었다.

첫 번째 문장은 "깨어나라."였다. 나는 더 이상 읽지 않았거나, 아니면 거기 쓰인 내용을 잊어버렸다. 아마도 "깨어나라. 폴란드는 벼랑 끝에 서 있다. 우리 당에 투표하라!"였을 것이다. 혹은 "깨어나라. 기회를 놓치지 마세요. 300즈워티 이상 구매 시 다양한 종류의 수선화 전구 한 갑을 선물로 드립니다." 혹은 "외국어 지식과 함께 깨어나라. 잠을 자는 동안 배우는 우리의 학습 시스템은 단 삼 주 만에 언어 숙달을 보장합니다." 내가 기억하는 것은 칼로 그것을 열었다는 것뿐이고 이제 어떤 칼을 보든 나는 그 "깨어나라."라는 말이 영원히 생각난다. 접힌 종이의 납작한 몸을 자르고, 그 의미 충만하고 예언적인 내장에 도달하기 위해 종이 동물의 내장을 제거한다.

사워크림에 넣은 독그물버섯

바우브지흐에서 지인들이 왔고 나는 그들에게 버섯을 대접했다. 마지막 순간에 그들은 그게 어떤 종류의 버섯인지 물었고, 내가 말해 주자 먹지 않았다. 마치 무언가를 먹거나 먹지 않는 것이 우리를 죽음에서 구원할 수 있다는 듯이 말이다. 이걸 먹든 저걸 먹든, 이걸 하든 저걸 하든, 이걸 생각하든 저걸 생각하든 관계없이 사람들은 죽어 가고 있다. 내가 보기에 죽음은 삶보다 더 자연스러운 순간인 것 같다. 현대의 가이드북에서 독성이 있다고 인정되기 전까지 주름우단버섯은 맛있는 버섯이었다. 그것은 어디서나 자라기 때문에 모든 세대에 걸쳐 그것을 먹어 왔다. 내가 어렸을 때, 사람들은 그것을 별도의 바구니에 따로 모아 오랫동안 끓이고 물을 따라 냈다. 이제 그들은 주름우단버섯이 사람을 천천히 죽음에 이르게 하고, 신장을 공격하고, 내장 어딘가에 축적되어 몸을 파괴한다고 말한다. 몇 퍼센트는 살고, 몇 퍼센트는 죽었을 것이다. 하나가 다른 하나로 언제 바뀌는지는 말하기 어렵다. 무슨 이유로 사람들이 이 짧은 순간에 큰 비중을 두는지 모르겠다.

와인과 사워크림에 넣은 독그물버섯 요리는 이렇게 만든다.

독그물버섯 약 1킬로그램

버터 네 큰술

화이트 드라이 와인 4분의 1잔 (라벨에 해바라기가 그려진 체코산이 가
장 좋다.)

후추 한 꼬집, 매운 파프리카 가루 한 꼬집

소금

사워크림 한 컵

간 오스치펙* 반 컵

버섯을 오 분 동안 버터에 볶는다. 와인을 넣고 삼 분간 끓인다. 그
런 다음 후추, 파프리카 가루, 소금을 넣고, 사워크림을 붓고, 치즈를
넣어 잘 섞는다. 크루통**이나 감자와 함께 낸다.

* 폴란드 타트리 산악 지역에서 양젖으로 만드는 치즈.
** 빵을 주사위 모양으로 썰어 기름에 튀기거나 오븐으로 구운 것. 수
프 위에 띄워 먹는다.

무더위

폭염이 계속되는 동안 마르타는 오후 내내 집 앞 작은 벤치에 앉아 햇볕을 쬐며 우리 집을 지켜보았다. 그녀는 항상 같은 스웨터를 입었고, 그 속에서 덥혀진 그녀의 피부에서는 땀이 났다. 국경 수비대의 오토바이가 산길, 엘더베리 덤불 아래에 놓여 있었다. 그 옆에서는 국경 수비대가 쌍안경으로 마르타와 우리를 지켜봤다. 위쪽, 구름 한 점 없이 움직이지 않는 하늘에는 매 한 마리가 맴돌고 있었다. 우리는 매를 성령이라고 불렀다. 왜냐하면 매는 성령처럼 힘들이지 않고 전지전능하게 움직였기 때문이다. 매는 마르타를 바라보던, 우리를 바라보던 국경 수비대를 노려보고 있었다. 폭염이 계속된 한 달 동안 마르타도 같은 것을 보았다.

우리는 하루 종일 나무 테라스에 앉아 있었다. 사과나무 뒤에서 태양이 떠오르자마자, 우리는 거의 벌거벗다시피 옷을 벗고 하늘을 향해 하얀 몸을 보여 주곤 했다. 피부에 선크림을 바르고, 다리를 남은 의자에 쭉 뻗었다. 얼굴을 태양 쪽으로 두었다. 정오쯤 우리는 잠깐 현관을 떠났다. 커피를 마셨다. 그러고 나서 다시 햇볕이 잘 드는 곳에 누워 있었다.

틀림없이 마르타는 우리의 피부가 잠시 쉴 수 있도록 구름이 존재해서 정말 다행이라고 생각했을 것이다.

오후가 되자 우리의 피부가 붉어졌고, 여느 때처럼 노바루다로 가던 아무개 씨는 상한 우유를 피부에 바르라고 조언했다.

마르타는 우리의 입이 움직이는 것을 볼 수 있었다. 우리는 누운 채로, 심지어 서로 쳐다보지도 않고 이야기했기 때문이다. 태양이 우리의 말을 게으르게 만들었다. 그렇지만 눈꺼풀 아래 하얗게 빛나는 불덩어리가 생기고 있는데 무슨 말을 할 수 있겠는가? 우리의 입은 계속 움직였고, 때로는 바람이 마르타에게 말의 찌꺼기를 가져다주었다. 마르타는 우리가 피곤해하는 것을 알고 있었다. 우리 중 하나가 이따금 일어나서 서늘한 현관을 지나 아직 그늘이 드리워져 있는 집 건너편으로 가는 것을 알고 있었다. 거기서 우리는 한 번에 한 명씩 외롭게 서 있곤 했는데, 침묵하는 데 사용하지 않는 우리의 입은 하릴없이 벌어져 있었다. 말에서 자유로워진 턱은 버려진 그네처럼 흔들렸다. 생각하지 않아도 되고 말하지 않아도 되는 그 뒤 테라스는 대기실이자 휴게실이었다. 피부는 차가워졌고, 밝았던 시야가 어두워졌으며, 시간은 원래 리듬으로 되돌아왔다. 이렇게 잠시 시간이 흐르고, 우리는 다시 햇볕으로 돌아왔다.

말

저녁 내내 우리는 해바라기 라벨이 붙은 체코 와인을 마셨고 이름들에 대해 얘기했다. 밤마다 독일식 이름을 폴란드식으로 바꾸던 그 남자는 누구였을까? 때로는 시적 천재성을 번뜩이기도 했고, 때로는 숙취로 끔찍한 단어를 만들어 내기도 했다. 그는 처음부터 이름을 짓고, 이 험준한 산악 지대의 세상을 창조했다. 그는 포겔스베르크를 니에로다로 만들었고, 고트센베르크를 폴스카 구라* 라는 애국적인 이름으로 개명했으며, 우울한 소리가 나는 플루흐트를 평범한 젱지나로 바꿔 놓았고, 막달펠센을 부그다우로 바꾸었다. 왜 키르히베르크는 체레크비차가 되었는지, 에커스도르프는 보슈쿠프가 되었는지 우리는 결코 추측할 수 없었다.

하지만 말과 사물은 버섯과 자작나무 같은 공생의 공간을 형성한다. 말은 사물에서 자라고 그때에야 비로소 의미가 무르익으

---

* '폴란드의 산'이라는 뜻.

며, 풍경에서 자랄 때 소리 내어 말할 준비가 이루어진다. 그래야 잘 익은 사과처럼 가지고 놀 수 있고, 냄새 맡고, 맛보고, 겉을 핥아 보고, 반으로 쪼개 수줍어하고 과즙이 풍부한 속을 검사할 수 있다. 이런 말들은 결코 죽지 않을 것이다. 이런 말은 자신의 또 다른 의미를 활성화하고, 세상을 향해 성장할 수 있기 때문이다. 아마도 전체 언어가 죽지 않는 한.

이것은 사람들도 분명히 비슷할 것이다. 사람들도 장소와 분리되어서는 살 수 없기 때문이다. 그래서 사람들은 말이 된다. 그제야 비로소 그들이 진짜가 되기 때문이다.

아마도 이것이 마르타가 내게 충격을 준 어떤 말을 했을 때의 생각이었을 것이다. "네가 너만의 장소를 찾으면, 너는 불멸의 존재가 될 거야."

에르고 숨

에르고 숨은 인육을 먹었다. 1943년 이른 봄, 보르쿠타와 크라스노예*의 작은 역 사이 어딘가에서 일어난 일이었다.

그들 다섯 명은 선로 옆 오두막집에 남겨졌다. 다음번 화물 기차에서 짐을 내려야 했기 때문이지만, 기차는 오지 않았다. 밤사이, 이미 쌓여 있던 것보다 훨씬 더 크고 하얀 눈이 내렸다. 그들은 눈 밑에서 잔가지와 잔디를 파서 먹었다. 그들은 오두막 나무판자에서 오래된 이끼를 긁어냈다. 다행히 주위에는 숲이 있었고, 그들은 불을 지펴 몸을 덥혔다. 왜냐하면 안에는 그들을 따뜻하게 할 수 있는 것이 아무것도 없었기 때문이다.

에르고는 동료들의 이름을 기억하지 못했다. 간신히 그들을 잊는 데 성공했지만, 얼어 죽은 사람과 그가 먹은 사람의 얼굴은 결코 잊을 수가 없었다. 그 사람은 틀림없이 밤중에 얼어 죽었을

---

* 러시아 도시들이다. 보르쿠타에는 소련의 강제노동수용소가 있었다.

것이다. 아침에 그는 한쪽 발에 그을린 구두를 신고 타다 남은 모닥불 옆에 웅크리고 누워 있었다. 마치 한쪽 발을 모닥불 속에 집어넣고 자신이 죽어 가는 동안에 살아 있음을 떠올리고 싶어 했던 것 같았다. 아니면 다리가 이미 그가 죽은 후 불에 떨어졌을지도 모른다. 그는 대머리였고, 수염은 붉었다. 에르고는 창백한 입술이 괴혈병으로 썩은 잇몸을 드러내고 있었던 것을 기억했다.

에르고 숨의 아버지는 시골 마을 교사였다. 그는 보리스와프 근처에 살고 있었다. 그는 빈첸티 숨이라는 매우 평범한 이름을 가지고 있었지만, 그의 의심스러운 유머 감각은 아들에게 에르고라는 이름을 지어 주었다. 에르고 숨이라는 이름은 매우 장엄하게 들린다고 그는 생각했다. 후에 그는 아들에게 두 개의 이름을 지어 주지 않은 것을 후회했다. 그 이름은 보다 귀족적이고 문명화된 이름이었을 것이고, 빈첸티 숨과 그의 아이들이 서구에 속한다는 표시였을 것이다.

에르고 숨은 르부프 대학교에서 역사와 고전 문학을 전공했다. 시베리아로 이송되었을 때, 그는 스물네 살이었다.

얼어 죽은 사내는 깔개로 덮여 둥글게 말려 있었고, 그 밑으로 그을린 구두가 튀어나와 있었다. 귀를 덮는 방한용 모자가 벗겨지면서 그의 대머리가 드러났다. 그의 얼굴은 사람의 이목구비는 있었으나 이미 인간의 것이 아니었다. 그들은 아무 말 없이 그를 오두막 뒤로 데리고 가서 눈 더미에 눕혔다. 하늘에서 눈이 모래처럼 떨어지고 있었다. 눈은 작고 날카롭고 공격적이었다. 몇 시간 뒤 그들은 모든 흔적을 덮었다. 그러나 에르고 숨은 계속 이 동사한 남자를 생각했고, 눈앞에는 여전히 그 그을린 신발이 어른거렸다. 그는 그 사내가 무슨 말을 했고 무엇을 했는지, 목소리는 어땠는지 떠올리려 애써 봤지만, 아무것도 기억나지 않았다. 그을린 구두를 신은 이 사람이 자신들과 함께한 적이 없었던 것처럼 깡그리 잊어버렸다. 그들은 녹은 눈을 불에 데워 마셨고 서로 아무 말도 하지 않았다. 눈보라가 휘몰아쳤고 주변의 모든 것이 울부짖고 삐걱거렸다. 눈은 하얗고 뾰족한 원뿔들을 만들며 벽에 난 틈으로 쏟아져 들어왔다. 마치 그들을 찾아온 살아 있는 생명체나 외계 공간에 사는 존재가 지구에서 밤을 보내려고 하는 것처럼 보였다. 아침에도 여전히 모두 살아 있었다. 그들 중 한 명이 밖에 나갔다가 바로 돌아왔다. "그 사람 완전히 묻혔어. 이미 아무것도 보이지 않아. 우리는 다시는 그를 찾을 수 없을 거야." 그가 절망하며 말했다.

그들은 자리에서 벌떡 일어나 시체를 찾기 위해 눈 속으로 나갔다. 갑자기 그것은 지극히 가치 있고 바람직한 일이 되어 버렸다. 에르고는 이렇게 그를 생각했다. 그는 그를 필요로 했고, 갈망했고, 그가 무슨 생각을 하든 아무 상관이 없었다. 예를 들어, 그의 머릿속에서는 베르길리우스나 오비디우스 시의 라틴어 구절들이 떠돌고 있었지만, 어느 것인지 확신할 수 없었다. Cum ergo videas habere te omnia quae mundus habet, dubitare non debes quod etiam animalia, quae offeruntur in hostiis, habeas intra te.* 그들은 막대로 하얀 눈 더미를 찔러 보았지만, 아무것도 찾지 못하자 손으로 눈을 긁어 내며 구멍을 파기 시작했다. 마침내 에르고가 그

* 오비디우스, 『변신 이야기』 11권, 228~229행.

을린 구두를 보고 기쁨에 겨워 무의식적으로 소리치기 시작했다.

"찾았다! 여기 있어요!"

그들은 시체를 오두막 벽 가까이 옮기고 널빤지 몇 개와 나뭇가지로 덮었다. 몸이 반쯤 얼었기 때문에, 그들은 헛간으로 돌아와 눈을 녹여 따뜻하게 데워 마셨다. 나중에 그들 중 한 명이 나가서 냉동육 조각을 가져왔고, 물에 던졌다. 그것은 에르고 숨이 아니었다. 절대 아니다. 그는 이것만은 정확하게 기억했다. 제일 먼저 그 일을 한 것은 다른 사람이었다. 고기 찌꺼기가 물속에서 녹아 잠깐 끓어올랐다. 잠깐이었다. 오히려 주전자에 하얗고 얇은 고기가 흐물거리며 떠 있었다. 아무런 냄새도 느낄 수 없었고, 냄비에서는 하얀 김이 피어오를 뿐이었다.

그들 중 한 명은 먹기를 거부했지만, 그 역시 에르고가 아니었다. 에르고는 고기를 입에 물고 있었다. 단단하고 반은 덜 익어서 그것을 삼킬 수가 없었다. 그는 이 찌꺼기를 삼키기 위해 생각을 사용해야만 했다. 그는 생각했다. 이건 그냥 평범한 고기라고 생각해. 치킨 수프를 만든 거라고. 그제야 그는 삼킬 수 있었지만, 시한폭탄이라도 삼킨 듯 꼼짝도 하지 못했다. 먹지 않았던 그 남자는 저녁에 그들의 면역 체계가 그런 종류의 단백질을 소화하는 데 적응되지 않았기 때문에 알레르기가 생길 수도 있다고 말했다. 그는 생물학자나 그 비슷한 종류의 사람이었다.

"닥쳐!" 그들이 그에게 말했다.

기차는 오지 않았고, 아직도 올 거라고 바라는 것은 정말 어불성설이었다. 선로가 눈에 덮인 지 오래였다. 서서히 작은 덤불들과 헛간도 눈 밑으로 사라지고 있었다. 그들은 매일 나무를 찾아 자작나무가 드문드문 자란 숲으로 가야 했다. 자작나무 가지를 손으로 부러뜨려 헛간으로 가져왔다. 밤이 되자 멀리서 늑대의 무시무시한 울음소리가 들려왔다. 에르고 숨의 머릿속에는 모닥불처럼 자신을 따뜻하게 만드는 생각이 떠올랐다. '이건 아무것도 아니야. 걱정할 필요 없어.' 그 생각은 단단한 벽 같았다. 그것은 점점 자라 다른 생각들을 몰아냈고, 복제되고 수천 번 반복하면서 모든 의식을 가득 채웠다. '다 괜찮아. 괜찮아.' 그는 고기를 가지러 갈 차례가 되었을 때에도 같은 생각을 했다. 그는 밖으로 나가이 말을 만트라*처럼 노래하듯이 반복했다. 이 말은 단순하고 그어느 가닥과도 연결되지 않게 그의 생각들을 정리했다. 그래서 그는 그 남자를 더 이상 보지 못했다. 그가 본 것은 눈에 덮이고 뒤틀린 각진 모양이었다. 칼로 고기 조각들을 뼛속까지 잘라 냈다. 칼은 무뎠고 고기는 얼어서 돌처럼 단단했기 때문에 힘이 들었다. 나중에야 자기가 허벅지를 자르고 있다는 생각, 그리고 다리 하나는 이미 끝냈다는 생각이 그의 뇌리를 스치고 지나갔다. 생물학자는, 그가 살아남든 말든 그들이 전혀 신경 쓰지 않았지만, 다른 사람들이 고기 몇 조각이 든 뜨거운 액체를 주었을 때 저항하지도 못할 만큼 약해져 있었다. 이제 그도 다른 사람들과 똑같았다.

이렇게 일주일, 어쩌면 두 주일쯤 지났다. 에르고는 여전히 고기를 가져다가 칼로 뼈를 발라내고 더 작은 뼈들을 부러뜨렸다. 마지막에는 뼈도 전부 사용해야 했기 때문이다. 곧 눈과 다른 모

* 진언(眞言). 진실하여 거짓됨이 없는 불교의 비밀스러운 주문. 불교 종파 중에서도 밀교(금강승)에서 유래되었다.

든 것 덕분에, 그들의 공급원이 무엇인지 파악하기는 더 이상 어려웠다. 그것은 그저 넝마 더미, 불규칙하게 얼어붙은 모양에 지나지 않았다. 생물학자는 그들이 내장을 먹기 시작했을 때, 딱 한 번 토했을 뿐이다.

무언가가 자기들을 지켜보고 있다고 에르고 숨은 생각했다. 늑대들이 공격하기 전날 그들은 자작나무 숲에서 사람들의 흔적을 보았기 때문이다. 그들은 그 흔적을 조금 따라가 보았고, 누군가 썰매로 나무를 끌고 갔다는 것을, 말이 썰매를 끌었다는 것을 알게 되었다. 그들은 흥분해서 헛간으로 돌아왔다. 그들은 눈이 오지 않기를, 바깥세상의 그 흔적들이 덮이지 않기를 기도했다. 그날 밤 그들은 처음엔 어딘가 먼 곳에서, 그러다 점점 가까운 곳에서 울부짖는 소리를 들었고, 마침내 그 소음과 슥슥 움직이는 소리가 헛간에 다다랐다. 늑대들은 으르렁거리면서 먼저 보급품을 무차별로 공격하여 다 먹어 치웠고, 그다음엔 처참한 조각들에 광분하여 서로 싸우며 문을 밀어붙이고 벽을 물어뜯었다. 안에서 그들은 천장을 태울 정도로 큰 불을 피웠다. 밤이 한 시간이라도 더 길었더라면 헛간은 결코 버티지 못했을 것이고, 그들은 결국 늑대의 입에서 끝장나고 말았을 것이다.

해가 뜨자마자 그들은 자작나무 숲을 향해, 사람과 썰매와 말이 남긴 자취를 향해 움직였다. 생물학자가 이미 죽었다는 것을 아침에 알았기 때문에, 세 명이 함께 걸었다. 에르고 숨은 그건 잘된 일이라는, 또다시 무언가가 그들을 지켜보고 있다는 생각이 들었다. 자기들은 허약한 생물학자를 데리고 다닐 수 없었을 것이기 때문이었다. 그러나 그들 앞에 펼쳐진 길은 멀었고, 어느 누구도 그 길이 얼마나 먼지, 끝이 있기나 한지조차 알지 못했다.

그들은 하루 종일 숲속을 지나 그 가장자리를 따라 걸었고, 어두워지고 나서 몇 시간 뒤에야 멀리서 불빛을 보았다. 그들 뒤 어딘가에서 늑대들이 울부짖고 있었다.

이렇게 에르고 숨과 이름조차 기억나지 않는 두 동료는 구원받았다. 그들은 집이 다섯 채뿐인 아주 작은 마을에 이르렀다. 그곳에서 그들은 몸을 녹이고, 음식을 얻었으며, 동상에 걸린 손과 발을 치료했다. 거기서부터 에르고는 폴란드 군대에 들어갔고, 레니노에서 베를린까지 걸어서 이동한 뒤 노바루다에 다다랐다. 그곳에서 그는 홀에 괴테의 대리석 흉상이 서 있는 오래된 중학교의 역사 교사가 되었다.

슬픔, 그리고 슬픔보다 더 나쁜 느낌

이것은 항상 크리스마스 직후에 나타났다가 2월에 절망적인 상태가 될 때까지 점차 강해졌다. 해마다 에르고 숨은 크리스마스 휴가가 끝난 뒤 완전히 다른 사람이 되어 학교로 돌아왔다. 졸리고 피곤했으며, 눈과 머리가 아팠다. 고통스러울 정도로 더러운 눈이 덮인 풍경은 끔찍했다. 에르고는 눈을 가늘게 떴다. 그는 서투르고 뻣뻣하고 무능한 몸속에 갇히고, 그 몸은 또 서투르고 뻣뻣하고 무능한 세상 속에 갇혀 있는 느낌이었다. 학교에 있는 아이들의 존재 자체가 그에게는 무의미하게 여겨졌다. 노력을 기울여 가르치고, 그들의 타고난 천박함에 맞서 싸우고, 시험지를 채점하느라 눈이 멀고, 그들의 비명에 귀가 멀고, 어디에나 있는 분필 가루를 하얗게 뒤집어썼다. 후에 그 아이들이 어른이 되어 다음 전쟁에서 서로를 죽일 수 있도록. 혹은 평화로운 시대에 물을 마시고 자기와 닮은 자손을 낳을 수 있도록. 그리고 그는 베르길리우스를 가르쳤다. 그들이 한마디도 이해하지 못한다는 사실을 그는 알고 있었다. 그는 아이들로 하여금 간단한 라틴어 구절들을 마구 지껄이도록 했다. 그 구절들은 그들의 입안에서 그저 외국어 단어로 바뀌었다. 봇물 터지듯 흘러나온 의미들은 고집스럽게 도시를 흐르는 더럽고 악취 풍기는 강물의 흐름 속으로 빠져들어 갔다. 주변 100킬로미터 내에서 아무도 베르길리우스를 이해하지 못했고, 아무도 그를 그리워하지 않았다. 그는 아무짝에도 쓸모가 없었다. 주위에 사는 사람들은 책을 발견하지 못했고, 플라톤이나 아이스킬로스, 칸트를 포함해 항상 자기 앞에 책이 산더미같이 쌓여 있는 사람들은 그 가운데서 기적처럼 '버섯 채집가를 위한 가이드북'이나 '100가지 감자 요리법' 같은 제목의 책을 발견했다. 지혜라고는 전혀 없는 이 도시의 거리에서 리듬감 있게 울려 퍼진 유일한 것은 아이들이 그의 집 창가에서 중얼거렸던 노래 구절이었다. "베르길리우스의 아버지는 자기 아이들을 가르쳤대요. 그에게는 전부 143명의 아이들이 있었대요."

그리고 곧 라틴어는 그에게 너무 무겁고, 독창적이지 못하고, 종교 단체들에 의해 변질된 언어처럼 보였다. 그에게는 하나부터 열까지 낯선 이 도시를 넘어서는 것이었다. 그것은 광장에 있는 시청이나 고딕 양식의 솟아오른 장식들로 꾸며진 높은 석조 건물들, 깨진 스테인드글라스 창문, 이방인의 얼굴을 가진 행인들에게나 어울리는 것이었다. 그것은 황금시대를 회복시킬 소년의 탄생을 기다리는 세계, 네 번째 목가(牧歌)의 세계였다.

그래서 그는 그리스어가 더 좋았다. 중학교에서는 라틴어만을 가르칠 수 있었기 때문에 그는 그리스어가 그리웠다.

그는 시험 채점이 잘되지 않을 때마다 절망적으로 플라톤에 매달렸다. 그는 여전히 비트비츠키*보다 플라톤을 더 잘 번역하고 싶었다. 심지어 그는 자신의 진정한 언어는 그리스어인 것 같다고 생각했다. 아름답고 듣기 좋은 그리스어 단어들은 그에게 조화로운 기하학적 형상들을 연상시켰다. 그는 이것을 폴란드어 단어로 바꾸곤 했는데 폴란드어로는 모양이 그다지 좋지 않았다. 의미가 모호하고 접두사로 가득 찬 폴란드어 단어들은 의도치 않게 전체 문장의 의미를 바꾸곤 했기 때문이었다. 하느님은, 만일 존재했다면, 그리스어로 말했어야 했다.

그래서 플라톤이었다. 돌침대에 기대앉아 대화하는 네댓 명의 남자들을 보았다. 드러난 어깨, 비록 이제 젊지는 않지만 매끄럽고 건강한 황금빛 피부, 걸쇠로 고정한 튜닉 위에서 반짝이는 햇빛, 와인 잔을 들고 살짝 들어 올린 손, 관자놀이까지 짧게 자른 희끗희끗한 머리카락. 그것은 중년의 남자였다. 그리고 검은 머리에 검은 눈동자, 입술이 도톰한 두 젊은이. 그중 하나가 파이드로스라고 에르고 숨은 생각했다. 네 번째 사나이는 일어나 앉아 말을 하며, 한 손을 들고 자신이 하는 말에 리듬을 맞춘다. 그리고 어린 소년이 와인을 따르고, 접시에는 포도와 올리브가 가득하지만, 에르고 숨은 올리브가 어떻게 생겼는지 확신할 수 없었다. 그 말 자체로 미루어 볼 때, 그것들은 부드럽고 탄력이 있어야만 했는데, 그 풍부한 과즙은 이로 껍질을 무는 순간 입술로 쏟아졌다. 태양은 돌길을 덥히고 흩날리는 물방울을 모두 말려 버린다. 안개를

* 브와디스와프 비트비츠키(Władysław Witwicki, 1878~1948). 폴란드의 심리학자, 철학자, 번역가, 역사가. 폴란드에서 심리학의 아버지 중한 명으로 여겨지며, 플라톤의 『대화편』을 폴란드어로 번역했다.

정의할 수 있는 단어는 존재하지 않으며, 눈은 옛날이야기에 숨어 있는, 그러나 아무도 믿지 않는 신화다. 물은 오직 오케아노스*나 와인으로만 나타난다. 하늘은 신들의 거대한 무지개다.

에르고 숨에게는 창문 너머로 세 면이 집들로 둘러싸이고, 네 번째 면은 나무가 우거진 비탈로 된 어두운 마당이 있었다. 하늘을 보려면 유리창에 바짝 다가가 얼굴을 대고 똑바로 올려다봐야 했다. 하늘은 대부분 진주 같은 회색이었다.

그의 아파트는 강가의 오래되고 낮은 석조 건물에 있었다. 아파트에는 부엌과 하늘색 타일이 깔린 욕실, 방 두 개, 어떻게 해야 할지 알 수 없었던 일광욕실이 있었다. 겨울에 그는 일광욕실의 문을 닫고 헝겊들로 꽉 막았다. 여름에는 학교에 가기 전 이른 아침에 라디오 방송을 들으며 그곳에서 운동을 했다. 이곳엔 가정부가 그의 흠 하나 없이 하얀 셔츠를 부드럽게 만들려고 사용했던 다림판과 오래된 독일제 재봉틀도 있었다. 그는 다른 베란다에서 보았던 것처럼 화분에 꽃을 좀 심어 볼까 생각했다. 하지만 어떻게 해야 할지 몰랐다. 늙은 총각과 꽃이라니. 에르고 숨은 언젠가는 결혼을 하고 싶었고, 이 아파트의 크기는 그때에나 알맞을 터였다. 지금은 너무 컸다. 일주일에 한 번 에우게니아 부인이 청소를 했다. 갈색 바닥을 광이 날 정도로 닦았고, 마지막으로 그에게 파이를 구워 주었다. 언제나 같은 종류였고, 달라지는 것은 과일뿐이었다. 겨울과 가을에는 사과, 여름에는 산딸기나 라즈베리였다. 5월 봄에는 시장에서 대황을 묶음으로 사 와야 했다. 에르고

* 그리스 신화에 나오는 물의 신.

숨은 항상 바닥 광택제 냄새와 갓 구운 케이크 냄새를 연관 지었다. 그는 차를 한 주전자 끓이고, 집에서 가장 중요한 물건인 플라톤 선반에 아무렇게나 손을 뻗어 잡히는 책을 하나 꺼내 읽었다.

시원한 집에 앉아 차를 마시고 파이를 베어 먹으며 책을 읽는 것은 얼마나 큰 기쁨이며, 얼마나 큰 인생의 달콤함인가. 그는 긴 문장을 곱씹으며 그 의미를 즐기고, 문득 그 속에 감춰진 더 깊은 의미를 발견하고, 그 의미에 놀라고, 직사각형 유리창을 바라보는 일을 즐겼다. 차는 섬세한 찻잔에서 식는다. 찻잔 위로 올라오는 레이스 같은 김은 거의 느낄 수 없는 향기를 남기고 공기 중으로 사라진다. 종이 위의 글자 열들은 그의 눈과 이성, 사람 자체에 안식처를 제공한다. 세상은 이로 인해 발견되고 마음이 열리고 안전하다. 케이크 부스러기가 테이블 매트에 떨어지고, 이가 도자기 컵에 살짝 부딪히는 소리가 난다. 지혜가 효모 케이크처럼 입맛을 돋우고, 차처럼 활기를 주어 입안에는 침이 고인다.

그의 침대 맡에는 디오게네스 라에르티오스*의 책이 있었는데, 그것은 자기 전에 읽는 책으로, 시험이나 라디오의 단조로운 이야기에 지치면 때때로 이 책에 손을 뻗어 아무 곳이나 펼쳐서 영웅들과 위대하고 특별한 인물들에 대한 이야기를 읽었다. 처음으로 용기를 내어 영혼의 불멸에 대해 말했던 위대한 탈레스, 피타고라스의 스승 페레키데스, 소크라테스와 그의 영광스러운 죽음을 예언한 다이모니온,** 에피쿠로스("현명하게 살지 않으면 즐

* 3세기 그리스 전기 작가.
** 소크라테스가 마음속으로 자주 들었다고 하는 신령스러운 것. 주로 금지의 소리로 나타났다고 한다.

거운 삶을 살 수 없다."), 엠페도클레스("네 가지 원소를 결합한 것은 사랑이다.") 그리고 『사물의 이원성에 대해』의 (모든 사물은 저마다 이중적인 본질이 있다.) 저자 메타폰툼의 아르케마네스, 하지만 무엇보다 플라톤이다.

그러고 나서 이상한 일이 벌어졌다. 그는 플라톤을 거의 외우고 있었지만, 웬일로 전혀 눈치채지 못한 부분이 하나 있었다. 『국가』 8권에서 그는 갑자기 자신을 깜짝 놀라게 하는 어떤 문장을 발견했다. 그는 그것을 읽고 그 의미를 이해했을 때 몸이 얼어붙었다. "인간의 내장을 맛본 사람은, 반드시 늑대가 되어야 한다." 그렇다, 바로 그렇게 쓰여 있었다. 에르고 숨은 일어나서 부엌으로 가 이웃한 연립 주택 쪽으로 난 창문을 바라보았고, 이미 그것을 다 잊었다고 생각했다. 그는 라디오를 켰다. 어떤 음악이 흘러나왔다. 무엇이든 전혀 상관이 없었다. 그는 서랍을 뒤져 달력에서 종이를 한 장 찢어 냈고, 부러진 성냥으로 케이크 부스러기가 낀 이를 쑤셔 보았지만 아무 소용이 없었다. 에르고 숨의 마음속에 최초의 서리 결정체가 나타나더니 이제 그것은 길에서 마주치는 모든 것들을 얼리며 사방으로 퍼져 나가고 있었다. 부엌은 여전히 그대로였고, 풍경도 그대로였으며, 차향도 여전히 공기 중에 퍼져 있었다. 파리들은 주둥이로 케이크 부스러기를 애틋하게 핥고 있었지만, 그 끔찍하고 공허한 영원한 겨울 풍경이 이미 그의 마음을 사로잡아 버렸다. 온통 하얀 사방과 서리가 내린 공간, 날카로운 모서리, 냉기와 눈을 긁는 소리.

그는 자신이 보았다고 생각했을까 봐 하루에도 몇 번씩 이 문장을 확인했다. 잠재의식은 장난을 좋아한다. 그런 다음 다른 판

본, 다른 사본, 폴란드어와 러시아어, 독일어 번역본을 확인했다. 이 문장은 존재했고 플라톤은 썼다. 그래서 이것은 사실이었다.

일부 생각들은 얼마나 이상한지, 마치 굽기 전 효모 케이크가 가지고 있는 본성처럼 꼬리에 꼬리를 물고 생각이 확장된다.('요리와 연관을 짓다니. 내 수준이 얼마나 떨어진 거야.'라고 에르고 숨은 생각했다.) 이 문장 하나가, 이 그림 하나가 에르고 숨의 삶을 가득 채웠다. 졸업 시험이 진행 중이었지만 그는 휴가를 내고 안락의자에 앉아 있었다. 저녁이 되자 그는 땀을 흘리기 시작했고 피부는 거칠어졌다. 그는 자신의 손을 보는 것이 두려웠다. 자신의 이가 부딪히는 소리에 잠이 깼다. 어느 날 밤 집들 위로 잠시 보름달이 나타났고, 에르고 숨이 울부짖었다. 입에 손을 쑤셔 넣고 손톱으로 뺨을 찔렀지만 소용이 없었다. 그는 속으로 울부짖었다. 그리고 이상하게도 그러고 나니 그는 마치 오랫동안 숨을 참다가 내쉬었을 때처럼 완전한 육체적 안도감이 들었다.

그는 몸부림치며 늑대에게 굴복하지 않으려고 할 때에만 고통을 겪었다. 이때 그는 더 이상 사람도 아니었고, 우스꽝스러운 이름을 가진 역사가도 아니었으며, 아직 짐승도 아니었다. 그것은 정말 끔찍할 정도로 고통스러웠다. 온몸이 쑤시고 뼈와 근육이 하나하나 다 아팠다. 이 끔찍한 고통에 비하자면 죽음은 그저 가벼운 통증에 지나지 않는 것 같았다. 이것은 에르고 숨에게 견딜 수 없는 일이었고, 그를 탓하기도 어려운 일이었다. 그래서 갑자기 그는 삶을 향한 모든 발작적인 집착을 놓아 버리고, 한순간에 싸움을 포기한 채, 바로 자신의 맨 밑바닥까지 주저앉아 숨을 헐떡거리며 누워 있었다. 그는 이것이 어떻게 된 일인지 몰랐지만, 이제 늑대가 우위를 점하고 있었다. 에르고 숨은 공원으로, 언덕의 풀밭 사이로, 야간 주말농장으로, 묘지 화단으로, 가능하면 사람들과 그 악취로부터 멀리 떨어진 곳으로 움직였다. 그의 기억은 깨끗이 지워져 다음 날 아침에 그는 전날 밤 자신이 어디에 있었는지 말할 수 없었다.

에르고 숨이 브로츠와프의 도서관에 갔을 때 밤나무가 활짝 피어 있었다. 거기서 그는 이것이 늑대인간의 전형적인 사례라는 것을 알게 되었다. 그리고 믿을 수 없을 정도로 파괴된 이 도시를 돌아다니면서 그는 때때로 손이 회색 털로 덮이지는 않았는지 확인했다. 심지어 그것은 습관이 되었다. 그가 생각에 빠져 방심할 때, 미래의 환영 속으로 들어갈 때, 의사, 정신과 의사, 돌팔이 그리고 그가 먹은 죽은 사람과 나눌 대화를 상상할 때마다 그는 자동적으로 손을 내밀어 현실로 돌아오곤 했다. 노바루다의 중학교 교사 에르고 숨이 속한 이 세계로.

방학 내내 이런 생활이 계속되었다. 여름이 흐리고 습했던 것으로 보아 그해는 아마 1950년이었을 것이다. 잔디는 길고 무성하게 자랐고, 덤불은 강한 새싹을 내놓았으며, 습기는 식물들에 봉사하고 있음이 분명했다. 사람들은 그것에 불만을 품었고 베란다에 앉아 카드놀이를 하며 보드카를 마셔 댔다.

그때 7월의 보름달이 떴는데, 이것은 에르고 숨이 늑대인간으로 세 번째 맞이하는 보름달이었다. 그는 이를 위해 신중하게 준비했다. 원예 가게에서 밧줄을 샀고, 문의 자물쇠를 바꾸었으며, 심지어 소량의 모르핀까지(맙소사, 누군가 이것을 알았더라면!) 구입했다. 모든 것이 극장에서 펼쳐지는 연극 같았다. 구름이 한쪽으로 몰리고 폭탄처럼 걸린 달이 드러났다. 그는 주말농장 위로 날아올라 과일나무에 엉켜 있다가 곧장 하늘로 솟아올랐다. 마치 온 세계를 차지하고 하늘을 활공하는 듯한 모습이었다. 에르고 숨은 의자에 묶인 채 자고 있었다.

인터넷에서 본 두 개의 작은 꿈

1. 나는 뒤에서 나 자신을 보고 있다. 등을 덮고 있는 두껍고 느슨한 피부가 보인다. 그 위로는 드문드문 검은 털이 자라고 있다. 피부는 촉감이 따뜻하고 부드러우며, 약간 거칠게 느껴진다. 나 자신의 뒷모습을 보는 것은 처음이기 때문에 나는 놀랐다. 이 비인간적인 피부 때문에 혐오감이 들거나 기분이 상하지는 않는다. 그저 보고 놀랄 뿐이다. 더욱 놀라운 것은 거기에 배꼽이 보인다는 것이다. 나는 등에도 배꼽이 있는 줄 몰랐다. 사람들이 등에 배꼽을 갖고 있으리라고는 단 한 번도 생각해 보지 않았다. 이 배꼽은 앞쪽 배꼽의 반대쪽과 같다. 앞쪽 배꼽은 안쪽을 향하는 반면 이 배꼽은 밖을 향한다.

2. 나는 다리, 낮은 다리 위에 서서 깨끗한 물에 두 손을 담근다. 내 모습이 보인다. 물속에는 작은 금붕어들이 많고, 나는 그것들을 잡고 있다. 낚시를 하면 할수록, 금붕어들이 더 많이 나타난다.

머리 자르기

마르타와 나는 테라스의 나무 계단에 앉아 있었다. R은 집에서 빚은 술로 서양고추 용액을 만들었고, 나는 그것으로 마르타의 두 손을 문지르고 있었다.

마르타는 늙었다. 그녀의 손 피부는 얇고 매끄러우며 갈색 반점으로 덮여 있다. 그녀의 손톱은 하얘서 생기 없고, 일이라고는 해 본 적 없는 사람의 것처럼 보였다. 나는 이 피부 아래에서 관절 주위에 부어오른 연약하고 작은 뼈들을 느낄 수 있었다. 마르타를 아프게 하는 것은 바로 몸에 서리가 내린 듯한 느낌을 주는 류머티즘이었다. 어쩌면 그래서 무더위가 시작된 요즘에도 마르타가 항상 추위를 느꼈는지 모른다. 마르타는 늘 똑같은 긴팔 스웨터를 입었고, 그 아래에 회색 원피스를 입고 있었다. 원피스 깃은 완전히 닳았고 목에 닿아 해어져 있었다. 서양고추로 만든 용액은 맵고 공격적인 냄새가 났다. 그것은 화단의 꽃향기를 모두 잠식했다. 나는 그것을 마르타의 피부에 바르고 문질렀다. 그것은 마르타의 피부 속으로 사라져 손으로 흡수되고 몸을 공격하던 냉기는 그 열에 녹을 것이다.

거름을 가득 실은 수레가 길을 따라가고 있었다. 한 남자가 옆으로 지나가며 우리를 쳐다보았다. 잠깐 동안 서양고추 냄새가 배설물 냄새와 섞였다.

그러고 나서 우리는 차를 마셨다. 차에서는 주변의 모든 맛이 났다. 내 머리카락을 한번 보더니 마르타가 물었다.

"어떻게 그렇게 고르게 잘랐어? 내 머리 좀 봐."

그녀는 손가락을 하얀 머리털 사이로 찔러 넣었다. 그녀의 머리카락은 정말 고르지 않았다. 머리를 혼자 자른 것으로 보였다. 틀림없이 두 개의 작은 거울 사이에서 오른쪽, 왼쪽이 헷갈려 엉망이 되었을 것이다. 나는 일어나서 R이 크리스마스 선물로 받은 필립스 이발기를 가져왔다. 나는 그녀에게 그것이 어떻게 작동하는지 보여 주었고, 칼날과 얼마나 자를 것인지 설정할 수 있는 길이들을 보여 주었다. 그녀의 회색 눈이 기계에서 내 머리까지 떠돌더니 마르타는 갑자기 머리를 잘라 달라고 했다.

그래 좋아. 나는 현관으로 케이블을 가져와 꽂았다. 칼날 길이를 설정했다. 마르타는 남길 머리 길이를 두 손가락을 벌려 보여 주었다. 그리고 곧 새의 솜털처럼 얇고 하얀 첫 번째 머리카락 다발이 떨어졌다. 마르타는 스웨터에서 그것을 떼어 나무판으로 던졌다. 내가 머리를 다 잘랐을 때, 그녀는 머리에 은색의 부드럽고 작은 고슴도치 한 마리가 올라가 있는 듯한 모습이었다. 우리 둘 다 그 위에 손을 비벼 댔다. 마르타가 갑자기 웃음을 터뜨렸고, 나는 장난으로 그녀의 손에 필립스 이발기를 쥐어 주고 내 머리를 내밀었다. 마르타는 처음엔 다소 어색하게, 그러다 점차 대담하게 내 머리를 깎았다. 나의 검은 머리카락이 그녀의 밝은색 머리카락 옆으로 떨어졌다. 내가 나중에 테라스에서 쓸어 낸 머리 다발을 버리려고 하자, 마르타는 그것을 밝은색과 어두운 색이 섞인 공처럼 만들어 화단에 묻으러 갔다. 우리는 계단으로 돌아와서 깎은 머리를 서로 여러 번 쓰다듬었다.

해가 테라스에서 서서히 사라지고 있었다. 나무판 위의 그림자가 매 순간 다른 각도로 뻗어 나갔다. 마침내 그림자가 우리의 등에 닿았고, 우리의 몸을 반은 어둡고 반은 밝게 나누었다. 그런 다음 눈에 띄지 않게, 그리고 고통 없이 우리를 삼켜 버렸다.

마르타가 유형을 창조하다

마르타와 나는 야생 카모마일을 따러 갔다. 무더위에도 불구하고 그녀는 평소처럼 따뜻한 회색 니트 스웨터를 입고 있었다. 우리는 황백색의 빛나는 머리를 뽑아 바구니에 던져 넣었다. 마르타는 사람들은 자신이 사는 땅과 비슷해진다고 말했다. 그들이 좋든 싫든, 이를 알든 모르든 간에.

토양이 가볍고 모래가 많은 곳에서 태어난 사람들은 키가 작고, 가벼우며, 피부가 하얗고 건조하다. 언뜻 보기에는 다소 허약하고 에너지가 없는 것 같지만, 그들은 모래처럼 고집스럽고, 모래밭에서 자라는 소나무가 모래를 붙들고 있는 것처럼 생명을 유지할 수 있다. 이 사람들은 의심이 많고 다른 사람들이 변함없이 확실한 것이라고 여기는 것들을 믿지 않는다. 이들은 이동성이 뛰어나고, 어디에든 있으며, 긴 여행을 두려워하지 않는다. 때문에 종종 다른 나라로 이주하는 경우가 있는데, 여러 곳에서 지내는 것을 괜찮다고 느끼기 때문이다. 그와 마찬가지로 새로운 일에 빠르게 익숙해지고, 과거 자기들에게 일어난 일들을 그만큼 빨리 잊어버린다. 그들은 불행과 비통, 상실을 겪은 후에도 오랫동안 고통을 겪지 않는다. 그들은 미래의 냄새를 맡을 수 있고, 무슨 일이 일어날지 알고 있다. 그들에게는 약속을 지키지 않는다는 단점이 있다. 그들에게는 모든 것이 너무 일시적이고 변화무쌍하게 여겨진다. 약속하는 사람은 약속을 지키는 사람과 더 이상 같은 사람이 아니다. 그들은 자신들처럼 작고 밝은 아이들을 많이 낳는다. 이 아이들은 빨리 자라 조금의 망설임도 없이 부모 곁을 떠난다. 그러고는 명절이 되면 안부를 적은 카드를 보낸다. 이런 사람들은 절대로 과거를 그리워하지 않는다. 그들에게 보다 중요한 것은 언제나 앞으로 일어날 일이다. 이미 지나간 것은, 죽고 사라진 것이다.

다른 사람들은 물이 많은 곳, 비옥한 호숫가나 큰 강 주변에서 태어난 사람들이다. 그들의 몸은 연약하고 부드럽고 예민하며, 피부는 더 어둡고, 올리브 톤이며, 촉촉하고 시원한 피부 아래로 파란 정맥이 흐른다. 손과 발이 쉽게 차가워지고, 어린 시절에는 이마에 여드름이 나고, 머리카락은 기름지다. 이런 사람들은 과거에 얽매여 있고, 이런 이유로 신중하고 변화를 꺼린다. 그들의 감정을 상하게 하고, 악의 없는 말을 하는 것은 무척 쉽다. 그러나 그것은 그들 기억 깊은 곳에 자리 잡아 영원히 남을 것이며, 그들이 사는 동안 지속될 감정을 불러일으킨다. 그들은 선천적으로 후회나 괴로움뿐만 아니라 감동과 기쁨에도 잘 우는 경향이 있다. 그들은 동물들처럼 믿음직스럽고, 그래서 일찍 사랑에 빠지고 그 감정은 빠르게 죽음과 사랑에 대한 애착으로 바뀐다. 그들은 서로의 몸에 익숙해지고, 영혼은 두 개의 웅덩이처럼 서로 합쳐져 서로를 이해하기 위해 인간의 말을 사용해 의사소통할 필요가 없다. 그들이 가장 싫어하는 것은 모든 종류의 여행이다. 그들은 어느 곳이나 다 똑같고, 서로 별반 다르지 않으며, 가장 흥미로운 나라들을 돌아다니는 것보다 제자리에 앉아 호흡하는 것이 더 낫다고 말한다. 전쟁 중에나 사회가 불안한 가운데 자신의 자리를 잃으면 곧 죽는다. 그들에게선 까다롭고 눈물 많은 아이들이 태어나는데, 이 아이들에게 필요한 것은 밤중에 일어나 안고 위로해 주는 일이다. 이 아이들이 학교에 다니기 싫어하는 것은 멍청해서가 아니라 소동과 혼란에 겁을 먹기 때문이다. 그들의 동물 역시 마찬가지로 조용하고 다정다감하다. 암소는 그들에게 우유를 많이 주고, 양은 두꺼운 털을 가지고 있으며, 암탉은 크고 무거운 알을 낳는다. 그들은 평생을 위한 또는 여러 세대를 위한 집을 짓는다. 옹기종기 모여 앉은 그 집들의 벽은 두껍다.

바위가 많은 땅, 사암이나 화강암 토양에서 태어난 사람들도 있다. 그들의 피부는 근육이나 뼈처럼 거칠고 단단하다. 머리카락과 치아는 튼튼하고, 손바닥과 발바닥 피부는 단단하다. 그들의 몸은 갑옷이기 때문에 겉으로 보기에 그들은 강인하고 건장하다. 속에는 빈 공간이 많이 있고, 그래서 그들이 보고 듣는 것은 모두 그 안에서 종소리처럼 메아리친다. 그들은 아무것도 잊지 않는다. 그들은 자신들이 지내 온 거의 모든 날들, 모든 음식의 맛, 자신들이 들은 모든 단어를 기억한다. 비록 다른 사람들은 그들을 필요로 하지만, 그들은 다른 사람들이 없어도 상관없고, 사람들을 필요로 하지 않는다. 왜냐하면 그들은 무언가가 시작되고 끝나는 곳

과 도로의 방향을 나타내는 도로 표지판이나 경계석과 같기 때문
이다.

　나는 마르타에게 그녀 자신은 어떤 종류의 사람인지 물었다.
잘난 척하던 그녀는 모른다고 말했다.

　"이런 시스템은 언제나 다른 사람들을 위해 생각해 내는 거거
든." 그녀가 잠시 후 덧붙였다.

대저택

그들은 대저택에서 살았다. 비록 그들이 직접 지은 것도 아니었고, 심지어 건물에 대해 정확히 알지도 못했지만, 필수적으로 보수 공사를 할 때마다 분명하고 구체적인 사실들이 드러났다. 그들은 자신들이 기억하는 한 태어날 때부터 이 대저택에서 살아 왔지만, 때로는 전생에서도, 태어나기 전에도, 다른 삶에서도 이 저택에 살았던 것 같은 느낌이 들기도 했다. 왜냐하면 그들의 영혼이 다른 것은 전혀 모르는 듯 그들의 꿈에는 오로지 저택, 그 방들과 복도, 안뜰과 공원만 나왔기 때문이다. 그들은 저택을 유지하기 위해, 초원과 목초지가 확장이나 개선에 필요한 수입을 낼 수 있게 하기 위해, 자신들이 할 수 있는 모든 일을 해야 했다. 돈은 언제나 어떤 은행에 있었고, 그래서 그들은 돈을 빌려다가 기술적으로 투자했고, 다시 상환하곤 했다. 그들은 정원과 토지 경작 또는 양 사육법에 대해 새로 배우기 위해, 혹은 베니스의 프레스코나 스위스에서 지붕을 얹는 방법, 혹은 베르사유 내부나 프랑스 성들의 태피스트리, 로코코 양식의 가구들을 보기 위해서만 저택을 떠났다. 그리고 그들은 선박과 기차를 이용해 그것들을 실제로 집으로 가져오거나, 아니면 심지어 상상력만으로 가져오기도 했다.

그들 중 일부는 철학이나 문학을 공부하기도 했지만, 이 역시 이 천상의 공간에서 자신들의 삶을 더욱 강력하고 완전하게 영위하기 위해서였다. 무엇을 그리고 방법을 아는 것. 목표 또는 결여를 인식하는 것. 그 의미 또는 의미의 부족을 깨닫는 것. 그것이 어떻게 가능한지 인지하는 것. 그리고 그것이면 충분하다.

수 세기 동안 그들은 저택에서 태어났다. 그들은 아이들을 유모들에게 맡기고 무심하게 키웠다. 시골 소작농인 유모들은 언제나 작은 생명체들에게 무한한 애정을 쏟아부었다. 그들은 아이들 중 일부는 태어나기 전에 죽었다는 것을 전혀 기억하지 못했다. 그들은 건강하고, 몸의 균형이 잘 잡히고, 튼튼했다. 손톱은 분홍색이고 눈은 밝은색이었다. 그들의 유일한 약점은 치아였지만, 사과는 항상 껍질을 깎아서 먹고, 빵은 부드러운 부분만 먹고, 고기는 부드럽게 요리되거나 슈니첼 속에 든 간 것만을 먹는 그들의 세계에서 그것은 그다지 중요하지 않은 문제였다. 저택에는 늘 이발사 또는 치과 의사가 있었는데, 이들은 그들의 치아가 일찍 검어지거나 빠졌을 때 그들에게 완벽한 의치를 만들어 주었고, 심지어 그들의 흠 없는 잇몸에 다양한 방법들을 동원하여 틀니를 맞추는 방법까지 찾아냈다. 폰 괴첸의 문장(紋章)에는 틀니가 있어야 했다.

그들은 정원과 공원, 유리 베란다와 거울이 가득한 욕실에서 자랐다. 기복이 없는, 고통 없는 과정이었다. 그들은 쾌락에 빠진 부모들에게 반항하지 않았고, 저택에서의 삶에 반하는 어떤 일도 하지 않았다. 때때로 분명히 규정되지 않은 세계가 그들을 끌어당 겼고, 그런 경우 그들은 마을의 추수 감사제나 성체 축일 박람회 에 참석했다. 하지만 그곳은 잠시 동안만 마음에 들었을 뿐이고, 그들은 실망해서 곧 오후 티타임을 즐기러 돌아갔다. 자라면서 그 들은 여드름도 나지 않았다.

이후 그들에게 사랑의 시기가 왔다. 현명한 어머니들이 그들 의 사랑의 대상을 집으로 불러들여 공급하는 경우가 가장 빈번했 고, 이러한 목표를 두고 발트해 남쪽 연안의 포모제나 독일 중서 부 지역 헤센에 있는 가족들에게 가기도 했다. 그러면 사랑은 이 국적 색채를 띠었다. 결국 그들은 자신의 아내나 남편을 저택으로 데려오고는 했고, 그다음에는 부속 건물이나 층을 새로 짓거나 또 는 다락방을 거처로 개조해야 했다. 이런 방식으로 그들과 함께 저택은 계속 자라났고, 공원으로 더 깊숙이 들어가거나 하늘로 더 높이 올라갔다.

그리고 처음에 부부의 사랑은 언제나 실내에서, 다과회나 카 드놀이, 소규모 가족 무도회에서 꽃을 피웠다. 창문으로 은은한 불빛이 비쳐 들어오고, 얼굴엔 최고급 파우더를 발랐을 때보다 더 윤기가 흐른다. 그곳은 조용하고 바람은 부부가 속삭이면서 서로 를 이해하는 데 방해가 되지 않으며 잘 정돈된 머리 컬을 망치지 도 않는다. 그들은 보통 첫눈에 반했다.

저택에서 사랑은 특별한 힘을 가지고 있었으며, 대부분의 커 플은 서로를 열정적으로 사랑하지는 않더라도, 적어도 존경과 우정으로 오랫동안 행복하게 살았다. 그들의 배신은 그다지 극적이지 않았다. 대상은 사용인이나 정원사였고, 다른 저택에 손님으로 갔을 때 무도회가 끝나고 휴게실에서 잠시 망각의 순간이 이루어졌다. 한번은 폰 괴첸 가문의 여인 중 한 명이 아무런 이유도 없이 갑자기 남편을 떠났다. 그녀는 어두운 세계 어딘가로 사라져 버렸다. 그는 고통스러웠지만, 오래지 않아 그 이듬해에 사랑스러운 이웃과 결혼했고 쌍둥이를 낳기도 했다.

그러나 폰 괴첸 가문에서는 자녀를 많이 낳지 않았다. 아마도 저택의 과밀을 피하기 위해서였을 것이다. 어떤 사람들은 딱 한 명만 낳았다. 그 쌍둥이처럼 두 명의 아이가 있는 것은 매우 드문 경우였다. 아이들은 저택 생활에 약간의 소동을 불러왔지만, 그래 봤자 예쁘게 옷을 차려입고서 신선한 야생 딸기로 입이 범벅이 되는 정도였다. 그리고 그것은 번성한 가족과 봄을 보여 주는 생생한 그림이 되었고, 그들이 원했던 전성기나 순수함을 나타내는 은유가 되었다.

베란다에서의 저녁 식사는 밤늦게까지 계속되었다. 믿을 수 없이 거대한 라임나무들을 강조하기 위해 정원에는 램프가 켜졌다. 폰 괴첸 가문의 어느 세대는 베란다에 아이비와 필로덴드론,* 무화과나무로 가득한 겨울 정원을 증축했다. 정원의 가장 따뜻한 곳에서 선인장이 자랐는데, 그중 하나는 일 년에 한 번, 항상 같은 날 밤, 같은 시간에 꽃을 피웠다. 그러면 그들은 무도회를 열고, 아주 멀리 사는 친척들이나 다른 저택의 이웃들을 초청했고, 파티는

* 토란과의 상록 덩굴 식물.

밤새 계속되었다. 사실은 눈에 잘 띄지 않는, 엉겅퀴 꽃을 연상시키는 그리 크지 않은 꽃이었다. 하지만 사람들은 그것을 초상화에서, 그리고 나중에는 사진에서 불멸의 존재로 남겼다.

그들의 노년은 평온하고 건강했다. 그들 중 누군가 지병을 앓거나, 지적 능력을 상실하거나, 마비, 경화증, 고혈압 혹은 저택 밖에서 노인들의 삶을 괴롭히는 그 밖의 모든 병들에 굴복하는 일은 결코 발생하지 않았다. 아마도 파리들이 더 자주 그들에게 달라붙는 정도였을 것이다. 어찌 된 일인지 파리들은 누가 가장 먼저 죽음을 맞는지 언제나 가장 잘 안다. 그들은 처음엔 눈에 띄지 않게, 한 해 한 해, 그다음엔 하루하루 쇠약해졌지만, 부속 건물 증축 설계도를 그리거나 사진을 정리하거나 자신의 회고록을 쓰기에는 충분한 힘이 있었다. 또는 다른 사람의 회고록을 쓰기도 했는데, 그들 자신의 추억들이 별로 많지 않았기 때문이다. 그들은 나이가 들면 터키 카펫이 깔린 방으로 옮겨 갔는데, 그 방 창문을 열면 바로 앞이 화단이었다. 그들은 창문 밖으로 몸을 내밀고 장미 가지치기는 그렇게 하는 게 아니다, 진달래 키가 너무 크다, 달리아는 잡초를 뽑아야 한다, 재스민은 향이 별로 나지 않는다고 하며 정원사들을 괴롭히곤 했다. 저택의 치과 의사는 그들에게 입에서 종종 틀니를 빼라고 완곡하게 권유했다. 그들의 잇몸이 처음처럼 점점 더 부드러워졌고, 거기에서 유아기의 섬세한 점막이 자라고 있었기 때문이다. 다가오는 죽음의 분명한 표시.

그리고 폰 괴첸 가문 사람들은 항상 아름답고 온화한 죽음을 맞았다. 죽음은 그들에게 안개처럼, 갑작스럽게 전기가 끊기듯이 다가왔다. 그들의 눈이 어두워지고, 그들의 호흡이 느려지고, 그리고 마침내 그들은 사망했다. 침대맡에 서서 죽은 자의 눈꺼풀을 감기고 각자 자신의 일들로 흩어지면 그만이었다. 베란다의 따뜻한 공기 속이나 겨울 정원으로, 서늘한 1층 복도로, 원예와 예술에 관한 책들의 종이가 바스락거리는 곳으로, 마을에서 공기를 타고 떠내려온 사람들과 동물들의 웅성거리는 소리가 들리는, 햇볕 내리쬐는 테라스의 나른함 속으로 사람들은 살며시 흩어진다. 고인이 떠나고 사진과 화단, 다른 사람들의 것과 비슷한 일기장, 옷가지 가득한 옷장, 침대 시트 위 부스러기 등이 남았지만, 그의 방은 곧 다른 사람이 차지했다. 그래서 그들은 마치 죽은 적이 없는 것 같았다. 게다가 근친결혼의 결과 모두가 서로 닮아서 결코 특정 인물의 부재가 느껴지지 않았다. 다른 누군가가 화단 가의 창문으로 머리를 내밀고 똑같은 목소리로 정원사에게 지시를 내렸다. 진달래 키가 너무 크다, 달리아는 잡초를 뽑아야 한다, 재스민은 향이 별로 나지 않는다. 어쩌면 그래서 사람들이 저택에서는 아무도 죽지 않았다고 말하는지도 모르겠다.

인생은 아름답다. 다른 사람들이 얘기하는 인생의 끔찍한 일들에도 불구하고 말이다. 인생은 아름답다. 그리고 이 문장은 좌우명이 되어 문장(紋章)에 새겨질 수도 있다.

인생은 아름답다. 싱그러운 아침이 열린 창문을 통해 들어와 부드러운 카펫 위에 머무른다. 커다란 거울에 우주의 흑암이 관통할 정도로 맑고 푸른 하늘의 조각구름이 비친다. 물은 따스한 냇물에 몸을 헹구고 황동 다리가 달린 도자기 욕조를 채우기 위한 것이다. 태양은 테라스를 덥히고 온실 바닥으로 재미난 모습을 반사하기 위해 존재한다. 비는 꽃을 적시고, 거실에서 카드놀이를 하는 사람들에게 휴식을 주기 위해 온다. 밤은 기쁨 가운데 잠시 있는 휴식의 순간임이 분명하다.

폰 괴첸 가문의 장미는 실롱스크 전체에서 가장 아름답다. 저택 뒤편에는 장미 정원이 딸린 커다란 테라스가 있다. 장미 넝쿨은 좁은 길을 따라 뻗어 있고 화단 형태를 이룬다. 고운 자갈들이 뿌려진 오솔길은 발아래에서 신비로운 소리를 내고, 여름에 이 소리는 마치 그 안에서 장미를 만들어 내기라도 하듯 압도적인 향기를 동반한다. 장미는 세심한 계획 아래 무리를 이루어 자란다. 연홍색과 선홍색 윌헬미나가 어두운 테를 이루어 정원 전체를 둘러싸고 있다. 그것들의 꽃은 풍성하고 윤기가 흐르며 반짝인다. 그러나 향기는 그리 강하지 않다. 아마도 과거엔 매우 강했을 것이다. 붉은색 원 안에는 각각 다른 종류의 장미가 자라는 네 개의 화단이 있다. 따뜻한 분홍빛의 오데트, 자홍색의 '교황 요안나' 품종, 그리고 밝은 빨강과 노랑의 멜리타스. 이들 사이에 차장미인 엘루알리아가 심긴 굽은 길이 돌아 나가고, 이 향기가 제일 강하다. 이 향기는 이국적인 과일을 떠올리게 하고, 벽을 넘어서 마을로 흘러날씨 좋은 날이면 소와 갓 풀을 깎은 목초지의 냄새와 어우러진다. 숨이 막힐 지경이다. 꽃잎은 끝이 뾰족하고 섬세하다. 화단 가운데에는 흰색 꽃의 원, 가장 희귀하고 가장 비싼 장미로 된 원이 있다. 그 꽃은 이름이 없다. 폰 괴첸의 부인들 중 한 사람이 재배했지만, 아무도 그 이름을 기억하지 못한다. 눈이 부시도록 흰 백색이어서 그걸 보면 눈이 떠오르고, 꽃잎의 가장 깊은 곳의 미로 속에서도 푸른 기미가 거의 눈에 띄지 않는다. 그 아름다움에 누구도 놀라지 않을 수 없지만, 다만 향기 때문에 약간의 문제가 생겼다. 꽃이 만개하여 그 아름다움이 절정에 달하면 시큼한 포도주 또는 썩은 사과 냄새가 나기 시작한다. 아마도 그래서 아무도 감히 이름을 지어 주지 못했을 것이다.

저택으로 들어가는 길은 언제나 7월 초에 꽃을 피우는 두 그루의 라임나무 사이에 있다. 사암으로 포장된 길과 하인들의 숙소로 막힌 그리 크지 않은 뜰이 저택의 널찍한 계단까지 이어져 있다. 커다란 현관문에는 폰 괴첸 가문의 문장이 있고, 거기에 롬바르디아 백합으로 가득 찬 들판을 배경으로 흔들 목마가 그려진 것이 눈에 띈다. 이는 이 가문의 유럽 내 인맥을 보여 주는 상징이다. 문을 열면 큰 홀로 연결된다. 아래층에는 베란다와 도서관 그리고 테라스로 바로 연결된 두 개의 손님방으로 들어갈 수 있는 식당이 있다. 그랜드 피아노와 하프시코드가 놓인 음악실과 남성들을(나중에는 여성들도 포함) 위한 흡연실도 있다. 크림색 카펫이 깔려 있는 계단은 차례로 위치한 두 개의 연회장과 (언젠가 증축된) 불규칙한 응접실로 연결된다. 반대쪽에는 이 가문의 장년층을 위한 거처가 있다. 2층은 젊은 세대를 위한 거처다. 이 모든 것들의 꼭대기에는 경사진 지붕과 사방으로 작은 창문을 낸 크고 높은 다락방이 있다. 거기에서는 산과 플러시 천을 씌운 상자에 꼭 눌러 담은 값나가는 양식기(洋食器)처럼 골짜기에 자리 잡은 집들이 보인다. 가문비나무 숲의 꼭대기는 흐르는 하늘을 윤기 나게 닦는다. 이 모든 것들이 폰 괴첸 가문에 속한다.

그들이 저택을 버리고 떠날 조짐은 없었다. 생각조차 할 수 없는 일이었다. 그것은 조개나 달팽이가 자기 껍데기를 버리고 떠나는 모습을 상상하는 것만큼이나 터무니없는 생각이었다. 그러나 폰 괴첸 가문 사람 한 명이 그것을 예감했다. 무슨 일이 일어났는지 몰랐지만, 전쟁 전에 그는 바바리아*에 작은 영지를 구입했다. 그 풍경은 놀랄 만큼 비슷했다. 가문비나무 숲으로 뒤덮인 완만한 산과 돌바닥이 있는 얕은 개울들이 똑같았고, 사람들, 성당, 길가의 예배당, 구불구불한 길들도 똑같아 보였다. 저택은 물론 좀 더 작았지만, 그 점에서 더욱더 확장에 적합했다. 이상하게도 말수가 적은 이전 소유주들이 어디론가 사라져 버렸기 때문에 그는 그 저택 구입에 많은 돈을 지불하지 않았다. 사실 그는 소유주들을 본 적도 없다. 그는 변호사를 통해 모든 것을 해결했다.

그는 누구에게도 단 한마디도 하지 않았다. 이것은 깜짝 놀랄 일이 되어야 했다. 그리고 그는 가을 사냥, 겨울 무도회, 봄 소풍 등의 소동에 휩싸이면서 이 일을 잊어버렸다. 볼셰비키들이 바로 이곳에 있다는 공식 통보를 받았을 때, 그들은 거실에 모여 가장 오래된 와인 창고에 침입하기로 결정했다. 여자들 중 한 명은 그랜드 피아노를 연주했고, 다른 한 명은 솔리테어를 했다. 그때 이폰 괴첸은 위에서 사진을 가져와 그들에게 새 저택을 보여 주었다. 긴 침묵이 계속되었지만, 모든 가능한 보수와 재건에 대한 유혹은 무엇보다 커지고 있었다. 그들은 새 집의 고전적인 형태가 마음에 들었다. 이미 설계도를 그리기 시작했지만, 저녁 무렵 이상하게 말이 없어졌고 낙담했다. 그들은 큰 집을 어슬렁거리며 영

* 독일의 바이에른 지역.

국식 벽판을 손끝으로 더듬었고, 시선은 벽지 무늬를 좇았다.

"우리가 여기 머물기 위해 뭔가 할 수 있는 게 없을까?" 가장 나이가 많은 여자가 물었다.

아침에 그녀는 정원사에게 장미를 파내라고 지시했다.

그들이 잠자는 동안 미진(微震)이 지나갔다. 바바리아에 작은 저택을 샀던 바로 그 폰 괴첸은 이상한 불안감에 이끌려 그 작은 도시로 가서 실제로 혼란에 빠진 도시를 발견했다. 사람들은 산봉우리 사이에 서쪽으로 난 유일한 길을 따라 짐을 실은 마차와 트럭을 끈질기게 밀고 있었다. 적군은 아직 단 한 명도 보이지 않았지만, 그들이 공중에 있음을 느낄 수 있었다. 그들은 이미 우르릉 울리는 천둥소리 같은 낯설고 귀에 거슬리는 소리로 강가의 거리를 채우기 시작했다. 태어나서 처음으로 폰 괴첸은 머리가 아프기 시작했다. 약국에 달려가 약을 요구했다.

"이거 끔찍하군요." 그가 말했다.

"우리는 남을 겁니다." 약사가 대답하며 그에게 자신의 자동차를 빌려주겠다고 제안했다. 날렵한 검은색 DKW는 유선형의 빛나는 흙받기가 달려 있었고, 핸들은 거의 사용하지 않아 아직 공장 포장 흔적이 남아 있었다. 가죽 시트가 주인들의 몸 형태에 길들여질 시간조차 없었다.

"아, 안 돼요, 새 차인걸요. 난 당신한테 도저히 이런 빚을 질 수가 없습니다."

"걱정 마세요. 돌아오면 그때 다시 돌려주세요."

폰 괴첸은 일종의 보증금이나 안전 통행증, 이 거래가 정직할 것이라는 점을 증명하는 확인서를 찾기 위해 주머니를 뒤지기 시작했지만, 그에게 값나가는 것이라곤 하나도 없었다. 그는 폰 괴첸 가문의 문장이 새겨진 반지를 힐끗 보았다. 백금 반지 가운데에는 커다란 루비가 박혀 있고, 그 위에 롬바르디아 백합으로 가득 찬 들판을 배경으로 흔들 목마가 새겨진 문장이 있다. 그는 손가락에서 반지를 빼 약국 카운터에 놓았다.

저택으로 돌아오는 길에, 위쪽에서 그는 안뜰에 주차되어 있는 군용차들을 보았다. 그는 군인들이 자기 차를 보자마자 빼앗아 가리라는 것을 깨달았다. 그들은 정중하고 예의 바르게 부탁하고 나서 명령이라고 덧붙일 것이다. 그래서 그는 그 길에서 초원으로 방향을 틀어, DKW와 폭이 비슷한 가파른 길을 따라 너도밤나무 숲으로 차를 몰았다. 그는 울창한 자작나무 숲 앞에서 멈췄고 더 이상 갈 수 없다는 것을 깨달았다. 그의 부드럽고 젊은 이마에 땀방울이 맺히고 있었다. 그의 혀는 그가 유일하게 아는 추악한 단어 '멍청이'를 주저하며 내뱉었다. 그런 다음 폰 괴첸은 브레이크를 풀고 차를 숲속으로 밀어 넣었다. 그는 그렇게 좋은 효과를 기대하지 않았다. DKW는 사라졌다. 안절부절 떨고 있는 가문비나무 사이로 흩어졌다. 일종의 연금술처럼 차의 검은빛은 나무껍질과 숲의 검은색에 섞여 들었다. 반짝이는 광택제와 유리창이 숲을 반사했고, 이런 식으로 차체는 땅과 하늘이 뒤섞인 이미지로 위장되었다. 고도로 발달한 폰 괴첸의 미적 감각은 그의 정맥 속 피를 자극했다. 얼마나 아름다운가. 폰 괴첸은 생각했다. 사람들이 하는 말에도 불구하고 세상은 얼마나 아름다운가.

그는 영국식 바지를 망가뜨리며 덤불을 헤치고 집으로 달려

갔다.

폰 괴첸 가족들은 자동차와 트럭에 앉아 있었다. 그들은 자기들이 가장 좋아하는 값나가는 시계, 오르골, 보석함, 더 이상 만들어지지 않은 그레이비 접시, 사진 앨범, 달리아와 아네모네 전구, 와토*의 그림 사본, 새틴 베개 받침을 가슴에 안고 있었다. 또 다른 트럭 한 대에는 가장 귀중한 가구와 거울 그리고 책들이 실려 있었다. 군대는 폰 괴첸의 마구간에서 데려온 순종 말들을 자신들이 대피할 때 사용했다. 모두가 멀리서 평소와는 다른 이상한 여행을 시작하려는 이들을 지켜보았다. 먼지와 배기가스 구름 속에서 행렬은 발덴부르크 쪽 언덕으로 향했다.

* 장 앙투안 와토(Jean Antoine Watteau, 1684~1721). 프랑스의 화가.

나의 저택

나 역시 저택에서 태어났다. 그것은 학교로 개조된 사냥용 별장이었다. 그 당시 사람들은 '저택'이 아니라 '건물'이라고 말했다. 이 단어를 들으면 나는 건물이 아니라 푸딩이 생각났기 때문에,* 나의 집을 먹을거리로 상상하곤 했다.

아마도 언젠가 실수로 그것을 한 번 먹었던 것 같다. 왜냐하면 지금 내 마음속에는 다층 건물이 있기 때문이다. 그러나 그 모양은 안정적이지도, 예측할 수도 없다. 즉 저택은 살아 있으며 나와 함께 변한다는 것을 의미한다. 우리는 서로 그 안에 살고 있다. 그것은 내 안에, 나는 그 안에 있다. 비록 나는 가끔 그 안에서 내가 손님인 것처럼 느껴지기도 하지만, 때로는 내가 주인이라는 것을 확신하기도 한다. 밤이 되면 저택은 보다 분명해지고, 어둠을 가르며 초록색 불빛으로 빛난다. 햇빛 아래에서는 너무 밝아 낮에는

* 폴란드어로 건물은 '부디넥(budynek)', 푸딩은 '부딘(budyń)'이다.

저택이 보이지 않지만 나는 여전히 내 안에서 느낄 수 있다.

지하실은 미로처럼 뻗어 있다. 잡초가 무성한 안뜰 쪽으로 작은 창문이 나 있다. 얇은 벽들로 공간이 나뉜 축축한 지하실에는 싹이 난 감자 더미와 모두 잊어버려서 얇게 곰팡이가 핀 오이 피클 통들이 쌓여 있다. 나는 지하실이 땅속 깊이 뻗어 있고, 지하 동굴로 이어지는 통로가 있다는 것을 안다. 그것을 찾는 일은 위험스러울 만큼 흥미진진하다. 돌아오는 길을 잃어버릴 수도 있다.

저택은 사람이 들어와 살 때도 있고, 버려질 때도 있다. 가끔 이곳에서 학술 대회가 열리기도 하는데, 그러면 많은 사람들이 와서 머물며 심의를 하고 훌륭한 만찬에 참석한다. 그럴 때 저택은 호텔처럼 기능한다. 하지만 때로는 텅 비어 있고, 심지어 버려지기도 한다. 모든 가구들이 사라지고, 바닥이 뜯겨 나가고, 벽난로가 부서지고, 계단이 전부 썩고 흔들려서 걸어가는 사람들의 발아래에서 갑자기 부서지고, 예기치 못한 구덩이가 발견되기도 한다. 그러면 버려진 저택에는 동물들이 들어와 산다. 나는 골판지 상자 더미에서 자고 있는 사슴을 본 적도 있고, 때 묻은 소파에 웅크리고 있는 개들을 본 적도 있으며, 텅 빈 복도에서 가볍고 솜털 같은 고양이의 발소리를 들은 적도 있다. 또한 대리석 계단에서 무언가가 후두두 육중한 소리를 내는 것을 듣기도 했지만, 그것이 어떤 종류의 동물인지는 짐작할 수 없었다.

1층은 장식용 쇠창살로 둘로 나뉜 커다란 홀이다. 여기에 나의 아버지는 당신의 어항들을 두었다. 초록빛 물은 시간을 늦춘다. 물고기들이 천천히 우아하게 움직인다. 무언가를 말하고 있고, 입이 움직이고 있는데, 내게는 그들의 말이 들리지 않는다. 금붕어 세계의 메릴린 먼로인 베일테일은 튈 드레스를 뒤로 쓸어 당기고, 네온색 물고기 떼는 빛을 반짝인다. 어항들은 용설란 사이에 묻혀 있다. 용설란의 통통하고 뾰족한 팔들이 공간을 뚫고 들어간다. 누군가가 초록색 잎에 자신의 이니셜을 새기거나 '난 에바를 사랑해'라고 새기는 것을 참을 수 없다. 용설란은 이러한 상처들을 치유하고, 자신의 몸에 타인의 고백을 영원히 전한다. 홀은 도서관으로 통한다. 띠에 숫자가 적힌 회색 종이에 싸인 수백 권, 어쩌면 수천 권의 책들 가운데 내가 읽은 첫 번째 책이 있다. 그것은 글자가 빽빽하게 들어찬 두꺼운 책으로, 다른 많은 존재들과 많은 세계로의 여행을 약속하는 글자들의 평행선이다. 책장은 내 눈을 유혹하고, 하늘과 나무 꼭대기에서, 연못의 표면에서, 나무들 사이의 뒤틀린 공간에서 내 눈앞의 작은 직사각형으로 내 눈길을 잡아끌었다. 책에서는 어느 때든 공연이 시작될 수 있다.

카펫이 깔린 넓은 계단이 2층으로 이어진다. 2층에는 침실들과 두 개의 큰 강의실이 있다. 혹은 연회장일까? 그곳들의 마룻바닥은 가능한 모든 종류의 댄스 스텝을 기억한다. 테라스와 공원으로 나가는 출구가 있는 이 두 번째 홀에는 거울이 달린 거대한 벽난로가 있다. 일 년에 한 번, 위령의 날*에 불이 타오른다. 나는 대리석 기둥을 타고 올라가 거울 앞에 설 수 있었다. 나의 전신과 테라스, 공원, 홀까지 모두 비칠 만큼 거대한 거울이다. 거울에 대한 모든 것을 알아내기에 앞서, 나는 이 거울을 통해 모두가 잊고 있었던 저택의 다른 부분으로 들어갈 수 있다는 것을 알게 되었다.

* 가톨릭교회의 축일. 11월 2일.

거기에는 바위를 깎아서 만든 좁은 통로와 회랑, 높은 뜰이 있다. 나는 그곳에서 대수롭지 않게 놓인 석조들을 발견했다. 나는 그것들이 이곳에 있어야만 했음을 깨달았다. 그것들은 망명 중이었다. 나는 가장 기괴한 예술 애호가들조차 그것들을 미학적으로 받아들일 수 없다고 생각한다. 그것은 대충 깎은 반인반수 조각들이었다. 그 위로 비가 내리면서 세부들은 씻겨 내려갔다.

좁고 답답한 꼭대기 층 위에 다락방이 있다. 나는 그곳으로 올라가는 계단을 기억한다. 화려한 난간동자와 미끄러운 난간으로 시작되는 넓은 계단은 공중에서 갑자기 나선형의 좁고 썩은 계단으로 바뀐다. 다리가 갑자기 구멍에 빠지지 않도록 매끄러운 벽 표면에 달라붙어 몸을 바짝 붙이고 올라가야 한다.

다락방은 엄청나다. 나무 바닥은 먼지로 덮여 있다. 두꺼운 먼지 층이 이곳의 모든 물건들을 다 뒤덮고 있어서, 가장 작은 것들은 형체를 알아볼 수 없는 먼지 더미가 되었다. 말라비틀어진 작은 사과 속이 솜털로 대칭을 이루어 불룩해져 있고, 놓여 있는 빗자루 손잡이는 마루판에 깜짝 놀랄 만한 파도를 일으킨다.

다락방에서는 길을 잃을 수 있다. 다 외우기에는 방이 너무 크다. 나는 오래된 매트리스가 어느 구석에 있는지 안다. 오랫동안 잊힌 금지된 장난들이 일어났던 곳이다. 그러나 여기서 가장 놀라운 것은 경사진 천장에 난 창문들이다. 창문들은 크지 않고 조금 높은 곳에 있어서, 여기서 바깥을 내다보려면 발끝으로 서야 한다. 그러나 거기서 보는 경치는 정말 특별하다. 본 것을 절대 잊을 수 없다. 창문들은 이 저택이 얼마나 크고 얼마나 웅장한지 보여 준다. 다락방 창문에서는 모든 것이 전기 기차놀이 장난감 세트를 위해 특별히 제작한 인공 세계처럼, 레고 세트의 건물들처럼, 디즈니 만화의 풍경들처럼 작고 비현실적으로 보인다. 그리고 이 세계로부터 숲과 초원, 강과 철도, 대도시와 항구, 사막과 고속도로 같은 많은 것들이 보인다. 이것이 어떻게 가능한지 나는 잘 모르겠지만, 실제로 여기서는 지구의 곡선이 보인다. 숨 막히는 광경이다. 나중에 이곳이 그리워질 수도, 다시 아래층에서 벗어나기 위해 위태로운 계단을 따라 다락방에 오를 수도, 햇빛이 만들어 낸 광선들 사이에 서서 바깥을 보기 위해 발뒤꿈치를 들고 설 수도 있겠다는 생각이 든다.

나는 마르타에게 우리는 각자 두 개의 집을 가지고 있다고 말했다. 하나는 시간과 공간 속에 위치한 실체가 있는 집이고, 다른 하나는 무한하고, 주소도 없고, 건축 설계도로 영원히 남을 기회도 사라진 집이다. 그리고 우리는 그 두 곳에서 동시에 살고 있다.

지붕

폰 괴첸 가문에는 교수가 한 명 있었다. 평생 책을 읽고 공부하고 여행하며, 정원을 가꾸지 않았던 진정한 교수였다. 그의 이름은 요나스 구스타프 볼프강 치슈비츠 폰 괴첸이었다. 긴 생애(1862~1945) 동안 그는 종교사에 관한 많은 책을 썼는데, 그중에서 가장 중요한 것이 『성소(聖所). 슐레지엔의 신비주의』(1914)와 『종교의 기원』(1918)이다. 그의 인생에는 종교와 지붕이라는 두 가지 열정이 있었다. 그는 이 두 가지 주제에는 공통점이 있어야 하며, 이 둘은 어떤 식으로든 서로를 보완해야 한다고 생각했다. 그는 어린 소년 시절 시골 성당에서 크리스마스 미사를 드리던 중 종교에 관심을 갖게 되었다. 성모 마리아 주위에 모두 순교자인 성자들이 떠 있는 타원형 그림이 걸린 성당이었다. 지붕은 나중에, 저택을 재건하는 동안, 오래된 덮개 대신 현대의 기와를 놓는 동안 생겨난 열정이었다. 요나스 구스타프 볼프강은 무슨 일을 하든, 항상 정확하고 신중하고 공을 들여야 했다. 그래서 그는 지붕과 덮개, 기와, 지붕널에 관련한 모든 것들을 다 읽었다. 20세기 초반에 전체 차이트가이스트*가 감지했던 혁명적 용기에 걸맞게 베를린카라고 부르는 전통적 기와인 카르피우프카**를 서양 건축과 관련하여 미학적으로 보다 보편적인 고딕 양식, 밝은색 벽돌의 므니슈카***로 바꾸기로 결정했다. 이때부터 슐로스는 지붕 덮개로 실롱스크에 돌풍을 일으켰다. 가깝고 먼 이웃들과 사제들, 건축가들이 이것을 보려고 왔다. 슐로스는 브르고뉴의 성처럼, 바바리아의 수도원처럼 보였다.

요나스 구스타프 볼프강은 어디를 가든 지붕을 찾았다. 기차에서 그의 눈은 거의 무심하다시피 지나가는 도시들의 상류를 따라 천천히 움직였지만, 근본적으로 굴뚝 하나하나, 지붕의 기울기 하나하나를 다 보고 있었다. 지붕의 유형 덕분에 요나스는 자신이 유럽의 어느 지역에 있는지 알 수 있었다.

그는 로잔과 제네바에서 공부했다. 그곳에서 프로이트와 프레이저,**** 뒤르켐*****을 알게 되었다. 루돌프 오토******는 그에게

* 시대정신.
** 잉어 기와. 모양이 잉어(karp) 비늘과 유사하다.
*** 두 개의 아치형 기와를 사용해 지붕을 올리는 방식. 므니슈카는 '수녀'라는 뜻이다. 하단부 기와를 므니슈카, 상단부 기와를 므니흐(mnich, 수도사)라고 한다.
**** 제임스 조지 프레이저(James George Frazer, 1854~1941). 영국의 사회 인류학자.
***** 에밀 뒤르켐(Émile Durkheim, 1858~1917). 프랑스의 사회학자.
****** 루돌프 오토(Rudolf Otto, 1869~1937). 독일의 프로테스탄트 신학자.

엄청난 인상을 남겼다. 스위스의 지붕은 세계에서 가장 아름다운 지붕 중 하나다. 그곳에서는 특이한 다색 점토로 기와를 만들고, 거기에 균일한 색으로 이루어진 지붕은 하나도 없다. 음영에 따라 지붕의 표면은 색을 바꾸고, 일반적인 점토가 만들어 낼 수 있는 수천 가지 색깔에 놀라게 된다. 그것들은 마치 패치워크처럼 보인다. 스위스에서는 항상 호텔 최상층의 방을 잡아 이 매력적인 지붕들을 봐야 한다. 그들은 기와를 실롱스크에서처럼 레이스 방식으로 얹는 게 아니라 물고기 비늘처럼 얹는다. 그래서 집들이 어떤 상상할 수 없는 바다에서 육지로 내던져진 커다란 물고기들이 뒤집어져 떠오른 것처럼 보인다.

이후 하이델베르크에서 그는 실롱스크의 전설적인 성녀 쿰메르니스의 삶과 작품에 관한 논문으로 박사 학위를 받았다. 그는 대학에서 강의를 했고, 종교 개혁 기간 동안 실롱스크에서 활동한 종파들, 특히 슈벵크펠트* 종파와 도공(刀工)들의 추종자들을 전문적으로 다루었다. 그는 이들에 관한 논문들을 썼다.

하이델베르크의 지붕은 전형적인 독일식으로 색깔은 붉은색과 철회색이다. 성당의 수직 갓돌은 눈을 진정시키는 진회색이다. 강의가 끝나면 그는 산책 삼아 성으로 가서 저녁마다 값싼 사이다를 마시고 학문적 이론을 토론하는 학생들로 북적거리는 도시를 내려다보았다.

인간의 종교와 집의 지붕 사이에는 약간의 접점이 있다. 첫 번

---

* 카스파어 슈벵크펠트(Kaspar Schwenkfeld, 1489~1561). 독일 귀족으로 독일 경건주의 운동의 개혁자. 그로 인해 슈벵크펠트파 단체(교회)가 시작되었다.

째 연관성은 사소한 것인데, 둘 다 가장 높은 영역이라는 것이다. 이 연관성은 아무런 결과도 도출하지 못한다. 다른 무언가가 있다. 요나스 구스타프 볼프강은 어느 날 하이델베르크 성의 테라스에서 도시를 내려다보다 문득 이런 생각이 떠올랐다. 지붕은 종교와 마찬가지로 최종적인 폐쇄이고, 동시에 공간을 닫고, 그 공간을 다른 공간으로부터, 하늘과 높이와 세상의 무한한 수직성으로부터 분리하는 정점이다. 종교 덕분에 우리는 정상적인 삶을 살수 있고, 견딜 수 없는 모든 종류의 무한함에 대해 걱정하지 않아도 된다. 그리고 지붕 덕분에 우리는 바람과 비, 우주 방사선으로부터 안전하게 숨을 수 있다. 이것은 불운의 종류에 관계된 문제다. 우산을 펼치고, 몸을 가리고, 해치를 닫고, 그래서 몸을 나누어 안전하고 친숙하며 설비가 잘된 공간으로 피하는 것과 같은 문제다.

도공들

그들은 찬송가를 부르며 칼을 만들었다. 그들은 실롱스크 전체에서 그 누구보다 칼날을 잘 만들었다. 그들은 정성 들여 광을 낸 물푸레나무 손잡이를 달았는데, 이 손잡이를 잡는 사람은 누구나 순식간에 그것과 사랑에 빠졌다. 그들은 일 년에 한 번 사과가 나무에서 익어 가는 초가을에 그것들을 팔았다. 그들은 당시 일종의 박람회를 열었고, 주변 전역에서 몰려든 사람들은 나중에 되팔아 차익을 남기기 위해 칼을 여러 개, 심지어 여남은 개씩 샀다. 이 박람회가 열리는 동안 사람들은 도공(刀工)들이 자신들과 다른 신앙을 가지고 있고, 다른 신을 믿는다는 사실을 잊었다. 만일 사람들이 자신의 입장을 고집했다면, 쉽게 증거를 만들어 아주 멀리 후추가 자라는 곳으로 그들을 쫓아낼 수 있었을 것이다. 하지만 그러면 누가 이런 칼을 만들겠는가?

자신들의 아이들이 태어날 때마다, 그들은 기뻐하는 대신 애도했다. 누군가가 죽어 가고 있으면, 그들은 그의 옷을 모두 벗기고 땅을 파서 구덩이에 눕힌 뒤 아직 흙을 덮지 않은 그 무덤 주위에서 격렬한 춤을 추었다.

그들의 정착지는 두 개의 산맥을 나누는 언덕의 한쪽 끝에 있었다. 그것은 석조 건물이었고, 그 주변에는 창문이나 굴뚝도 없고 개 사육장처럼 보이는 움막이 몇 채 있었다. 이 집들은 칼로 가득했다. 그들은 훈제하는 치즈처럼 칼날을 아래로 향하게 하여 나무 천장에 칼들을 매달아 놓았다. 외풍은 칼들을 흔들었고, 칼들은 서로 부딪혀 종처럼 울렸다. 사람들은 칼날로 가득한 이 하늘 아래로 겁 없이 돌아다녔다. 쇠의 끝부분이 그들의 머리에 닿았고, 그 머리에 죽음의 기름을 발랐다.

그들은 세상의 시작을 매우 독특하게 인식했다. 물질은 영혼의 영향이라고 생각했다. 영혼은 망각했고, 자신의 무한한 평온 속에서 집중력이 흐트러졌으며, 자신이 경험해서는 안 되는 무언가, 즉 영향, 압도적인 감정을 경험했다고 믿었다.(후에 신학자들은 그것이 어떤 종류의 감정이었을지 궁금해했다. 존재한다는 것과 이 존재로부터 탈출할 길이 없다는 것에 대한 절망이었을까? 하지만 그 어디에도 명확한 설명은 없다.)

도공들은 영혼이야말로 몸에 꽂힌 칼이라고 믿었다. 그것은 우리에게 인생이라고 부르는 끊임없는 고통을 겪도록 강요한다. 그것은 몸을 소생시키는 동시에 죽인다. 왜냐하면 하루하루의 삶이 우리를 신으로부터 멀리 떨어뜨려 놓기 때문이다. 영혼이 없다면 인간은 고통받지 않을 것이다. 햇빛 속의 식물처럼, 양지바른 목장에서 방목하는 동물처럼 살았을 것이다. 그러나 인간의 몸속에는 영혼이 함께하고, 한때 바로 그의 존재의 시작점에서 형언할 수 없는 신의 광채를 바라보았던 영혼이 있었기 때문에, 그에게는 모든 것이 어두워 보인다. 전체에서 갈기갈기 부서진 작은 조각이지만 이 전체를 기억해야 한다. 죽음을 위해 창조되었지만 살아야 한다. 죽음을 맞았지만 살아남아야 한다. 이것이 바로 영혼을 갖는다는 것의 의미다.

아침저녁으로 그들은 그들의 슬픈 찬송가를 단조롭게 불렀다. 손잡이를 만들기 위해 물푸레나무 목재를 자르며, 쇠를 녹여 칼날을 만들며, 가을에 나무를 흔들어 야생 사과를 떨어뜨리며, 몇 안 되는 아이들, 원치 않게 세상에 나온 이 불행한 아이들을 돌보며 찬송가를 불렀다.

그들은 기괴한 관습을 가지고 있었고, 그들의 모든 삶은 기괴했다. 그들은 성교할 때 정자가 여성의 자궁에 도달하지 않도록 주의했다. 그들은 그것을 밖으로 배출하여 자신들의 신에게 제물로 바쳤다. 그들은 인간의 정자 속에 신성한 빛이 숨겨져 있고, 이런 식으로 제물을 바침으로써 물질로부터 그 빛을 자유롭게 만들어 신에게로 돌려보내는 것이라고 믿었다. 이런 이유로 그들에게서는 아이들이 드물게 태어났다.

그들의 유일한 기도 유형은 그들이 찬송이라고 부르는 통곡이었고, 유일한 의식은 바로 정액을 제물로 바치는 것이었다. 다른 식으로는 기도하지 않았다. 그들은 하느님은 인간과 공통점이 없으며 심지어 인간의 기도를 이해하지 못하는 초인적인 존재라고 생각했다.

무너지는 숲

마르타는 크게 믿을 만한 사람은 못 되었다. 그런데 그녀는 어느 날 내게 자기가 다양한 시대, 심지어 밤비에지체의 봉헌된 성화들이 보여 주는 모든 시대를 기억한다고 말했다. 사람들은 가여울 정도로 서로 비슷하기 때문에, 그녀는 그 당시 살았던 사람들이 아니라, 공기의 색이나 나뭇잎의 색, 빛이 물체에 떨어지는 방식에 따라 시간을 인식했다. 마르타는 이것을 절대적으로 확신했다. 시간은 색상으로 인식될 수 있으며, 색상은 시간을 식별하는 유일한 특징이다. 아마도 이것은 태양과 관련이 있을 것이다. 태양이 진동하고 파장을 바꾸거나, 공기가 다른 방식으로 여과되어 지구상 모든 종류의 사물들에 해마다 독특한 색조를 부여하는 것이다.

마르타는 그래서 자신에게 기억되어 당시로 자신을 안내하는 세부 사항을 세계의 색상과 연관시키는 법을 배웠다. 그녀는, 추측하건대, 수레의 나무 바퀴 모양과 이상하고 불그스름한 하늘의 색깔을 연관시켰을 것이다. 그녀가 본 것은 건초, 밀가루가 든 마대, 집을 짓는 데 필요한 점토, 급하게 던져 넣은 생활 도구를 싣고 바퀴들이 자갈길을 따라 구르던 시절의 하늘이었다. 또는 가슴 아랫부분에 주름이 많이 잡힌 드레스를 반투명하고 밝은, 연한 버드나무 색 공기와 겨울 서리 같은 푸른색과 연관 지었을지도 모른다.

이것이 마르타의 기억력이 작동하는 방법이었다. 이것이 그녀가 과거를 인식하는 방법이었다. 그러나 시간을 정리하는 이 방법에는 오해의 소지가 있었으며, 마르타는 자신이 이해하지 못하는 이미지를 보았고, 그것이 그녀 안의 두려움을 일깨웠다. 사람이 너무 많은 것을 보면 두려울 수 있기 때문이다.

그래서 그녀는 주황색 하늘이 낮게 걸린 골짜기를 보았다. 이 세상의 모든 선들이 흐려져 있었고, 어떤 이상한 빛이 비춰서 희미한 그림자를 드리우고 있었다. 골짜기에는 집도 사람의 흔적도 없었고, 쐐기풀 한 덩어리, 야생 블랙베리 덤불 하나 자라지 않았다. 시냇물도 없었고, 그 자리는 무성하게 자라난 단단한 붉은색 풀 아래로 사라져 버렸다. 시냇물이 흐르던 자리는 흉터처럼 보였다. 이곳엔 낮도 없었고, 밤도 오지 않았다. 주황색 하늘은 내내 똑같이 빛나고 있었다. 따뜻하지도 춥지도 않고, 움직이지도 않고 무관심했다. 언덕은 여전히 숲으로 덮여 있었지만, 그녀는 자세히 들여다보고 그것이 죽었음을, 어느 순간 돌로 변해 굳었음을 알 수 있었다. 가문비나무에는 솔방울이 달려 있었고, 나뭇가지들은 아직 잿빛 바늘로 덮여 있었다. 그것을 날려 버릴 바람이 없었기 때문이다. 마르타는 이 풍경 속에서 어떤 종류든 움직임이 일어난다면 숲이 무너져 먼지로 변할 것이라는 무서운 예감이 들었다.

전기톱을 든 사람

소음은 언제나 그의 접근을 알렸다. 신경을 거스르는 기계의 울부짖음은 무형의 공처럼 골짜기 비탈에서 튀어 올라 항상 테라스 근처에 멈춰 서 있었다. 우리는 불안해서 고개를 들었고, 암캐들은 털이 곤두섰으며, 염소들은 우리가 묶어 둔 나무 주위를 겁에 질려 질주하기 시작했다. 나중에야 그는 혼자 나타났다. 숲에서 나타난 키가 크고 마른 사내는 전기톱을 강력한 소총처럼 머리 위로 흔들었다. 이 남자는 절대로 자작나무 숲에서 나온 것 같지 않았다. 그는 전쟁터에서, 불타는 탱크들 사이에서, 흩어진 다리의 파편들 아래에서 나온 것 같았다. 그의 몸짓에서 우리는 승리감을 보았다. 그것은 쇳조각을 휘두르며 이따금 톱의 시동 손잡이를 잡아당겨 골짜기를 둘로 쪼개는 듯한 소음을 내는 방식으로 나타났다. "헤이, 안녕하세요." 그가 기쁘게 소리쳤다. "내가 갈게요!" 그리고 산비탈을 따라 내려와 우리를 향해 똑바로 톱을 휘두르고, 자작나무 묘목과 어린 단풍나무와 너도밤나무, 잔디 끝을 톱날로 베어 냈다. 그의 동작에는 과도한 격렬함과 과장된 활기가 있었고, 그로 인해 풀이 그를 따라가지 못해서 그는 풀에 발이 엉켜 넘어졌다. 우리는 그가 이 길쭉하게 드러난 날에 다칠까 봐 눈을 감았다. 그러나 그는 괜찮았다. 자기가 넘어진 것에 놀라 벌떡 일어났지만, 곧 잊어버렸다. 바로 앞 테라스에 우리가 있었기 때문이다. 호기심 어린 눈들이 그를 지켜보고 있었고, 텅 빈 손들은 박수를 보낼 준비가 되어 있었다. 그가 길을 건너 오솔길로 접어들었을 때, 우리는 이미 그가 술에 취한 것을 알 수 있었다. 톱은 자신의 실성한 주인으로부터 벗어나고 싶은 듯, 아니면 그를 유혹하듯 불규칙하고 불길한 원을 그리며 그의 주위를 휘감았다. "톱질할 거 뭐 없습니까?" 그는 땀에 젖어 얼굴이 빨개진 채, 몸을 흔들며 기분 좋게 물었다.

그리고 한번은 R이 실수를 저질렀다. 그에게 뒤집어진 벚나무를 잘라 달라고 한 것이다. 날카로운 소리를 내며 부르르 떠는 톱날이 죽은 나무에 이빨 자국을 냈고, 그것을 일정하지 않은 조각으로 잘라 냈다. 그는 일이 끝났는데도 여전히 만족하지 못하고 계속 톱으로 허공을 휘저었다. 사내의 시선이 우리 라임나무와 사과나무의 몸통을 이리저리 훑었고, R은 그를 가로막고 서서 자신의 몸으로 무방비 상태의 나무들을 그의 시야에서 가려야 했다. "그런데 이 사과나무 말입니다." 사내가 물었다. "햇빛을 가리는 거 아닙니까?" 그러고는 톱을 휘둘렀다. R이 그를 산으로 올라가는 길로 안내했고, 그가 다른 가능성의 냄새를 맡을 때까지 오랫동안 그와 함께 걸었다.

톱을 맨 사내는 이따금씩 돌아왔고, 그러면 우리는 당황해서 테라스에서 컵을 모아 문을 닫곤 했다. 우리는 그가 우리 집을 지나갈 때 실망하는 것을 지켜보곤 했다. 그는 하늘을 향해 소리쳤다. "안녕하세요, 톱질할 거 있습니까? 톱질할까요?"

에르고 숨

그는 햇빛 속에서 깼다. 키가 큰 식물들 사이, 배수로에 누워 있었다. 그가 누운 곳에서 2미터 떨어진 곳에 길이 있었다. 그는 리드미컬한 말발굽 소리와 수레가 삐걱거리는 소리를 들었다. 그가 입은 것은 갈기갈기 찢어진 바지뿐이었다. 맨가슴에는 진흙과 피 같은 얼룩이 묻어 있었다. 그는 자신의 몸을 살펴보고 더듬어 보며 괜찮은지 확인했다. 상한 곳은 없었지만, 비록 피부가 좀 긁히고 찢어졌더라도 핏자국의 원인이 자기 몸에 있는 게 더 좋았을 것이다. 그렇다면 적어도 자기 몸에 묻은 피가 자신의 피라는 건 알 수 있었을 것이다.

그러나 그는 다치지 않았다. 일어서니 현기증이 났다. 마치 자신의 몸속에 흐르는 피가 자신의 피가 아닌 것처럼, 제대로 흐르지 않는 것처럼 이상하게 아팠다. 눈앞에 까만 점들이 보였다. 그의 가장 큰 걱정은 이제 어떻게 집에 갈 것인가 하는 문제였다. 어떻게 해야 시내 중심가 자기 집이 있는 거리로 갈 수 있는가. 이 시간이면 그 거리 사람들은 모두 빵이나 우유를 사러 나가거나 창가에 서서 날씨를 확인하고, 이 아름다운 7월 하루의 그 어떤 순간도 놓치지 않으려고 남자들은 발코니에서 면도를 한다. 그들은 그가 이런 상태로 지나가도록 내버려 두지 않을 것이고, 자신들의 선생에게 무슨 일이 일어났는지 캐물을 것이고, 그의 상처에 겁을 먹고 의사를 부를 것이다. 아니면 이미 알고 있을까? 시체가 발견되었기 때문에 어쩌면 이미 경찰이 주변을 돌고 있을지도 모른다……. 에르고 숨은 땅바닥에 주저앉아 자신의 손을 보았다. 지극히 정상이었다. 그는 정신을 가다듬었다. 이 상태 그대로 경찰서에 가서 모든 것을 자백하기로 했다. 그래서 그는 마침내 누군가에게 자신의 죄를 털어놓을 수 있을 것이며 안전하고 자상한 손에 자신을 맡길 수 있으리라는 생각에 갑자기 위안을 얻어 몸을 움직였다. 그리고 그들이 빨리 자신에게 유죄 판결을 내리고, 살인죄로 사형을 선고하고, 곧장 교수형에 처하기를 바랐다. 이 모든 일을 겪은 이유가 범죄자로 죽기 위해서였는지 그는 의문이었다. 하지만 이것은 이미 그가 상관할 일이 아니었다. 그는 알지도 못하고, 짐작조차 할 수 없다. 어떤 신은 그것에 대한 책임을 물을 것이고, 어떤 신들은 올리브와 포도를 가지고 향연을 열어 즐길 것이다.

그는 자신이 성 안나의 산에 있다는 것을 깨달았다. 시내에서 6킬로미터 정도 떨어진 곳이었다. 근처에 오래된 관광 코스가 있었고, 그는 작년에야 젊은이들을 데리고 이곳에 왔었다. 아래쪽으로는 개울이 흘렀고, 개울가에는 특이한 아치형 돌다리가 서 있었다. 지도에는 '모스트 크시엥고비'*라고 표기되어 있었다. 그렇다,

그는 자신이 어디에 있는지 알고 있었다. 단 몇 채의 집들뿐인 이 작은 마을은 피에트노다. 여기서부터 길은 곧장 고속도로와 시내로 이어진다. 그는 걸음을 재촉했고 이내 달리기 시작했다.

다리를 막 건너고 보니 피에트노에서는 한 무리의 사람들이 아무 말도 하지 않고 작은 습지대에 서 있었다. 그들은 에르고 숨을 보고 옆으로 비켜섰고, 그는 그 사람들의 다리 사이로 죽은 암소의 커다란 몸을 보았다. 그것은 배가 갈기갈기 찢긴 채 옆으로 누워 있었고, 창자는 피에 젖은 풀 위로 죽 흘러나와 있었다.

"개가 암소를 물어 죽였습니다." 한쪽 얼굴이 처진 노인이 말했다.

"보볼의 개예요." 어린아이를 안은 여자가 덧붙였다.

"내 개 아니에요. 우리 개는 묶여 있었어요."

아마 이것은 보볼이었을 테지만, 곧 담배를 든 수염을 민 남자가 그에게 다가갔다.

"제장, 방금 묶었잖아."

"보볼은 자기 개들을 관리하지 않아요. 몇 마리인지도 모를 겁니다." 노인이 에르고 숨을 흘끔거리며 말했다.

에르고 숨은 이제 무슨 일이 있었는지 알고 맥이 빠졌다. 아마도 그는 그날 밤에 대한 어떤 기억이 떠올랐거나 아니면 그것을 상상했을 것이다. 그는 소리를 지르고 괴성을 지르며 울부짖었을 테지만, 목을 움켜쥐었다. 그것은 흔치 않은 몸짓이었고, 사람들은 그를 의아하게 쳐다보았다. 그러자 땅요정처럼 생긴 보볼이 무

* '회계사의 다리'라는 뜻.

리에서 떨어져 나갔다. 보불은 체구가 작고 땅딸막하며, 수염이 덥수룩했다. 결연한 태도로 그는 짧은 사슬을 매고 있는 커다란 검은 개에게 다가갔다. 개는 낑낑거리며 땅바닥에 주저앉았다. 자신의 죽음을 감지한 것이 분명했다. 보불은 두꺼운 나무토막으로 개의 머리를 후려쳤다. 몇몇 여자들이 진저리를 쳤을 정도로 개는 날카로운 비명을 질렀고, 곧 부드럽게 옆으로 쓰러져 꼼짝도 하지 않았다. 개의 머리 밑에서 피가 흘러나오기 시작했다.

그러자 에르고 숨은 사람들의 다리 사이로 소가 누워 있는 젖은 풀밭에 무릎을 꿇고 흐느끼기 시작했다. 사람들은 놀라서 그를 쳐다보았고 서로 조롱하는 표정을 주고받았다. 그들의 날카로운 눈이 빛나고 있었다.

"이봐요, 정신 차려요. 지금 당신 소나 개 때문에 우는 거예요? 사람들이 불쌍하지 않아요?"

에르고 숨은 노인의 얼굴을 올려다보며 동정을 구했다. 어쩌면 그는 이 남자가 자기를 가슴에 끌어안을 것이고, 그의 더러운 외투가 자기 얼굴에 흐르는 눈물을 닦아 줄 거라고 생각했을지도 모른다. 그러나 농부의 눈은 칼 같았다.

그는 이미 중심가를 따라 걷고 있었지만, 그곳은 여전히 교외였다. 이 시간에는 문을 닫은 술집 리도를 지날 때, 그의 생각의 조각들은 플라톤 주위를 맴돌았다. 플라톤은 그리스 신처럼 지혜롭고 침착했다. 아니, 그리스 신들은 지혜롭거나 침착하지 않기 때문에 그건 잘못된 비교다. 누가 관여했는지는 알 수 없지만 그 당시 세상은 달랐다. 태양은 황금과 복숭아를 비추었고, 올리브 나무들이 산비탈에서 푸르게 자랐으며, 사람들은 피부가 밝았고 하얀색 옷을 입고 있었다. 이 환상은 죽은 암소와 죽은 개 그리고 피에트노 사람들의 얼굴 위로 떠올랐다. 하나가 다른 하나와 어우러 졌고, 어떻게 된 것인지는 알 수 없었지만 그렇게 되었다. 하나는 다른 하나의 일부였다. 플라톤과 황금빛 입술까지 올리브를 들어 올린 그의 팔, 그리고 피에트노는 에르고 숨의 미래에 대한 서문 이 되었다.

사람들은 그를 빤히 쳐다보았지만, 그는 그들을 신경 쓰지 않 았다. 그들은 조심스럽게 그를 흘끗거렸다. 틀림없이 그를 난처하 게 만들고 싶지 않은 듯했다. 그러나 그는 여러 번 들었다. "취했 어요! 선생님이 취하셨어요." 그는 이를 악물고 네포무크의 성 요 한 교차로까지 왔다. 그때 그는 경찰서에 가기 전에 씻어야 한다 는 생각이 들었고, 그래서 자동적으로 집 쪽으로 발길을 돌렸다. 계단통의 문이 그의 뒤에서 자비롭게 닫혔다. 더 이상 눈물을 참 을 수 없을 것 같아서 에르고 숨은 더러운 주먹으로 눈을 눌렀다. 이런 상황에서 플라톤이라면 어떻게 했을까? 이런 일이 가능할 까? "자살했을 거야." 에르고 숨이 스스로에게 대답했다. 그는 페 트로니우스처럼 정맥을 잘랐을 것이다. 연회에서, 친구들 사이에 서, 황금빛 공기와 포도주, 올리브 등이 있는 밝은 곳에서, 그렇게 했을 것이다. 소크라테스처럼 죽어 가면서 농담을 했을 것이다.

아, 에르고 숨은 얼마나 죽음을 갈망했는가. 그는 베란다에서 밧줄에 매달린 자신의 모습을 떠올렸다.

그러나 에르고 숨은 자살하지도 않았고, 경찰서에 가지도 않 았다. 그토록 조심스럽게 몸을 묶었던 바로 그 부엌 의자는 이 끔 찍한 밤에 지친 그의 몸을 자비롭게 받아들였다. 그는 아침까지 움직이지 않고 의자에 앉아 있었다.

아침에 그는 씻고, 바지 두어 벌과 속옷 몇 벌, 스웨터를 여행 가방에 챙겨, 아파트 문을 잠그고는 그 마을 피에트노로 돌아갔다. 거기서 그는 죽은 동물들을 묻으려면 모든 농부들에겐 힘센 농장 일꾼이 필요하다고 왜소한 체구의 보볼을 설득하는 데 성공했다. 보볼은 그를 의심스럽게 쳐다보았지만, 일꾼이 돈은 요구하지 않고 단지 잠자리와 끼니만 원한다는 것이 명백해지자 그의 부탁을 받아들였고, 그의 회색 눈은 늑대의 눈처럼 교활하게 반짝였다.

인생의 절반은 어둠 속에서 진행된다

그것은 사실이다. 사람들이 알았든 몰랐든, 받아들이든 받아들이지 않든, 동의하든 안 하든 말이다. 하지만 대다수 사람들은 불면증 때문에 밤을 기억한다. 숙면을 취하는 사람은 밤이 무엇인지 대체로 잘 알지 못한다.

에르고 숨은 브로니스와프 숨, 브로넥 씨가 되었다. 그는 이 평범한 새 이름을 진심으로 마음에 들어 했다. 피에트노의 사람들은 그 이름 뒤에 '씨'라는 말을 덧붙였다. 그는 손이 곱고 관자놀이가 희끗희끗했기 때문이다. 오직 보볼만 헛간에서 배설물을 치우고, 소에게 먹일 물을 운반하고, 피에트노의 믿을 수 없는 습기 탓에 절대로 완전히 마르지 않는 건초를 뒤집어야 할 때 그를 브로넥이라고 불렀다.

브로넥 씨는 이제 새벽에 일어나서 젖소들의 젖을 짜야 했다. 그는 금방 배웠다. 암소의 젖통을 액체가 담긴 고깃덩어리 탱크로 생각하고 하얀 물줄기가 양동이의 벽을 울릴 때까지 손가락으로 부드럽게 쥐어 주면 되었다. 그런 다음 그는 이 따뜻하고 분뇨 냄새가 나는 우유를 마셨다. 이것이 그의 아침 식사였다. 그다음에 그는 초원으로 소들을 몰고 나갔다. 말들은 마치 그에게 안녕하세요라고 하듯이, 고맙다는 듯이 고개를 위아래로 끄덕였다. 그러고 나서 그는 마구간과 외양간을 정리하기 위해 돌아왔다. 거기엔 몇 년 동안이나 치우지 않아 다져지고 서서히 돌로 변해 버린 배설물들이 많았다. 브로넥은 그것을 토탄 자르듯 삽으로 잘라 외바퀴 수레에 싣고 집으로 옮겨 와 무더기로 쌓아 놓았다. 정오 무렵에 그는 집으로 가서 껍질을 벗겨 감자를 삶고, 감자에 돼지기름을 끼얹어 커드*와 함께 식탁에 내놓았다. 그는 보볼과 함께 말없이 식사를 했다. 작고, 크고, 어리고, 늙은, 늘 굶주려 있는 보볼의 개들이 현관에서 그들을 지켜봤다. 아무도 개들이 몇 마리나 되는지 알지 못했다. 점심 식사 후 보볼은 잠깐 낮잠을 자려고 누웠고, 브로넥 씨는 계단에 앉아 물결치는 지평선과 쭈글쭈글한 방목장과 카르파티아산맥의 목초지를 바라보았다. 그런 다음 다시 우유를 짜고, 걸러 내고, 치즈를 끓이고, 우유통을 채우고, 건초를 뒤집고, 수레로 분뇨를 옮겼다. 저녁 식사는 머릿고기나 훈제 소시지를 곁들인 빵이었다. 그리고 보볼은 이웃집에 술을 마시러 갔고, 이렇게 밤이 시작되었다.

밤은 언제나 개울가 어딘가에서 부화했고, 바로 이 축축하고 서늘한 곳에서부터 하늘이 어두워지기 시작했다. 매일 저녁 브로

---

* 우유에 산(酸) 또는 레닌이나 펩신 따위를 넣었을 때 생기는 응고물. 치즈를 만드는 데 쓴다.

넥 씨는 이런 변신의 증인이 되었다. 그는 집 앞 계단에 앉아 지켜보았다. 우선 그는 밤새 똑딱거리는 시계 소리처럼 들리는 규칙적인 울음소리를 들었다. 완전한 어둠이 내리면, 사람들 소리가 들렸다. 그들의 술 취한 목소리는 어둠 속에서 가라앉았다. 이해하기 힘들고, 무력하고, 횡설수설하는, 집에서 급히 만든 밀주 냄새가 나는 목소리였다. 여느 때와 마찬가지로 브로넥 씨는 아무 생각도 하지 않거나 내일 할 일이 무엇인지, 지금 자러 가야 하는지, 검은 암소가 별다른 문제는 없는지, 보볼은 쇠스랑을 어디에 두었는지 등 최소한의 생각만 하려고 애썼다. 그리고 마침내 그는 잠자리에 들기 위해 위층으로 올라갔고, 그곳에서 아침까지 어둠과 습기, 분뇨 냄새를 빨아들였다.

하지만 수정같이 맑고 끔찍한 또 다른 밤들도 있었고, 그런 밤이면 브로넥 씨는 잠을 잘 수 없었다. 어떤 꿈에서 그는 차를 마시고 싶은 갈망을 느꼈는데, 입안에 침이 고이고 목구멍이 꽉 막히는 느낌이 들었다. 그는 커지는 분노와 함께 몸을 뒤척였고, 그의 다리는 급하게 계단을 따라 마당을 가로질러 앞으로 나가고 싶은 듯 욱신거렸다. '참을 수 없어.'라고 그는 생각했다. 그것은 소변을 보고 싶은 고통스러운 욕구, 발산할 수단을 요구하고 아무것도 하지 않을 의지의 실현 같았기 때문이다. 그는 여러 번 울었지만 그 방식은 이상했다. 눈물만 흐를 뿐 풀이 무성한 초원처럼 속은 평온했다.

그런 다음 그는 숲으로 가서 나무들 사이를 돌아다녔고, 나무 줄기를 걷어찼고, 손톱이 살갗을 파고들 만큼 주먹을 꽉 쥐었다. 그는 숲의 가장자리와 경기장 매표소처럼 입구를 지키고 선 작은 예배당을 기억했다. 예배당에서는 회반죽이 떨어져 나가고 돌이 무너져 내리고 있었고, 다리가 부러진 채 십자가에 못 박힌 인물이 환영처럼 그 안에 있는 게 보였다. 그는 마지못해 그곳을 지나 국경을 향해 오르막길을 올랐다. 당시 뒤죽박죽이 된 그의 머릿속에서 떠오른 유일한 생각은 이제 총성이 들릴 것이고, 이 총성은 바로 자기와 관련되어, 자기의 몸을 겨냥할 것이고, 무슨 일이 일어나기도 전에 끔찍한 소리와 함께 총알이 자기의 머리를 관통하리라는 것이었다.

그러나 언제나 같은 일이 일어났다. 먼저 그는 온몸에서 고통을 느꼈고, 이 고통에 대한 혐오감 때문에 구토가 올라올 지경이었다. 그가 구토하려고 온몸을 비틀자 그의 정신은 몽롱해졌고, 겁에 질린 그가 마지막으로 본 것은 발톱이 달린 발과 엉킨 회색 털 뭉치였다. 그 뒤에 그는 온전히 어떻게든 스스로의 노예가 되지 않고 자유로워지고 싶다는 욕망에 사로잡혔다.

때때로 그의 주인인 야시엑 보볼이 대화를 나누러 왔다. 그는 구겨진 스포르트* 담뱃갑을 꺼내 첫마디를 꺼내기 전에 두 개비를 피웠다. 그들은 문간 돌계단에 앉아 있었다. 그들의 등줄기를 따라 찬바람이 들었고, 영원히 차가운 돌멩이 위에서 엉덩이가 차갑게 식었다. 야시엑 보볼은 나쁜 소식들만 알고 있었다. 그는 라디오에서 들은 비에슈차디 숲에 사는 여자의 이야기를 들려주었다. 그녀는 미래를 예언했다. 한번은 세 명의 관광객이 그곳에 갔고, 원하든 원하지 않든 그녀의 작은 오두막집에서 밤을 보내야 했

* 폴란드 담배 브랜드.

다. 그녀는 그들에게 우유를 주고 나서 "난 여러분에게 미래를 말해 줄 테니 여러분은 나한테 신발을 사 줘요."라고 말했다. 그래서 그들은 막내를 마을로 내려보냈고, 그는 거기서 운동화를 사서 여자에게 주었다. 노파는 운동화를 신고 그들에게 세 개의 관을 보여 주었다. 첫 번째 관에는 곡식이, 두 번째 관에는 왕겨가, 세 번째 관에는 피가 들어 있었다. 삼 년 동안의 모습이 이렇게 보일 것이라는 얘기였다. 어느 해일까? 관광객들은 알고 싶었다. 여자는 그들에게 밝히고 싶지 않았다. 첫 번째 해에는 풍년이 들 것이고, 두 번째 해에는 들판에서 왕겨만 모일 것이고, 세 번째 해에는 피가 흐를 것이다. 누구의 피가? 여자는 그것을 말하지 않았다. 그래서 지금 보볼은 올해가 곡식, 왕겨, 피 중 어느 해인지 궁금해하고 있었다. 그러나 피에트노의 모든 미래는 암울해 보였다. 풀밭에는 늘 민달팽이가 가득했고, 개울에는 흙탕물이 흘렀고, 사람들은 몸이 붓고 숙취에 시달리거나 아팠다. 이런 불가사의한 상황에서 양한 마리가 쓰러졌고, 담비가 닭을 잡아먹었고, 소 한 마리가 번개에 맞아 죽었고, 폭풍우 속에서 강아지들이 물에 빠져 죽었다. 이곳에는 항상 비가 많이 내렸고, 이곳에서 금속은 녹이 슬었으며, 땅이 원하지 않은 쇠똥은 하얀 곰팡이로 덮여 있었다.

브로넥은 개울가에 죽은 동물을 묻는 사람이었다. 늘 굶주려 있는 보볼의 개들은 숲에서 무참하게 공격당한 사슴을 물어 오곤 했다. 보볼은 개들이 그것을 먹도록 내버려 두지 않았다. 뜻하지 않은 다정함이 술에 젖은 그의 눈을 가렸고, 그러면 그는 브로넥에게 사슴을 묻으라고 명령했다. 브로넥은 죽은 동물들을 위해 무덤을 파는 사람이 될 수 있었다. 그러나 사슴의 사체를 묻는 것은 힘든 일이다. 사슴의 다리는 어떤 무덤에도 맞지 않게 길고 뻣뻣하기 때문에 땅을 깊게 파야 한다. 그리고 개들이 그것을 땅에서 다시 파내지 못하게 하려면 사슴의 가느다란 관절을 삽으로 부러뜨려야 한다. 브로넥은 그렇게 했고, 사슴은 의심의 여지 없이 죽었다지만 다리를 부러뜨리는 것은 끔찍했다.

그는 처음으로 헌혈을 하러 버스를 타고 크워츠코에 갔던 때를 생각하고 있었다. 몹시도 고통스러워서 울부짖고 싶었던 어느 날 밤에 갑자기 그 생각이 떠올랐다. 어쩌면 지역 라디오가 그에게 이 아이디어를 제공했는지도 모른다. 라디오에서 헌혈의 명예로움을 말했을 수도 있고, 어쩌면 신문 쪼가리가 그의 손에 떨어졌을지도 모른다. 그때 그는 이 일에 대해 더 깊이 고민하지 않았을 만큼 매우 브로넥다웠다. 그는 누군가에게 피를 주는 것이 매우 달콤하고 정의로운 일 같았다. 몸속의 피는 세상을 본 적도 없고 햇살을 알지도 못하지만, 우리를 살아 있게 한다. 지독히도 따뜻하고 진한 이 내부의 붉은 강이 자신의 몸 밖으로 흘러내리고, 누군가는 흐릿하고 하얀 북부의 풍경에 대한 기억을 전부 간직한 채 공포로 상하고 무력으로 망가진 그것을 받아들이고 싶어 할 거라고 믿었다.

손이 흰 여자가 먼저 그의 팔의 정맥을 마사지한 뒤 바늘을 찔렀고, 플라스틱 튜브가 브로넥의 피를 다른 사람들에게 나눠 주기 위해 빨아들였다. 이후 브로넥이 느낀 것은 안도감이었다. 그는 커피와 초콜릿을 받았다. 달콤함을 느끼지도 못한 채 그는 그것들을 바로 전부 먹어 버렸다. 그런 다음 다시 산기슭으로 데려다 주는 높은 버스에 올라타면서 그는 약간의 현기증을 느꼈다.

그때부터 그는 한 달에 두세 번씩, 정해진 횟수 이상으로 헌혈을 했다. 헌혈 센터의 서류들이 엉망진창이고, 계속 교대 근무를 하는 하얀 손의 간호사들의 머릿속은 다른 일들로 가득 차 있었기 때문에 그는 그들을 속일 수 있었다. 그는 다시 센터에 갈 때까지 기다릴 수가 없었다. 팔에 바늘을 꽂고 한 줄기 피를 뽑는다. 그러면 그는 이 어지럼증을 즐겼다. 그것은 그에게 허락된 유일한 즐거움이었다. 그는 누워서 잠시 쉬어야 했다. 그렇게 누워서 여자와 사랑을 나누는 상상을 했다. 그는 의료용 주걱, 혈액 100그램, 혈액 200그램, 자기 몸이 그토록 고집스럽게 만들어 내는 붉은 주스의 양을 계산하는 법을 배웠다. 어느 날 밤 그는 술 취한 이웃들의 비명을 들으며 자기가 두 양동이 정도의 피를 흘렸다고 계산했다. 그는 여전히 죽지 않았다.

버섯

8월은 버섯으로 시작되었는데, 다시 말하면 평소와 같았다. 태양이 빛나고 땅은 마르고 있었지만, 우리의 초원은 여전이 물로 가득 차 있었다. 눈부시게 푸른 풀들이 그곳에서 무성하게 자라고 있었다.

나는 우연히 첫 번째 버섯을 발견했다. 그것은 마르타의 집으로 가는 길에 자라고 있었다. 그것은 성냥개비처럼 보이는 주황색의 작은 등색껄껄이그물버섯이었고, 그 위 하늘은 성냥갑의 옆면 같았다. 잔디를 태우고 하늘을 주황색으로 물들일 화재의 전조일 수도 있었다.

아침에 나는 버섯 말고 다른 것은 생각하지 않았다. 밤에 나는 그것들이 자라는 소리를 들을 수 있다고 생각했다. 숲의 바스락거리는 소리는 거의 들리지 않았으므로, 아마도 나는 그것을 들었다기보다는 느꼈을 것이다. 그래서 나는 잠을 잘 수가 없었다. 첫해에 나는 '검은 숲'의 버섯 수에 위협을 느꼈다. 나는 바구니를 통째로 가져와서 버섯들을 신문지 위에 쏟아 놓고 마침내 칼을 들어 그것들의 부드러운 어린아이 같은 몸을 잘랐다. 그러고는 모자를 잘라 낸 뒤 마를 때까지 야생자두 잎으로 두드려야 하는 순간이 오길 기다리며 이 수집품을 가능한 한 오래도록 바라보았다. 갓에 십자 모양을 낸 버섯들이 매달린 뾰족한 나뭇가지들이 가으내 우리 집에 기대어 있었다. 담벼락은 마른 버섯과 덤불 냄새를 빨아들였다. 그것은 첫 번째 해였다. 사과와 자두, 모든 것이 풍족했고, 늙은 체리나무조차 미친 듯 열매를 맺어 주변의 모든 찌르레기에게 체리를 내주었다. 그런 다음 전부 점점 줄어들었다. 올해 내가 찾은 건 사과 몇 알뿐이다. 나는 사과 개수를 다 세어 놓았고, 지켰다. 도둑이 들면 개가 덤벼들도록 준비했을 것이다.

습기에도 불구하고 목초지에는 큰갓버섯이 없었지만, 시간은 다가왔다. 해마다 오는 8월은 숲 가장자리의 하얀 모자로부터 시작한다.

큰갓버섯은 젊음을 모르는 버섯이다. 하얀 털모자를 쓰고 땅에서 나올 때면 이미 늙어 있다. 그것의 몸은 늙은 몸, 노파의 몸이다. 난 마르타가 떠오른다. 마르고 가느다란 다리는 땅 위에서 섬세한 모자를 붙들고 있는데, 이 모자를 만져 보면 항상 따뜻한 느낌이 든다. 부서지기 쉬운 다리를 부러뜨려 집으로 가져오기 전에 무릎을 꿇고 냄새를 맡아야 한다. 누구나 큰갓버섯을 요리하는 법을 안다. 버섯을 우유에 담근 다음 달걀과 빵가루를 입히고 커틀릿과 비슷하도록 튀겨야 한다. 견과류 냄새가 나는 뿌리광대버섯도 이와 똑같이 할 수 있다. 그러나 사람들은 뿌리광대버섯을 따지 않는다. 사람들은 버섯을 독버섯과 식용버섯으로 구분하고, 안내서는 한쪽을 다른 쪽과 구별할 수 있는 특징들을 논한다. 좋은 버섯과 나쁜 버섯이 있다는 듯이. 버섯에 관한 그 어떤 책도 그것을 예쁜 것과 못생긴 것, 향기 나는 것과 악취 나는 것, 촉감이 좋은 것과 나쁜 것, 죄를 유도하는 것과 죄를 용서하는 것으로 구분하지 않는다. 사람들은 자기들이 보고 싶은 것을 보고, 결국 원하는 것을 얻는다. 분명하지만 거짓된 구분이다. 한편 버섯의 세계에서 확실한 것은 아무것도 없다.

8월부터 거의 매일 숙취에 시달리는 남자들이 새벽에 자작나무 숲에서 비틀거리다 버섯 봉투를 우리 집으로 가져왔다. 그들은 그것을 집에서 만든 와인 한 병과 바꾸고 싶어 했다. "여기요." 나는 보통 이렇게 말했지만, 실망스러웠다. 그들은 거친껄껄이그물버섯과 그물버섯만 모아 왔다.

그러나 나는 온갖 종류의 버섯을 먹어 왔다. 나는 알지 못하는 버섯을 발견할 때마다 조금씩 떼어 내 입에 넣었다. 침으로 적시고, 혀로 입천장을 문질러 맛을 보고 삼켰다. 그리고 나는 결코 죽지 않았다. 버섯 때문에 죽는 일은 나에게 절대로 일어나지 않았다. 어쩌면 버섯이 아닌 다른 것들 때문일 수는 있다. 그렇게 나는 아무도 따지 않고 8월에 숲 전체를 누렇게 만드는 구릿빛무당버섯을 먹는 법을 배웠다. 건축가에게 완벽한 구조의 예로 제공할 수 있을 만큼 모양이 이국적인 주름안장버섯 먹는 법을 배웠다. 그리고 광대버섯, 멋진 아마니타,* 나는 그것의 머리를 볶아서 후추를 뿌렸다. 그것은 독이 될 수도 있을 정도로 정말 맛있었다. 중

* 광대버섯.

독 증상은 뒤늦게 나타날 수 있기 때문에 나는 이틀, 사흘, 밤새 기다렸다. 새벽녘에 나는 격자무늬 창문의 밝은색 얼룩을 쳐다보고 있었다. 자동차 열쇠는 탁자에 있었다. 버섯은 날 죽이려고 하지 않았다. R은 만약 중독 증상이 나타난다면 이미 너무 늦은 것이 틀림없다고 담담하게 말했다. 위를 헹구어 내고 정맥 주사를 놓는 것은 아무 의미가 없다. 독은 이미 내 핏속에 퍼져 있을 터였다.

"왜 내가 죽기를 바라는 것이 있겠어?" 나는 그에게 물었다. "날 죽이고 싶어 하는 것이 있을 만큼 내가 중요한 사람이야?"

어린 시절에 나는 어린 말불버섯을 많이 먹었다. 나에게 그것은 어지러운 잔디 속에서도 정말 아름답고 완벽해 보였다. 감동받은 나는 그것을 삼켰고, 여전히 가루 같은 그 맛을 기억한다. 내가 그것을 집에 조금 가져갔더니 엄마는 버리라고 했다. 나는 그게 내 배 속에도 있다고 말하지 않았다. 그때부터 나는 그것을 볶아 설탕을 뿌려 먹곤 한다.

나는 첫 번째로 찾은 말불버섯을 마르타에게 가지고 갔다. 그것으로 우리는 바로 달콤한 디저트를 만들어 다 먹어 치웠다.

말불버섯으로 만드는 달콤한 디저트

어리고 하얀 말불버섯

볶음용 버터

슈거파우더

말불버섯을 동전 두께로 자른다. 버섯 껍질은 벗길 필요가 없으며,

날카로운 돌기만 잘라 내면 된다. 프라이팬에 버터를 녹이고 말불버섯을 노릇노릇하게 볶는다. 슈거파우더를 뿌린 요리를 차와 함께 낸다.

성녀의 삶은 누가 썼으며
그는 이 모든 것을 어떻게 알았는가

드레스를 입어 보니 수사복 입을 때가 떠올랐다. 드레스가 수사복과 달랐던 것은 허리가 꼭 끼어서 처음엔 심지어 다소 불편하기까지 했다는 점이었다. 조이기도 하고, 가슴과 네크라인이 뭔가로 덮여 있기 때문이기도 했다. 카트카는 색 바랜 모직 스카프를 찾아서 파스칼리스의 마른 어깨에 묶어 주었다.

그는 이 방에서 며칠간 나오지 않았다. 카트카는 그에게 주로 빵과 우유 같은 음식을 가져다주었다. 그녀가 말했다. "먹어. 가슴이 커질 거야." 그리고 그는 마셨다. 아침, 아니 아침이라기보다 정오 무렵에 그들이 일어나면, 그녀는 그의 머리를 섬세하게 만져서, 정수리 머리를 땋고, 손가락으로 컬을 만들었다. 그녀는 번 돈으로 그에게 진홍색 리본을 사 주었다. 그녀는 대부분 체코어로 말했고, 그는 항상 그것을 다 이해하지는 못했다. 그녀는 오후와 저녁 내내 보이지 않았고, 그는 성녀의 작품을 가방에서 꺼내 전에 간과했을지도 모르는 것을 찾아 한 자 한 자 주의 깊게 읽었다.

쿰메르니스는 서로 상반된 것들을 썼고, 파스칼리스는 이 구절에 가장 실망했다. "하느님은 순수한 호흡이시며 순수한 소화, 순수한 노화, 그리고 순수한 죽음인 거대한 존재이시다. 모든 것은 하느님 안에 담겨 있지만, 증식되고 강화되며, 따라서 완벽한 동시에 불완전하다." 또는 "하느님은 완벽한 어둠이시다." 또는 "하느님은 끊임없이 출산하는 여성이시다. 그녀에게서 쉴 새 없이 존재들이 쏟아져 나온다. 이 무한한 탄생에는 휴식이 없다. 이것이 하느님의 본질이다." 같은 구절들에도.

"그럼 결국 하느님은 누구라는 거야?" 카트카에게 이것을 읽어 주었을 때, 그녀는 졸면서 물었다.

그는 그녀에게 바로 대답할 수 없었다.

"네 몸속이 완전히 어둡다는 것에 대해 한 번이라도 궁금해했던 적 있어?" 그들이 매트리스 위에 함께 웅크리고 누워 있을 때, 그가 그녀에게 물었다. "그 어떤 빛도 피부 속까지는 비추지 않아. 남자들이 네 몸속으로 들어가는 곳 역시 어두워야 해. 네 심장은 어둠 속에서 일하는 거지. 네 다른 모든 장기들처럼."

그것은 평범한 질문이어야 했지만, 그들은 둘 다 겁을 먹고 있었다.

"어둠은 우리의 몸을 능가한다. 우리는 어둠 속에서 지어지고, 어둠과 함께 세상으로 오며, 평생 동안 어둠은 우리와 함께 자라고 죽는다. 우리의 몸이 무너지면, 어둠은 지하의 어둠 속으로 가라앉는다." 쿰메르니스는 이렇게 썼다.

카트카가 그를 더욱 꼭 끌어안았다.

"나는 현명해지고 싶고 많이 배우고 싶어. 모든 것을 알고 싶어. 그러면 우리는 여기 누워서 두려워할 필요가 없겠지. 우리가 우리 앞에 살았던 사람들과 우리 뒤에 살게 될 사람들에 대해 아무것도 알지 못하는 건 유감스러운 일이야. 어쩌면 모든 것이 어떤 식으로든 반복될지도 모르지."

여름이 끝나고 따뜻하고 붉은 가을이 서막을 열었다. 파스칼리스는 불안해졌고, 거리의 벽들로 둘러싸여 있지 않은 공간이 그리워지기 시작했다. 그는 글라츠에 머무는 것은 무의미하며, 이곳에 계속 머물다가는 성녀를 위해서도, 자신과 카트카를 위해서도, 하느님을 위해서도 더 이상 아무것도 이루지 못하리라는 것을 깨달았다. 이 여행은 그에게 아무것도 가르쳐 주지 않았고, 아무것도 더 분명하게 보여 주지 않았다. 그는 자신의 수녀원이 그리웠지만, 그곳이 안뜰 대신 목초지가 있는 산만큼이나 크고 그 안에 모든 것이 다 들어가 있기를 바랐다. 아니엘라 수녀원장이 그의 어머니일 것이고, 그는 누군가 다른 사람, 아마도 쿰메르니스나 카트카 비슷한 다른 누구일 것이다. 또는 그가 상상조차 할 수 없는 그런 사람일 것이다. 지금껏 자신이 무엇이었든 간에 올바른 방법으로 창조되지 않았다는 단 하나의 커다란 예감을 근거로, 그는 이번에는 무(無)에서 다시 한번 자신을 창조해야 한다는 것을 깨달았다. 아니면 스스로를 파괴하고 다시 생겨나도록 자신이 임시방편으로 만들어진 존재인지도 몰랐다.

그는 이제 무엇을 해야만 하는지, 무엇에서부터 파괴와 창조를 시작해야만 하는지 알 수 없었다. 어느 날 오후, 카트카가 외출했을 때 그는 짐을 싸서 도시를 떠났다.

오기엔* 형제자매. 도공들은 파스칼리스가 자신들에게 이르렀을 때, 그를 이렇게 불렀다. 비가 그치고, 잘 다져진 오솔길에는 붉은 물이 흘렀고, 그는 습기로부터 몸을 피하고 싶었다.

그들은 그의 옷이나 곱슬곱슬한 머리카락에 전혀 놀라지 않았다. 그들은 그에게 작은 집들 중 한 곳에 잠자리를 마련해 주었고, 그곳에서 파스칼리스는 예전 자신의 수도실에 있는 것 같은 느낌을 받았다. 여전히 그곳이 그리웠다. 그의 물건들이 돌집 난로 옆에서 마르는 동안 그는 거의 벌거벗은 채 침구에 누워 있었다. 너무 어두워서 그는 아무것도 볼 수 없었다. 그는 도시에서는 모든 날들이 더 밝고 길었고, 밤은 더 따뜻했고, 비도 색다르게 큰 빗방울로 위엄 있게 내렸고, 뜨거워진 몸이 차가워졌다는 생각이 들었다. 우유는 맛이 더 섬세했고, 멀리서 보면 도시들은 매혹적이었고, 로마로 가는 길은 간단하고 쉬워 보였다.

그들은 그렇게 며칠 동안 그가 누워 있도록 내버려 두었다. 그들은 일을 했다. 남자들은 대장간으로 갔고, 그곳에서는 저녁때까지 하루 종일 리드미컬한 망치 소리와 빨갛게 달아오른 쇠를 담금질하는 소리가 들려왔다. 여자들은 공동 오두막으로 사라졌다. 아마도 그곳에서 칼에 손잡이를 끼우거나 파이를 구웠을 것이다. 그들의 아이들은 조용히 놀았다. 우울하고 때 묻은 아이들이었다. 저녁이 되자 아이들이 가금류처럼 집으로 모여들었다. 동이 틀 무렵 파스칼리스는 도공들이 구슬프게 우는 소리를 들었다. 그들의 노랫소리는 말을 왜곡했다. 무엇을 노래하든 그들의 노래는 후회

* 불(fire)이라는 뜻.

와 슬픔으로 가득 차 있었다. 얼마나 비참한 곳인가, 하고 그는 생각하며 산을 가로질러 어디로든 움직일 수 있도록 비가 그치기를 기다렸다.

이후 공기가 마치 칼처럼 날카로웠던 이틀간의 화창한 날씨가 찾아왔고, 언덕에서는 세상의 절반이 보였다. 멀리 남쪽으로 자신의 수녀원을 볼 수 있었다.

"하느님은 아무 성질도 없고, 형체도 없지요." 우울한 사내들 중 하나가 파스칼리스가 자신들을 도와 벚나무 가지를 작은 조각으로 자르고 있을 때 말했다. "그분은 자신이 원할 때에만 모습을 드러내시죠. 심지어 때로는 모습을 드러내셔야 한다고 우리가 생각할 때조차 절대 나타나지 않으십니다. 이 역시 그분의 표현이겠죠." 그는 잠시 아무 말도 하지 않았고, 두 사람은 쓰러진 통나무를 살폈다. 그런 다음 그가 덧붙였다.

"하느님은 우리 안에 계세요. 하지만 우리는 그분 밖에 있단 말입니다. 아무렇게나 행동하시지만, 자신이 뭘 하고 있는지 알고 계시죠. 그분은 마치 빵 같아요. 누구나 자기 몫을 얻고 빵을 보는 자신만의 방식이 있지만 어느 조각도 빵 전체가 되지는 않죠."

그들은 그에게 여행을 위한 빵을 주었다. 첫눈이 막 내렸지만, 땅이 아직 따뜻했기 때문에 곧 녹았다. 골짜기로 내려가 어릴 때부터 알고 있던 개울을 건너면서, 그는 가죽처럼 거칠고 늙은 도공이 한 말을 생각해 보았다. 만일 하느님께서 우리에게 평안을 원하신다면, 우리가 세상에서 물러나 물질적인 문제가 아니라 영적인 문제로 우리의 영혼을 고양하길 원하신다면, 만일 우리가 자신에게 돌아오기를 바라시고 자신을 향한 근원적 그리움을 우리에게 주셨다면, 만일 우리를 부르신다면, 만일 우리 앞에 영원한 생명의 문을 여시고 이 현세의 삶에서 악을 허락하신다면, 만일 자신의 아들에게 죽음을 허락하시고 거기서 의미를 찾으셨다면, 그리고 만일 죽음이야말로 가장 완벽한 평안이라면 그것은 하느님이 창조하신 모든 것 중 가장 신성하다. 그리고 만일 그렇다면, 사람은 자기의 죽음보다 더 좋은 것을 하느님께 드릴 수 없다.

모든 것이 징조이고, 그중 일부는 무시할 수 없다. 그렇기 때문에 날카로운 것들이 존재한다고 파스칼리스는 생각했다. 그래서 숲에는 독버섯이 가득하고, 그래서 풀밭의 화재가 수백만 마리의 곤충을 그을음 덩어리로 만들고, 그래서 홍수는 골짜기에서 생명을 씻어 내리고, 그래서 전쟁과 번개, 재앙, 질병이 있는 것이라고, 그래서 도공들의 집 천장에 수천 개의 칼날이 매달려 있고, 그들 스스로 죽음에 호의적인 거라고.

하느님께서는 우리가 무엇을 해야 할지 알려 주시기 위해 세상을 이렇게 창조하셨다.

결말

파스칼리스의 이야기에는 두 가지 버전의 결말이 있다. 하나는 자살로 인한 것인데, 「로젠탈의 아우구스티누스파 수도원에서 형제의 자살에 대한 이야기」에서 우연히 발견되었고, 다음과 같이 읽는다.

"아침에 주임 신부는 기도 시간에 절대로 늦는 일이 없었던 파스칼리스 형제의 부재를 알아차렸다. 처음 두 개의 시편을 읽은 후 그는 형제가 늦잠을 잤으리라는 직감에 따라 그를 깨우기 위해 수도실로 갔다. 문을 열었을 때 그는 파스칼리스 형제의 몸이 옷을 거는 레일에 매달려 있는 것을 보았다. 그의 목을 묶고 있는 끈을 재빨리 잘라서 그를 구하려고 시도했지만, 파스칼리스 형제는 회복하지 못했고 얼마 후 영원히 떠났다."

두 번째 버전은 다소 모호하고 애매하며, 결정적인 대목도 없다. 분명히 그는 자신의 성인의 말씀과 도공들의 슬픔이 섞인 설교를 전하며 유럽을, 어쩌면 세계를 떠돌아다녔다. 그는 마치 시간 속에서 움직이는 것처럼 공간 속을 이동했다. 즉, 모든 새로운 장소가 그 안에서 다른 가능성을 열었다. 이 버전은 파스칼리스 형제의 업적과 존재 자체에 감동받은 사람들에게 알려져 있다. 이 사람들은 소문과 인용, 험담, 그리고 다른 사람들의 기억 속에서 낯선 이들의 입을 통해 우연히, 무심코 그에 관한 이야기를 들었다. 실제로 어디서 들었는지는 아무도 알지 못한다. 또는 반대로 쿰메르니스의 발자취를 따르다가 그를 발견한 폰 괴첸 교수 같은 사람들이 있다. 그들은 도서관에서 성인의 삶을 발견하고는 담배를 끊고 보온병에 든 커피를 마시며 이것을 읽었다. 이 버전에는 화자인 성인의 죽음에 대한 내용이 전혀 없는데, 어떻게 그럴 수 있었을까? 이 이야기를 하는 사람은 언제나 살아 있으며, 어떤 의미에서는 불멸의 존재다.

알로에

나는 그것이 어떤 식으로든 불멸하는 게 아닐까 싶었다. 그것은 항상 창턱에 세워져 있었고, 수십 개의 잎 중 하나를 살짝 잘라 내 번식시킬 수 있었다. 결국 나는 어느 게 어미고 어느 게 자식인지 잊고 말았다. 나는 그것을 도시에서 온 친구들과 마르타, 아그네슈카, 크리시아 부인에게 나누어 주었고, 작은 점토 화분과 요구르트나 생크림 상자에 넣어 그들의 손에 건네주었다. 그래서 내 덕분에 그것은 이동하고 방랑했다. 나는 그것의 나이를 어떻게 계산해야 할지 몰랐다. 잎이 절단된 이후 몇 년이 지났는지 세어야 할까, 아니면 녹색의 육질이 존재했던 전체 시간을 세어야 할까. 잎은 저마다의 시간과 공간을 가지고 있었고, 날카로운 모서리로 무지막지하게 공간을 뚫어 가며 자라났다. 그것들은 '표본 Y' 또는 '표본 2439' 등의 라벨을 붙일 수 있는 화분에 심겨 있고, 이런 방법으로 그것의 생애를 따라갈 수 있다. 그러나 잎 가장자리를 가득 채우는 초록색 물질 자체, 화상을 입은 손가락에 올려놓을 수 있는, 즙이 풍부하고 향기로운 물질, 그리고 모든 열과 고통을 자신에게로 빨아들이는 그것, 이 물질은 불멸하는 것이었다. 다양한 창턱에 놓인, 여러 모양의 화분에 심긴 다른 알로에도 마찬가지였다. 그것은 몇 년 전 우리 부모님 댁 창문에, 그전에는 완전히 비어 있었던 가구점 창문에 붙어 있던 것과 같은 물질이었다. 그리고 그전 시대에 어땠는지는 누가 알까……. 그것은 여행을 해야 했다. 그것은 분명하다. 우리나라의 기후에서 알로에는 야생으로 자라지 않는다. 틀림없이 아프리카 동쪽 해안을 따라 항해해 수에즈 운하를 헤치고, 코코아 콩, 이국적인 과일, 원숭이와 활기찬 앵무새 우리를 싣고 항해하는 배가 있었을 것이다. 아래쪽 갑판에는 화분들이, 잠자는 알로에가, 뱃멀미에 면역이 되고 새로운 땅을 마주하길 망설이는 정복자들이 있었을 것이고, 도금양과 제라늄, 루타, 헤더 등 다른 모든 식물들과 무의식적으로 적이 되었을 것이며, 창턱의 거주자, 북쪽의 히스테릭한 태양 사냥꾼들이 있었을 것이다.

살았든 죽었든 관계없이 사물은 이미지를 기록한다는 것을 나는 알고 있다. 이 알로에는 그 안에 여전히 고향의 태양과 믿을 수 없이 눈부신 하늘과 해안가의 낮은 수평선을 조용히 씻어 내리는 커다란 빗방울을 간직하고 있을 것이다. 그리고 식물의 각 부분은 그 자체로 빛나는 존재를 자랑하며 식물의 신인 태양의 이미지를 복제해 우리 집 창틀에서 조용히 찬양하고 있다.

저녁에 마르타에게 이 젊고 늙은 식물을 가져가며 나는 그렇게 영원히 지속되는 것은 지루할 거라고, 식물들이 가질 수 있는 유일한 감정은 틀림없이 지루함일 거라고 생각했다. 마르타는 내 말에 동의했고, 알로에를 창가에 올려놓으며 이렇게 말했다.

"죽음이 나쁘기만 하다면, 사람들은 죽어 가는 걸 완전히 그만 두게 될 거야."

모닥불

저녁에 피에트노의 이웃 농민들이 우리와 거래를 하러 왔다. 모닥불이 있을 것이다. 그들은 그 모습 자체가 세상을 즐겁게 만드는 마술사의 하얀 토끼라도 되는 양 보드카 병들을 가슴에 품고 있었다. 의기양양한 기색이 가득한 눈으로 그들은 그것을 임시로 만든 탁자 위에 올려놓았다. 나와 마르타는 빵을 자르고 저염 오이 피클을 병에서 꺼냈다. R은 유리잔을 가지고 왔다. 지난해부터 기른 머리가 어깨까지 내려온 보볼 씨가 말했다.

"여성분들에게는 칵테일이 있어요. 여자들은 순수한 보드카를 마시지 않아요."

우리는 항의하지 않았다. 나는 네 등분으로 잘라 내어놓은 토마토 위로 집게벌레들이 기어 다니지는 않을까 걱정스러웠다. 이파리마다 그 아래에 집게벌레들이 가득했다.

손님은 세 명이었다. 보볼 씨와 그의 이웃인 제줄라 씨, 그리고 모두가 '머슴'이라고 부르는 브로넥 씨였다. 우리는 불 옆 통나무

위에 앉았다. 보드카가 조용히 병의 좁은 목구멍에서 쏟아져 나왔다. 남자들은 술잔을 반쯤 기울였고, 우리는 마르타의 블랙베리 주스로 만든 칵테일을 홀짝였다. 그들은 톱을 든 남자에 대해 얘기했는데, 숲에서 나무를 훔쳤다며 경찰이 그를 연행했다고 했다. 그 이야기를 들으니 나는 이른 봄과 눈, 횃불에 깜빡이는 어둠, 톱의 기분 나쁜 소리와 가문비나무가 쾅 하고 쓰러지는 모습이 연상되었다. 절대로 나무 도둑을 따라가서는 안 돼, 못 본 척, 못 들은 척해. 모든 나무들은 잘려 나가. 그것을 모르는 사람은 두개골에 도끼가 꽂힐지도 몰라. 그렇다면 우리 바닥에 깔 나무는 몇 세제곱미터나 필요한데? 한잔 더 하자.

브로넥 씨만 술을 마시지 않았다. 한순간 찾아온 침묵 속에서 우리는 그의 심각한 음성을 들었다.

"그래서, 여러분은 내가 얼마나 많은 피를 흘렸는지 아세요?"

아무도 몰랐다.

"어디 숙녀분들이 한번 말씀해 보세요."

"10리터?" 내가 대담하게 대답했다.

모든 얼굴이 브로넥 씨를 향했다. 그는 미소를 지었다. 입술을 깨무는 것 같았다.

"그러게, 어느 정도였어?" 보볼이 그를 재촉했다.

"피 열여섯 양동이."

제줄라 씨가 카샨카*에 대해 뭔가 얘기했고 담배에 불을 붙였

---

* 순대와 비슷한 음식으로 돼지 피와 기름, 곡류를 섞어 크게 만든 소시지의 일종.

다. 그 정도 피라면 카샨카를 얼마나 만들 수 있는지.

하지만 모두가 '머슴'이라고 부르는 브로넥 씨는, 이제 이런 말은 아무 의미가 없음에도 불구하고, 수줍게 큼큼거리며 탄성을 기대했다. 마르타 혼자만, 자애로운 마르타만 막대기로 불을 쑤시며 말했다.

"엄청 많네. 피바다야."

보볼이 우리에게 다른 칵테일을 만들어 주었다. 그제야 나는 물 한 방울과 마르타의 블랙베리 주스를 조금 넣은 보드카가 술잔에 거의 가득 차 있는 것을 보았다. 나는 일어설 수가 없었다.

주 하느님께, 폴란드인들이

그들은 전부 다 잘못 조직되었다는 사실에 가장 놀랐지만, 무엇을 기대할 수 있었단 말인가? 전쟁은 거의 막바지에 이르렀고, 전쟁으로 황량해진 나라를 두 달간 기차를 타고 지날 때 일부 잔해에서는 여전히 연기가 피어올랐다. 기차는 풀로 덮인 대피선에 몇 주 동안 서 있었다. 철로 사이에는 소들이 풀려 있었다. 남자들은 모닥불을 피웠고, 여자들은 감자 수프를 끓였다. 그들이 어디로 가는지 아무도 몰랐다. 물론 기차 차장이 있었지만, 그는 가끔 나타나서, 모호한 표정으로 "우리 내일 출발합니다."라고 말했을 뿐이었다. 그러나 다음 날도 기차는 여전히 서 있었고, 사람들은 서둘러 포장한 솥을 꺼내 다시 불을 붙이고 감자 수프에 쓸 감자의 껍질을 벗겨야 하는지 알 수 없었다. 또는 차장이 마을 전체가 그들을 기다리고 있으며, 그곳에는 그들이 꿈도 꾸지 못했던 장비들을 갖춘 빈 벽돌집들이 있고, 그 벽돌집들은 그들이 들어가기만 하면 전부 다 그들 것이 될 것이라고, 전부 다 가질 수 있다고 그들에게 말했다. 그래서 젊은 여자들은 아이들에게 젖을 먹이며 실크 드레스가 가득한 옷장과 굽이 달린 가죽 구두, 금박을 입힌 손가방, 레이스 냅킨, 눈처럼 하얀 식탁보를 꿈꿨다. 그리고 이렇게 눈을 감고 가재도구를 상상하며 잠들었으나 아침에 일어나 보면 춥고 이슬에 젖어 있었다. 기차에 지붕은 없고 그들의 남편들이 교묘하게 천장 삼아 올려놓은 나무판만 있었기 때문이다.

때때로 기차는 난데없이 움직였고, 한눈팔던 사람들은 선로를 따라 달리고, 흘러내리는 바지를 끌어 올리며 기차를 뒤쫓았다. 연인들은 건초 더미 속에 남겨졌고, 멍하니 있던 노인들과 낯선 지평선을 향해 있던 사람들은 복잡한 승강장에서 길을 잃었고, 아이들은 가까운 나무에 괜히 영역 표시를 하는 개들을 쫓아다니며 울었다. 멈추라고 기관사에게 소리를 질러야 했다. 그가 듣지 못하거나 그저 서두르는 때도 있었고, 그러면 찾고, 따라잡고, 군인들에게 태워 달라고 부탁하고, 임시 보호소에 문의하고, 역 벽에 메시지를 남겨야 했다. 그리고 최악의 사실은 이 기차들이 최종 목적지도, 아무 목적지도 없다는 것이었다. 한 가지 확실한 것은 기차들이 서쪽으로 가고 있다는 것이었다. 기차들은 교차로에서 좌회전 또는 우회전을 하곤 했지만, 결국에는 태양을 따라가며 태양과 경주를 하고 있었다.

아무도 이를 통제하지 못했다. 국가는 없었고, 정부는 그저 꿈을 꾸고 있을 뿐이었고, 어느 날 밤 갑자기 작은 도시의 승강장이 나타나자 관리자가 그들에게 하차를 명령했다.

관리자는 잭 부츠를 신은 남자였고, 모두 그를 '보스'라고 불렀다. 그는 연달아 담배를 피웠고, 그의 입술은 연기로 인해 부드러위 보였다. 그는 사람들에게 기다리라고 명령했고, 따가닥따가닥 마차 소리가 들릴 때까지 몇 시간이고 그들은 기다렸다. 그것은 어둠 속에서 나타났다. 말들은 졸렸고 슬펐다. 어둠 속에서 그들은 마차에 몸을 싣고 도시의 텅 빈 좁은 거리를 따라 이동했다. 나무 바퀴가 내는 소리는 날아가는 비행기 소리 같았고, 가게 간판들이 그 때문에 흔들렸다. 유리창 하나가 어둠 속으로 떨어져 돌에 부딪쳤다. 모두 몸을 부르르 떨었고, 여자들은 가슴을 움켜쥐었다. 그때 늙은 보볼은 자신이 여전히 두려워하고 있으며, 지난 몇 년간 끊임없이 두려워해 왔음을 깨달았다. 하지만 그건 아무것도 아니다. 군용 지프 한 대가 카라반을 교외로 호송한 다음, 사람들은 도시를 벗어나 자갈길을 따라 골짜기로 내려갔다. 날이 밝기 시작했고, 그래서 그들은 전부를 볼 수 있었다. 양쪽으로 높고 그늘진 언덕들이 솟아 있었다. 그리고 그 아래에 집들과 헛간들이 있었다. 그러나 그것들은 모두 시골집이 아니라 벽돌로 된 커다란 농가였다. 늙은 보볼의 눈은 그런 공간이나 집들에 익숙하지 않아서, 여기가 목적지가 아니기를 바라며 조용히 기도했다.

그들은 오르막길을 돌아 돌이 많고 구불구불한 강 위 다리를 건너 구릉 고원으로 올라갔다. 그들의 오른쪽에서 해가 떠오르고 있었다. 골짜기가 아니라 바로 여기서 그것이 보였다. 해는 먼 산들과 아침 안개가 끼어 퀴퀴한 냄새가 나는 하늘을 비추고 있었다. 그리고 모든 것이 굽이치며 움직였다. 여자나 노인처럼 약한 사람들은 아팠고 구토를 일으켰다. 무엇보다 그곳은 어디나 텅 비어 있었고, 누군가가 불쑥 흐느낄 만큼 낯설었다. 자기들이 남기고 온 황금빛 평원에 대한 추억들이 그들의 머리를 스치고 지나갔다. 그것은 안전하고 신성한 땅에 대한 기억이었다. 마차 바퀴 옆에서 달리던 개들조차 저희끼리 바짝 붙어 풀밭과 덤불 속으로 뛰어들지 않았다. 불안한 듯 쿵쿵거리며 다리 사이로 꼬리를 감추었고 이동하는 동안 털은 엉망이 되어 더러워지고 가늘어졌다.

마침내 그들은 위에서 골짜기를 따라 몇 채의 오두막이 멀찍이 흩어져 있는 것을 보았다. 지프가 멈추었고 입에 담배를 문 관리자가 내렸다. 그는 명단의 이름들을 읽으며 손으로 가리켰다. 흐로박 여기, 반겔룩 여기, 보볼은 저기. 아무도 대들거나 항의하지 않았다. 관리자와 그의 담배는 신의 손가락 같았다. 그들은 질서 정연하게 움직였고, 그 질서는 어쨌든 무질서보다는 나을 것이 확실했다.

그들은 오두막으로 차를 몰고 올라갔다. 견고해 보였다. 헛간이 딸려 있었고, 꼭 그래야만 할 것처럼 따로 떨어져 있지 않았다. 넓고 평평한 돌들로 포장된 작은 마당이 있었다. 라일락이 피어 있었다. 그들은 마차에 앉아 있었고 아무도 첫 번째로 내릴 만한 용기가 없었다. 보볼은 땅바닥에 침을 뱉고 그 집 창문을 쳐다보았다. 걱정스럽게 우물을 찾았지만 어디에도 우물은 보이지 않았다. 아마 집 뒤편에 있을 것이다. 마침내 지프가 나타났고 그들 옆에서 브레이크를 밟았다.

"자, 다 왔군." 담배를 문 남자가 말했다. "어서들 오게. 이제 당신들 거야."

그는 용감하게 문으로 걸어갔지만, 그 앞에서 살짝 주저하는 것 같았다. 그는 문을 흘낏 보더니 노크하고는 문 앞으로 갔다. 이윽고 문이 열렸고 그는 안으로 들어갔다. 사람들은 그가 다시 나타날 때까지 기다렸다. 그는 그들을 재촉했다.

"뭐지?"

그들은 마차에서 이불과 냄비를 꺼내기 시작했다. 보볼은 제일 먼저 현관으로 들어섰다. 어두웠고, 아치형 천장은 반원을 이루고 있었으며, 고향의 소 냄새가 풍기고 있었다. 그들은 조용한 가운데 발을 끌며 방으로 가 창문을 마주 보고 섰다. 햇빛에 눈이 부셔서 잠시 아무것도 볼 수 없었다. 관리자가 담배를 피우고 나서 독일어로 무언가를 말했다. 그때 그들은 두 여자를 보았다. 한명은 나이가 들고 머리가 하얗게 센 여자였고, 다른 한 명은 팔에 아이를 안은 젊은 여자였다. 그리고 또 다른 한 아이가 이 나이 든 여자에게 꼭 안겨 있었다.

"너희는 여기, 여자들은 저기. 나중에 여자들을 데리러 올 거야." 관리자가 이렇게 말하고는 그들을 지나쳐 사라졌다. 그들은 지프가 덜컹거리는 소리를 들었다.

정오까지 그들은 각자 짐들을 마차에서 내렸다. 짐은 많지 않았다. 옷가지 조금과 성화, 이불, 나무 액자에 넣은 사진들이 고작이었다. 보볼 부인은 수프를 끓이려고 기이한 부엌에 불을 지폈다. 그러나 물을 찾을 수가 없었다. 냄비를 들고 집 주변을 돌아다녔지만, 결국 자기들이 개울에서 물을 떠 오고 있다는 것이 생각났다. 마침내 용기를 내어 여자들이 있던 방을 들여다보았다. 젊은 여자가 그녀의 눈에 들어왔다.

"물." 보볼 부인이 냄비를 가리키며 말했다.

젊은 여자는 부엌으로 갔지만, 나이 든 여자는 그녀에게 딱딱거리며 적의를 드러냈다. 독일 여자는 망설이듯 잠시 머뭇거렸다.

마지못해 그녀는 보볼 부인에게 보볼이 이미 바지를 걸어 둔, 난로 옆 벽에 붙은 레버를 보여 주었다. 그녀는 냄비를 그 밑에 내려놓고 레버를 위아래로 움직였다. 물이 쏟아져 내렸다.

"알아서 요리해. 벌써 불이 붙었네." 보볼 부인이 여자에게 말했다.

그 여자가 감자가 가득 든 냄비를 가져와 열판에 올려놓았다. 보볼 부인은 그녀에게 서류들에 '임시 대피'라고 찍혀 있으며, 이것은 이곳에 오래 있지 않을 것이라는 뜻이며, 모두가 다음 전쟁에 대해 이야기하고 있다고 설명했다. 그러자 그 여자는 터져 나온 울음을 소리 없이 삼켰고 그녀를 위로할 방법이 없어서 보볼 부인은 입술을 깨물며 방을 나갔다.

그리고 그들은 그렇게 여름내 함께 살았다. 남자들은 얼마 지나지 않아 자가 양조 기계를 조립했고, 그때부터 술이 가느다란 줄기를 따라 깡통과 주전자로 흘러 들어갔다. 더위는 견디기 힘들어졌고 할 것도 없는 이른 저녁부터 그들은 술을 마시기 시작했다. 여자들은 조용히 점심 식사를 함께 준비하고, 한마디씩 말을 주고받았으며 어쩔 수 없이, 저도 모르게 서로에게서 혐오스러운 언어를 배웠다. 여자들은 서로의 습관들을 관찰했다. 이 독일인들은 어찌나 이상하게 먹는지! 아침 식사로는 우유 수프 같은 것을, 점심 식사로는 약간의 치즈와 버터를 곁들여 구운 감자를 먹었고, 일요일에는 토끼나 비둘기를 잡아서 그것으로 보리 수프를 만들었다. 주식으로는 국수, 그리고 반드시 콤포트가 있었다. 남자들은 그들의 기계를 보려고 헛간으로 갔지만, 그들은 그 기계들을 어떻게 작동시키고 어디에 쓰는지 알지 못했다. 그들은 집 밖에 쭈그리고 앉아 이 기계들에 대해 논쟁을 펼치고 집에서 만든 술을 마셨다. 보통 저녁까지 계속되는 일이었다. 마침내 누군가 풍금을 가지고 오면 여자들이 모여 춤을 추기 시작했다. 그들은 첫 번째 여름을 끝나지 않는 폴란드 휴일로 바꾸었다. 물론 진지하지 않은 사람들도 있었다. 그들이 할 수 있는 일이라고는 살아남아서 어디가 되었든 목적지에 도달했음을 기뻐하는 것뿐이었다. 어떤 미래도 생각하지 않았다. 미래는 불확실하기 때문이었다. 화음을 넣어 노래 부르고, 춤추고, 덤불 속으로 들어가 열광적으로 사랑을 나누고, 남아 있는 이 독일인들의 얼굴을 보지 않는 것이 더 좋았다. 전부 그들의 잘못이었고, 그들이 전쟁을 일으켰고, 시바의 여왕*의 예언대로 저들의 잘못으로 인해 세상이 끝나 가고 있었기 때문이었다. 때로 비틀거리며 집으로 가서 독일인들의 성화를 떼어 내 찬장에 집어 던져 유리를 깨뜨리는 일도 있었다. 그들은 못에다 자신들의 것과 아주 비슷하거나 어쩌면 똑같은, 그리스도와 슬픔에 빠진 성모 그림을 걸었다.

가을에 그들은 축하 파티에 지치고 관리자가 자기들을 완전히 잊어버린 것에 실망해서 떼 지어 몰려가 십자가에 못으로 박은 성화를 갈림길에 세워 놓았다. 거기에 "주 하느님께, 폴란드인들이"라고 적었다.

그해 여름내 그들은 일하지 않았다. 독일인들이 있는 한 그들은 일할 필요가 없었다. 그들은 독일인들이 받아야 할 것을 독일

* 기원전 10세기경 아라비아 남서부 예멘과 말라위에 살던 시바족의 여왕.

인들에게 주었다. 결국 그들이 여기에 있는 것은 자신들의 잘못이 아니었고, 동쪽에 자신들의 광활한 들판을 남겨 두고 이곳에서 두 달간 사투를 벌이고 있는 것 또한 그들의 생각이 아니었다. 그들 은 이런 이상한 석조 주택을 요구한 적이 없었다. 독일 여자들은 젖소의 젖을 짜고 배설물을 치웠고, 그런 다음에는 들판에 나가거 나 청소를 했다. 겁을 먹었고 발을 굴렀고 아무 말도 하지 않았다. 그들은 일요일에만 쉴 수 있었다. 그래서 여자들은 멋지게 옷을 차려입고, 심지어 흰 장갑까지 끼고 죄 많은 독일인의 영혼을 구 원하기 위해 성당에 갔다.

가을에 관리자가 왔다. 이번에는 독일 여자들을 찾아온 것이 었고, 그는 그들에게 떠날 준비를 해야 하니 모이라고 말했다. 젊 은 여자는 흥분해서 자신의 물건을 묶기 시작했고, 나이 든 여자 는 침대에 걸터앉아 아무 말도 하지 않았다. 다음 날 아침 그들은 집 앞에 서서 기다리고 있었다. 보볼 부인은 그들에게 이동하는 동안 먹을 라드를 주었고, 자기들이 이제 여분의 방을 갖게 된 것 을 기뻐했다. 마침내 어떤 남자가 와서 그들에게 마을을 향해 출 발하라고 독일어로 명령했다. 젊은 여자가 수레를 끌어 작은 다리 위에 서 있던 다른 독일인들의 마차에 연결했지만, 늙은 여자는 가고 싶어 하지 않았다. 그녀는 다시 부엌으로 돌아가 도자기 그 릇을 움켜잡았고, 이미 취기가 오른 보볼은 그녀의 손아귀에서 그 것을 빼내려 했다. 한동안 실랑이를 벌이다 여자의 하얗게 센 머 리가 헝클어졌고 갑자기, 몇 달 만에 처음으로 여자가 소리를 지 르기 시작했다. 여자는 집 밖으로 달려 나갔고 주먹을 휘두르며 하늘을 향해 소리를 질렀다.

"저 여자가 뭐라는 거예요? 뭐라고 소리쳤어요?" 보볼이 물었지만 관리자는 그에게 대답하려 하지 않았다.

독일인들이 언덕 너머로 사라진 후 관리자가 돌아와서 그들의 마을이 이제부터는 아인시들러가 아니라 피에트노라고 불리게 되었다고 알렸다. 보볼은 또한 늙은 독일 여자가 자기에게 욕설을 퍼부었다는 것을 알게 되었다.

"저 여자가 너를 저주했어. 네가 멍청이라고, 땅이 너에게 아무것도 주지 않을 거라고, 너 혼자 남게 될 거라고, 어떤 질병도 너를 그냥 지나가지 않을 거고, 네 가축들은 쓰러질 거고, 나무들은 열매를 맺지 못할 거고, 불이 너의 들판을 태울 거고, 물이 넘칠 거라고. 그렇게 소리쳤어." 이렇게 말하고 관리자는 연달아 담배에 불을 붙였다. "그런데 말이야, 그런 말에 신경 쓰는 건 바보나 할 짓이지."

주석 접시

마르타는 결함 있는 물건들을 많이 가지고 있었다. 하나씩밖에 없는 찻잔, 안쪽 그림은 금박을 입힌 구불구불한 잎사귀임을 여전히 알 수 있지만 가장자리 줄무늬는 닳아 버린 받침 접시, 대강 만들어 붙인 철사 손잡이가 달린 주석 잔, 에나멜이 벗겨진 녹슨 흔적이 있는 냄비 등이었다. 마르타에게는 만자문(卍字紋)이 새겨진 커다란 포크와 수천 번을 갈아 꼬챙이처럼 날이 얇아진 칼이 있었다. 나는 그녀가 매년 봄 정원에서 일할 때 그것들을 파내고, 땅에서 끌어내고, 그런 다음 씻고 재로 닦아서 서랍에 넣어 두는 게 아닐까 의심했다. 만일 그렇다면 이는 마르타가 자급자족을 할 수 있다는 뜻일 것이다. 그러나 우리 땅에서도 기괴한 물건들이 생겨났다. 우리는 그것들을 별로 존중하지 않았고, 다른 모든 사람들과 마찬가지로 가격표의 접착제 흔적과 과감한 빛의 반사, 흠 없이 매끄러운 표면, 오랜 수명을 보장하는 품질 보증서가 있는 반짝거리고 새로운 물건들을 선호했다. 그것들에는 멀리 있는 공장의 쉿내가 남아 있다.

나는 마르타의 물건들이나 밤에 인간의 몸과 레슬링을 하는 동안 깃털이 이리저리 돌아다니는 그녀의 무거운 베개도, 빛바랜 태피스트리도 탐나지 않았다. 태피스트리에는 안락함을 주는 구호가 독일어로 "Wo Mutters Hände liebend walten, da bleibt das Glück im Haus erhalten" 또는 "Eigner Herd ist Goldes wert"*라고 수놓아져 있었다.

내 마음에 애착을 불러일으킨 유일한 물건은 무겁고 투박한 주석 접시였다. 가장자리가 손가락으로 하도 만져서 닳아 버린 기하학적인 무늬로 장식되어 있었다. 이 무늬는 너무 많은 곳이 닳고 배경 속에 녹아 있어서, 그것을 보지 않고 만져서 표식을 식별해 내는 즐거움이 있었다. 장식은 그리스식이거나 아르 데코에서 가져온 것이었다. 더하기 기호 같은 십자가로 연결된 원과 사각형이 교대로 반복되는 장식이었고, 이 장식은 서로 합쳐져 있었지만, 여기에 해당되지 않은 부분들이 원래대로 남아 있었다. 금박이 벗겨져 회색 금속이 드러난 부분이 많았다.

마르타는 그 위에 여름에는 과일을, 가을에는 견과류를 두었다. 접시는 유포로 덮은 탁자 한가운데를 지배했다. 마르타의 결함 있는 물건들 중 유일하게 이 접시만 주목을 끌었다. 나머지는 동정심을 유발했다.

* 각각 '어머니의 손이 바쁜 곳에는 집 안에 행운이 남아 있다.', '내 집보다 나은 곳은 없다.'라는 뜻.

유모

나에게는 이름이 게르트루다 니체인 독일인 유모가 있었다. 그녀
는 설치류처럼 작고 활기가 넘쳤으며, 전구부터 태양까지 모든 광
원을 여러 번 반사하는 두꺼운 안경을 끼고 있었다. 그녀는 자기
가 아는 폴란드어 몇 마디는 주로 우리 엄마와 대화할 때 사용했
으며, 나에게는 생각나는 대로, 다시 말해 독일어로 말했다. 나는
그녀의 얼굴, 퉁명스러우면서도 자상한 행동, 스웨터의 촉감, 코
코아 냄새는 잘 기억하고 있다. 그러나 그녀의 말은 기억나지 않
는다. 그 시절에 나는 내 마음대로 구사할 수 있는 언어가 하나도
없었다. 나는 언어를 알지 못했고, 폴란드어든 독일어든 말이 필
요하지 않았다. 그녀는 자신의 언어를 가지고 있었는데, 주변 모
든 사람들에게 그것은 외국어로 들리거나 심지어 저주처럼 들렸
다. (전쟁이 끝난 지 불과 이십 년밖에 되지 않았던 때였다.) 그녀는
이 언어로 나에게 말하고, 노래를 불러 주고, 나를 꾸짖었다. 나를
나무 유모차에 태우고 연못 제방을 지나 자기 친척이자 그곳의 유

일한 토박이인 캄파 부부에게 갔다. 그리고 자잘한 장식품들이 가득한 그들의 집에서 우리는 끝없는 대화에 참여했다. 물론 나는 아무 말도 하지 않았다.

이들이 대화를 나누는 동안 나는 여러 개의 베개에 몸을 기대고 침대에 앉아 있었고, 게르트루다는 캄파 부인과 식탁에 앉아 차를 나누어 마셨다. 그런 다음 그녀는 나를 품에 안았고, 물론 나는 그녀의 안경에 비쳤을 것이다. 하지만 난 이것을 기억하지 못한다. 나는 아직 반사된 나 자신의 모습을 인식하지 못했고, 아직 거울을 위해 존재하지 않았다.

게르트루다 때문에 나는 독일어를 알지도 모른다는 희망을 여전히 가지고 있다. 그 언어는 내 안에 숨겨져 있고, 폴란드어로 된 내 모든 대화들의 먼지 더미 속에, 내가 읽은 책 더미에, 폴란드어 입문서에 파묻혀 있을 거라는, 설령 온전한 언어가 아니더라도 가장 중요한 단어 몇 개 정도는 충분히 기억할 수 있을 거라는 희망이다. 나는 교재와 지루한 수업의 도움 없이 내 안에서 언어가 나타날 순간을 기다리고 있다. 갑자기, 난데없이 내가 이해하기 시작하고, 입술 모양이나 혀의 위치가 달라서 어려울 수는 있더라도 심지어 말하기 시작할지도 모른다. 그리고 나는 게르트루다와 같은 누군가가 나에게 기대어 나를 어루만지고 먹여 주었다면 독일어를 이해할 것이라고 확신한다. 누군가 나에게 창문으로 공원을 보여 주며 어른들이 아이들에게나 할 것 같은 "그럼 이게 뭘까? 누가 오고 있어? 엄마는 어디 있어?"와 같은 멍청한 질문을 했다면 독일어를 이해할 것이라고 나는 확신한다. 누군가가 그 독특한 윤곽을 알 수 있도록 자기 얼굴을 손으로 어루만져도 된다고 다

정하게 허락해 주었다면, 그 누군가가 잠들기 전 마지막으로 보고
깨어나 처음으로 본 이미지가 되었다면 나는 틀림없이 독일어를
이해할 것이다.

캄파 부부의 집에서 나는 처음으로 나 자신을 보았고 기억했
다. 앉아 있었던 것으로 보아 당시 나는 돌 무렵일 것이다. 그는 떠
돌이 사진작가였고, 몇 년 후 초등학교 1학년 때 내 사진을 찍어
주었다. 그는 분명 게르트루다를 격려하고, 즐겁게 해 주고, 이야
기를 들려 달라고 했을 것이다. 그녀가 내 옷을 벗기고 캄파 씨가
틀림없이 그녀에게 간절히 던지고 싶었을 하얀 모피 위에 나를 앉
혔기 때문이다. 가지고 놀라며 그들이 내게 냄비 뚜껑을 주었기
때문에 나는 틀림없이 소리 지르며 항의했을 것이다. 그리고 그
뚜껑이 내 벌거벗은 배에 닿아 있었고, 밝은 스탠드 램프의 불빛
그리고 카메라 렌즈가 그 모든 관심을 나에게 집중시킨 채 나를
향하고 있었다. 생애 처음으로 나는 서툴게 비틀거리며 불확실하
게 나 자신 밖에 서서 이 렌즈의 눈으로 나 자신을 바라보았다. 다
른 무언가의 시선, 결코 자신의 것이 아닌, 냉정하고 거리를 둔 무
심한 시선이었다. 그 시선은 내 손의 움직임과 떨리는 눈꺼풀, 방
안의 답답함 그리고 완성되지 못한 모든 생각까지 열정적으로 기
록할 것이다. 내 바깥쪽 장소에서 내가 바라보는 이 시선은 이때
부터 점점 더 자주 나타날 것이며, 마침내 나 스스로를 변화시키
기 시작할 것이다. 나는 내가 누구이고, 내 중심은 어디에 있는지,
주변 지점의 다른 모든 것이 정리되어 있는지에 대한 확신을 잃을
것이기 때문이다. 같은 것들을 매번 다르게 보게 될 것이다. 먼저

나는 그 안에서 길을 잃을 것이고 두려움에 떨게 될 것이다. 나는 필사적으로 안정성을 찾게 될 것이다. 결국 나는 안정성이 정말 존재한다는 것을 깨달을 테지만, 그것은 저 멀리 내 한계를 벗어나는 곳에 있으며, 나는 시냇물, 계속해서 색이 변하는 노바루다의 강물이다. 그리고 나 자신에 대해 내가 말할 수 있는 유일한 것은 나는 나 자신에게서 생기고, 공간과 시간의 한 지점을 흘러가고 있다는 것, 그리고 나는 이 장소와 시간의 속성의 합에 지나지 않는다는 것이다.

이를 통해 얻을 수 있는 유일한 장점은 다른 지점에서 바라본 세계들은 다른 세계라는 것이다. 그래서 나는 내가 볼 수 있는 만큼 많은 세상에서 살 수 있다.

도공들의 찬송가

온 땅의 무익함

텅 빈 자궁은 축복이니

모든 불임은 신성하고

부패는 거룩하며 절멸을 갈망하리라

열매 맺지 못하는 겨울은 경이롭고

땅콩 껍질은 비어 있으며

잿더미가 된 통나무는 여전히 나무 모양을 유지하리라

씨앗은 돌멩이에 떨어지고

칼은 저주받았으니

시냇물은 마르고

짐승은 타인의 자손을 삼키며

새는 다른 새의 알을 먹고 살리라

평화는 항상 전쟁으로부터 시작되고

배고픔은 포식의 시작이 되리라

노년의 거룩함, 죽음의 새벽,
시간은 몸 안에 잡히고
죽음은 갑작스럽고 예기치 않은 것이니
죽음은 잔디밭의 길처럼 짓밟혔나니
수행하나 결과는 없을 것이요
행동하나 움직이지 않을 것이요
노력하나 바뀌지 않을 것이요
출발하나 도착하지 않을 것이요
말하나 목소리를 내지 않을 것이라.

보물

시간이 지남에 따라 집들은 그 안에 있는 것들을 기꺼이 내주었다. 냄비, 접시, 손잡이가 달린 컵, 침구, 심지어 거의 새것인 데다 어떤 것들은 고상하기까지 한 옷가지를 넘겨주었다. 때로 그들은 간단한 나무 장난감을 발견하기도 했고, 바로 아이들에게 주었다. 수년간의 전쟁이 끝나고 나서는 이것이야말로 보물이었다. 지하실에는 잼 항아리와 퓌레,* 사과주가 가득 있었다. 그런가 하면 잉크처럼 자칫하면 손가락에 물이 들 만큼 진한 주스와 설탕을 뿌린 산딸기, 맛이 별로 마음에 들지 않는 식초에 절인 노란 호박 덩어리, 올스파이스 알맹이를 넣고 양념에 재운 버섯들도 가득했다. 나날이 우울해지던 보볼 노인은 지하실에서 거의 완성된 새 관을 발견했다.

독일인들은 찬장에 향신료와 소금 단지, 바닥에 기름이 남아

---

* 야채, 과일을 삶아 곱게 걸러서 만든 걸쭉한 음식.

있는 병, 카샤와 설탕, 치커리 커피 대용품이 든 도자기 그릇을 남 겼다. 창문에는 커튼을, 부엌에는 다리미판을, 벽에는 그림을 남 겨 두었다. 서랍 속에는 오래된 영수증과 임대 및 구매 계약서, 세 례식 사진들과 편지들이 들어 있었다. 몇몇 집에는 책들이 남아 있기도 했지만, 설득력을 잃었다. 세상은 다른 언어로 바뀌었다.

다락방에는 아기 유모차와 누런 신문지 더미, 크리스마스트리 장식용 방울이 든 부서진 여행 가방이 있었다. 부엌과 침실에서는 여전이 이상한 냄새가 났다. 그것은 옷장과 속옷 서랍장에서 특히 강하게 풍겼다. 여자들은 소심하게 그것을 열고 속옷을 하나씩 꺼 내 들었고, 이 속옷이 너무 이질적이고 우스꽝스럽고 괴상했기 때 문에 놀랐다. 마침내 그들은 용기를 내어 드레스와 재킷을 입어 보았다. 그들은 종종 그것들을 만든 천의 이름조차 알지 못했다. 거울 앞에 서자 본능적으로 손을 주머니에 넣었고, 그 속에서 구 겨진 손수건과 사탕 포장지, 이미 사용할 수 없게 된 옛날 동전을 발견하고는 깜짝 놀랐다. 여자들에게는 아무도 알아채지 못한 벽 장과 못 보고 넘어간 서랍장, 아이들의 젖니나 머리카락 뭉치가 갑 자기 쏟아져 나온, 신발들로 위장한 상자를 찾아내는 특별한 재능 이 있었다. 그런 다음 그들은 접시 무늬를 손가락으로 훑어보고는 그 독특함과 푸른색의 배열에 놀랐다. 그들은 벽에 걸린 크랭크가 달린 기계는 어디에다 쓰는 것인지, 찬장 속 파이앙스 도자기 서 랍에 붙은 라벨이 무엇을 의미하는지 알지 못했다.

때로는 지하실을 정리하거나 정원을 파다가 누군가가 특별한 것을 발견하는 일도 있었다. 도자기나 동전 항아리가 가득 담긴 나무 상자나 기름보에 싸인 은 식기구를 발견하기도 했다. 소식은 순식간에 마을과 주변 지역에 퍼졌고, 곧 누구나 독일인들이 남긴 보물을 찾겠다는 꿈을 꾸었다. 그리고 이 보물찾기에는 꿈같은 무언가가 있었다. 그것은 언젠가는 다 자라날 이상하고 위험한 식물을 찾아내는 일과도 같았다. 그들이 가진 것을 빼앗고 그들을 다시 고생길로 내몰지도 모른다.

일부 사람들이 갑작스러운 선물을 받은 것은 우연이 아니었다. 그들은 집 주변을 파다 보면 어느 날 삽날이 갑자기 금속 상자에 쨍하고 부딪쳐 울릴 것이라고 언제나 믿을 수 있었다. 그러나 삽과 곡괭이를 들고 들판으로 가서 커다란 나무 밑이나 홀로 서 있는 예배당 근처를 파거나, 폐허 속에서 돌들을 옮기거나, 오래된 우물을 탐험해 볼 수도 있었다.

그래서 첫해에는 피에트노의 어떤 남자도 밭에 씨를 뿌리지 않았다. 그들은 모두 보물을 찾고 있었다. 여자들만 양배추와 무를 심은 마당을 가꾸었다.

그래서 날이 거의 희끄무레해지는 아침에 남자들은 모험을 떠났다. 어깨에 삽과 곡괭이, 밧줄을 짊어진 그들은 흡사 일하러 가는 것처럼 보였다. 때때로 그들은 짝을 이루거나 작은 그룹으로 팀을 이루어 우물로 내려갔다. 거기엔 여러 가지 것들이 있을 수도 있다. 그중 한 명이 우물 벽에서 나무 손잡이는 회색 먼지로 흩어져 버리고 실제로는 칼날만 남은 100개의 칼이 들어 있는 금속 상자를 발견한 이후, 그들은 땅에 있는 탐험 가능한 모든 구멍들을 탐험했다. 선견지명이 있는 사람들은 이 일이 좋은, 최고의 직업이라고 생각했기 때문에 이미 자기 아들들에게 보물을 찾는 방법을 가르치기 시작했다.

몇 년이 지난 후에도 그들의 손자들은 여전히 보물을 찾고 있었다. 그들은 시장에서 루테니아 사람들로부터 금속 탐지기를 사서 거대한 돋보기를 통해 땅을 조사하는 것처럼 허리 높이의 풀밭을 헤집고 다녔다. 오후가 되면 그들은 따뜻한 맥주 한 병을 손에 들고 가게 밖에 쭈그리고 앉아 다시 독일 관광버스가 길 위에 서 있었고 어떤 독일인들이 성당 뒤쪽 덤불 속에서 어슬렁거렸다고 얘기하곤 했다. 누군가가 독일인들을 보았다. 그들은 횃불을 밝히고 비밀스럽고도 흥분한 목소리로 속삭이듯 서로를 조용히 부르고 있었다. 아침에 그 자리에는 누군가 갓 파 놓은 구멍이 하나 있었다.

가장 위대한 보물 사냥꾼은 늙은 포프워흐였다. 그는 다른 사람들이 버섯을 찾는 것처럼 보물을 찾았는데, 이 두 가지 일 모두 감이 좋아야 한다.

포프워흐 집에 있는 모든 것들은 보물찾기를 통해 얻은 것이었다. 놋쇠 냄비, 접시, 도자기, 그것으로 무엇을 마셨는지 알 수 없는 아주 작은 찻잔 세트를 포함하여 금줄 세공된 것들이었다. 모든 단단한 물건들은 보물찾기에서 나왔다. 부패와 손상의 대상은 불행히도 사들여야만 했다.

포프워흐는 들판과 잡목림을 태연하게 돌아다녔는데, 하늘을 살피거나 내일 날씨를 알아보는 것처럼 보였다. 그러다가 갑자기 그는 두 밭 사이의 경계에 놓인 돌멩이로 다가가 그 주변을 돌아보고, 임신한 양을 만지듯 그 돌멩이를 만져 보고는 곡괭이와 삽을 가지러 재빨리 집으로 돌아가곤 했다. 그리고 나면 이런 돌멩이들 아래에서 날붙이가 가득 든 여행 가방이나 나치 군 배지가 가득 찬 냄비를 발견했다. 그는 그것을 집으로 가져와서 잘 닦고, 아내와 딸에게 입에 자물쇠를 채우라고 명령하고는 다락방에 숨겼다. 그는 총을 머리 위에 두는 것이 안전하다고 느꼈다. 그는 우표 수집 앨범이 들어 있는 상자를 갖고 있었고, 독일 우표를 조금 팔기 위해 이따금 바우브지흐로 갔다. 어느 골동품 가게에서 그는 금속 테 안경처럼 아무에게도 쓸모없어 보이는 오래된 물건들을 팔았다.

그러나 포프워흐가 진짜 보물을 발견했을 때, 그는 그것이 무엇인지 결코 깨닫지 못했다. 쇠를 끼워 맞춘 나무 상자를 발견했는데 그 안에 대부분 녹슬고 회색으로 변한, 밝은 금속으로 만들어진 그릇 세트가 들어 있다면 무슨 생각을 할 수 있겠는가. 그것은 그럭저럭 괜찮은 접시들과 머그컵, 포크, 나이프, 숟가락, 티스푼 그리고 나무 손잡이가 달린 팬과 냄비 들이었다. 포프워흐 부인은 그 팬에 우유를 끓였다. 정말로 좋았고 타지도 않았다. 그들은 이 모든 물건들을 식품 저장실에 쌓아 두었고, 계엄령이 내려질 때까지 오랜 시간 조용히 그렇게 있었다. 그때 집에 들른 낡은 가구를 파는 상인이 이 우유 팬을 눈여겨보았다. 그는 바닥에서 어떤 표시를 찾았는데, 그들은 그가 그것을 찾았다는 것을 몰랐다. 포프워흐가 그에게 나머지 세트로 가득 찬 저장실을 보여 주자, 상인은 순간 말을 멈추고 주머니에서 엄청난 액수의 돈을 꺼내 그들에게 주었다. 그들은 굳이 흥정하지 않았고, 오직 그들의 딸만 텔레비전의 불빛처럼 저녁마다 방을 가득 채우곤 했던 이 빛나는 은색의 그릇들과 헤어지는 것을 못내 아쉬워했다. 그러나 결국 그녀는 이 돈으로 노바루다에 거실이 있는 집을 샀고, 그리고

도 삼 일간 로마 여행을 할 수 있을 만큼의 돈이 남았다. 크리시아 포프워흐는 죽기 전에 교황을 보는 것이 꿈이었다. 그녀는 자기든 교황이든 죽기 전에는 이것을 말하지 않았다.

만일 눈에 엑스레이가 있어서 인간의 몸속을 보듯 땅속을 볼 수 있다면 우리는 거기서 무엇을 보게 될까? 돌로 된 뼈, 지구의 내부 기관인 점토 퇴적물, 화강암 간, 사암으로 된 심장, 지하를 흐르는 강 같은 창자. 그리고 방사선 물질이나 포탄의 파편 같은 이물질처럼 땅속에 숨겨진 보물들.

달리아

마르타는 달리아들 사이에 앉아 있었다. 나는 그녀의 머리를 보았다. 나는 그녀에게 손을 흔들었지만 그녀는 알아차리지 못했다. 그녀는 꽃잎을 헤집으며, 아마도 잎사귀를 다시 묶거나 잎사귀에서 달팽이를 털어 내고 있는 듯했다. 그녀는 봄에 뿌리줄기를 심었고 대황을 돌보는 것만큼이나 정성스레 돌보았다. 8월에 꽃이 피었다. 꽃마다 개수가 똑같은 꽃잎을 세어 보고 싶었다. 그 속에 담긴 이런 대칭과 질서는 어디서 비롯된 것일까. 마르타는 달리아는 항상 어른들보다 아이들이 더 좋아한다고 말했다. 왜일까? 그건 아무도 모른다. "어른들은 장미를 더 좋아해." 마르타가 말했다. 장미는 언제나 예측이 불가능하다.

나는 마르타만큼 나이 들고 싶다. 노년은 어느 곳에서나 똑같은 것 같다. 아침은 길고, 나는 지붕 위에 끈적거리는 해가 떠 있는 동안 커튼을 치고 느릿느릿 전개되는 텔레비전 연속극을 보며 늘어난 오후 시간을 기분 좋게 보낸다. 가게로의 탐험은 점심 식사를 하는 동안 여전히 언급되는 중요한 이벤트다. 조심스럽게 접시를 씻고, 식탁에 떨어진 음식 부스러기를 모아 나일론 가방에 넣고 일주일에 두 번 공원에 가서 비둘기들에게 먹이로 준다. 밤사이 잎이 떨어진 파두(巴豆)의 줄기에 난 상처를 들여다본다. 아프리칸 헴프의 벨벳 같은 잎사귀에서 진딧물을 떨궈 내고, 냅킨을 똑바로 세운다. 마당의 비트가 화단 끄트머리에서 저렇게나 크게 자란 것에 감탄하고, 하릴없이 침착한 손놀림으로 라디오를 들으며, 내일을 위해 단추를 정리할 계획을 세운다. 어제 고지서가 온 전기 요금을 걱정하고, 이리저리 다니는 우체부의 동선을 지켜보기도 한다. 부엌 창문에서 하늘을 바라보며 태양이 움직이는 모든 단계를 알아낸다. 냉장고를 무심코 열어 그 안이 비어 있지 않다는 것에 안심하고, 달력에서 조심스럽게 종이를 뜯어 서랍 안에 보관한다. 서랍은 오래된 신문지들의 박물관이기도 하다. 너무 오래되어 갈색으로 변했거나, 너무 작거나 반대로 너무 커서 맞지 않는 드레스들 사이에 나프탈렌을 넣는다.

그리고 나서 나는 내가 원하는 것은 노년기가 아니라, 즉 특정한 나이가 아니라 어떤 상태에 대한 갈망이라는 생각이 들었다. 아마도 이런 상태는 노년기에만 가능한 것 같다. 행동을 취하지는 않지만, 만일 한다면 천천히 하기. 중요한 것은 행동의 결과가 아니라 동작과 리듬, 동작의 멜로디 그 자체다. 천천히 미끄러지듯 지나가며, 시간의 물결을 지켜보면서 감히 더 이상 그 흐름을 따르거나 거스르지 말아야 한다. 진정으로 원하는 것은 광고에 속기 쉬운 것처럼 시간을 무시해야 한다. 아무것도 하지 않는다. 방안 시계가 울리는 소리, 창턱에 비둘기 발이 부딪히는 소리, 심장의 고동 소리를 센다. 그러고는 곧 모든 것을 잊어버린다. 그리워하지 않고, 갈망하지 않는다. 기껏해야 휴일을 기다릴 뿐이고, 결국 그것이 휴일이다. 침을 삼키고 그것이 식도를 따라 어딘가로 '깊숙이' 흘러 내려가는 것을 느낀다. 손가락 끝으로 손의 피부를 만지면 빙하처럼 매끄럽게 느껴진다. 혀로 이에 낀 양배추 조각을 빼내 다시 식사를 하듯 한 번 더 씹는다. 무릎을 감싸 안는다. 지루해서 의식이 잠으로 빠져들도록, 처음부터 끝까지 세세한 내용들을 기억한다.

고슴도치처럼 짧게 자른 마르타의 하얀 머리가 두상화(頭狀花)들 사이에서 은색으로 빛났다. 그것은 움직이지 않았다. 어쩌면 마르타는 움직이지 않으면 막바지 더위를 물리칠 수 있다고 생각했는지도 모르겠다. 어쩌면 꽃잎을 세고 있었을지도, 아니면 그것들의 아름다움이 단순히 그녀의 숨결을 빼앗아 갔을지도 모른다. 갑자기, 잠깐 동안, 나는 그녀가 무슨 생각을 하고 있는지 알았다. 그 생각이 내 머릿속에 나타나 나 자신 사이를 밀치고 나와 폭발하고 사라졌다. 깜짝 놀란 나는 그 자리에서 두 눈을 치켜뜨고 그만 얼어 버렸다.

마르타는 생각했다. '가장 아름다운 것은 달팽이가 씹은 꽃잎이야. 가장 아름다운 것은 가장 완벽하지 않은 법이지.'

반복, 발견

폭풍이 다가오자 잔디 줄기는 갑자기 날카로워졌고, 언덕의 건초는 거칠어졌으며, 장미와 블랙베리의 가시가 돌풍에 얇은 가닥으로 찢어졌다. 두 밭 사이에 놓인 붉은색 돌들의 가장자리가 날카로워졌고, 연못가에서는 갈대가 휘파람을 불었다. 세상은 어두워졌고, 모든 밝음은 서둘러 물러갔다. 그런 다음 밝음이 갑자기 마지막 힘을 번개에 집중하여 어둠 한가운데를 두들겼다. 그때에 갈퀴의 이빨은 사악해졌고, 나무판에 걸려 있던 곡괭이의 날 끝이 공기를 뚫었다. 탁자에서 칼이 떨어졌다.

나는 이미 아는 세상에 살고 있었다. 하루하루 점점 더 많은 이미지와 몸짓, 연속되는 사건의 순서, 공기의 색깔과 냄새를 인식했다. 새로이 만나는 선물을 영원히 잃어버리기라도 한 것처럼, 배우기를 멈춘 것처럼 나는 이 모든 것들을 알고 있었다. 이 느낌은 분명히 더 강력해졌다. 처음에는 예감, 깜빡거리는 불빛 같은 것이었는데, 이제는 이것이 되었고, 나중에는 저것이 되었다. 그 이유는 이해하지 못했지만 난 알 수 있었다.

세상은 마치 피부에 달라붙는 것처럼 이를 통해 가까워졌다. 나는 내 피의 맥동을 느끼고 바람에 흔들리는 작은 나뭇가지의 움직임을 흉내 낼 수 있을 것 같았다. 그것이 나의 피부였고, 나는 이것을 잊어버리기 위해 최선을 다했다.

우리는 테라스에 앉아 태양의 마지막 따스한 광선에 몸을 녹이고 있었고, 누군가의 손이 복숭아를 만지자 갑자기 테라스로 파도가 밀려왔다. 모든 손이 잠시 동안, 서로 다른 순간이기는 했지만 과일 위에 머물렀는데, 거의 알아채지 못할 만큼 짧은 순간이었다. 그다음에 이 장면의 다음 부분이 계속되었다. 이파리 하나가 잔디밭에 있는 덜 익은 자두 위로 떨어졌지만, 살짝 건드리기만 했을 뿐 계속 굴러다니고 있었다. 대화 중에 느릿느릿하고 무의식적으로 몇 번이나 '건드리다'라는 단어가 나왔지만, 아무도 이것을 알아채지도, 듣지도, 보지도 못했다.

그때 나는 내가 어느 정도 끝에 가까워지고 있다고 생각했다. 12시가 지나고 하루 중 밤이라는 부분이 시작되고 있다고 생각했다. 이미 나는 죽어 가기 시작했다고 생각했다. 그 일이 일어나기 전에 나는 세계는 불가사의한 대칭 가운데서 시작되고 있다는 사건의 기하학적 구조의 측면으로부터, 아래로부터 똑같이 충격적인 방식으로 모든 것을 볼 것이다. 그러나 이 지식은 나에게 더 이상 아무런 필요가 없다. 그것으로 나는 아무것도 할 수 없으며, 어떤 방법으로도 결코 그 지식을 사용할 수가 없다. 나에게 유일하게 남아 있는 의문점은 지금까지 내가 어째서 그토록 분명한 질서를 보지 못했냐는 것이다. 게다가 그것은 생각과 사상, 수학 공식,

수학적 확률에서 내가 생각했던 곳에 있는 것이 아니라 사건 자체에 존재했다. 세계의 축은 순간과 움직임, 몸짓의 반복적인 구성이다. 새로운 것은 하나도 없다.

광대버섯 파이

신선한 광대버섯 갓 3개
말린 광대버섯 50그램
롤빵 2개
우유 한 잔
건포도 한 줌
양파 1개
파슬리 잎
달걀 1개
달걀 노른자 1개
빵가루
소금, 후추

롤빵을 우유에 담근다. 양파를 기름에 볶고, 물에 불려 잘게 자른 마른 버섯을 넣고, 달걀 노른자, 다진 파슬리를 넣고 양념하여 맛을 낸다. 버섯 갓을 달걀과 빵가루를 입혀 노릇노릇해질 때까지 볶는다. 속을 채워 오븐에 굽는다.

그 남자와 그 여자

그들이 도착한 것은 전쟁 직후였다. 그들은 서로 사랑에 빠졌다. 빈 집과 텅 빈 거리, 공허한 마음은 사랑할 만반의 준비가 되어 있었다. 아직 아무것도 없었고, 이제 막 준비를 시작하고 있었다. 기차는 원하는 대로 달렸고, 때때로 누군가는 여전히 밤에 총격을 가했고, 부서진 진열장 위의 간판이 무슨 뜻인지 이해하기 어려웠다.

전쟁도 망가뜨리지 못한 그녀의 가늘고 잘 손질된 손은 아스클레피오스*의 뱀으로 장식된, 약국에 있는 작은 약병들 사이에서 일을 찾아냈다. 처음 몇 달 동안 그녀는 병에 독일어 라벨을 붙였고 폴란드어 이름을 적었다. 사람들은 그녀를 '석사님'이라고 불렀다. 한편 그는 무릎까지 오는 광나는 군화를 신고 광산을 되살리기에 바빴다. 그들은 만난 지 두 달 만에 결혼한 뒤 집을 배정받

---

* 그리스 신화에 나오는 의술의 신.

왔고, 시장 근처의 버려진 집 몇 군데에서 그 집으로 가구를 옮겨 놓았다. 작은 탑으로 장식된 마호가니 찬장과 무거운 액자에 낀 커다란 정물화들, 그녀가 불을 붙일 때 사용했던 종이와 사진들로 가득 찬 책상, 그리고 반짝거리는 팔걸이가 달린 가죽 안락의자 등이었다. 두 사람은 자기들이 늘 꿈꿔 왔던 이 집이 자랑스러웠다. 정문에 화려한 스테인드글라스가 비치는 좁은 계단통, 난간이 있는 견고한 계단, 약탈하기에는 너무 강력한 거울로 가득 찬 현관, 베란다와 미닫이문이 있는 방, 벽에 타일을 붙인 커다랗고 시원한 주방. 타일은 코발트빛 풍경 속 풍차, 연못가 마을, 그리고 오솔길이 교차하는 언덕 등 시골 풍경을 보여 주었다. 타일이 몇 개씩 모여 반복되는 패턴을 만들어 내면서 공간에 질서를 부여한다. 모든 물건은 저마다 특별한 자리를 가져야 했고, 심지어 전갈 모양의 대리석 문진도 그러했다. 안 그러면 사람들은 떠날 것이다. 다른 식으로는 여기서 살 수가 없었다.

그리고 그때부터 그들은 항상 자신들의 눈을 즐겁게 하는 것들에 매료되었다. 아름다운 아파트와 눈길을 끄는 최신 유행의 옷들. 이것들을 입으면 유니폼과 군복, 어깨에 멘 캔버스 배낭과는 정반대로 우아하고 침착하고 세련되어 보였다. 그리고 그들은 오후가 되면 풀이 무성한 정원으로 가서 이름 없는 꽃들을 파내다가 요새를 만들듯이 자신들의 집 주변에 심었다. 이제 저녁이면 그들이 카드 게임을 할 때마다 꽃향기를 맡을 수 있었지만, 카드를 절반쯤 돌리다가 그들은 침대로 가서 사랑을 나누었다.

그는 빠르게 승진하여, 광산에서 도시 최대의 기업인 블라호비트로 옮겼다. 그녀는 약국의 매니저가 되었다. 그들은 시비드니

차와 브로츠와프로 쇼핑을 가곤 했다. 그들은 종종 도시에 자신들의 모습을 보여 주기 위해, 그리고 도시가 자기들에게 모습을 드러내게 하려고 산책을 나갔다.

그들은 세련되고 깨끗한 옷을 입고 어슬렁거렸다. 그런 옷을 입은 그들의 얼굴은 천상의 빛을 발하는 듯했다. 그들의 모습에 사람들은 성호를 긋고, 사진 속 세상에 완벽하게 붙여 놓은 이 내향적인 커플 앞 인도에 무릎을 꿇고 싶어 했다.

처음에 그들은 아이들을 원하지 않았다. 그들은 예방 조치를 취했으며, 사랑을 잊어버리고 얼마 안 돼 충돌을 일으키며 사는 다른 모든 부부들보다 자기들이 더 낫다고 생각했다. 그렇게 사는 것이, 나중에 아이를 낳고 모든 것이 바뀌고 일상이 되어 버리는 것을 지켜보는 일이 그들에게는 무의미하게 느껴졌다. 부엌에서는 분유 냄새와 오줌 냄새가 나고, 욕실에선 기저귀가 말라 가고, 방에는 새로운 가구가 생기고, 참을 수 없는 철사 구조의 다리미판이 늘 나와 있다. 송아지 고기를 사기 위해 줄을 서야 하고, 병원에 다녀야 하고, 치아가 나오는지 걱정해야 한다. "우리는 잘 지내고 있어." 그가 그녀의 귀에 속삭였고, 그녀는 어쩌다 생겼는지 한 번도 물어본 적 없는 흉터가 있는 그의 가슴을 꼭 끌어안으며 덧붙였다. "자기를 사랑하는 내 마음을 어떻게 나눌 수 있을까?" "우리가 서로 다른 사람을 사랑해야 한다면 우리 마음은 찢어질 거야. 이런 사랑은 우리의 시간과 관심과 마음을 빼앗아 가지." 그래서 그들 침대 주변에는 콘돔 포장지가 흩어져 있었고, 욕실의 작은 선반에는 질 세척기가 있었다. 그것은 그들이 삶을 통제하고 있다는 사소한 증거였다. 그들은 정말, 진정 자유로웠다. 그들에게는 자동차가 있었다. 그들은 시내에서 처음으로 차를 가진 사람들 중 하나였을 것이다. 그들은 크워츠코나 브로츠와프까지 그 차를 타고 다녔다. 극장에 가거나 새 양복이나 투피스, 페티코트로 모양을 내는 드레스를 맞추러 재단사를 찾아가곤 했다. 고통스럽게 나이를 먹는 다른 부부들이 아이들에 대해 물어볼 때마다, 그들은 늘 이렇게 똑같이 대답했다. "이렇게 불안정한 시대에, 아무것도 없는 땅에서 왜 아이를 낳아야 하죠? 전쟁 때 무슨 일이 일어났는지 다 봤는데 말이에요. 수용소에 대한 영화를 극장에서 우리에게 보여 줬잖아요. 도대체 왜 아이들을 낳아야 할까요?"

그러나 그것이 문제였다. 아이들의 싹은 그들 몸 안에서 만들어졌다. 그들의 몸 어디에서도 이런 질문이나 전쟁을 망설이지 않았기 때문이다. 매달 그녀의 난소에서 불완전한 반쪽짜리 존재가 태어났다. 그리고 그의 배에서는 수백만의 생명이 생산되었다. 그리고 때때로 이러한 싹들이 그녀의 자궁에서 결합하는 일이 벌어졌지만, 그녀는 아이들을 데리고 다니고 싶지도, 먹이고 싶지도, 키우고 싶지도 않았고, 그래서 그것들은 아무도 모르게 죽어서 피의 폭포에 씻겨 나갔다. 그러나 그녀는 세상이 그녀 자신의 의지에 달려 있다고, 무언가를 원하지 않으면 그 일은 일어나지 않을 거라고, 그리고 원하는 일이 있으면 이루어질 거라고 믿었다.

그래서 그들은 스스로는 알지 못했지만, 실체가 없고 불완전하며 미완성이고 땅속에 뿌리가 없는, 민들레 홀씨 같은 존재를 만들었다. 그리고 몸에 뿌리를 내릴 수 없는 존재들인 까닭에 그 안에는 하느님이 없었다. 그들은 비어 있었다. 그들의 집 주위를 돌면서 멋진 정원의 바람이 잘 통하는 공간을 따라 노닐다가 창문으로 안을 들여다보고, 그들이 입에 가져가는 유리컵으로 들어갔다가 씨를 뿌리고 자랄 곳을 끈질기게 찾아 그들의 몸 안으로 들어갔다. 수많은 것들이 있었고, 그들은 떨리고 불안한 후광처럼 언제 어디서나 함께했다.

그 시절은 수은처럼 변덕스러웠다. 매일 낯선 사람들이 도시에 도착해서 버려진 아파트에 살도록 보내졌다. 도시는 사람이 살지 않고는 존재할 수 없었다. 일하고 싶어 하는 사람들을 기다리는 일들이 있었다. 학교에는 교사가 필요했고, 가게에는 판매원이 필요했다. 광산은 광부들을 구걸하고 있었고, 시청은 공무원을 필요로 했다. 그는 블라호비트라는 커다란 창고와 철도 측선, 건물, 광장의 집들, 기계 부품 공장 그리고 방적 공장으로 가득 찬 기업을 설립했다. 그래서 매일 열차는 여정에 후줄근해진 정착민들을 풀어놓았고, 그들은 담당 부서 대기실을 가득 채우고 있다가 손에 종이 뭉치를 들고 숙소로 갔다. 그들은 포즈난 억양으로 노래를 부르거나, 그녀에게는 너무 저속하게 느껴지는 산악 지역 특유의 발음으로 말하거나, 그의 어린 시절과 관계있는 동쪽 지역의 억양을 보이는 등 다양한 형태의 폴란드어로 말했기 때문에 그것들을 이해하기가 어려웠다.

어느 날 두 명의 여성이 그들의 집에서 살도록 배정되었다.(그가 불평하려고 전화했을 때, 담당 부서 사람들은 "일시적"이라고 말했다.) 그들은 그 여자들이 수용소에 있다가 정상적인 삶을 살기 위해 폴란드로 돌아왔다는 사실을 알고 있었다. 그래서 진지한 얼굴로 여자들에게 포도주와 저녁 식사를 대접했다. 그녀는 지나치게 눈에 띄거나 화려한 옷차림 때문에 여자들의 감정이 상하지 않도록 어두운 색 원피스를 입었다.

그런데 이 쌍둥이 자매는 아주 괜찮아 보였다. 짧게 자른 머리카락과 노인네들의 것과 같은 치아, 마른 몸은 어쩌면 그다지 좋지 않은 연관성을 지니고 있었을지도 모른다. 여자들은 줄무늬 옷을 고쳐 만든 투피스를 입고 있었다. 무릎까지 오는 치마와 가죽 벨트가 달리고 짧은 주름 장식이 있는 재킷이었다. 그들의 부츠는 햇빛을 반사할 만큼 광이 났다. 그리고 이 짧고 푸석푸석한 머리카락은 몸에 꽉 끼는 타이츠를 입고 줄타기를 하는 서커스 단원처럼 머릿기름을 발라 가르마를 타서 빗질을 해 놓았다. 그들은 똑같았다.

그녀는 위층에서 그 여자들이 골판지로 된 여행 가방을 들고 집 안으로 들어오는 것을 지켜보고는 그들의 스타일에 놀랐다. 한 명은 이름이 릴리였고, 다른 한 명도 그 비슷한 이름이었다. 저녁에 그들 부부는 앉아서 그들이 겪은 온갖 참상에 귀를 기울여야 할 것이라고 생각했지만, 여자들은 겁을 먹은 것 같지도, 우울해 보이지도 않았다. 그들은 내내 농담을 멈추지 않았고, 그들의 어두운 얼굴에서는 립스틱이 붉게 빛났다. 그녀는 여자들이 여행에서 돌아온 것처럼 가볍게 행동하고 있다는 것을 깨닫고는 불쾌해졌다. 가까이서 보니 여자들의 줄무늬 옷에 손으로 작업한 프랑스식 핀턱*이 있었고, 깡마른 여자들의 몸 때문에 그것은 우아해 보였다.

* 천을 일정한 간격으로 집어서 꿰매는 가장 가는 주름.

얼마 후 그녀가 여자들에게 자신의 싱거 재봉틀을 사용하도록 허락하자, 그들은 감사의 표시였는지 혹은 더 친밀해지고 싶었는지 블라우스 단추를 풀고 그녀에게 피부를 보여 주었다. 그들의 몸은 온통 상처투성이었다.

"실험들이었어요." 그들 중 한 명이 말했다. "그 사람들이 우리한테 실험을 했어요."

"그들은 우리가 한 영혼을 공유한다고 생각한 거죠." 다른 한 명이 덧붙였고, 둘은 웃음을 터뜨렸다.

그녀는 겸연쩍었고, 무슨 말을 해야 할지 알 수 없었다.

그 여자들은 한 달 동안 그들의 집에 살았고, 살이 올랐으며 키가 자랐다. 그들은 사무실로 가서 일자리를 얻었다. 저녁마다 부부에게는 쌍둥이들의 빠르고 간결한 전신 같은 대화의 조각들이 들려왔다. 그들 중 한 명은 꿈을 꾸다가 소리를 질렀다. 그녀들의 목소리는 구분이 안 되었기 때문에 어쩌면 둘 다였는지도 몰랐다. 결국 여자들은 벽에 광고를 붙이고 적십자를 통해서 가족을 찾기 위해 바르샤바로 떠났다.

그래서 그들은 다시 자기 집을 갖게 되었다. 그들은 조율할 필요조차 없는 좋은 브랜드의 독일 피아노를 샀다. 건반 하나, 레 음 하나가 소리가 나지 않아 모든 멜로디는 이상해졌고, 비어 있는 그 소리로 인해 멜로디가 망가졌으며, 그는 그것에 화가 났다. 하지만 그녀는 약병에 라벨을 붙이느라 고생한 손가락에 휴식을 주기 위해 어쨌거나 연주를 계속했다.

아름다웠다. 다만 무언가를 너무 큰 소리로, 너무 많이 말하지 않도록 주의해야 했다. 밝히거나, 평가하거나, 너무 많이 듣거나,

봐서는 안 되었다. 그들에게는 서로와 이 집이 있고, 피아노와 정원의 꽃도 있었기 때문에 그건 어렵지 않았다.

그러던 어느 날 모든 것이 이상해졌다. 경고도 없었다. 어느 날 아침 모든 것이 비현실적이 되었고, 어두워졌다. 그 일은 실제 열 몇 시간 동안 계속되었다. 꼬박 하루와 이틀 밤 동안 얕은 잠을 자 버렸다. 어쩌면 기압이 떨어졌을 수도 있고, 태양에서 몇몇 천문학자들과 권력자들만 아는 폭발이 일어났는지도 몰랐다.

이때부터 두 사람은 하루 동안 했던 일을 잊어버리기 시작했다. 하루하루가 릴리와 그녀의 똑같이 생긴 자매처럼, 쌍둥이처럼 비슷해 보였다. 시간의 흐름을 보여 주는 것은 욕실에 쌓이는 더러운 속옷 빨래 더미뿐이었다. 일에는 헌신이 요구되었고, 그 밖의 다른 모든 것은 잊어야 했다. 이제 그는 대표단이 되어서 정부에 가거나 구르니 실롱스크로 가서 기계와 무연탄 가공 기술 문제를 해결할 끝없는 회의와 정치 훈련 과정에 참여해야 했다. 그녀는 전쟁이 망쳐 놓은 것을 고치기 위해, 그리고 각각의 약에 새로운 폴란드어 이름을 붙이는 방법을 배우기 위해 약제학을 공부하기 시작했다.

그러고 나서 그녀의 난소에서 자두만 한 종양이 발견되었다. 그들은 그녀에게 "부인은 코발트 방사선 치료를 받아야 하고, 그런 다음 수술을 받아야 합니다. 좀 두고 봅시다."라고 말했다. 그녀는 이 종양으로 인해 자신이 너무 보잘것없고 장애를 가진 것 같았고, 아이를 생각하고 있다는 것을 느꼈다. 그리고 아이를 갖고 싶어 한다는 것을 느꼈다. 그녀는 출장 가는 남편을 위해 양복을 챙기고 셔츠를 다림질하며 입술을 깨물었다. 그는 아무것도 알아차리지 못했다. 그녀는 혼자 브로츠와프로 차를 몰고 갔다가 피곤해져서 돌아왔다. 스탈린이 죽은 후 해빙이 시작되었다고 사람들은 말했지만, 방에 계속 눈이 내리기라도 한 것처럼 집 안은 항상 추웠다.

어느 날 그녀는 열린 베란다에 앉아 담배를 피우며 햇볕을 쬐고 있었다. 그때 거리를 걷고 있는 한 소년을 보았다. 그는 이 세상 사람이 아닌 것처럼 보였다. 머리카락은 어깨까지 내려왔고 무릎까지 오는 가죽점퍼를 입고 군용 배낭을 메고 있었다. 그는 담 옆에 멈춰 섰기 때문에 그녀의 시선을 느꼈어야 했다. 그들은 서로를 잠시 바라보았고, 그는 계속 갔다. 그녀는 담배를 피워 물었다. 몇 분 후 소년이 다시 담 옆에 있다가 대문으로 다가왔다.

"부인의 정원을 팔 수 있어요." 소년이 말했다.

그녀가 초조하게 일어났다.

"뭐라고?"

"제가 정원을 팔 수 있다고요." 그가 반복하며 웃었다. 마치 소녀 같았다. 그는 열여덟 살쯤 되었을 것이다.

그녀는 동의했다. 소년에게 삽이 있는 곳을 보여 주었고, 그가 점퍼를 벗고 스웨터의 소매를 걷어 올리는 것을 지켜보았다. 그는 체계적으로 땅을 팠다. 그가 고랑을 뒤집었고 붉고 기름진 흙이 햇빛에 빛났다.

그녀는 부엌으로 들어가 차를 끓였다. 그녀는 달력을 몇 장 넘기고는 창가로 다가갔다. 소년이 담벼락 위에 앉아 담배를 피우고 있었다. 그는 창가에 선 그녀를 보고 손을 흔들었다. 그녀는 어두운 부엌 속으로 물러섰다.

소년이 일을 끝내자 그녀는 그에게 수프를 주었다. 그녀는 찬장에 몸을 기대고 그가 먹는 것을 지켜보았다. 그의 얼굴은 면도할 필요가 없을 것처럼 매끄러웠다.

"분명히 체코슬로바키아로 가는 국경을 개방했을 거예요." 소년이 말했다. "전 오스트리아로 갔다가 그다음에 로마로 갈 거예요."

그녀는 놀라서 눈을 깜박거렸다.

"너 어디서 왔니?"

그는 웃으면서 접시를 그녀 쪽으로 밀었다.

"좀 더 먹을 수 있을까요? 이렇게 맛있는 수프는 먹어 본 적이 없어요."

그녀는 얼굴이 붉어지는 것을 느꼈다. 그녀는 그에게 수프를 더 떠 주고 테이블에 앉았다.

"그래?"

"전쟁으로 내 인생이 엉망이 되었어요." 그는 말했다. "난 부모님이 없어요. 고아원에서 도망쳤고 자유로운 세계로 가고 싶어요. 그들이 국경을 개방했다고 들었어요. 이게 다예요."

"이름이 뭐니?"

그녀는 그가 잠시 망설이고 있다는 인상을 받았고, 그가 거짓말을 할 거라고 확신했다.

"아그니."

"이상한 이름이구나."

"나도 이상하죠."

"내가 너한테 얼마나 빚진 거지?"

"하룻밤 묵게 해 주세요."

그녀는 매니큐어를 칠한 자신의 손톱을 보고는 동의했다. 그녀는 그에게 아래층에 있는 방, 쌍둥이들이 한 달간 머물렀던 바로 그 방의 문을 열어 주었다.

"잘 자라." 그녀가 말했다.

그녀는 혼자 잘 때면 항상 따뜻하게 옷을 입어야 했다. 플란넬 셔츠 위에 얇은 스웨터를 입고 양모 양말을 신었지만, 그렇더라도 몸이 따뜻해지려면 한 시간쯤 차가운 침대에 누워 있어야만 했다. 종양이 있는 배에 닿도록 뜨거운 물병을 안았다. 그녀는 소년이 벌써 잠이 들었는지 궁금했다. 그녀는 아래층으로 몰래 내려가서 그의 점퍼 주머니에 손을 찔러 넣고 싶은 심정이었다. 그녀가 찾고 있는 것은 무엇일까? 어쩌면 권총, 어쩌면 달러 뭉치, 곰 인형, 꽃씨, 기도서, 어쩌면 부드러운 맨살……. 생각이 여러 갈래로 나뉘기 시작했고, 흐려졌다가 사라졌다. 그때 그녀는 삐걱거리는 소리를 듣고 일어나 침대에 앉았다. 그녀는 열린 문 사이로 어떤 형상을 보았다.

"저예요, 아그니예요." 그녀는 들었다.

"원하는 게 뭐야? 여기서 나가."

형상이 문간에서 다가와 침대 옆에 섰다. 여자는 당황해서 침대 맡의 램프를 켰다. 소년은 가죽점퍼를 입고 어깨에 배낭을 메고 있었다.

"작별 인사를 하러 왔어요. 국경은 밤에 넘는 게 가장 좋거든요."

"저들이 널 쏴 버릴 거야."

그는 그녀 옆에 앉아 손등으로 그녀의 목을 쓰다듬었다.

"당신 남편은 어디 있어요?"

"바르샤바에."

"언제 돌아오죠?"

"월요일."

신발을 신고, 옷을 입고, 배낭을 멘 채로 그는 이불 속으로 미끄러져 들어갔다. "안 돼, 안 돼." 그녀가 말했다. "난 못 해, 안 돼."

그가 그녀에게 들어가자 그녀는 혼잣말을 했다. "이건 꿈이야. 이건 전부 내 꿈이야."

아침에 그녀는 침실 창문을 통해 그를 보았다. 그는 정원을 파고 있었다. 그녀는 현기증이 났다. 담배를 한 대 피우고 욕조에 물을 받았다. 그녀는 물속에 누워 생각을 모았다. 그 후 그녀는 부엌에서 커피를 끓이고 있는 그를 발견했다.

"난 일하러 갈 거고, 넌 여기서 사라져야 해."

그가 그녀의 목에 키스했다.

"당신이 원하는 건 절대 그게 아니죠. 내가 월요일까지 여기 머무르길 바라잖아요."

"응." 그녀가 말하고, 그를 껴안았다.

그리고 그는 머물렀다. 그녀가 직장에서 돌아오면 그들은 남은 수프를 먹었고 쌍둥이들의 방으로 갔다. 그들은 저녁 내내 사랑을 나누었다. 그러고는 포도주 한 병을 마시고 잠이 들었다. 아침에 그녀는 그에게 물었다. "너는 대체 누구니? 제기랄. 어디서 왔어? 진짜 원하는 게 뭐야?"

그러나 그는 대답하지 않았다. 일요일 저녁이 되어서야 그는 길을 떠났고, 그녀는 그가 너무 그리워서 밤새 잠을 잘 수가 없었다. 그녀는 그를 평생, 어린 시절부터, 혹은 그것이 가능한 일이라면 태어나기 전부터 알고 있었던 것 같은 기분이 들었다. 만일 그가 돌아오겠다고 약속하지 않았다면 그녀는 죽었을 것이다. 그녀는 쌍둥이의 방에 누워 죽었을 것이다.

월요일에는 예전으로 돌아갔다. 그녀의 남편은 마치 영화처럼 아침 기차를 타고 돌아와 카펫으로 다리를 쭉 뻗고 소파에 앉아 있었다. 바지 아래로 가터 때문에 맨살이 조금 드러나 있었다. 뱀무늬의 회색 양말이 그의 발 모양을 감추고 있었다. 그는 금속 손잡이가 달린 유리잔에 든 차를 마시며 여독을 풀고 있었다. 그녀는 그의 옆에 앉았고, 갑자기 입이 일그러지더니 울기 시작했다. 그는 깜짝 놀라 그녀를 바라보다가 기차 냄새와 불면의 냄새가 나는, 단추를 푼 재킷 옷깃 속으로 끌어안았다. 그녀는 흐느껴 울며, 마치 그것이 이 눈물에 대한 설명이라는 듯 다시 브로츠와프로 가야 한다고 그에게 말했다. 그는 그녀의 머리를 쓰다듬으면서 머리숱이 더 줄었다고 느꼈다. 손가락 아래로 두개골의 모양을 느낄 수 있었다. 심지어 그는 그게 '해골'이라는 생각이 들자 소름이 끼쳤다.

갑자기 그는 그녀를 위로하고 싶었다. 조심스럽게 일어나더니 여행 가방에서 생일 선물이 들어 있는 회색 종이봉투를 꺼냈다. 뭐 하러 한 달을 더 참아야 하지?

"이것 봐, 여보, 내가 사 온 것 좀 봐. 당신 생일 선물인데, 오늘을 당신 생일로 하지 뭐."

그는 종이를 찢고 봉투에서 크림색 구두와 거기에 어울릴 만한, 똑같이 부드러운 가죽으로 만든 핸드백을 꺼냈다. 그것들을 바라보면서 그녀의 눈물이 말랐다. 그녀는 맨발에 구두를 신었다. 완벽했다. 높고 살짝 오목한 굽이 그녀의 가느다란 발목을 강조했다. 그녀는 출장을 다녀오는 동안 수염으로 덮인 남편의 뺨에 키스했다.

"그거 신고 우리 영화관에 가자. 어떻게든 가 보자, 당신이 이 신발을 신을 수 있게 말이야."

그들이 잠자리에 들었을 때, 그녀는 그에게 생리 중이라고 말했다. 밤중에 그녀는 자기 배 속에 있는 자두만 한 종양이 느껴진다고 생각했다.

침묵

우리는 며칠 동안 서로 이야기하지 않았다. R은 나갔다가 돌아왔다. 그는 쇼핑을 하고 볼일을 보러 갔다. 때때로 그는 하루 이틀 자리를 비웠다. 그러면 개들은 다리가 있는 곳까지 그의 차를 배웅하고는 피곤해져서 돌아왔다. 눈을 가늘게 뜨고서. 이제 태양은 낮고 차가워서 눈이 부실 뿐 따뜻해지지는 않았다.

우리는 무슨 얘기를 해야 할까. 사람들은 실제로 일어나지 않는 것에 대해서만 이야기한다.

때로는 하루 종일 "개를 불러와." 이 한마디만 할 때도 있다. 심지어 우리 중에 누가 이 말을 했는지 신경 쓰지도 않았다. 말할 필요가 없었고, 모든 것은 명확했고, 오래전부터 얘기되었던 것처럼 보였다. 아무도 오지 않으면, 하루하루가 똑같은 나날처럼 보였다. 왜 말을 하고 혼란을 일으키고 이 크리스털 같은 질서를 산산조각 내는가?

말은 해를 끼치고, 혼란을 부추기고, 명백한 것을 약화한다. 말을 하면 내 속이 부들부들 떨린다. 내 인생에서 정말로 중요한 것을 말했다고 생각하지 않는다. 가장 중요한 일에는 단어가 부족한 법이다.(누락된 단어 목록. 나에게 가장 부족한 것은 "나는 느낀다."와 "나는 본다." 사이 어딘가에서 어떤 의미를 갖는 동사다.)

몇몇 손님이 우리 집에 왔을 때에도 간결하게 예의를 갖춰 "안녕하세요."나 "어서 오세요." 정도의 인사만 했을 만큼 우리는 말을 하지 않고 있었다. 우리는 가능한 한 말을 짧게 했다. "어떻게 지내요?"라고 하는 대신 "당신은요?"라고만 했다. 이미 그것도 우리에게는 너무 많은 말이었다. "차?" 하고 우리는 대안도 없이, 그들에게 한 가지 선택권만 주며 물었다.

그러고 나서 우리는 그늘에서 숲 쪽을 보며 손님들과 마주 앉아 아무 말도 하지 않았다. 입에서 말을 쏟아 내고 있을 때조차 우리는 침묵하고 있었다. R의 침묵은 그의 피부만큼이나 매끄럽다. 자연스럽고 결백하다. 내 말은 더 우울하고, 배 속 깊숙한 곳에서 와서 나를 끌어당기고, 나는 그 속에 빠져 그곳에서 돌이킬 수 없게 소멸된다. 우리는 손님들과 서로에게, 주변의 모든 것에 침묵했다.

사랑을 나눌 때에도 우리는 침묵을 지켰다. 한마디 말도, 한숨도, 아무것도 없었다.

그 여자와 그 남자

방사선 치료를 위해서 그녀는 며칠 동안 병원에 입원해야 했고, 그래서 그는 혼자 남게 되었다. 자기들에게 가정부가 필요하다고 그는 생각했다. 산토끼 파이와 피에로기*를 만들 줄 아는 중년 부인이 가장 좋을 터였다. 그녀는 그의 어머니처럼 따뜻한 르부프** 억양으로 말할 것이다. 난로에 불을 지피고 피아노의 먼지를 떨겠지. 그는 이 문제를 해결해야겠다고 스스로에게 약속했다. 그러면 그는 다시 데운 감자와 다시 튀긴 커틀릿을 먹지 않아도 될 것이다.

수요일에 퇴근하고 돌아오니 계단에 소녀가 앉아 있었다. 어깨까지 닿은 머리카락에 단호한 표정을 짓고 있었다. 심지어 금방 알아볼 만큼 예쁘기까지 했다. 소녀는 공장에서 일하는 여자들이

* 폴란드식 만두.
** 우크라이나 서부의 도시 리비우.

입는 종류의 작업용 바지를 입은 듯 보였다. 그는 깜짝 놀라 그녀 앞에 멈춰 섰다. 그녀가 그를 올려다보았다. 초록색 눈동자가 빛났다.

"당신 아내가 나한테 와서 청소하고 난로에 불을 피우라고 했어요. 내일 열쇠 좀 남겨 주세요."

그는 소녀를 자기 앞 현관으로 들여보냈다. 소녀는 부엌으로 가서 석탄통을 달그락거렸다. 그녀는 확실히 이 집을 이미 알고 있었다. 그는 이 생각에 익숙해지기 힘들었고, 거실 탁자에 앉아 담배에 불을 붙였다.

"이름이 뭐니?" 무슨 말이든 해야겠다 싶어서 그가 물었다.

"아그니예요."

"아그네슈카의 줄임말이겠구나."

그녀는 부인하지 않았고, 활짝 웃었다. 예쁘고 고른 십 대 소녀의 치아였다. 그는 점점 더 따뜻해지고 안락해지는 집을 그녀가 분주히 돌아다니는 소리를 들었다. 그녀가 욕실에 있는 동안 그는 보드카 한 잔을 따라서 단번에 들이켰다. 그런 다음 책상 위 서류를 정리하는 척했다. 그녀는 그에게 데운 비고스*와 차를 가져왔다.

"내일, 아저씨가 괜찮으시면, 제가 더 일찍 와서 요리를 해 놓을게요. 양배추 롤을 만들 줄 알거든요." 그녀가 웃으며, 음식을 먹는 그의 옆에 앉았다.

"아내가 어떻게 널 찾았지? 넌 어디서 왔니?" 그가 입에 음식

---

* 절인 양배추와 고기, 햄 등을 넣어 만드는 스튜 요리.

을 가득 넣은 채로 물었다.

"아, 우연이었어요. 좀 복잡해요."

그는 그녀의 얼굴이 주름이나 주근깨 하나 없이 매끄럽고 어린아이 같다는 것을 알아차렸다. 침대 위에 누운 그녀의 벌거벗은 가냘픈 몸이 생생하게 뇌리를 스치면서 그는 충격을 받았다. 그는 피곤해서 곧 잠자리에 들겠다고 말했다. 그녀는 그에게 열쇠를 상기시키고는 부엌으로 사라졌다. 어제 먹고 난 그릇을 설거지하는 소리가 들렸다. 그는 불안해졌다. 검은색 전화 수화기를 들고 크랭크를 돌렸다. 브로츠와프의 병원으로 연결해 달라고 했지만, 아무도 받지 않았다. "내일 회사에서 전화해야지. 내일 회사에서 해야겠어." 그는 혼잣말을 반복했다. 아래층에서 현관문이 닫히는 소리가 들렸고, 그는 계단에서 멈췄고 갑자기 그의 몸속에 있는 모든 것이 녹아내렸다. 그는 한숨을 쉬고는 다시 식당으로 돌아갔다. 라디오를 켜고 보드카를 한 잔 따랐다. 어떤 라디오 드라마가 흘러나왔다.

"우리는 친구가 될 수 없소." 한 남자의 목소리가 라디오에서 말했다. "당신 스스로도 알고 있지 않소. 우리가 가장 행복한 사람이 될지 아니면 가장 불행한 사람이 될지. 그건 당신의 능력이오. 한 가지만 부탁하겠소. 내 희망을 빼앗지 말아 주시오. 내가 이 고통을 계속 겪도록 내버려 두지 마시오. 만일 그것이 불가능하다면, 나에게 사라지라고 명령하시오. 그럼 내가 사라지리다."

"난 당신을 아무 데로도 쫓아내고 싶지 않아요." 단호한 여성의 목소리가 대답했고, 그는 이 목소리는 니나 안드리츠*가 틀림없다고 생각했다.

"당신은 아무것도 바꿀 필요가 없소. 지금까지 그래 왔던 대로 전부 그냥 두면 되오. 그리고 당신의 남편은⋯⋯."

그는 라디오를 끄고 잠자리에 들었다. 몇 년 만에 처음으로 그는 야한 꿈을 꾸었다. 그는 그 소녀에 대한 꿈을 꾸었다. 다시 전쟁이었다. 그리고 그들은 독일인들을 피해 어떤 공장에 숨어 있었다. 부서진 샤워기들에서 물이 쏟아지고 있었다. 그들은 알몸이었다. 그녀는 그의 품에 파고들었고, 그녀의 머리카락에서는 물 냄새가 풍겼다. 아마도 그들은 사랑을 나누는 것 같았지만, 그것은 어딘가 이상했다. 그는 육체적으로 그것을 느낄 수 없었고, 단지 그것이 사랑이라는 걸 알았을 뿐이었다.

아침에 그는 병원에 전화를 걸었다. 아내에게 말을 건넸지만, 그녀의 금속성 목소리에는 생기가 없었다. 그녀는 금요일에 자기를 데리러 오라고 했다. 그는 삼 일 뒤가 금요일이라는 것을 재빨리 계산했다. 그녀는 또한 그에게 수술에 관한 것을 말해 주었지만, 그는 제대로 이해하지 못했고 그것에 대해 생각하고 싶지 않았다. 그는 집에 일찍 가서 목욕을 한 다음, 깨끗한 셔츠를 입고 무엇인지 알지도 못하는 것을 기다렸다.

모든 일이 계획한 것처럼 일어났다. 아그니는 어제와 같은 바지를 입고 커다란 양배추를 들고 들어왔다. 그녀가 난로에 불을 피우는 동안 그는 어색하게 그녀의 뒤에서 서성거렸다. 그는 재밌었다. 거기에서 그는 뭐라고 말하면서도 그녀의 머리카락과 운동화를 신은 맨발을 더 자세히 보고 있었다. 그는 단지 그녀에게

* Nina Andrycz(1912~2014). 폴란드 여배우.

서 떨어질 수 없었다. 꿈과 똑같았다. 적대적인 세계에서 숨어 있는 것 같았다. 누가 이 세계인지 그는 알지 못했다. 그녀는 그에게 칼을 건네 달라고 말했고, 그는 그 칼을 손에 들고 그녀에게 가서 그녀의 가느다란 몸을 바로 껴안았다. 그녀는 전혀 저항하지 않았다. 그녀의 몸은 헝겊 인형처럼 부드럽고 섬세하며 나른했다. 그는 그녀의 손을 자기 어깨 위에 얹고 그녀의 얼굴에 입을 맞추었다. 그는 그녀가 저항하기를, "안 돼요."라고 말하기를 기대했지만, 그에게 들리는 것이라곤 오이 냄새가 풍기는 그녀의 숨소리뿐이었다. 무언가 푸르고 싱싱한 것이었고, 그가 늘 갈망했던 그런 것이었다. 그는 그녀를 소파에 눕히고, 그녀의 우스꽝스러운 바지를 벗기고, 심지어 그녀를 임신시키지 말아야 한다는 것까지 기억하면서 늘 하던 대로 그녀와 사랑을 나누었다.

이런 일들이 사람들한테 일어나는구나. 그녀는 금잔화 묘목을 심으면서 혼잣말을 했다. 사람은 변하고, 옷으로 아이가 자라는 것을 알듯이 오래된 상황에서부터 발전해 나간다. 시간은 흐르고 모든 것은 변하지. 크고 작은 전쟁들이 있어. 큰 전쟁은 세상을 바꾸고, 작은 전쟁은 사람을 바꿔. 그런 식이야. 나는 아무 잘못도 하지 않아. 나는 아무에게도 상처 주지 않고, 최악의 경우 이렇게 기다리고 기다림으로써 스스로를 해치고 있을 뿐이야.

아무도 죄가 없다. 행동은 서로를 지우고 모든 미래에 대한 위협을 멈춘다. 아무 일도 일어나지 않는다.

그러나 세상은 깨어난 것처럼 보였다. 적어도 그녀에게는 그랬다. 세상의 중심은 이제 집과 정원 어딘가가 아니라 저 밖으로,

도시의 특정 장소는 아니지만 그 너머 어딘가로 옮겨졌다. 마리골드를 심는 동안 그녀는 갑자기 어딘가에 갇혀 있는 듯한 기분이 들었다. 그녀는 일어서서 손에 묻은 흙을 털어 냈다. 그녀는 더 이상 천천히 자라나는 꽃을 기다리고 싶지 않았다. 그녀에게 꽃은 갑자기 너무 느리게 느껴졌고, 물건들처럼 따분해졌다. 그래서 그녀는 집으로 가서 거실의 둥근 테이블에 앉아 좋아하는 패션 면을 찾으려고 잡지를 뒤적거리기 시작했다. 그리고 찾아냈지만, 그것은 더 이상 그녀에게 아무런 감동도 주지 않았다. 다음 시즌과 함께 변해 버릴 아름답고 순간적인 것을 보는 일에 대한 기쁨의 전율이 일어나지 않았다. 유행을 보는 일은 항상 어떤 불안과 갑작스러운 조급증을 동반했다. 그녀는 곧장 시장의 직물 가게로 가서 잡지에 나온 것과 가장 비슷한 천을 사곤 했다. 그런 다음 바로 재단사에게 가서 주문을 하고, 심지어 그 물건을 꼭 갖게 되리라는 확신을 갖기 위해 선금을 지불하기도 했다. 그렇지 않으면 시간의 흐름에서 벗어나 '지금'에서 미끄러져 '그때'로 떨어질 것이고, 그곳은 언제나 어둠과 소멸이 지배하고 있다.

그녀가 본 것은 허리가 꽉 조이고 밑단이 넓은 새 드레스 그림들과 흑백 사진들뿐이었다. 그것들은 그녀와 아무 상관이 없었다. 그녀는 잡지들을 밀쳐 두고 목욕을 하러 갔다. 그녀는 자신의 몸을 살피며 안타까워했다. 연약하고 부드러운 것이 폭풍우처럼, 무거운 먹구름처럼, 내적이고 외적인 힘에 떠밀려 나온 먹잇감처럼 느껴졌다. 할 수 있는 일이라고는 기다리는 것뿐이었다.

이른 아침부터 그녀는 목욕 가운을 입은 채 손에 커피 잔을 들고 창문 사이를 서성거리거나 정원 난간 사이의 틈새를 살피며 초조하게 기다렸다. 아그니가 나타날 때도 있었고, 그렇지 않을 때도 있었다. 규칙이 없었다. 그녀는 그가 무엇을 하고, 잠은 어디서 자는지 등등에 대해 그에게 질문을 던지려고 했지만, 그는 그녀가 정말 기절이라도 할 만큼 포악하게 웃었을 뿐이었다. 그녀는 눈을 반쯤 감은 채 문에 기대어 있었다. 그녀에게 그것은 육체적 사랑에 관한 문제가 결코 아니었다. 코미디 영화에서 바로 그 순간에 서류 가방을 든 남편이 문간에 나타날 것을 수천 번 상상하면서 급하게 관계를 맺는 그런 문제가 아니었다. 그녀는 아그니가 자신을 치유하고 있다고 느꼈다. 그의 부드러운 손길은 박하 찜질 팩처럼 시원했고, 그의 키스는 그로그*처럼 뜨거웠다. 덕분에 그녀의 몸에 힘이 모이고, 단단해지고, 무너지지 않을 수 있었다. 그것이 보였다. 아그니는 그녀더러 살이 쪘다고 웃으며 말하고는 즉시 부엌으로 가서 냄비에 있는 무언가를 다 먹어 치운 다음 사라졌다. 그냥 사라져 버렸다. 그녀는 그가 어디에 사는지조차 몰랐다. 아마 그 편이 나았을 것이다. 왜냐하면 그녀가 조만간 그곳에 찾아갔을 것이기 때문이다. 그리고 그에게는 어떤 직감 같은 것이 있었다. 그는 그녀의 일상 시간표나 남편의 업무 일정 그리고 그녀의 생각을 알고 있기라도 하듯이 자신이 돌아와야 할 때를 항상 알고 있었다. 그녀가 그를 생각하며 집에 혼자 있을 때마다 그는 먼저 울타리를 지나고 재빨리 계단을 뛰어올라, 이미 그녀가 자신을 기다리고 있는 곳에 나타났기 때문이다. "넌 내 생각을 읽을 수

* 럼에 물을 탄 것.

있니?" 그녀가 물었다. "네." 그가 대답했다. "그리고 당신한테 그 방법을 가르쳐 줄 수도 있어요." 당연히 그녀는 그를 믿지 않았다. "사랑하는 사람의 얼굴을 정말 열심히 상상해야 해요. 마치 당신의 얼굴이 그 얼굴인 것처럼, 그 얼굴이 자기 얼굴인 것처럼 강렬하게요. 그럼 그 사람의 모든 생각이 다 당신 것이 돼요." "그럼 너도 그렇게 하는 거야?" 그가 고개를 끄덕이고는 그녀의 눈을 응시했다. 그녀는 그의 시선이 자기 몸속에 와 있는 것을 느꼈다. "네가 누구든 간에 넌 그런 사람이 아니야." 그녀가 말했다.

두 개의 세계에서, 두 개의 시간 속에서, 자신의 자궁에서 자신과 싸우는 부분과 함께, 자궁을 영원히 손상시킬 수술을 기다리며, 집이 아닌 절대로 완전히 알 수 없는 도시에서, 3차 세계 대전이 완전히 쓸어 버릴 세상에서, 두 남자와 교대로 산다는 것은 얼마나 이상한 일인가. 모란꽃이 활짝 피고, 그 꽃잎이 부드럽게 땅으로 떨어진다. 재스민은 여전히 필사적으로 향기를 풍기지만, 그것이 끝임을 이미 알고 있다. 병원으로 떠나기 전 며칠 동안 그녀는 성당에 가지만 감히 그 어둡고 서늘한 고딕식 공간에 들어갈 엄두가 나지 않는다. 그럴 수가 없기 때문에 그녀는 묘지에 가서, 아무도 자기를 보지 못하도록 하고, 십자가 앞에 무릎을 꿇고 앉아 주저하며 확신 없는 기도를 올린다. 저녁에 그녀는 남편에게 안기지만 그의 몸은 가죽처럼 지나치게 부드럽고 담배 냄새와 기계 기름 냄새가 배어 있다. 그는 사랑을 나누고 싶어 하지만, 그녀는 "아니."라고 말한다. 이미 자기가 죽어 가기 시작한 것 같은 기분이 들기 때문이다.

그녀에게 아그니는 안정적이고 탄탄하다. 그녀는 그의 몸에 확실히 놀란다. 그의 몸은 그녀가 무엇을 원하는지 알고 있고, 마치 그녀를 관통하듯이 바로 목표에 도달하면서도 그녀에게 해를 끼치지 않는다. 즐겁고 좋다. 그의 몸은 그녀를 인식하고, 이제 그녀는 언제나 자기가 이렇게 인정받고 싶어 했음을, 아그니 같은 누군가에게 자신을 알리기 위해 태어났음을 인지한다. 그의 손길이 그녀를 사로잡는다. 그것을 표현할 단어를 찾을 수가 없다. 그어떤 단어도 존재하지 않는다. 그녀의 남편은 보다 민감하고, 그녀를 기다릴 줄 알며, 그녀의 눈을 들여다보며 그녀의 얼굴에서 즐거움을 느끼는 방법을 알고 있다. 아그니는 자기 자신에게 집중하며, 그런 이유로 가장 진실하다. 그녀는 그를 태우고 사나운 바다를 가로질러 가는 배가 된다. 그녀는 그에게 자신을 내주고, 그는 그녀를 취한다. 그는 날씬하고 근육질이며 거칠다. 검게 그을린 그의 피부는 그녀의 손가락 아래에서 갈라지며 소리를 지른다. 그 후 (그녀가 한때 그토록 사랑했던) 남편의 몸을 만졌을 때 그녀는 그의 부드러움과 섬세함에 놀랐다. 솜털이 보송보송한 쿠션과 부드러운 러시아산 가죽으로 만든 핸드백, 너무 익은 복숭아 그리고 늘어진 그녀의 뱃살 같다. 그녀의 남편은 그녀 자신이다. 그들의 손길은 아무런 불꽃도 일으키지 않고, 서로를 뜨겁게 만들지도, 차갑게 만들지도 않는다. 그들의 유사성이 만들어 낼 수 있는 유일한 단어는 "아니."뿐이다.

그녀는 병원 마당을 가로질러 정문까지 그를 배웅했고, 마법에 걸린 것처럼, 벽돌 기둥 사이에 있는 그 보이지 않는 선을 더 이상 넘을 수 없어서 거기 멈춰 섰다.

"여기 나한테 오지 않는 게 더 좋겠어." 그녀가 말했다. "청소는 에우게니아 부인한테 부탁하고. 구내식당 사람들이 나보다 더 요리를 잘해.”

갑자기 그녀는 피곤했다. 왜 자기가 그의 청소와 식사를 걱정해야 하는지. 그 혼자 그녀를 용서했다.

“내 걱정은 마.”

다시 한번 그는 그녀에게 아그니에 관해 물어보고 싶었지만, 그녀는 잊어버린 것 같았다. 소녀를 떠올리자 그의 몸이 불안해졌다.

“이제 그만 가.”

그가 그녀의 뺨과 손에 키스했다. 그녀는 그의 눈을 피했다.

“공평해야지. 저들이 당신 불알도 잘라 버려야 해.” 그녀가 말했다.

그는 마치 그녀에게 한 대 맞은 것 같았다. 그는 입술을 움직이려 했지만 아무 말도 꺼낼 수가 없어서 떠났다. 그녀는 그의 뒷모습을, 떡 벌어진 어깨와 큰 키, 우아한 여름 양복 속에 안전하게 감추어진 몸을 바라보았다. 중절모를 어색하게 고쳐 쓰고 사라진 그는 틀림없이 그녀의 시선을 느꼈을 것이다.

집은 조용하고, 쌀쌀하고, 어두웠다. 사무실은 밝고 항상 따뜻하며 사람들로 가득하다. 그는 사무실에서 에너지를 마구 쏟아 냈고, 큰 소리로 빠르게 말했으며, 신나게 걸어 다녔고, 자기가 무엇을 원하는지 알았다. 집에서는 시간이 느리게 흘렀고, 그래서 자기와 함께하는 모든 것이 느려졌다. 집에서는 배가 처지고, 발이 얼어붙고, 목소리가 잦아들었다. 이야기를 나누거나 지시를 내릴 사람이 아무도 없었고, 오래된 가구는 모든 진실을 알고 있었다. 집과 사무실 사이의 경계는 시장 어딘가에 있는 판석 사이의 선을 따라 흘러갔고, 그는 매일 그것을 두 번 건너야 했다.

매일 이 경계를 넘나드는 일은 다소 고통스러웠고, 그래서 최근 그는 이 순간을 늦추기 위해 보드카를 마시러 갔다. 우선은 집으로 가는 길에서 더 멀리 떨어져 있는 선술집 리도에 들어가고 싶었다. 하지만 교외에서 온 씻지 않은 남자들 사이 축축한 합판 테이블에 앉아 맥주와 값싼 담배 연기를 들이마신다면, 그것은 스스로에게 옳지 않다는 생각이 들었다. 그래서 그는 보통 이 시간에는 아직은 비어 있는 바슈토바로 갔고, 그를 알아본 나이 든 웨이트리스는 주문도 받지 않고 보드카 한 잔과 사워크림에 넣은 청어를 가져다주었다. 거기에 앉아서 그는 창밖으로 소도시의 무기력한 거리를 바라보았다. 속일 수 있는 것은 없었다. 그는 행인들 사이에서 아그니를 찾고 있었다. 그와 함께 있지 않을 때 그녀가 무엇을 하고 있을지 궁금해졌다. 정말로 존재하기는 할까. 자신의 침대와 그 웃기는 바지를 넣어 두는 옷장과 자기 칫솔이 놓인 욕실이 있기는 할까. 심지어 그는 그녀의 성도 몰랐다. 그는 그녀를 확인할 수 있었을 것이고, 문의도 할 수 있었다. 결국, 도시는 크지 않았고, 여기 있는 모든 사람들은 서로를 알았다.

"넌 누구니? 어디서 왔어? 부모님은 계셔?" 어느 날 저녁 그가 그녀에게 물었다. 도마뱀처럼 건조하고 매끄러운 그녀가 그에게 안겼을 때였다.

그녀가 뭐라고 대답하든 그는 그녀가 꾸며 대고 있다는 것을 알았다. 그녀는 마치 다른 종류의 점토로 만들어진 것처럼 완전히 낯선 존재였고, 그녀의 이 낯섦이 그를 미치게 만들었다.

"그러면 당신은 누구예요?" 그녀가 질문으로 대답했다. "어디서 왔어요? 부모님은 어디에 계세요?"

그는 다른 누구에게보다 더 기꺼이 그녀에게 자신에 대해 말했다. 이 이야기에서 그는 스스로를 부각시켰고, 자기가 항상 어떤 우연의 일치나 우연한 만남, 혼란스러운 움직임의 희생자였다는 사실을 놀라워하며 말했다. 이후 바슈토바 식당에서 싱글 보드카를 마시면서 그는 이것이 궁금했다. 섹스로 지쳐 누워서 나누는 침대에서의 이런 대화는 사랑의 또 다른 변형이었으며, 심지어 그녀는 완벽하다고 말하기까지 했다. 그녀는 시시덕거리거나 쫓아다니거나 구애 같은 것을 할 필요가 없었다. 그저 자기 안에 있는 수문이나 제방, 댐을 열고 말을 쏟아 내는 것으로 충분했다. 그리고 그 단어들은 그녀가 무엇을 해야 하는지, 어떤 문장을 만들어야 하는지, 어떤 이야기를 만들어 내야 하는지를 이미 알고 있었다. 그는 그녀가 그렇게 누워서 듣고 있는 것에 감사했다. 아니면 전혀 듣고 있지 않았던 것일까? 그런 경우 그에게 필요한 것은 그녀의 존재 자체였다. 베개 속에 파묻힌 그녀의 소년 같은 몸과 뜨겁고 고른 호흡 그리고 방금 썬 것 같은 신선한 오이 향기뿐이었다. 어느 날 그는 손으로 그녀의 허리둘레를 재고는 다음번에 아내를 만나러 브로츠와프에 갔을 때 백화점에서 넓은 벨트가 달린 세련된 주름치마를 그녀에게 사다 주었다. 그녀는 기뻐하는 것처럼 보였다. 그런 것을 처음 본 사람처럼 치마의 간단한 절개 부분을 하나하나 세세히 오랫동안 들여다보았기 때문이다. 그녀가 치마를 입자, 그는 그녀의 머리카락을 정수리로 모아 올려 포니테일을 만들었다. 바로 그런 모습을 한 그녀를 나중에 그는 식당 창으로 보았던 것이다. 그녀는 거리를 따라 달리고 있었고, 회색 치마는 그녀 다리 주변에서 소용돌이치고 있었다. 그가 돈을 내고 나오기 전에 그녀는 사라져 버렸다. 하지만 그는 그녀가 매일 그랬던 것처럼 저녁이면 돌아오리라는 것을 알았다.

그는 수술 다음 날 아내를 만나러 갔다. 그는 그녀의 창백한 모습에 충격을 받았고, 그녀가 죽을 것이라는 생각이 그의 뇌리를 스치고 지나갔다. 이 모든 혼란과 침묵 속에서 지금 죽는 것은 옳지 않을 것이다. 그는 그녀가 그 일을 하고 가장 위험한 순간에 자기를 남겨 두고 떠날까 봐 정말 두려웠다. 한쪽 피부가 벗어졌지만 아직 새살이 나지 않았다. 그는 그녀의 손을 잡고 그녀가 눈을 뜰 때까지 이름을 불렀다. 그녀는 힘없이 미소 지었고, 울 것만 같은 그의 모습에 감동받았다. 만일 자기들뿐이었다면 울도록 내버려 두었겠지만, 옆으로 1미터 떨어진 곳에 침대들이 나란히 있었고, 침대마다 부서지고 부드러우며 위태로운 장치인 여성의 몸이 눕혀져 있었다. 여성의 몸은 시간이 흐르며 세대를 옮기도록 고안되었으며, 밤의 이쪽 끝에서 다른 쪽 끝으로 흐르고 그 안에서 사람들이 쏟아져 나오는 부서지기 쉬운 배였다. 그래서 그는 입술을 깨물었고, 흐르는 눈물이 잠시 눈앞을 가렸다.

"어떻게 지내?" 그녀가 물었다.

그는 그녀를 안심시키려는 듯이 고개를 끄덕였다.

"그 사람들이 나한테서 전부 잘라 낸 것 같아."

그는 이불이 덮인 그녀의 배 부분을 무심코 보았다. 왜 그곳이 움푹 꺼졌을 거라고 예상했는지 모르겠다. 그는 하얗고 긴 손가락이 달린 그녀의 손등에 입을 맞췄다. 그는 거기에 조금 더 앉아 있었다. 잠시 후 병동 회진이 시작되니 나가라는 말을 들었다. 그는 모레 오겠다고 말했다.

그날은 그가 아그니를 위해 치마를 산 날이었다.

머릿속에서 밀려드는 미래에 대한 생각을 멈출 수가 없었다. 그녀가 죽고, 그는 아그니와 함께 불에 탄 이 집을 남겨 두고 어쩌면 구르니 실롱스크나 바르샤바로 갈지도 모른다고 상상했다. 그는 거기서 아무런 문제 없이 직장을 구할 것이고, 아그니는 예를 들면 건축학 같은 것을 공부할 것이다. 그는 그녀에게 아름다운 옷을 사 주고 일요일에는 둘이서 노비 시비아트가(街)*를 거닐 것이고, 젊은 남자들은 뒤에서 그들을 물끄러미 바라볼 것이다.

그러나 만일 그녀가 죽지 않는다 해도 그는 결국 그녀를 떠날 것이다. 그냥 떠나게 될 것이다.

그리고 이상하게도, 그들 사이의 거리에도 불구하고 그들은 똑같은 바람을 가지고 있었다. 그녀 또한 죽기를 바라고 있었다. 그것이 최선의 해결책일 거라는 그런 바람이 있었다. 크고 서늘한 집으로 돌아가서, 약국에 가기 위해 아침에 일어나고, 집에 돌아오는 길에는 장을 보고, 꽃을 심고, 피아노를 조율하고, 언제까지고 잡지책을 헤집을 생각에 그녀는 몸이 아팠다. 아그니가 그리울 뿐이었다. 자기에게 그들이 무슨 짓을 저질렀는지, 밤송이처럼 그 속이 텅 비어 있다고 그에게 말할 용기가 있을까? 그러면 그는 자기 안의 공허 속으로 뛰어들 용기를 낼 수 있을까? 그녀의 복부에

* 바르샤바의 유명한 거리. 'Nowy Świat'는 '신세계'라는 뜻이다.

상처가 났고, 꿰맨 자리는 아물고 싶어 하지 않았다. 그녀의 생각 속에 죽음이 자라고 있었기 때문일 것이다. 그도 역시 죽을 수 있다. 그의 업무용 차량이 나무에 부딪힐 수도 있고, 블라호비트에서 사고가 생길 수도 있다. 그녀는 이런 생각을 하는 것에 죄책감을 느끼지 않았다. 그녀의 양심은 지금 그녀를 편들고 있었다. 그러던 어느 날 밤 수용소 줄무늬 옷을 입은 쌍둥이들이 꿈에 나왔다. 그들은 배에 난 커다란 상처들을 그녀에게 보여 주었다. "그 사람들이 우리한테 실험을 했어요." 그녀들이 말했다. "그들이 우리의 심장과 간, 폐, 모든 것을 잘라 냈지만, 우리는 전혀 상하지 않았어요." 그 꿈을 꾼 순간부터 그녀의 건강은 회복되기 시작했다.

그녀가 아직 병원에 입원해 있는 동안, 그는 교외에 작고 습기가 찬 방을 빌렸다. 닭들 때문에 더러워진 뜰에서부터 별도의 출입구가 있는 방이었다. 그 방의 녹색 벽에는 롤러로 칠한 고르지 않은 흰색 무늬가 있었다. 그는 거기에 얼룩진 매트리스를 깐 철제 침대와 아무것도 덮지 않은 작은 테이블과 의자 두 개를 가져다 놓았다. 벽에는 예수님이 배에서 설교하는 그림을 걸었다. 그는 그곳에서 아그니와 만나기로 약속했지만, 그녀와 사랑을 나눌 수는 없었다. 그는 그 이유를 알지 못했다. 그는 이 모든 것을 감당하지 못하고, 빠져나갈 길이 없는 희귀한 상황에 처했다는 절망감에 휩싸였다. 그는 소녀의 작은 젖가슴에 몸을 웅크리고 울었다. "그녀가 죽었으면 좋겠어." 그는 갑자기 큰 소리로 말했고, 자신의 말에 소름이 끼쳤다. 아그니는 그의 얼굴을 보려고 고개를 뒤로 젖혔다. 그녀의 순수하고 어린 눈이 어쩐지 잔인해 보였다. 그는 어디선가 그런 표정을 본 적이 있었다. "뭐라고 했어요? 다시 한

번 말해 봐요." 그녀가 말했다. "나는 그녀가 죽어 버렸으면 좋겠어." 그가 순순히 되풀이했다.

그녀의 몸은 믿을 수 없을 정도로 유연했고, 그것은 그에게 몸을 감쌀 수 있는 실크 숄을 연상시켰다. 그것은 어여쁜 아그네슈카를, 아그니의 살구색 몸을 감쌀 수 있을 것이다. 그녀는 물과 같았고, 자기가 원하면 항상 그를 피할 수 있었다. 그는 결코 그녀를 따라잡거나 막을 수 없을 것이다. 그래서 그녀가 멈춰 서서 그에게로 흘러갈 때마다 그것은 기적이었다. 그는 숨이 막힐 때까지 그녀를 마셨다.

그는 그녀를 그 누구와도 비교하지 않았고, 그 무엇과도 비교할 수 없었을 테지만, 가끔 깊이 잠들었을 때, 그러다 문득 잠에서 깨었을 때, 자신이 아내 옆에 누워 있다고 생각했다. 그는 당황하여 깨끗이 잊어버린 그녀의 이름을 찾았다. 그러고는 자기가 아그니와 함께 있다는 것에 안도했고, 다시 한번 그녀의 덧없음에 의문을 갖지 않을 수 없었다. 그의 아내는 단단한 질그릇, 암포라* 같았다. 사랑을 나눌 때 그는 그녀의 몸을 돌려 자세를 잡게 해야 했고, 그녀를 마음대로 움직였다. 그녀의 몸은 그에게 언제나 일종의 쾌감을 선사했고, 그것은 자신의 맨 밑바닥 어딘가에 있었던 고통스럽고 기계적인 쾌감이었다. 그때는 이것을 알지 못했다. 자기가 아그니를 알지 못했기 때문에 그럴 것이 틀림없다고 생각했다.

---

* 고대 그리스 토기류의 하나. 목 부분이 몸체에 비해 좁고 양쪽에 손잡이가 달린 항아리 모양 토기다.

아그니는 기적이었다.

그는 할 수만 있다면 그녀를 지키고 싶었다. 같이 자는 동안 그는 계속 그녀를 만졌다. 같이 테이블에 앉을 때마다 그는 마치 그녀에게, 움직이지 말라는 듯, 여기 있으라고 말하는 듯, 그녀의 손을 집게손가락으로 몇 번이고 쓰다듬곤 했다. 그는 그녀가 밀회 장소의 작은 부엌에서 뭔가를 하며 내는 소리를 좋아했다. 유리가 쨍그랑 부딪히는 소리, 부엌 식탁에서 주전자가 딸랑거리는 소리, 그녀의 발소리. 그는 이런 소리들이 자신의 뒤에서 들리는 것이 좋았다. 이런 소리들이 자신을 지탱해 주는 지지벽 같았고, 세상의 안전한 경계선 같았다. 그러나 그녀가 만들어 내는 이 안전하고 일상적인 소음은 너무 적었다. 그녀는 작고 가벼웠으며, 그녀의 맨발은 나무 바닥 위에서 늘 소리 없이 움직였다. 소리 질러. 사랑을 나눌 때 그가 그녀에게 말했다. 소리 질러. 그는 자신이 그녀의 몸을 통해 흘러 이불에 흡수되는 것 같다고 느꼈다.

그의 아내가 퇴원하여 집으로 돌아오자, 아그니는 더 이상 모습을 나타내지 않았다. 그는 미칠 것 같았다. 집에서 몰래 빠져나와 시내를 돌아다녔지만 감히 사람들에게 물어볼 수는 없었다. 그는 그녀에게 무슨 일이 일어났는지도, 어떤 문제가 생겼는지도, 어쩌면 그녀가 사고를 당했을지도 모른다는 생각이 들었다. 매일 지역 신문을 읽었지만 아그니에 대한 기사는 전혀 없었다. 그는 바슈토바의 창문 바로 옆에 죽치고 앉아 보드카를 마시고 또 마시며 모든 소녀들을 쳐다보았다. 한번은 그녀를 봤다고 생각하기도 했다. 그는 밖으로 뛰어나갔지만 그다음에 무엇을 할지 결정하기에는 너무 취해 있었다. 그는 욕실에서 울었다. 그는 임대한 아파트 계약을 일 년 더 유지하며 문가에 그녀에게 쓴 카드를 남겨 두었지만, 카드는 햇빛에 노래지고 글씨는 희미해졌다. 그는 이것을 견딜 수 없을 것 같았다. 내면에서 죽을 것이고 이것이 끝이라고 생각했다. 그의 아내를 포함하여 그의 온 집은 이 움직이는 슬픈 존재로 인해 죽을 것이다. 시간도 죽을 것이다.

"내가 괴팍하고 성질 더러운 여자가 됐다는 거 나도 알아." 그의 아내가 말했다. "아이가 없어서 그래." 하지만 그녀는 그것이 사실이 아니라는 것을 알고 있었다. 그녀는 그와 아이를 가질 수 없었기 때문이다. 그녀는 아그니가 돌아왔더라면 그와 함께 아이를 가질 수 있었을 것이다. 하지만 아그니는 사라져 버렸다. 그녀는 배가 텅 빈 채로 병원에서 돌아온 후 모피 코트를 입고 양장점에 간다고 거짓말을 하고는 얼어붙은 휑한 시내 거리를 돌아다녔고, 창문으로 사람들과 식당 내부를 들여다보았다. 모든 남자들을 눈으로 좇곤 했다. 때때로 그녀는 절망감에 휩싸여 교외로 나갔다. 어둡고 축축한 그곳에는 이제 가로등이 켜지지 않았고 악취가 나는 강이 흘렀다. 그녀는 울타리나 나무에 이마를 기대고, "아그니, 아그니, 아그니." 하며 이름을 불렀다. 매일 그 이름을 몇 번씩 불러야 할 것 같았고, 그 이름 없이는 숨을 쉴 수 없을 것 같았다. 그녀는 "아그니, 아그니, 아그니."라고 부르며 기다렸다. 이렇게 반복하면 마법처럼 공간을, 어쩌면 시간까지도 가로질러 결국 아그니를 자신에게 데려올 거라고 믿었다. 그녀는 그 이름이 자기 입술에서 날아 올라 지평선 위를 질주하고, 윙윙 소리를 내며 아그니의 사랑스러운 머리에 착지하는 장면을 상상했다. 그 이름이 그의 머리카락에 엉켜서 그를 이곳으로, 자신에게로 데려오는 장면을 상상했다. 때때로 행인들이 늦은 시간에 그녀를 지나쳤다. 그들은 그녀가 취해서 중얼거리고 있다고 생각하는 게 틀림없었다. 누군가가 다가와 그녀는 옷깃으로 얼굴을 가렸다. 결국 모든 사람들이 그녀를 알게 되었다. 한 해 동안 머리를 자르지 않은 젊은 남자를 사랑한 까닭에 우스운 꼴을 보였다. 사랑 때문에 비웃음을 샀다. 조롱거리가 되었다. 내면 깊은 곳으로부터만 이해되는 감정에 사로잡혀 우스갯거리가 되었다. 바깥에서는 이해되지 않는 감정이기에 우스워졌다. 동정 섞인 놀라움을 자아냈기 때문에 우스워졌다. 터무니없는 자신의 모습과 마주했다. 신문에 광고를 냈다. 길거리에서 사람들을 따라다니고 소매를 잡아당기며 "혹시 본 적이 있나요……."라고 묻기도 했다. 고등학교 앞 버스 정류장, 기숙사 근처에 서 있어 보기도 했다. 우울해 보이는 경찰관에게 모든 사람들에 대한 비밀문서들을 확인해 달라고 간청하기도 했다. 꾸준하게 영안실을 찾았다. 공원에서 키스하는 커플을 갈라놓았고, 항상 자신의 실수에 대해 사과했다. 유아용 올리브 오일을 가슴과 배에 발라 문질렀다. 그것을 그의 손이라고 생각하며 자기 자신을 부드럽게 어루만졌다. 부엌에서 설거지를 하며, 빵을 자르며, 진부한 유행가를 들으며 울었다. "그러다 네가 갑자기 떠나고 바람에 날린 나뭇잎이 내 발 앞에 떨어져……."

그녀는 잠을 잤고, 깨어나면 어떻게 하면 죽을 수 있을지 생각했다. 슬픔의 터널에서 그녀는 기차에 몸을 던지는 것에서부터 주방 가스 오븐의 밸브를 열어 놓는 것까지 모든 방법을 생각해 냈다. 그러나 결코 시도하지는 않았다. 한번은 씻어서 서랍에 넣으려던 칼 뭉치가 손에서 떨어졌다. 그녀는 서로 교차된 채 바닥에 놓인 칼날을 확인하느라 쪼그리고 앉았다. 만약 모든 것, 심지어 가장 작은 것까지 더 큰 것의 일부분이고, 더 큰 것들이 모두 어떤 거대하고 강력한 과정의 일부분이라면, 각각의 가장 작은 것들은 전체적인 의미에서 의미 있는 것이어야 한다. 그렇지 않은가? 그렇다면 나무 바닥 위에 놓여 있는 부엌칼의 교차된 칼날은 무엇을 의미할까? 그리고 그것들은 왜 교차되었고, 서로 그리 멀지도 않은 거리에서 부드러운 평행선을 그리며 왜 멀리 떨어져 있지 않았을까?

그때부터 그녀는 매일 칼 뭉치를 땅바닥에 내던지며 점술을 고안했다. 칼날은 항상 서로를 향해 날아갔다. 사람들은 이해할 수 없는 칼의 세계에서, 그것들은 마치 다른 해결책은 없는 것처럼 서로 뭉치거나 싸우고 싶어 했다.

얼마 후 그녀는 병가를 끝내고 일하러 약국에 나갔고, 그곳에서 그녀는 독극물이 놓인 선반들을 바라보며 쉬면서 시간을 보냈다. 몇 년 후 그녀는 은퇴하고 하루 종일 잡지를 뒤적이는 생활로 돌아갔다. 그녀는 양장점에서 철회색 투피스를 주문했는데, 옷들이 유니폼처럼 전부 똑같았다.

인생이 갈망이 될 때 세상은 어떻게 보일까? 종이처럼 보이고, 손가락 사이에서 바스러져 떨어진다. 모든 동작들과 모든 생각들이 자신을 지켜보고, 각각의 감정은 시작되긴 하지만 결코 끝나지 않으며, 마지막으로 그리움의 대상조차 서류상으로만 존재하는 비현실적인 것이 된다. 오직 그리움만 진짜이고, 중독성이 있다. 있지 않은 곳에 있어야 하고, 소유하지 않은 것을 가지고 있어야 하며, 존재하지 않는 사람을 만져야 한다. 이런 상태는 물결치는 본성이며 자기 모순적이다. 이것은 인생의 정수이고 삶에 위배된다. 피부를 통해 근육과 뼈로 침투하여, 그때부터 고통스러운 실존을 시작한다. 상처를 입는 것이 아니다. 고통이 존재한다는 것은, 그들 존재의 근본이 고통이라는 의미다. 그리고 그런 그리움에서 벗어날 수 없다. 아마도 술에 취함으로써 당신 자신의 육체로부터, 심지어 당신 자신으로부터 벗어나야 할 것이다. 아니면 몇 주 동안 계속 자면서? 미친 듯이 일에 몰두해서? 아니면 끊임없이 기도하면서?

그들 둘은 이 모든 일을 했지만, 같이 한 것은 아니었다. 그들은 겉으로는 평범한 사람들처럼 보였고, 다른 사람들처럼 살았다. 어쩌면 다른 모든 사람들도 그렇게 살았는지 모른다. 세월은 그 그리움을 제외하고는 모든 것을 바꾼다. 머리카락이 빠지고, 종이가 노래지고, 도시 변두리에 집들이 지어지고, 정권이 바뀌고, 부자들이 가난해지고, 가난한 자들이 부자가 되고, 늙고 외로운 이웃 여자들이 죽고, 아이들의 신발이 너무 작아진다.

이렇게 그들은 이제 과거와 상당히 다른 사람들이었고, 성과 이름을 바꾸었을 수도 있다. 관청에 가서 "우리는 더 이상 예전의 우리가 아닙니다. 개인 정보 변경을 요구합니다."라고 하거나 이런 종류의 신청서를 작성할 수도 있다. 사람들이 바뀌고 변한다면, 인구 조사가 무슨 소용이 있겠는가? 왜 아이는 어른이 되어서도 이름이 같을까? 한때 사랑받던 여자는 남편에게 배신당하고 버려졌는데 왜 같은 이름을 쓰고 있을까? 왜 남자들은 전쟁에서 돌아와서도 계속 같은 이름을 쓸까? 아버지에게 구타당한 소년은 자기 자식들을 때리기 시작할 때 왜 똑같이 바보 같은 이름을 사용하는 것일까?

그러나 겉으로는 그들 사이에나 그 너머에 아무것도 변한 것이 없는 듯 보였고, 마치 세상이 잠든 것처럼, 그들은 지나가는 악몽 때문에 이따금씩 몸서리를 치는 것 같았다. 한동안 그들은 여전히 아침 일찍 혹은 저녁 늦게 울리는 전화벨과 날씨만큼이나 자주 바뀌는 우체부들이 가져온 편지들을 두려워했다. 잠들지 않는 의식 가장자리 어딘가에서 아그니가 갑자기 경고도 없이 천둥소리처럼 부를 것이라고 그들은 생각했다. 시간은 감히 아그니만큼 신성한 이미지를 건드리지 못한다.

이후 그들은 다시는 서로에게 "사랑해."라고 말하지 않았다. 사랑이 숨겨진 약점이 되었기 때문이다. 그들은 쇼핑 이외의 것에 대해서는 별로 말을 섞지 않았고, 크리스마스 인사도 나누지 않았다. 그들은 퇴근 후 늦게 귀가했고, 오후에 그가 브리지 게임을 하러 가면 그녀는 성당에 갔다. 그리고 애정 때문이 아니라 추워서 때로는 여전히 밤에 같이 있었다. 집이 낡고 난방하기가 힘들었기 때문이다. 그들의 말에는 슬그머니 새로운 관용구가 나타났다. 특히 어떤 종류의 문제가 발생하면 "우리 함께하자."라고 말했다. 그것이 철자처럼 들릴 때까지 "우리 함께하자."라고 서로 거듭 말했다.

그리고 그들이 어떻게 되었는지
R이 월식 직전에 물었다

그들은 일상의 습관에 빠졌다. 아침에 연한 차를 마시고, 신문을 가지러 가고, 공허한 기도를 하고, 오후에 창밖을 내다보고, 할인 상품을 찾으러 다니고, 단 얼마라도 더 싼 양상추를 사러 시장에 가고, 저녁이면 알람 시계를 맞추고, 마치 정말 중요한 일에 맞춰 그들을 깨워야 한다는 듯 시간을 재는 죄 없는 기계를 탓했다. 이미 오래전에 그랬어야 함에도 불구하고, 그렇게 그들은 죽을 수 없을 정도로 서로의 삶에 의존했다.

　결국 몇 년 만에 그녀는 잠에서 깨자마자 아프기 시작했다. 일단 팔이 부러졌는데, 오른팔이어서 그녀는 요리도, 빨래도, 심지어 테이블매트에서 음식 부스러기도 긁어모을 수 없었다. 그는 그녀의 짐을 덜어 주었고, 그녀는 마치 자기 일을 도둑맞은 것 같았다. 그녀는 팔에 팔걸이 붕대를 하고 창문을 등진 채 안락의자에 앉아 있었고, 온 세상을 향해 화를 내는 것처럼 보였다. 그녀는 걸을 수 있었지만 걷지 않았다. 말할 수 있었지만 말하지 않았다. 그녀는 신음했고, 그 신음은 그를 미치게 했다. 원탁에 앉아 솔리테어를 할 때 그는 안락의자 등받이 위로 하얗게 센 그녀의 정수리를 보았고, "아, 아." 하며 앓는 금속성 소리를 들었다. 아마도 그는 그녀를 증오하고 있을 것이다.

그녀는 여전히 자신이 좋아하는 텔레비전 드라마를 보고 있었지만, 그는 이미 다른 프로그램에서 퀴즈 쇼를 만들었다. 그는 매일 그녀에게 이것을 상기시켰다.

"2번 채널에 퀴즈 쇼야."

그러면 그녀가 화가 나서 대답했다.

"하지만 여기에 나의 마리안나가 있는걸."

그는 아무 말도 않고 부엌으로 내려갔으며, 주전자나 프라이팬을 쾅쾅 두들겼다. 그는 단맛을 원했고, 팬케이크만 만들 수 있었기 때문이다.

어느 날 그는 반복했다. "2번 채널에 퀴즈 쇼라고." 그리고 그녀가 갑자기 그에게 대답했다. "그거 틀어."

그는 조심스럽게 의심스러워하며 채널을 돌렸지만, 결국 그는 경쟁 상대 가족을 보지 않은 채 그녀만 힐끔거렸을 뿐이다. 그녀는 창밖을 내다보듯 컬러 화면을 바라보고 있었다. 아무 생각 없이 무심하게.

그런 다음 그녀는 화장실 변기에 앉혀 달라고 했고, 그는 그렇게 해 주었다. 그는 한 손으로 그녀를 잡고, 다른 한 손으로 그녀의 스타킹과 팬티를 무릎까지 내린 뒤 어깨를 잡았다. 그는 또한 그녀를 닦아 주어야 했다. 그녀는 절대로 그를 보지 않았고, 당연히 그가 자기에게 그렇게 해 주어야 한다는 듯이 고마워하지 않았다.

그들은 여전히 한 침대에서 잤지만 더 이상 이불 밑에서 서로를 찾지 않았다. 그들은 각자의 온기로 자신의 몸을 따뜻하게 덥혔고 타인의 온기가 필요하지 않았기 때문에 심지어 서로 등을 돌리고 눕기도 했다. 때로는 밤에 추워서 그녀가 신음 소리를 냈지만, 그가 스웨터를 입히려고 하면 그녀는 저항했다. 깁스를 한 팔때문에 매트리스에 구멍이 났다. 그녀가 움직이고 싶어 하지 않는데 어떻게 그녀를 도울 수 있는가? 한번은 비몽사몽간에 그가 탈지면 한 롤을 가져와서 잘게 찢어 그녀의 목과 어깨를 덮었다. 그는 자기가 왜 그랬는지 몰랐다. 아침에 그는 침구에서 찢어진 탈지면을 모아야 했다. 구겨지고 땀에 젖은, 불안하고 고통스러운 수면으로 닳은 침구에서.

그러나 가장 중요한 일이 두 사람의 이런 삶 속에서 생겨났다. 그녀의 머릿속에서 뭔가가 엉키기 시작했다. 그녀는 단어와 이름, 사건을 잊었다. 그녀의 시간이 헝클어졌다. 예를 들어, 그녀는 난데없이 "내가 이미 저녁을 먹었어?"라고 물었다. 그는 지금 요리하고 있다고 대답했다. "아, 그렇구나." 그녀가 슬프게 반복했다. "냉장고에 다리가 짧은 동물들이 있거든." 그는 그들의 부엌으로 가서 이런 그녀가 자신의 몫이라는 것에 대한 만족과 공포에 낄낄거리며 웃었다. 그녀는 어린애 같았다. 그는 냉동고를 열었고, 거기에는 피를 빼고 납작하게 누른 생닭이 들어 있었다. 또는 다치지 않은 손으로 그녀가 갑자기 텔레비전을 가리키며 말했다. "오, 이 젊은이는 오늘 오두막에 있었네." "어떤 오두막?" 그가 물었다. 그러나 발견된 이 사람은 이미 죽어 버려서, 그녀에게나 그에게 또는 세상에 아무런 영향도 미치지 않았다.

작년에 두 사람 모두 세상을 떠났다. 세상에서 가장 평범하게 차례차례로. 이제 그들을 위해 할 수 있는 것은 아무것도 없었다.

월식

9월 말은 아침 연무와 저녁의 길쭉한 그림자 때문에 몽환적이었다. 우리가 5월에 씨를 뿌린 대황은 이미 다 익었다. 그러나 너무 많은 일이 생겼다. 우리가 최적의 순간을 놓쳐 수풀이 화단에 꽃가루를 뿌렸고, 암풀이 수정을 했기 때문이다. 이제 우리는 핀셋으로 말라 버린 풀의 윗부분에서 씨를 잘라 내야 했다. 풀의 모든 힘이 그 씨앗들 속으로 들어갔다. 그것을 오랫동안 파이프째 태워야 했다. 그제야 비로소 그것이 생각을 산산조각 내고, 왜곡하며, 두려울 정도로 많은 의미로 분해한다는 것을 느꼈다.

　월식을 위해 우리는 손님들을 맞았다. 여름과 마찬가지로 초원은 차들로 가득 차 있었다. 유리잔과 와인 잔이 쨍그랑 소리를 냈다. 테라스에서 의자들이 긁히는 소리가 났다. 아이들은 마침내 컴퓨터 덕분에 진정되었다. 컴퓨터는 밝은 빛을 뿜으며 아이들에게 조용한 이야기를 들려주고 있었다.

　달이 이제 마르타의 집 위로 떠올랐다. 이미 가을이라는 뜻이었다. 한동안 달이 구름에 가려져 있었지만 구름이 떠내려갔을 때는 이미 이전과 같지 않았다. 쟁반 같은 얼굴에 드리운 둥근 그림자가 처음에는 좁았다가 점점 커지는 것이 보였다. 이 모든 일은 너무 빨리 일어나서, 달이 사라지기 전에 겨우 한 번 정도 볼 수 있었다. 그런 다음 달이 사라졌고, 그 뒤로 하늘을 뚫은 갈색 구멍, 타 버린 원이 남았다. 달의 얼굴에 어둠이 내린 것만큼, 믿을 수 없는 침묵이 엄습했고, 그것은 짧게, 몇 초나 십여 초 동안 지속되었다. 그 짧은 시간 동안 별들은 빛났고, 하늘은 그런 별들로 가득 차 있었다. 우리는 이렇게 찬란한 별들의 모습을 본 적이 없었다. 별들은 숫자, 상징, 기하학적 모양, 심지어 도로 표지판 모양까지 형성하며 적절한 모양으로 배열되어 있는 것 같았다. 사람들은 원하는 대로 그것들을 읽을 수 있었다. 거기에서 생각 속에서 익숙한 만화 같은 이야기들을 볼 수 있었다. 프로메테우스가 안드로메다를 구출하고, 베레니케*의 머리카락이 바람에 흩날리고, 아폴론의 수금(竪琴)은 인간의 손가락이 그리운 듯 우주를 미끄러지듯 소리 높인다. 사람들은 그것을 점자 텍스트로, 이진법 코드의 무한대행으로, 또는 모호한 의미의 아이콘이 있는 컴퓨터 화면으로 볼 수 있었다. 만약 우리가 이 아이콘들 중 하나를 클릭할 수 있는 거대한 마우스, 슈퍼 마우스를 가지고 있다면, 다른 하늘이 열리면서, 아이들의 컴퓨터 게임처럼 우리를 매료시킬 것이다. 그때 우리는 게임을 할 수 있고, 그들은 우리를 끌어들여 우리에게서 잠을 빼앗을 것이다. 그 안에서 우리는 다른 사람이 될 것이고, 믿을

* 고대 이집트 왕비. 그녀의 머리카락은 별자리(머리털자리)가 되었다.

수 없이 아주 평범한 이야기가 우리에게 생겨날 것이다. 게임에서처럼, 우리는 수백 번 죽어도 여전히 남아 있는 새로운 삶을 누릴 수 있을 것이며, 어둠과 빛 사이의 우왕좌왕하는 여행 지도는 시간과 공간에 걸려 있을 것이다.

그때 달이 다시 빛났다. 처음에는 빛나는 조각이, 천상의 손톱 조각 같은 것이 나타났다. 술잔이 쨍그랑 소리를 내며 부딪쳤고, 연결된 부분이 다시 환해졌다. 우리는 박수를 치기 시작했다.

이후 나는 젖은 풀밭을 가로질러 마르타의 집으로 걸어갔다. 그녀는 부엌 앞에 쪼그리고 앉아 불을 피우고 있었다. 그녀의 그 수탉이 자기에게 사형 선고가 내려진 걸 모르고 그녀 곁을 서성거리고 있었다. 수탉이 자줏빛 눈으로 나를 의심스럽게 바라보았다. 나에게 그것은 마치 깃털을 쓴 이상하고 조용한 사람 같았다.

"아직 안 잤어요?" 내가 물었다.

"겨우내 자면, 더 안 자도 돼." 그녀가 말했다. 또는 마르타에게 종종 일어나는 일이지만, 나는 그런 말을 들었다고 생각했다.

그녀는 빵을 몇 조각, 반 덩어리를 자르기 시작했다. 나는 그녀가 봄부터 뚱뚱해졌다는 것을 깨달았다. 그녀는 빵에 버터를 바르고 소금을 뿌렸다. 그것을 나에게 한 조각 건네주었다. 갑자기 나는 너무 배가 고팠고, 아무 맛도 느끼지 않고 밤새도록 먹을 수 있을 것 같았다. 잔디를 태우고 난 뒤의 이 끔찍한 허기는 오로지 잠만이 충족시킬 수 있다.

"넌 참 이상해." 갑자기 마르타가 말하고는 일어섰다. "어서 자러 가."

"아뇨. 지하실을 보여 주세요."

"너희 집 지하실과 똑같아."

"괜찮아요. 보고 싶어요."

나는 그녀가 거절할 거라고, 핑계를 대기 시작하거나 화제를 바꿀 거라고 생각했다. 그러나 그녀는 내가 준 선반에서 내가 준 손전등을 꺼내 지하실 문을 열었다.

그것은 정말 우리 집 것과 비슷했다. 울퉁불퉁한 돌계단이 습기에 젖어 반짝거리며 살짝 코팅되어 있었다. 바닥에는 문지방 역할을 하는 커다랗고 납작한 돌이 있었다. 계속해서 단단하게 다져진 흙이, 돌보다 부드럽고 따뜻한 점토가 있었다. 머리 위 반원형의 천장은 낮았고, 키가 큰 사람은 누구나 몸을 숙일 수밖에 없었을 것이다. 벽은 붉은 돌덩이로 되어 있었는데, 집의 뼈대 위로 가지런히 쌓여 있었다. 마르타는 맞은편 벽을 비추었는데, 그곳에서 나는 짚으로 채워진 작은 창문을 보았다. 그 밑에는 누울 자리가 있었는데, 침대는 아니었다. 그것은 길이가 사람 키만 한 나무 상자였고, 땅 위에 놓은 네 개의 돌 위에 올려져 있었다. 마르타는 아마 보볼에게 받았을 밀짚 매트리스와 양가죽으로 상자를 채워 놓았다. 침대보와 베드 스프레드, 담요 더미가 그 발치에 가지런히 쌓여 있었다. 손전등 불빛이 구석으로 이동해 감자 더미를 드러냈다.

"봄에 먹을 감자야."라고 그녀가 말했다.

사람들은 보통 "겨울에 먹을 감자"라고 말한다. 마르타는 "봄에"라고 말했다.

바로 그날 밤에 나는 마르타의 등에 막 날개가 돋아나는 꿈을 꾸었다. 그녀는 블라우스를 어깨에서 끌어 내려 그것을 나에게 보여 주었다. 그것은 작았고, 여전히 피부에 뿌리를 내리고 있었고, 나비 날개처럼 구겨져 있었다. 부드럽게 팔딱거리고 있었다. "그래서 이게 다야." 나는 이 날개가 모든 것을 설명한다고 확신했기 때문에 이렇게 말했다.

이 꿈을 꾸고서 나는 우리 둘이 노바루다의 중고 가게에 함께 갔던 때를 떠올렸다. 거기서 마르타는 자기가 이미 가지고 있는 스웨터와 똑같이 앞쪽이 회색이고 단춧구멍이 헐거운 카디건을 입어 보았다. 그녀는 거울 앞에 서 있었고, 나는 무언가를 바로잡으려고 그녀의 어깨를 만졌다. 이 손길이 꿈을 열었다. 그 꿈 전체가 한 번의 손길 속에 자리했고, 나를 통해 흘러갔고, 진동했다. 마르타는 이미 움푹 들어간 볼을 끌어당기고는 거울 앞에서 뽐내듯 돌아다녔다. 그녀는 어쩐지 십 대 소녀처럼 보였다. 나는 완만한 곡선을 그린 그녀의 등을 쳐다보았다.

마치 마르타가 갑자기 커다란 비밀을 발견한 것처럼, 마치 마르타의 회색 스웨터를 손가락으로 빗질하는 것이 레이저 빔처럼 날카롭고 무자비하게 어떤 외계 광선이 나를 스쳐 지나가게 한 것처럼 나는 감동적인 기분이 들었다. 감격한 나는 스웨터를 제자리에 걸어 놓고("왜 이런 스웨터가 필요할까? 나는 이미 이 세상의 모든 스웨터를 다 가지고 있는 것 같아." 마르타가 웃으며 말했다.), 그녀가 앞좌석에 올라타 안전벨트를 매는 것을 도왔다.

우리는 구불구불한 산기슭을 올라갔고, 눅눅한 마을들과 노바루다에서 '우주의 딜'*이라고 말하는 커다랗고 향기 좋은 식물들로 가득 찬, 양지바른 황무지들을 지났다. 그것들의 거대한 잎들이 날개처럼 바람에 휘날렸다.

"겨울 동안 따뜻한 나라로 날아가는 유일한 식물이야." 마르타가 말하고 활짝 웃었다.

* 딜은 허브의 일종으로 흔히 야채로 피클을 만들 때 넣는다.

마르타의 각성

나는 마르타가 어디서 왔는지 짐작할 수 있었다. 왜 그녀는 겨울에 우리에게 있지 않았는지, 그리고 왜 우리가 막 도착해서 습기로 녹슨 자물쇠의 열쇠를 돌리고 있던 초봄에 나타났는지.

그녀는 3월에 깨어났을지도 모른다. 처음에 그녀는 움직이지 않고 누워 있었고, 눈이 떠져 있는지조차 알지 못했다. 사방이 어둠에 잠겨 있었다. 그녀는 움직일 시도조차 하지 않았다. 자신은 몸이 아니라 생각만으로 깨어났다는 것을 알고 있었기 때문이다. 몸은 아직 자고 있었고, 한순간의 부주의로 다시 꿈나라로 빠져들 수 있었고, 여기 어둠 속에 누워 있는 것처럼 사실적이고, 심지어 더 사실적이고 화려하며 관능적인 감각의 구불구불한 그 미로를 지나가기에 충분했다. 그러나 마르타는 어쩐지 자신이 잠에서 깨어났다는 것, 자신이 이전과는 다른 곳에 있다는 것을 알았다.

먼저 그녀는 지하실의 냄새, 즉 축축하고 안전한 냄새, 버섯과 젖은 건초 냄새를 맡았다. 여름을 연상시키는 냄새였다.

그녀의 몸은 잠에서 돌아오는 데 오랜 시간이 걸렸다. 마침내 그녀는 다양한 음영과 강도로 어둠을 구별할 수 있게 되었기 때문에 자신이 눈을 뜨고 있음을 깨달았다. 이제 그녀의 눈길은 그 풍부한 흑암(黑暗)을 따라 앞뒤로 그리고 위아래로 미끄러지듯 움직였다. 그런 다음에, 훨씬 나중에 밝아지는 부분을 보며 외부에 일광이 있다고 추측했다. 지하실 창문을 채운 지푸라기의 틈새로 희미하고 뿌연 빛이 그녀의 눈에 비쳤다. 빛은 꺼졌다가 다시 나타났고, 그때 그녀는 어떤 하루가 지나갔다는 생각이 들었다.

그제야 그녀는 몸의 저 끝 어딘가 멀리서 온 오한을 느꼈다. 그녀는 발가락을 움직여 그것을 맞으러 나왔고, 적어도 자기가 발가락을 움직이고 있다고 생각했다. 잠시 후 그녀의 발이 춥다는 반응을 보냈다. 그렇게 그녀는 차례차례 부분부분 온몸을 깨웠고, 그것은 마치 죽은 자들을 부르는 것처럼 그녀의 몸에 다시 생명을 불어넣었다. 그리고 그녀의 몸은 차례차례 부분부분 그녀에게 반응했다. 나야, 나야, 나 여기 있어.

그녀는 일어나려고 두 번 노력했지만, 두 번 다 몸이 그녀를 피해서 그녀는 판자에 부딪혀 뒤로 넘어졌다. 그녀는 자기가 앉아 있지 않는데도 불구하고, 앉아 있다고 생각했다. 세 번 만에 그녀는 간신히 몸을 지탱할 수 있었고, 아니면 그 몸이 그녀를 지탱했을 수도 있고, 그때부터 그녀는 상당히 안정감을 느꼈다. 차근차근 그녀는 문에 이르렀고, 한참 동안 철제 손잡이를 만지작거렸다. 그녀의 손가락은 봄 감자의 싹처럼 연약했다. 젖은 돌계단이 그녀를 천천히 현관으로 이끌었고, 그곳에서 그녀는 문틈으로 진짜 빛이 들어오는 것을 보았다. 그녀는 손으로 눈을 가려야 했다.

서리는 집의 벽을 약화시켰고, 벽은 아픈 사람처럼 땀을 흘리고 있었다. 쥐똥으로 얼룩진 바닥에 먼지가 쌓여 있었다. 그녀는 다른 모든 것들과 마찬가지로 녹고 있는 부엌에 놓인 유일한 의자에 앉았다. 의자는 그녀의 몸에 한기를 내뿜었다. 그래서 마르타는 겨우 일어나 찬장 서랍에서 히터를 꺼냈다. 그녀는 약간의 물을 퍼 올리고 수도꼭지를 틀었다. 물 탄 피처럼 붉고 탁한 액체가 쏟아져 나왔다. 그녀는 그 물로 얼굴을 씻고 그 물을 머그잔에 따랐다. 잠시 후 그녀는 끓는 물이 든 머그잔을 쥐고 있었고, 그것은 손을 따뜻하게 덥혀 주었다. 그녀는 이 물을 사약처럼 한 모금씩 마셨고, 서서히 속에서부터 몸이 녹기 시작하고 자기의 몸이 다시 살아나고 있음을 느꼈다.

그날 마르타는 집 밖으로 나갔다. 현관문은 최근에 내린 서리로 계속 축축했다. 버섯 냄새와 물 냄새가 났다. 다른 것들에서도 같은 냄새가 났다. 정원에는 여전히 눈이 더럽게 흩어져 있었다. 태양이 사방에서 썩어 가는 눈 더미의 가장자리를 갉아먹고 있었다. 그 아래에서 축축하고 썩은 풀과 한련, 과꽃, 향무 같은 것들이 나오고 있었다.

그녀는 걱정스럽게 하늘을 올려다보았다. 하늘은 낮고 빠르게 움직이는 구름으로 뒤덮여 있었고, 그 구름 사이로 햇빛이 숲 위를 비추고 있었다. 매년 그렇듯이, 마르타는 태양이 숲 너머로까지 그렇게 멀리 움직일 수 있다는 것과 이제 눈을 피할 수 있는 긴 그림자를 드리울 수 있다는 사실에 놀라움을 금치 못했다. 그녀는 현관으로 돌아와 차갑고 축축한 고무장화를 신었다. 집 뒤, 정원을 가로질러 겨울과 어둠이 엄청난 피해를 입힌 곳으로 출발했다. 그녀는 가을에는 그렇게 예쁘고 단단했다가 지금은 썩어서 끈적거리는 양배추 머리 더미 위로 몸을 숙였다. 해바라기들에는 아무것도 남아 있지 않았고, 여름이면 여느 해와 마찬가지로 그것들의 힘찬 줄기와 햇볕에 그을린 사자 같은 머리는 도저히 어떻게 할 수 없을 것처럼 보였다. 해바라기가 자라는 곳 옆에 쳐진 울타리는 사방에서 물에 젖어 기울어져 있었다. 그러고 나서 그녀는 오래된 사과나무와 자두나무가 가득한 그녀의 과수원을 살펴보았다. 가장 달콤한 체리나무에서 큰 가지가 부러졌다. 그녀가 기억하는 것처럼 키 큰 풀이 무성하고 초록색 이끼 방석으로 덮인 과수원은 더 이상 존재하지 않는다. 이제 그것을 보면 공동묘지가 떠올랐다. 벌거벗은 나무들은 십자가처럼 보였고, 납작한 풀 무더기는 무덤 같았다. 마르타는 겨울과 어둠만큼이나 축축한 것을 싫어했다. 물은 정직하지 못했다. 마르타는 자신이 그것에 맞설 수 있을 것 같았지만, 그것은 물이 물 자체일 때, 다른 것인 척하고 있지 않을 때에 한해서였다. 개울에서 투명한 물이 흐를 때 사람들은 비로소 그것을 손으로 떠서 얼굴에 가져올 수 있고, 심지어 땅에서 바로 마실 수 있다. 그러나 물은 종종 다른 것으로 가장했고, 식물이나 다른 물체들에 침투함으로써 자신을 숨겼다. 그런 다음 얼굴이나 스웨터에 내려앉아 한 겹 서리 층으로 모든 것을 덮어 버렸고, 죽여 버렸다. 아니면 영원한 죄에 대한 형벌처럼 구름에 매달려 있었다.

마르타는 몸에 다시 한기가 돌아왔기 때문에 집 안으로 들어갔다. 그녀는 계곡의 나머지 부분을 보기 위해 계단에 섰다.

산은 단조롭게 보였다. 갈색빛이 도는 녹색과 검은색, 그것은 물의 색이기도 했다. 서늘한 땅이라면 어디든 눈은 그대로 있었다. 네 개의 굴뚝 중 아무개 씨의 굴뚝에서만 연기가 피어오르고 있었다. 프로스트 부부의 집 앞에는 푸른색 차가 있었고, 나무 테라스에서 두 사람이 잡담을 나누고 있었다. 마르타는 몸을 부르르 떨고는 부엌으로 돌아가 난로에 불을 붙이기 시작했다.

다락방, 정리

나는 종일 다락방을 정리하고 있었다. 여름 물건들을 상자에 가져다 놓고, 차곡차곡 넣은 옷들 사이에 나프탈렌을 끼워 넣고, 신발은 신문을 채워 종이 봉지에 넣었다. 내가 많은 드레스를 전혀 입지 않았다는 사실이 드러났다. 입을 일이 없었다. 6월과 7월, 8월에 그것들은 낡아 가면서 옷장 안에 걸려 있었다. 나는 내 수고 없이 그것들이 어떻게 스스로 해어지고, 옷깃이 닳고, 부드러워지고, 낡아 가는지를 보았다. 그리고 거기엔 성숙과는 반대되는 일종의 아름다움이 있었고, 누구의 도움도 받지 않고 스스로 이루어 내는 아름다움이 있었다. 샌들의 가죽이 검어지고, 부드러워지고, 늘어나고, 끈이 얇아지고, 버클이 녹슬고, 좋아하는 블라우스의 색이 바래거나 셔츠 소매가 커프스단추에 닿아 해진다. 나는 시간이 흘러가면서 종이에 무슨 일이 생기는지를 보았다. 뻣뻣해지고 노래지며 거칠어지는 것이 마치 완전히 인간적인 방식으로 건조해지고 늙어 가는 것 같았다. 나는 볼펜을 다 쓰고, 연필이 짧아지는 것을 보았다. 어느 날 우리는 몽당연필이 일 년 전 그 길었던 연필임을 알아보고는 깜짝 놀랐다. 나는 지난 몇 년간 눈부시게 빛났던 옷장 거울처럼 유리에서 어떻게 광택이 사라지는지를 보았다.

어떤 이유들로 인해 사람들은 변환의 한 부분만을 좋아하게 되었다. 사람들은 증가와 발전을 좋아하지만 감소와 붕괴는 좋아하지 않는다. 썩는 것보다는 익는 것을 더 좋아한다. 사람들은 점점 젊어지고, 매력적으로 변하고, 신선하고, 미성숙해지는 것을 좋아한다. 그것은 아직 완전히 형성되지 않았고, 아직 각이 조금 살아 있으며, 강력한 힘의 스프링에 의해 내부에서부터 구동되며, 여전히 항상 그 이전의 순간에(결코 이후가 아니라) 발생한다. 젊은 여성들과 갓 회칠한 새 집, 잉크 냄새가 나는 새 책, 새 자동차, 여전히 사람들을 놀라게 하는 모양들은 내부자에게는 이미 존재해 온 친숙한 주제에 대한 변형일 뿐이다. 최신 기계와 갓 닦은 금속의 섬광, 조금 전 구입하고 포장해서 집으로 가져온 물건들, 매끄러운 셀로판지의 바스락거림, 완전한 새것인 노끈의 달콤한 긴장감을 좋아한다. 지갑에 들어간 적 없는 새 지폐를 좋아한다. 깨끗하고 황변과는 거리가 먼 플라스틱 표면, 흔적도 없이 윤이 나는 테이블 상판, 아직 경작되지 않은 빈 공간, 부드러운 뺨, '어떤 일이든 일어날 수 있다.'라는 표현,(누가 여기에 '헛되이'라는 단어를 사용하겠는가?) 억지로 깐 녹색 완두콩, 아스트라한,* 봉오리가 맺힌 꽃, 순진한 강아지, 새끼 염소, 아직 나무 모양을 기억하는 갓

---

* 러시아의 아스트라한 지방과 중근동 지방에서 나는 새끼 양의 털가죽.

자른 나무판자, 이삭에 관한 지식이 전혀 없는 풀들의 밝은 녹색을 좋아한다. 사람들은 그저 새로운 것, 전에는 존재하지 않았던 것을 좋아한다. 새로운 것. 새로운 것.

노바루다

미용실과 중고 옷 가게, 눈꺼풀이 석탄 먼지로 덮인 남자들로 가득한 도시. 계곡과 언덕, 산봉우리에 있는 도시. 언제나 다른 색으로, 점점 더 유행하는 색으로 나타나고 사라지는 작은 강을 무심코 가로지르는 작은 다리들이 있는 도시. 네포무크의 성 요한과 불순한 향수, 셀프 서비스 식당, 상점 선반에 열심히 진열된 값싼 물건들의 도시. 집 회벽에 있는 습기의 흔적, 행인들의 다리만 보이는 창문, 미로 같은 뜰이 있는 도시, 종착지와 환승지가 있는 도시. 떠돌이 개들과 비밀 통로, 막다른 골목, 현관문에 비밀스러운 상징들이 있는 도시. 붉은 벽돌로 지은 건물들, 원형 교차로, 구부러진 교차로, 시내 중심으로 통하는 우회로, 변두리 시장, 같은 층에서 시작하고 끝나는 계단, 도로를 직선으로 만드는 급선회 구간, 왼쪽에서 오른쪽으로, 오른쪽에서 왼쪽으로 이어지는 분기점들이 있는 도시. 여름이 가장 짧고 눈이 결코 완전히 녹지 않는 도시. 저녁이 갑자기 산 뒤에서 들이닥치고 무시무시하게 큰 잠자리

채처럼 집 위로 내려앉는 도시. 묽은 아이스크림과 소뼈를 파는 가게, 그리고 화려한 화장을 한 여자 회사원들이 있는 도시. 피레 네산맥에 있으며, 결코 해가 지지 않고, 떠난 사람들이 언젠가는 모두 돌아오는, 프라하와 브로츠와프, 드레스덴으로 이어지는 지하 독일 터널이 있는 꿈꾸는 도시. 작은 파편 같은 도시. 실롱스크, 프러시아, 체코, 오스트리아-헝가리 그리고 폴란드 도시. 주변부 도시. 서로 이름으로 생각하지만 서로를 '씨'와 '부인'이라는 말을 붙여 부르는 사람들이 있는 도시. 토요일과 일요일에는 황량해지는 도시. 표류하는 시간과 최신 뉴스, 오해의 여지가 있는 이름을 가진 도시. 그 안에는 새로운 것은 하나도 없고, 만약 새로운 것이 나타나면, 곧 검게 변하고, 녹슬고, 썩어서 존재의 경계에 꼼짝도 않고 서 있을 것이다.

설립자

이 도시의 설립자는 퇸첼이고, 그의 직업은 칼을 만드는 것이었기 때문에 사람들은 그를 메서슈미트*라고 불렀다. 그는 살인하고, 이발하고, 가죽을 무두질하고, 양배추를 자르고, 가죽 끈을 자르고, 자를 나무를 표시하고, 나무를 조각하고, 장식용으로 사용할 칼을 만들었다. 그것은 좋은 직업이었고, 모든 사람들은 퇸첼 메서슈미트를 존경했다. 그러나 그가 살았던 정착촌에는 도공이 두 명 있었다. 또 다른 한 명도 퇸첼과 같은 기술을 가지고 있었다. 퇸첼이 나이가 더 어렸기 때문에, 그는 말을 사서 자신의 모든 재산을 수레에 실었다. 그의 도구, 숫돌, 옷상자, 냄비 몇 개, 가죽과 모직 담요 그리고 임신한 그의 아내 등이었다.

산 반대편에는 비옥한 계곡과 가문비나무가 무성한 숲이 매끄

---

* 독일어 Messer(칼)와 Schmied(대장장이)가 합쳐져서 만들어진 말로 도공(刀工)이라는 뜻이다.

러운 하늘의 표면을 할퀴듯이 크게 솟아 있었다. 이 숲들 사이로 마을들이 꽉 들어차 있었다. 그중 일부에는 틀림없이 도공이 부족할 것 같았고, 그래서 튄첼은 한낮의 태양을 향해 바로 마차를 몰았다. 그들은 며칠 동안 숲길을 헤매다 튄첼의 아내가 출산을 시작해서 개울가에 들렀다. 튄첼은 자신이 만든 가장 좋은 칼로 아이의 탯줄을 잘랐지만 날이 밝자 아내는 한마디 말도 없이 죽었고, 아이도 곧바로 그 뒤를 따랐다. 튄첼은 절망에 빠져 나무줄기를 발로 차며 분노와 후회의 비명을 질렀다. 이런 멍청이, 나는 왜 떠났지? 내가 왜 이런 낯선 세계에 발을 들여놓게 되었을까? 아내는 어디에 묻어야 하지? 동물처럼 숲에? 편자를 뗀 말이 고개를 숙인 채 그를 바라보았다. 튄첼의 외침을 듣고 근처에서 나무를 자르고 있던 나무꾼들이 와서 그를 도와 그의 아내와 아이를 묻었다.

튄첼은 무덤가에 남겠다고 고집했다. 그는 나무로 오두막을 짓고는 이제는 천사가 와서 앞으로 무엇을 해야 할지 자신에게 말해 주기를 기다리고 있었다. 한편 며칠마다 나무꾼들이 그를 찾아왔고 그의 칼에 감탄했다. 그들은 때때로 그에게 먹을 것을 가져다주었다. 그는 칼을 그들의 도끼와 바꾸어 집 주변의 나무를 베고, 말을 이용해 뿌리를 땅에서 뽑고, 자신이 만든 밭을 나무 울타리로 둘러쳤다. 밤이 되자 그는 무리 지어 산을 넘는 늑대들이 울부짖는 소리를 들었지만, 두렵지 않았다. 겨울이 오기 전에 그는 자신의 예전 정착지로 가서 가족을 방문했다. 그는 그들에게 그저 그렇다고 말했다. 그리고 개와 새로운 아내가 필요하다고 말했다. 비록 많은 대가를 치렀지만 첫 번째 겨울은 혼자 견뎌 냈다. 그는 얼어 죽지 않기 위해 내내 장작을 팼고, 깡마른 토끼와 사슴을 잡기 위해 올가미를 쳤다. 봄에 그의 친척들은 그가 부탁한 것을 가지고 왔다. 여자의 이름은 도로타였고, 마르고 작고 말수가 적었다. 튄첼은 자기가 그녀를 좋아하지 않을까 봐 걱정했지만, 시간이 지나면서 그들은 서로 가까워졌다. 그러는 동안 개는 훌륭한 동반자로 성장했다. 개는 빠르고 강했으며, 혼자 사냥을 할 수 있었고, 튄첼은 개와 같이 숲에 들어갈 때면 완전히 안전하다고 느꼈다.

한 사람에게서 모든 게 어떻게 시작되는지 한번 보라. 튄첼 부부는 해마다 아이를 낳았고, 그래서 그는 나무꾼들의 도움을 받아 새 오두막을 지었다. 그 두 사람은 산비탈 전체를 비옥한 밭으로 만들었다. 개울가에는 메밀과 귀리를 뿌렸다. 나무꾼들은 근처에 자신들의 오두막을 짓고, 그리로 여자들을 데려왔다. 튄첼이 늙었을 때 계곡은 작은 정착지로 변해 있었는데, 그들은 이곳을 노비비롱브*라고 불렀다.

이 모든 것이 이루어지는 동안 튄첼은 이상한 경험을 한 번 했다. 개울 저편 갓 벌목한 곳에서 그는 도끼들이 잊어버린 게 틀림없는 나무 한 그루를 보았다. 궁금해진 그는 가까이 다가가서 나무를 살펴보았다. 질 좋고 키 크고 곧은 가문비나무로, 집을 짓는 데 쓰는 수종이었다. 그는 주위를 둘러보다 나무껍질에 쇠가 박혀 있는 것을 보았다. 그것은 마치 광택이 나는 칼날처럼 반짝반짝 빛났다. 우선 그는 손가락으로 그것을 만져 보았고, 그런 다음

* '새로운 개간'이라는 뜻.

에는 손톱으로, 그다음엔 막대기로, 그리고 마침내 그의 칼 중 하나로 그것을 비틀어 보려 했다. 그러나 소용이 없었다. 나무의 단단한 몸체는 그 물체를 강하게 움켜쥐고 있었다. 마치 금속과 나무가 서로 그 안에서 자란 것 같았고, 그것들을 분리할 방법이 없었다. 튄첼은 마침내 이것이 신호라고 생각했다. 실제로는 어떤 천사도 오지 않았고, 빛나는 손가락으로 그 지점을 가리키지도 않았지만, 그는 이제 성당을 어디에 지어야 할지를 알았다. 그는 이웃들을 데려왔고, 그들은 함께 거대한 가문비나무를 베었다. 그날 밤 튄첼은 마침내 나무에서 불가사의한 물체를 빼내는 데 성공했다. 그것은 칼이었지만 그가 만든 것과는 달랐다. 다른 종류였다. 그것의 칼날은 훨씬 더 매끄러웠다. 밤하늘이 비칠 정도로, 거의 거울처럼 매끄러웠다. 그 위에 새겨진, 기호들로 이루어진 작은 줄을 튄첼은 이해할 수 없었다. 튄첼은 늑대나 산토끼 발자국과 눈송이의 매혹적인 모양들 말고는 다른 것은 알지 못했다. 그러나 중요한 것은 나무가 아니었고, 심지어 칼도 아니었으며, 이런 식으로 스스로를 드러낸 그 장소였다. 그래서 그들은 모두 땅에 사각형 표시를 하고 성당을 세우는 데 만장일치로 동의했다.

아주 오랜 시간이 흐른 후, 이미 너무 늙어서 모든 것이 뒤죽박죽되었을 때, 튄첼은 그 나무가 정말 그곳에서 자라고 있었는지, 어린 시절 어딘가 전혀 다른 곳에서 칼이 꽂힌 그런 나무를 본 건 아니었는지, 자기의 꿈이 항상 선명하고 칼날처럼 빛났기 때문에 혹시 꿈을 꾼 건 아니었는지 의문이 들었다. 그는 자신이 발견한 칼을 함께 묻어 달라고 요청했다. 튄첼과는 달리 강철 칼날은 전혀 늙지 않았다. 그리고 그가 죽기 전에 글을 아는 마음

씨 고운 사람이 작은 줄의 기호들을 그에게 읽어 주었다. 거기엔 'SOLINGEN'*이라고 적혀 있었다. 이 이름은 아무에게도 의미가 없었다.

수 세기가 지나 노바루다의 중학교 교사가 시 의회에 도시 설립자 기념비 건립을 위한 청원을 제출했지만, 이 모든 이야기를 비롯하여 도시 역사의 대부분이 다른 언어로 되어 있었기 때문에, 신청서는 기각되었고 모든 것이 사라져 버렸다.

---

* 독일 서부의 도시 졸링겐. 중세 시대부터 칼 제조의 중심지로 알려져 있다. 이 지역에서 산출되는 날붙이를 총칭하는 말이기도 하다.

구원 기계

도공들은 단 하나만의 우주론적 비전을 가지고 있었다. 바로 구원 기계에 대한 비전이었다. 그들은 자기 집 벽에 그것을 그리고, 칼 손잡이에 새겼고, 그들의 얼마 안 되는 아이들은 어른들이 들려주는 이야기로부터 그것을 배워 모래에 막대기로 그렸다. 그들은 그것에 대한 애절한 찬송가를 불렀고, 그 찬송가는 너무 특이하고 슬펐고, 그래서 그들만 들을 수 있었다.

구원을 위한 우주적 도구는 회전 운동이다. 이것은 크게는 멀리 있는 두 별과 황도 십이궁도, 그리고 온 우주가 궤도에 따라 움직이게 하고, 또한 작게는 사람들이 만들어 낸 것들, 물레방아 바퀴, 크랭크, 시계, 수레바퀴에 존재하여 양귀비 씨앗을 갈고 진흙 항아리를 만들게 한다. 그것은 또한 세계를 구성하는 가장 작은 입자들 내에서 진동하는 가장 작은 크기의 회전 운동을 포함한다.

나는 이것을 이렇게 묘사하고 싶다. 태초에 회전 운동을 하는 태양은 거대한 진공청소기와 같다. 태양은 물질로부터 빛을 빨아들여 행성들의 궤도와 십이궁도의 광대한 물바퀴에 전달한다. 그리고 그것들로부터 발생한 이 움직임은 빛을 더 멀리, 빛이 시작되는 곳으로부터 온 세상의 가장자리까지 전달한다.

빛은 사람과 동물의 영혼에 살며, 그 속에 숨어 살며, 동면하며, 깡통 속에 갇혀 있다. 반면에 달은 수송선이다. 그것은 죽은 사람의 영혼을 지구에서 태양으로 운반한다. 매월 보름까지 달은 그것들을 모으고, 점점 더 밝아지며, 충만해진다. 보름 이후에 달은 그것들을 태양에 전달해야 한다. 그래서 새 달이 뜨면 모든 것을 다 내려놓고 텅 비어 있다. 그것은 지구와 태양 사이에 비워진 채로, 다음 임무를 준비하며 서 있다. 은빛 유조선처럼.

태양은 그렇게 오래도록 지속될 것이다. 세상의 모든 입자를 빨아들여 주인에게 돌려줄 때까지 계속된다고 도공들의 찬송은 노래한다. 그러다가 사라지고, 그 빛이 꺼지고, 분해될 것이다. 그리고 이와 함께 달이, 그다음엔 십이궁도의 조화가 깨질 것이다. 거대하고 정교한 우주 기계 전체가 삐걱삐걱 소리를 내면서 멈춰 결국은 뚝 하고 무너질 것이다. 은하계는 더 이상 필요하지 않을 것이다. 세계의 바깥쪽 가장자리는 결국 중심에 있게 될 것이다.

"우리 가요."라고 나는 말했다,
내일은 만성절이다

마르타는 식탁에 앉아 빨개진 눈을 비비고 있었다. 그녀의 부엌은 믿을 수 없을 정도로 깨끗했다. 모든 냄비들을 치웠고, 유포는 깨끗이 문질러 씻었고, 나무 바닥은 광택이 나도록 왁스 칠을 했다. 심지어 그녀는 창문을 닦았고 여름에 태양을 붙잡고 있던 여름날의 거미줄도 모두 걷어 냈다. 죽은 나방 잔해가 없는 돌난간은 무덤처럼 보였다. 나는 그녀에게 남은 케이크를 가져다주었는데, 그녀는 그것을 게걸스럽게 먹어 치웠다. 그러고는 일어나서 다른 방으로 느릿느릿 가 버렸다. 나는 열린 문으로 겨울 날 준비를 모두 마친 그녀의 침대를 볼 수 있었다.

그녀는 방에서 곱게 땋은 머리카락으로 만든 거의 검은 짙은 색 가발을 가져왔다. 내가 원하는 모양이었다. 나는 그것을 썼다. 마르타는 빙긋 웃었다. 그녀의 입술에 마코비에츠* 부스러기가 묻

---

* 설탕과 견과류, 간 양귀비 씨앗을 넣어 만든 롤 케이크.

어 있었다.

"멋지다." 그녀가 말하고는 내게 거울을 보여 주었다.

나는 흐릿하고 생경한 모습의 나를 보았다. 어두운 얼굴을 하고 있었다. 나는 나를 알아보지 못했다.

나는 모자 대신 전체 가발을 쓸 계획이다. 쌀쌀한 방들을 지나 무사히 욕실에 도착하도록 일어나자마자 바로 쓸 것이고, 어쩌면 가발을 쓰고 잘 수도 있다. 나는 가발을 쓰고 일할 것이고 여름철 집수리를 계획할 것이다. 그리고 나는 그것을 쓰고 세상으로 나아갈 것이다.

나는 마르타에게 다가가서 그녀를 껴안았다. 그녀는 내 턱에 닿았다. 그녀는 연처럼 연약하고 섬세했다. 그녀의 짧고 하얀 머리카락에서 눅눅한 냄새가 났다.

오후에 나는 그녀에게 작별을 고하고, 만성절*에 프로스트 부부의 아이를 위해 촛불을 켜 달라고 상기시키기 위해 갔다.

그녀의 집으로 들어갔지만 집은 비어 있었다. 탁자 위에는 실을 꿴 바늘과 마르타의 집에서 가장 만질 만한 물건인 저 커다란 주석 접시가 놓여 있었다. 나는 한두 시간쯤 식탁에 앉아서 그녀를 기다렸다. 내 숨이 하얀 회반죽벽에 반사되었다. 나는 접시 위의 정교한 금속 무늬를 따라 손가락을 움직였다. 윙윙거리는 파리도 없었고, 열판 아래에서 불꽃이 이는 소리도 나지 않았다. 너무 조용해서 내 몸의 소리가 들릴 지경이었다. 그것은 살아 있었다.

* 11월 1일. 폴란드에서는 만성절과 그다음 날(위령의 날, 11월 2일)에 친척의 묘지를 방문하여 꽃과 촛불로 무덤을 장식하는 풍습이 있다

나는 지하실 문에 대해 알고 있었고, 그것은 내 뒤에 있었다. 문은 닫혀 있었지만 자물쇠는 열려서 걸쇠에 걸려 있었다. 나는 일어서서 문을 열고 아래층으로 내려갈 수도 있었다. 봄을 기다리는 감자 더미 사이로 그녀 곁의 어둡고 축축한 곳에 누워 있을 수도 있었다. 그렇게 생각하고 있었지만, 마르타의 집에서는 그 어떤 것도 제대로 생각하기 어렵다. 그것은 어떤 생각이 떠오르기 전에 흡수하는 스펀지 같다. 대신 그것은 아무것도 주지 않고, 약속하지 않고, 속이지 않고, 그 안에는 미래가 없으며, 과거는 사물로 변한다. 마르타의 집은 그녀와 닮았다. 그녀처럼 하느님도, 그의 피조물도, 심지어 그 자신에 대해서도 아무것도 알지 못하고, 세상에 대해 아무것도 알려 하지 않는다. 그녀에게는 오직 한순간, 지금만 존재할 뿐이지만, 그것은 거대하고 사방으로 뻗어 있으며, 사람에게는 압도적이다.

그러고 나서 나는 땅거미가 지고 있다는 것을 깨달았다. 나는 어두워지는 것을 알아차리지도 못했다. 그래서 나는 계속 거기에 앉아 나 자신의 호흡으로 최면을 걸었을 것이다. 이 낡은 주석 접시가 아니었다면, 결코 깨어날 수 없었을 것이다. 접시는 강력하고 서늘한 빛으로 빛났고, 그 빛은 부엌 전체를 가득 채우며 내 손을 비추고, 사물에 그림자를 드리우고 있었다. 그것은 모든 과거와 미래의 보름달, 밝고 별이 총총한 모든 하늘, 모든 촛불의 불꽃과 전구의 불빛, 그리고 모든 종류의 형광등의 차가운 흐름을 반사하고 있었다.

하늘로부터의 운세

R은 자기가 어렸을 때 어떻게 구름을 읽었는지 말해 주었다. 적어도 그는 그것을 기억한다.

그가 구름을 보았을 때, 구름은 깨끗한 모양을 이루고 있었다. 동물과 전함, 돛단배, 아래에서 색이 더 짙고 더 빠른 목양견이 몰아오는 하얀 양 떼, 자동차, 심지어 소방차 또는 짧은 다리에 주둥이는 커다랗고 날개가 달려서 날 수 있는 뱀이나 용 모양의 괴물들. 학교를 다니기 시작하자 그는 글자와 기호도 보기 시작했다. 때때로 그의 눈앞에서 수학 연산이 해결되기도 했다. 씻긴 2를 배불뚝이 3에 더하면, 마침내 바람이 5 모양을 한 뱀이 불러왔다. 시간이 흐르면서 더 복잡한 연산도 나타났다. 2학년 때 그는 이런 식으로 구구단을 외웠다. 철길이 내다보이는 그의 방 창문에서는 하늘이 조금만 보였다. 하늘 한쪽의 구름이 항상 약간 붉거나 주황색이었는데, 왜냐하면 거기엔 코크스* 공장에서 나오는 불꽃이 비춰졌기 때문이다. 그 광활한 칠판에서 그는 온통 파란 대수학을 보았다. 구구단표에서 특히 7단과 8단을 기억했는데, 익히기에 가장 어려웠기 때문이다. 7을 보면 구부러진 크루아상이 떠올랐고, 8은 작은 구름 두 개가 합쳐진 것이었다. 그 결과 5는 약간 흐릿한 모양의 고리, 그리고 놀랍도록 선명한 6은 여러 겹으로 감긴 제트기의 배기가스일 것이다. 그는 몇 시간 동안 창가에 앉아서 하늘을 바라보곤 했다. 처음 사랑에 빠졌던 7학년 때 그는 하트와 네잎 클로버를 보았다. 나중에 그는 다른 기호들도 보곤 했다. 서쪽에서 동쪽으로 천천히 도시를 가로질러 나아간 거대한 평화의 상징은 하늘의 반 정도 크기였고, 볼쿠프 성으로 갔던 소풍에서 그는 커다란 도(道)의 상징을 알아보았다. 마침내 하늘을 바라보는 것보다 더 중요한 일을 할 시간이 왔다. 최근 R은 서른 살에서 마흔 살 사이의 지금 이때야말로 이런 것을 보기에 인생에서 가장 좋은 시기임을 깨달았다. 그래서 얼마 전에 그는 시장에서 우크라이나 사람들로부터 삼각대를 구입했다. 봄이 오자마자 그는 동쪽 테라스에 카메라를 설치할 것이다. 그는 쌍둥이처럼 똑같이 생긴 가문비나무 위쪽의 하늘로 렌즈를 고정할 것이고, 가을까지 그렇게 놔둘 것이다. 하늘이 온통 잿빛으로 뒤덮여 있다 하더라도 그는 매일 한 장씩 사진을 찍을 것이다. R은 거기에서 뭔가가 나올 것이며, 가을에는 하늘의 합리적인 일련의 장면이 필름에 찍힐 거라고 확신하고 있다. 그 장면들은 분명 뭔가 의미가 있을 것이다. 모든 사진들을 직소 퍼즐처럼 한데 모아 놓을 수 있다. 또는 컴퓨터에 차곡차곡 저장해 둘 수도 있다. 아니면 소프트웨어 프로그램

---

* 석탄을 가공해 만드는 연료. 해탄(骸炭).

을 이용해 그 모든 사진들로 하나의 하늘을 만들어 낼 수도 있을 것이다. 그러면 우리는 모두 알게 될 것이다.

"너만의 장소를 찾으면, 불멸의 존재가 될 거야"

올가 토카르추크는 소설 『낮의 집, 밤의 집』에서 완전히 다른 배경과 다른 경험을 가진 다른 사람들의 이야기를 엮어 내고 있다. 작가는 우리를 피에트노라는 폴란드 작은 마을 중 한 곳으로 데려간다. 이 마을은 주변 산들 사이에 둘러싸인 특정한 위치로 인해 태양 광선이 완전히 도달하지 못하는 지역이다. 이곳은 현실과 꿈 사이에 멈춰 있는 세상이며, 영원히 비현실적인 장소이며, 이상하고 이해할 수 없는 일들이 일어나는 곳이다. 그리고 우리의 주인공은 그 사이를 이동하려고 시도하며, 그곳과 그곳 사람들의 현실과 꿈, 역사와 전설을 통해 그곳의 이야기를 탐구하고는 우리에게 보여 준다.

* 작품의 초판은 *Dom dzienny, dom nocny*, Wałbrzych: Ruta, 1998이다. 번역 원본은 2005년 개정본 *Dom dzienny, dom nocny*, Kraków: Wydawnictwo Literackie, 2018이다.

화자인 주인공과 그녀의 파트너, 그들의 다소 신비로운 이웃으로 자신만의 독특한 세계관을 가진 나이 든 숙녀가 그곳에 살고 있다. 술에 취하기만 하면 때리는 아버지로 인해 마음이 병든 가족이 있고, 그 아버지는 결국 아들 또한 바닥으로 내몰았다. 전쟁의 트라우마를 지닌 채 여전히 삶을 지탱하고 있는 교사가 있고, 한때는 행복했으나 공허한 삶을 마주한 아이 없는 부부가 있다. 또 비범한 능력을 지닌 성녀의 이야기가 있고, 온갖 역경을 겪고 그 이야기 안에 그 자신의 삶을 기술한 수도사도 있다. 이 이야기들은 서로 아무런 관련이 없는 것처럼 보이고, 인물들의 삶을 연결하는 공통분모가 집이라는 가설이 자칫 잘못된 것은 아닐까 하는 생각마저 들게 한다. 소설 속 인물들에게 집은 방과 가구로 가득 찬 네 개의 벽을 가진 공간일 뿐만 아니라, 무엇보다 사람들이 살고 죽는 곳, 행복한 순간을 만끽하거나 절망에 빠지게 되는 공간이다. 세상으로부터의 피난처. 그리고 마지막으로 꿈을 꾸는 장소로서의 집. 그들이 꿈꾸고 그리워하는 집은 바로 그런 곳이다. 그리고 이 모든 것은 꿈속에서 가능하다.

　작품의 실제 시간적 배경은 1990년대로, 주인공은 초봄부터 늦가을까지 몇 달 동안 이 마을에 머물렀다가 만성절 전날에 떠난다. 일부 인물들의 기억은 2차 세계 대전으로 거슬러 올라가기도 한다. 주된 공간적 배경은 폴란드 작은 마을 피에트노와 그 주변 지역('검은 숲', 등산로, 폴란드와 체코의 국경)이며, 이야기 중 일부는 노바루다, 밤비에지체, 쳉스토호바 및 브로츠와프를 배경으로 한다.

다시 떠오른 토카르추크의 '별자리 소설'

『낮의 집, 밤의 집』은 주인공 커플이 몇 달간 머물렀던 집과 여러 가지 짧은 이야기, 주인공의 생각들을 모아 놓은 콜라주와 같다. 이 작품의 화자는 크워츠코 계곡에 있는 작은 마을 주민들의 발자취를 독자들에게 보여 준다. 소설은 수십 개의 장으로 구성되어 있으며, 각각의 장에는 그 지역의 역사와 인물들 그리고 주변에 대한 주인공의 세심한 관찰이 나타난다. 그녀가 보여 주는 이야기들은 일상생활과 피에트노 주민들의 역사, 독일 정착민에 대한 전후 이야기, 인물들의 꿈, 성녀 쿰메르니스의 전설 등 많은 것들이 얽혀 있다. 겉보기에 혼란스러워 보이는 이러한 이야기들의 배치는 독자들이 사실이 아닌 모티브를 결합하기 시작할 때 비로소 그 의미가 나타나기 시작한다.

작품의 모든 인물들에는 하나의 공통점이 있다. 묘사된 각 인물들은 주변 현실을 어떻게든 꿰뚫어 보고 이해하려고 한다. 어떤 인물들은 꿈을 통해 이러한 과정을 경험하고, 또 어떤 인물들은 점괘나 우주에서 답을 찾는다. 또 다른 사람들은 예언의 은사를 경험하기도 한다. 이들에게 가장 중요한 것은 깨달음의 순간, 자신을 온전히 알게 되는 순간이다. 모든 사람들에게 미스터리의 진상을 규명하는 것이 허락된 것은 아니지만 모두가 그렇게 하려고 노력하고 있다. 마렉 마렉은 자신의 고통의 원인을 헛되이 찾고, 파스칼리스는 여성성의 비밀을 탐구하고, 레프는 예언의 힘을 발견하고, 주인공은 마르타의 진정한 얼굴을 알고 싶어 한다.

작품의 중요한 요소 중 하나는 꿈과 실재의 경계에 있는, 때로는 마법처럼 느껴지는 분위기다. 작가는 소설 속 인물들에게 기이한 질병(늑대 인간), 갈망(세상의 종말, 성별의 변화) 및 인격적 특성을 부여하고, 인물들은 이것을 배경으로 움직인다. 소설 속 세계는 유동적이고 끊임없이 변화하는 장소이며, 이것은 인물들의 불확실성을 증가시킨다. 인간은 끊임없는 변화의 대상이 되어 자신을 재발견해야 한다. 주변 세계의 요소들이 잊히지 않도록 정의하고 이름을 지어야 한다. 주인공은 인간 존재에 대해 이렇게 표현한다.

"오늘 갑자기 기이하고 강력한 생각이 떠올랐다. 우리는 부주의하고 망각하는 인간들이다. 사실 실제 현실에서 우리는 수 세기 전부터 계속되어 오고 있으며 끝날지 안 끝날지 알 수 없는 우주 전투에 참여하고 있는 존재다."(116쪽)

제목에서 보이듯이 집은 작품의 주요 모티브다. 주인공은 작은 마을 피에트노에 있는 새로운 집으로 이사한다. 그들은 자신들의 새로운 거주지를 둘러보고 이웃을 만나고 손님을 초대하고, 이러는 사이에 낡은 건물이 서서히 되살아난다. 밤이 되면 주인공은 집이 내뱉는 꾸준한 숨소리가 들린다고 느낀다. 집은 또한 인간의 내면이기도 하고, 인물들은 종종 소설 속 집들과 비교된다. 주인공은 자신의 내면을 지하실과 넓은 방, 1층 및 다락방이 있는 아늑한 건물로 상상한다. 집은 그녀의 꿈에서도 자주 등장하는 화두다. 아무개 씨처럼 때때로 사람의 내면의 집이 텅 비어 있는 경우도 있고, 마렉 마렉과 에르고 숨의 경우처럼 때로는 진짜 괴물이 그 안에 살면서 숙주(?)를 파괴하기도 한다. 주인공은 마르타에게 "우리는 각자 두 개의 집을 가지고 있다."라고 설명한다. "하나는 시간과 공간 속에 위치한 실체가 있는 집이고, 다른 하나는 무한하고, 주소도 없고, 건축 설계도로 영원히 남을 기회도 사라진 집이다. 그리고 우리는 그 두 곳에서 동시에 살고 있다." 이 작품의 메시지는 마지막 문장에 있다.

두 개의 집, 두 개의 자연 속에서 꾸는 꿈의 꿈

우주는 소설 속 인물들에게 지속적인 영향을 미친다. 여자들은 하늘을 뚫어져라 쳐다보고 있다. 주인공은 천체력에 대한 열정이 있고, R은 구름의 모양을 예측하고, 마르타는 하늘의 색을 주의 깊게 관찰한다. 관찰 대상은 (세계의 종말을 예고하는) 혜성과 월식이다. 보름달은 늑대 인간 에르고 숨을 미치게 만들고, 프로스트를 괴롭힌다.

"이것이 예전에는 없었지만 지금은 있다면, 이는 항상 변하지 않고 남아 있어야 할 것들도 변화했다는 것을 의미한다. 이렇게 변하는 세상이 무슨 소용이 있겠는가? 이런 세상에서 어떻게 평화롭게 살 수 있겠는가?"(197쪽)

프란츠는 의아하기만 하다. 어떤 사람들에게 우주는 미래에 대한 지식의 원천이고, 다른 사람들에게는 신이나 혼돈이 있는 미지의 장소다. 마치 인간은 길을 잃고 우주에 있는 많은 행성 중 하나인 지구에 우연히 정착한 거주자인 것 같다.

소설에서는 작은 시골 지방에 그림처럼 아름답게 자리 잡은 마을의 이미지를 보여 준다. 피에트노는 언덕과 숲으로 둘러싸인 계곡에 있다. 작품 속에서 자연은 살아 느끼는 존재다. 인물들을 둘러싼 현실과 마찬가지로 미스터리한 존재. 소설에서 묘사된 자연은 두 가지 얼굴을 가지고 있다. 하나는 정원을 가꾸고, 잔디를 깎거나 또는 버섯을 따는 장면에서 묘사되는 일상적이고 목가적인 '익숙하고 길들어진' 자연이다. 두 번째는 접근하기 어렵고 꿈속처럼 신비로운 자연이다. 우리는 주인공의 꿈에서, 균사체가 되는 여성의 꿈 또는 물속 괴물에 대한 아무개 씨의 이야기에서 이러한 자연을 본다. 자연의 변화라는 순환적인 성질은 소설의 인물들에게 시간의 흐름을 느끼게 하고, 역설적으로 존재의 영속성을 느끼게 한다.

꿈은 작품의 주요 모티브 중 하나다. 꿈은 주인공의 열정이다. 주인공은 자신의 꿈을 기록하고 분석하고 인터넷에 기록된 꿈과 비교한다. 그녀는 집과 마르타, 자신의 피부에 대한 꿈을 꾼다. 꿈은 그녀가 자신과 바깥세상을 이해하는 데 도움을 주는 도구이기도 하다. 작품의 다른 인물들은 종종 이해할 수 없는 악몽에 시달리기도 하고, 때로는 고인의 유령이 나타나기도 하며, 또 어떤 때는 태어나지 않은 아이의 유령이 나타나기도 한다. 어떤 인물들에게 꿈(환상, 환영, 사고)은 인간의 삶 그 자체다. 꿈의 모티브는 성녀 쿰메르니스의 이야기에도 등장하는데, 그녀는 환상 중 하나에서 "이 모든 혼란 속에서 우리 중 어느 누구도 그가 단지 삶을 꿈꾸고 있는 사람인지, 아니면 정말로 살고 있는 사람인지 알 수 없다."(218쪽)라고 고백한다.

세상의 종말 모티브는 마르타의 지인의 모습과 관련이 있다. 레프는 광산 사고에서 살아남은 후 예언자가 되었다. 그 남자는 별점을 만들고 미래를 예측하는 법을 배웠다. 유명한 영적 주의자들과 밀교자들의 작품에 영향을 받아 그는 1993년 세계의 종말을 예측했다.

"홍수도 없고, 불의 비도 없고, 오시비엥침도 없고, 혜성도 없다. 하느님이 누구든, 하느님이 버리고 떠난 세상은 이렇게 보일 것이다. 집은 버려지고, 모든 것이 우주 먼지로 덮이고, 탁한 공기와 고요함에 젖는다."(240쪽)

겁에 질린 레프는 예언이 이루어지기를 기다렸고, 나중에 — 비록 실망했음에도 불구하고 — 그는 그때부터 자신을 둘러싼 세상은 환상일 뿐이라고 믿었다. 소설의 또 다른 인물인 프란츠 프로스트도 세상의 종말을 예상했다. 그 남자는 새로운 행성의 발견에 대해 알게 된 후 현실감을 잃었다. 새로운 천체가 지구에 미치는 영향에 대한 생각은 프로스트를 미치게 만들었다. 종말론 모티브는 피에트노 위 주황색 하늘을 응시하는 주인공과 마르타의 일상적인 관찰에도 등장한다.

한 문장으로 이야기하자면 소설 『낮의 집, 밤의 집』은 인간에 대한 철학적 담론이다. 그러나 이것은 인식하기 쉽지 않고, 인간의 종류만큼이나 복잡하다. 그리고 동시에 극도로 현실적이다. 작가는 소설에서 인간이 겪는 여러 가지 문제와 딜레마를 제시한다. 실제 누군가의 인생을 바탕으로 하는 모티브들은 가장 단순하면서도 동시에 거의 대부분의 사람들과 관련이 있고, 때로는 가장 어렵고 심지어 금기시되는 모티브다. 작가는 다양한 이론들을 보여 줌으로써 독자들이 자신의 인생과 소멸에 대해 되돌아보도록 만든다. 그리고 질문을 던진다. 당신의 삶에서 중요한 것은 무엇인가? 무엇이 좋고 무엇이 나쁜 것인가? 우리는 살아 있는 동안 꿈을 꾸는가, 아니면 우리의 삶은 그저 꿈일 뿐인가? 그리고 우리가 깨어났을 때 과연 어떤 일이 일어날 것인가?

서로 관련이 없어 보이는 이야기들이지만 이 문학적 혼돈을 한 발짝 물러나서 보면, 하나의 커다란 패턴이 드러난다. 또한 독립적으로 보이는 이곳 사람들의 운명은 매우 긴밀하게 얽혀 있다는 것을, 일상의 사소한 문제뿐만 아니라 우리의 마음이 닿지 않는 사람들과도 그들은 서로 닿아 있음을 알게 된다. 작가는 우리의 논리적 현실이 형이상학적 실체와 어떻게 얽혀 있는지에 대해 질문을 던진다. 꿈은 사람들에게 메시지를 전하는 시도가 될 수 있을까? 그리고 마술과 같은 실제 현상은 가능한 것일까? 그리고 작가가 남겨 놓은 빈자리는 우리의 머릿속에서 상상력을 동원하여 채워 넣어야 할 것이다. 그러다 보면 아마도 가장 무의미하고 눈에 띄지 않는 사람들과 장소에도 경의를 표하게 될 것이다.

이 작품은 읽기 쉽지 않았다. 아마도 처음엔 전체적인 작품의 분위기를 느끼는 데 문제가 있었던 것 같다. 시작은 지루해 보였다. 하지만 구절과 페이지를 자세히 들여다보면서 점차 나는 의미를 이해하기 시작했고, 가려진 메시지들이 보이기 시작하면서 점차 작품에 빠져들게 되었다. 희곡 작품 번역을 주로 해 왔던 나에게 올가 토가르추크의 『낮의 집, 밤의 집』 번역은 또 다른 도전이었다. 한 줄 한 줄, 한 장 한 장 읽어 가며 그 속에 숨겨져 있었던 의미들을 이해했을 때 느낀 기쁨. 그리고 분야를 넘나드는 작가의 방대한 지식과 상상력에 미치지 못하는 나 자신으로 인해 좌절이 교차되었다. 내가 읽어 온 다른 소설들에서는 느끼기 힘든 독특한 매력과 작가의 철학이 어우러진 작품 세계를 잘 번역해 독자들에게 전달하는 일이 쉽지 않은 일임을 절감하였음을, 그렇게 번역을 마무리하던 중 들려온 작가의 노벨 문학상 수상 소식에 나는 축하하며 환호하고 웃음이 나면서도 동시에 작가와 작품에 큰 부담감이 느껴졌음을 고백해야겠다. 하지만 나름대로 올가 토카르추크의 문장을 우리말로 최대한 옮겨 내려 한 노력이 독자들이 작품을 이해하는 데 도움이 되기를 바랄 뿐이다. 부족한 번역자를 도와 이 책의 출판에 도움을 주신 민음사의 모든 분들께 진심으로 감사드린다.

2020년 9월
이옥진

옮긴이 이옥진

한국외국어대학교 폴란드어과를 졸업하고, 동대학교에서 비교문학 박사학위를 받았다. 현재 한국외국어대학교 폴란드어과에서 학생들을 가르치고 있다. 옮긴 책으로 『고독과 친밀 사이』(공역)가 있고, 폴란드 희곡 『뉴욕 안티고네』, 『잠 못 이루는 밤에(원제: 바퀴벌레 사냥)』, 『이보나, 부르고뉴의 공주』 등에 번역과 드라마투르그로 참여하였다.

낮의 집, 밤의 집

1판 1쇄 찍음 2020년 9월 11일
1판 1쇄 펴냄 2020년 9월 18일

지은이   올가 토카르추크
옮긴이   이옥진
발행인   박근섭·박상준
펴낸곳   (주)민음사

출판등록 1966. 5. 19. 제16-490호
주소   (우편번호 06027) 서울특별시 강남구 도산대로1길 62(신사동)
          강남출판문화센터 5층
대표전화 02-515-2000 | 팩시밀리 02-515-2007
홈페이지 www.minumsa.com

ISBN 978-89-374-7990-8 (03890)